L'île des disparues

HEATHER GRAHAM

L'île des disparues

BestSellers

Collection : BEST-SELLERS

Titre original : THE KILLING EDGE

Traduction française de KATIA NOVET SAINT-LOT

HARLEQUIN®
est une marque déposée par le Groupe Harlequin
BEST-SELLERS®
est une marque déposée par Harlequin S.A.

Photo de couverture
Paysage : © GETTY IMAGES/VETTA/ROYALTY FREE

83/85, boulevard Vincent-Auriol, 75646 PARIS CEDEX 13.
Tél. : 01 42 16 63 63
Service Lectrices — Tél. : 01 45 82 47 47
www.harlequin.fr
ISBN 978-2-2802-3163-3 — ISSN 1248-511X

Pour ma famille et mes amis du sud de la Floride, grâce auxquels Miami a toujours été « chez moi », en particulier Graham, Franci et D.J. Davant, et mon nouveau petit-neveu Noah Edward Davant.

Et pour Victoria Sophia, Alicia et Bobby Rosello — et Anthony Robert Rosello !

Prologue

Argentée.

C'était la couleur de la nuit, une nuit de pleine lune baignée d'une lumière irisée. L'homme s'introduisit dans la salle de séjour. Il avança avec prudence, le plan de la maison bien présent à l'esprit.

Il s'arrêta près d'un jeune homme endormi, se pencha et observa un instant son visage caressé d'un rayon de nacre. Puis il posa sa main large et gantée sur la bouche de sa victime et lui trancha la gorge d'un geste fluide. Son couteau affûté glissa sur la peau avec l'aisance d'un hors-bord filant sur une mer d'huile.

Ce n'était pourtant pas si simple. Même avec une arme aussi aiguisée, il fallait de la force. Du talent, aussi.

Or il avait de la force et du talent.

Le jeune homme produisit une sorte de gargouillis. Rien de plus. A moins d'un mètre, affalée à même le sol, une jeune fille dormait en travers d'un large coussin. Elle n'avait rien entendu.

L'homme s'approcha d'elle et la contempla brièvement, fasciné par la couleur dorée de ses cheveux. Puis d'un geste aussi froid que précis, il l'envoya *ad patres*. Il s'accorda à peine le temps d'admirer son travail. Il n'avait pas encore atteint son objectif. Il n'était pas seul, bien sûr…

… mais cette mission était la sienne. Il ne pouvait compter que sur lui-même pour la mener à bien.

Il tendit l'oreille. Un profond silence régnait sur la maison. Il n'avait que quelques secondes pour laisser sa marque, avant de s'évanouir dans l'obscurité.

Il trempa un doigt ganté dans le sang brillant de la jeune morte et traça rapidement quelques mots sur le mur avant qu'il ne coagule.

Un nuage glissa devant la lune, plongeant momentanément la pièce dans le noir.

Noir. Quel à propos ! N'était-ce pas la couleur de son âme ?

Rouge.

Un rouge écarlate, riche et éclatant.

La couleur se répandait sur le sol de marbre blanc.

Cachée sous l'immense lit de la chambre à coucher du maître de maison, l'esprit hébété de terreur, Chloé Marin regardait cette horrible tache sans comprendre.

Un bruit l'avait arrachée au sommeil. Elle n'avait pas eu peur pour autant : l'intendant logeait quelque part dans la propriété, ainsi que les deux domestiques qui vivaient à demeure et ils étaient une bonne vingtaine de jeunes, âgés de seize à vingt et un ans, éparpillés à travers la maison.

David Grant, excellent joueur de football au physique puissant, s'était écroulé sur le canapé du rez-de-chaussée. Sa petite amie, Kit Ames, dormait à même le sol, tout près de lui. Kit ne s'aventurait jamais bien loin de David. Elle protégeait son territoire avec plus de férocité que n'en démontrent la plupart des joueurs sur un terrain de foot.

Il n'y avait donc aucune raison d'avoir peur. Pourtant, quelque chose avait alerté Chloé. Elle avait perçu un mouvement quelque part dans la maison — étrange et anormal, comme le glissement d'un serpent dans l'herbe.

Elle partageait une chambre avec deux autres filles. Inquiète, elle avait essayé de les réveiller. Mais elle avait eu beau secouer Jen Peterson, celle-ci n'avait pas réagi. Elle avait eu plus de succès avec Victoria Preston, qui venait de se redresser, l'air hagard, lorsqu'un homme était entré dans la chambre. Il portait une combinaison de plongée, qui le couvrait de noir de la tête aux pieds, et une cagoule percée de trois trous pour les yeux et la bouche.

Il avait marché droit sur Jen, dont le lit était tout près de la porte qu'il venait de franchir, et l'avait regardée fixement — avant de frapper. C'était arrivé si vite que Chloé n'avait rien vu venir.

Etouffant un hurlement, elle avait plaqué une main sur la bouche de Victoria et bondi vers la salle de bains qui communiquait avec la chambre voisine, entraînant son amie avec elle. Quelque chose de plus fort que la peur s'était emparé d'elle — un instinct de survie dont elle ignorait jusqu'alors l'existence et la force. Elle avait malencontreusement claqué la porte de la salle de bains derrière elles, et Victoria avait crié. Chloé l'avait poussée dans le couloir. Elle s'apprêtait à la suivre, quand la porte s'était refermée sur elle, de l'extérieur.

Il y avait un autre assassin dans la maison !

Prisonnière, Chloé n'avait eu d'autre choix que de s'engouffrer dans la chambre voisine. Là, elle avait plongé sous le lit à l'instant où la porte s'ouvrait. De sa cachette, elle avait aperçu une silhouette qui traînait péniblement un cadavre sur le sol. Puis la pleine lune avait jailli des nuages, inondant brusquement la pièce d'une lumière nacrée. C'est alors qu'elle avait vu le rouge — une longue coulée écarlate sur le sol de marbre. Une coulée qui semblait provenir du lit, au-dessus d'elle.

Elle étouffa un cri et attendit, les sens en alerte. Soudain, elle sentit — plus qu'elle ne les entendit — des pas furtifs. Un homme venait de revenir dans la pièce ! Les pieds enveloppés dans des sachets de congélation, il portait une combinaison de plongée légère, parfaite pour les eaux chaudes de la Floride et des Caraïbes. Le genre de modèle qui se vendait par milliers dans la région.

Il y avait donc bien deux assassins dans la maison. Un dans cette chambre, l'autre dans le couloir. A moins qu'ils ne soient trois ? Et Victoria ? Avait-elle réussi à s'échapper ?

Chloé vit les pieds de l'homme se diriger vers la salle de bains. Tôt ou tard, il la trouverait sous le lit. C'était inévitable. Sans plus réfléchir, elle roula sur elle-même, se redressa et fila vers la porte qui ouvrait sur le couloir. Elle s'assura d'un regard qu'il était vide, puis elle sortit et longea le mur, le cœur battant.

Personne. Une lumière ocre baignait la grande salle de séjour, au pied de l'escalier.

Là aussi, du rouge maculait le marbre blanc. Il y en avait également sur le mur. Plissant les yeux, Chloé déchiffra le message qu'il formait sur la paroi :

« Mort aux profanateurs ! »

Près des mots écarlates, une main avait été tracée avec du sang — une main qui avait une forme étrange…

Une porte grinça sur ses gonds. Elle se retourna. Brad Angsley, le cousin de Victoria, venait de surgir d'une des chambres. Il se tenait la tête, manifestement blessé. Elle se rua vers lui.

— Il arrive ! hoqueta-t-il.

— Vite ! dit-elle, l'entraînant dans l'escalier.

Lorsqu'ils atteignirent la porte d'entrée, elle risqua un regard derrière elle. Un homme les talonnait, vêtu d'une combinaison de plongée noire, un sac en toile jeté sur l'épaule.

Elle se débattit un instant avec la serrure, puis ouvrit le battant et se jeta dehors, suivie par Brad, qui s'accrochait désespérément à elle. Faisant crisser le gravier, ils coururent vers les voitures garées au bout de l'allée — assortiment hétéroclite de B.M.W., d'Audi et de véhicules plus ou moins cabossés. Les pas de leur poursuivant se rapprochaient… Il gagnait du terrain ! Une fois de plus, Cholé jeta un regard derrière elle. Et vit briller la lame d'un couteau rouge de sang dans la nuit.

Elle poussa Brad contre le capot d'une voiture et attrapa une des statuettes qui se dressaient sur la pelouse. Une reproduction de Poséidon, apparemment. Guidée par son seul instinct, ses forces décuplées par la peur, elle l'abattit sur son assaillant, le frappant à la tempe.

L'homme chancela, puis trébucha. Elle poussa un hurlement suraigu qui se mêla au hululement de l'alarme déclenchée par Brad, qui venait de forcer la serrure d'une des voitures.

Un flot de lumière éclaira brusquement l'allée de graviers. Victoria jaillit des buissons, tenant fermement le bras de Jared Walker, qui paraissait indemne en dépit de son teint cendreux.

La jeune fille agitait son téléphone portable.

— Tenez bon ! cria-t-elle. Les secours arrivent !

Stupéfaite, Chloé se retourna. Victoria ne mentait pas. Les lumières provenaient des voitures de patrouille qui encerclaient la propriété.

Elle fixa leur assaillant en priant pour qu'il s'effondre. Pour qu'il ne revienne pas à la charge avant que la police ait le temps d'intervenir.

L'homme lui rendit son regard. Sa cagoule s'était déchirée là où elle l'avait frappé, révélant son visage. Un long frisson la parcourut. Ce visage… on aurait dit le masque du mal.

Elle se raidit, persuadée qu'il allait se jeter sur elle, mais il ne bougea pas. Il jeta un coup d'œil aux flics qui approchaient à grands pas — et décida de fuir. Il tourna les talons et s'élança vers le fond du parc.

Un long nuage passa devant la lune à cet instant précis. L'assassin s'évanouit dans la pénombre.

Un ambulancier s'approcha de Brad, tandis qu'un autre homme prenait Cholé par le bras. Elle ouvrit la bouche, prête à crier.

— N'ayez pas peur, enjoignit-il d'un ton apaisant. Vous êtes blessée. Vous avez besoin d'aide.

Chloé le regarda. C'était un policier.

— Je ne suis pas blessée, assura-t-elle.

Encore tremblante, elle porta les mains à son visage. Et s'aperçut qu'elles étaient couvertes de sang.

L'obscurité l'enveloppa — une obscurité baignée de rouge — et elle sombra dans l'inconscience.

C'était fini.

Et, pourtant, cela continua encore longtemps.

Des mois durant, ils vinrent hanter ses nuits. Ils étaient tous là. Tous ses amis, avec leurs qualités et leurs défauts. Tous ces jeunes qui n'auraient pas la chance de mûrir et de devenir des gens bien, ou de rester des crétins. Ils gisaient à même le sol, baignant dans leur sang.

Horrifiée, elle se forçait à ouvrir les yeux. A se lever.

Rien n'y faisait. Ils restaient là, autour de son lit, la suppliant de l'aider.

— Dites-moi ce que je dois faire ! gémissait-elle. Comment voulez-vous que je vous aide ?

Ils ne répondaient rien.

Evidemment. Puisqu'ils n'étaient pas réels. Ils n'étaient que des symptômes. Des manifestations de son traumatisme psychologique.

De très mauvais rêves.

Grâce à l'aide de sa psychothérapeute, Chloé finit par comprendre qu'elle ne les voyait pas vraiment. Rongée par la culpabilité d'avoir survécu, elle était seule responsable de ces terribles apparitions. Elle les produisait sans le savoir, sans le vouloir.

De longs mois passèrent. Peu à peu, les cauchemars s'estompèrent. Et elle réapprit à vivre.

1

Dix ans plus tard

Située sur la partie la plus huppée du front de mer, le vieux manoir Branoff était une pure merveille. De style espagnol, il avait été construit au milieu des années 1920, quand le faste et la sophistication avaient transformé Miami Beach en capitale de l'Art déco. Non loin de là, dans une demeure similaire, Gianni Versace avait été abattu quelques années plus tôt. Encore aujourd'hui, de nombreux touristes se faisaient photographier devant les lieux pour gagner le droit d'affirmer qu'ils avaient vu la villa si tristement célèbre.

Moins connu mais tout aussi splendide, le manoir Branoff se dressait sur un vaste terrain protégé par un haut mur de pierre. Il servait désormais de quartier général (et officieusement, de dortoir) aux mannequins de la fameuse agence Bryson. Ce soir, l'immense pelouse se parait de lumières multicolores et le portail en fer forgé — seul accès à la propriété côté rue — était grand ouvert : l'agence Bryson recevait ses amis et ses clients.

Autant dire qu'on n'entrait pas facilement. Pour figurer

sur la liste des invités, il fallait être beau et élégant — ou immensément riche.

Luke montra son invitation et sa fausse carte d'identité à l'un des hommes en smoking qui barraient l'entrée. Il était loin d'être riche, mais, ce soir, il en avait les atours. Laissant sa panoplie habituelle (jean délavé et T-shirt) au pied de son lit, il avait sorti du placard un des rares complets de grande marque qu'il possédait. Par chance, il avait le physique adéquat pour se fondre aisément dans n'importe quelle assemblée d'hommes élégants : grand, mais pas trop ; baraqué, mais pas trop non plus.

Luke n'était pas flic, mais il était en mission secrète. Raison pour laquelle il avait décidé de porter des lunettes de soleil malgré l'heure tardive. C'était un peu ridicule, certes... mais personne ne semblait s'en rendre compte. D'ailleurs, même les vigiles qui officiaient à l'entrée étaient affublés de verres fumés ! Il les observa avec amusement. Comment arrivaient-ils à lire les documents qu'on leur présentait ?

Bah ! Ils ne les lisaient peut-être pas. Ils *savaient* si les invitations étaient valables ou non. Ou ils se contentaient de laisser passer ceux qui avaient le bon look, avec ou sans invitation.

En traversant la pelouse qui s'étendait devant la maison, il remarqua un groupe de jeunes femmes sur la terrasse. Elles sirotaient des cocktails et prenaient des pauses, perchées sur la balustrade ou juchées sur des chaises en teck, les jambes croisées, minces et élégantes. Provocantes, aussi — sans vulgarité, bien sûr. Ces filles visaient les hautes sphères de la mode, les catalogues de maillots de bain et les couvertures de magazines, pas le cinéma porno.

Luke devina leur opinion à la manière dont elles le jaugeaient — la trentaine, séduisant, mais pas au point de pouvoir considérer une carrière de mannequin — et la conclusion qu'elles en tiraient : il avait forcément de l'argent. Il fut accueilli par une cascade de sourires, certains plus appuyés que les autres. Il les rendit tous, comme l'aurait fait un industriel intéressé par la mode. N'était-ce pas le rôle qu'il avait décidé d'endosser pour la soirée ?

L'agence Bryson était connue dans le monde entier. Elle lançait et représentait certains des mannequins les mieux payés de la planète. Sa réputation était telle que, lorsqu'une jeune femme avait disparu le mois précédent au cours d'une séance de photos organisée par l'agence, seule sa famille proche et ses amis s'étaient posé des questions. La compétition était rude dans ce milieu sans pitié. La disparition d'un mannequin aspirant à faire carrière dans la mode ne représentait pas une raison suffisante pour arrêter les autres jeunes filles qui nourrissaient les mêmes ambitions.

Les faits étaient pourtant inquiétants. Deux mois plus tôt, Colleen Rodriguez, une beauté aux yeux verts et à la longue chevelure d'ébène, s'était volatilisée pendant une séance de travail dans les Keys. La police du comté de Monroe, comme celle de Miami-Dade, s'était révélée impuissante à éclaircir l'affaire, qui était restée en suspens. Certains penchaient pour la thèse de l'enlèvement crapuleux ; d'autres pensaient que Colleen, encore jeune et impressionnable, s'était enfuie avec un homme qui lui aurait fait des promesses mirobolantes — bien qu'elle fréquente déjà un certain Mark Johnston. Vivante et en bonne santé, ou morte et disparue, Colleen était majeure lorsqu'elle avait signé son contrat et pris le bateau en direction de l'île privée où devait se dérouler la séance de photos. Les flics n'avaient rien trouvé : aucun indice pouvant donner à penser qu'il s'était passé quelque chose de louche. Pas de cadavre non plus. Perplexes, ils avaient ajouté son nom à la liste des personnes portées disparues. Et l'enquête en était restée là.

Luke était convaincu qu'elle n'avait pas interrompu son travail de son plein gré. Sa meilleure amie, Renée Gonzalez, était sous contrat avec l'agence, elle aussi. Depuis le drame, elle évitait de répondre aux questions pressantes de ses parents, inquiets pour sa sécurité. Craignait-elle qu'ils ne lui interdisent de poursuivre sa carrière de mannequin ? Toujours est-il qu'elle les fuyait. Et clamait sur tous les toits que la jeune disparue avait choisi de s'en aller sans prévenir.

C'était la raison de la présence de Luke à la réception de ce soir. En prétendant diriger une entreprise de confection de maillots de bains, il espérait approcher Renée et découvrir si elle disposait d'éléments susceptibles de l'aider dans son enquête.

— Bonsoir, lança une des jeunes femmes en décroisant ses longues jambes. Je suis Lena Marconi. Et vous êtes… ?

Ravissante sous ses cheveux d'or, elle lui offrait une main parfaitement manucurée. Luke lui tendit une carte de visite.

— Jack Smith, Mermaid Designs, répondit-il. Enchanté.

Lena plissa ses grands yeux gris.

— Mermaid Designs ? répéta-t-elle. Vêtements de plage ?

— Absolument. Vêtements de plage pour femmes. Tout ce qui ressemble de près ou de loin à un Bikini.

— Merveilleux.

— Un créateur de maillots de bain ! roucoula sa voisine. Vous tombez à pic ! Nous étions justement en train de parler du prochain calendrier de l'agence… Vous pourriez participer à sa conception ! Je suis Maddy Trent, originaire d'Amarillo, dans le Texas, mais j'adore South Beach. C'est un plaisir de vous rencontrer, monsieur Smith.

— Le plaisir est partagé, assura-t-il.

Les deux autres jeunes femmes lui souriaient avec sympathie. La première, une blonde platine dotée d'un regard outremer, se leva pour le saluer.

— Bonsoir, monsieur Smith. Je suis Victoria Preston. Entrez, je vous prie… Allons trouver Myra Allen, qui dirige le bureau de Miami. Vous la connaissez, sans doute ? Nous en profiterons pour vous offrir quelque chose à boire.

La quatrième femme le dévisageait sans cesser de se balancer doucement sur un fauteuil à bascule en osier. Ses cheveux blonds teintés de roux tombaient en cascades soyeuses sur ses épaules. Elle avait des yeux de chat, d'un vert troublant.

— Chloé ? murmura Victoria Preston, manifestement gênée par son silence.

— Oui ? Oh, pardon.

Elle se leva à son tour. Quoique grande et élancée, elle était juchée sur d'étranges sandales à talons. La dernière mode, sans doute. D'une beauté moins classique que les trois mannequins présents, elle parut à Luke plus intéressante, plus mystérieuse. C'était à cause de ses yeux — de leur couleur, bien sûr, mais aussi de leur forme un peu étirée. Son large sourire révélait des dents parfaitement blanches. Elle n'était pas aussi mince que les autres, remarqua-t-il en songeant qu'elle avait un corps d'athlète, ou de joggeuse.

Elle lui tendit la main.

— Chloé… Marin, dit-elle avec une légère hésitation, comme si elle n'était pas sûre de son nom de famille.

C'était peut-être un pseudonyme, forgé pour remplacer un patronyme imprononçable…

Ou alors, c'est qu'elle ne lui faisait pas confiance.

— Enchanté, Chloé, dit-il simplement.

— Vous êtes créateur ?

— Oui.

Elle le jaugea d'un air dubitatif.

— Chloé… Viens, allons présenter M. Smith à Myra, reprit Victoria.

— Regardez ! s'exclama Maddy. Vincente est arrivé !

— Vincente… Quel Vincente ? demanda Lena.

— Vincente ! *LE* Vincente ! s'écria Maddy. On vient de publier un article sur lui dans G.Q.

Luke retint le rire qui lui montait aux lèvres. Objet de toutes les attentions de Maddy un instant plus tôt, il n'existait déjà plus à ses yeux. Quel drôle d'univers…

— Venez, monsieur Smith, reprit Victoria en le précédant à l'intérieur.

Chloé leur emboîta le pas.

La maison était encore plus élégante dedans que dehors. A peine eurent-ils franchi le seuil qu'un serveur en uniforme leur offrit du champagne sur un plateau d'argent. Luke accepta une coupe, mais ses compagnes ne l'imitèrent pas. Soit elles ne buvaient pas, soit c'était du champagne de luxe, réservé aux clients et aux autres invités.

Ils traversèrent un vaste salon dallé de marbre blanc et

couvert de tapis précieux. Une gigantesque cheminée, qui n'avait probablement pas servi depuis plusieurs décennies, occupait le mur du fond. Trois portes-fenêtres ouvraient sur un vaste patio, agrémenté d'une piscine et d'un Jacuzzi. Ils sortirent et se dirigèrent vers le bar en contournant un groupe de personnes affublées de vêtements extravagants.

— Voilà Myra, précisa Victoria en lui montrant une femme assise à l'extrémité du comptoir.

L'intéressée discutait avec deux invitées âgées d'une quarantaine d'années. Toutes deux brunes aux cheveux courts, elles arboraient des robes noires quasi identiques, d'une parfaite élégance.

— Elle parle aux fondatrices de Rostini. Vous connaissez cette marque ?

Pas avant aujourd'hui, songea Luke. Il avait dû potasser le Bottin de la mode tout l'après-midi en prévision de la réception… Heureusement qu'il avait bonne mémoire !

— Bien sûr, affirma-t-il. Elles forment un beau couple, n'est-ce pas ? Dire qu'elles se sont rencontrées à l'université et ne se sont plus quittées depuis… Leur histoire dure depuis plus longtemps que la plupart des mariages.

Il marqua une pause. Sentant le regard de Chloé fixé sur lui, il ajouta :

— Si vous voulez mon avis, elles sont les reines de la robe de cocktail. Aucune marque ne leur arrive à la cheville.

Myra leva les yeux et les vit approcher. Luke l'avait rencontrée quelques jours plus tôt pour lui présenter « ses » créations et s'assurer qu'il serait invité à la réception. La rencontre, quoique formelle, s'était bien passée et la directrice de l'agence s'était déclarée « enchantée de travailler avec un styliste de si grand talent ».

Il la trouvait fascinante. Myra Allen avait été mannequin, elle aussi, jusqu'à ce qu'un accident lors du tournage d'une publicité sur une plage la laisse défigurée, une balafre en travers de la joue. Elle avait accepté un poste administratif au sein de l'agence Bryson, ainsi que la petite fortune que lui proposait la compagnie d'assurances de leur client. Plutôt que d'avoir recours au maquillage ou à la chirurgie esthétique pour dissimuler sa cicatrice, ce qui lui aurait permis de poursuivre sa carrière de mannequin, elle avait gravi les échelons de l'agence et dirigeait maintenant une de leurs plus prestigieuses succursales, celle de Miami Beach.

C'était toujours une très belle femme. De haute taille, mince et dotée d'un sourire chaleureux.

— Monsieur Smith ? lança-t-elle. Vous avez pu venir… J'en suis ravie !

Elle lui tendit la main de telle façon que Luke, s'avançant pour la prendre, se demanda s'il était censé lui baiser les doigts. C'est ce qu'aurait fait un Français, sans aucun doute, mais il était un expatrié britannique vivant et travaillant aux Etats-Unis.

Il opta donc pour la simplicité, et lui serra la main.

— Monsieur Smith, je vous présente Josie Rowan et Isabel Santini. Vous savez, bien sûr, qu'elles sont les créatrices de la marque…

— Rostini, acheva Luke en souriant aux deux femmes. Oui, bien sûr.

Ils échangèrent quelques mots, puis Myra se leva et le guida de nouveau vers le grand salon qu'il avait traversé un moment plus tôt, s'arrêtant ici et là pour le présenter à des gens du monde de la mode.

Jesse et Ralph Donovan, un jeune couple qui créait des tenues de soirées.

Bob — ou Bobby — Oscar, un type flamboyant et arrogant, susceptible d'être impliqué dans la disparition de Colleen, même si Luke doutait qu'il ait pu séduire la jeune femme et la convaincre de disparaître.

Cindy Klein, dramatique et vaniteuse, mais partie prenante d'une des plus grosses marques du monde.

Harry Lee — une des huiles de l'agence Bryson — était là également. C'était un homme d'une soixantaine d'années, mince, impeccablement vêtu, qui s'exprimait dans un anglais soigné. Un type l'accompagnait — physique quelconque, petit, maigrelet et affublé de grosses lunettes cerclées de noir. Son assistant sans doute, car il lui obéissait au doigt et à l'œil. Une ribambelle de jeunes beautés les accompagnait.

Harry Lee accueillit Luke avec courtoisie.

— Rien ne vaut Miami Beach, estima-t-il. Chacune de nos agences produit un calendrier de maillots de bain, mais celui que nous faisons ici est le plus important. La ville de Miami est réputée pour ses plages… et les femmes qui les occupent. Evidemment, trop d'entre elles se promènent dans des maillots ridiculement petits, mais…

Il haussa les épaules.

— Elles sont splendides, et nous en tirons avantage. Myra m'a dit que vous souhaitiez lancer votre nouveau catalogue en même temps que notre calendrier, c'est bien cela ? Nous en sommes ravis. Comme vous ne tarderez pas à vous en apercevoir, l'agence Bryson représente les plus beaux mannequins de la planète. Et ça n'est pas près de changer !

Luke acquiesça poliment et s'éloigna, pressé de continuer sa visite.

En entrant dans la pièce voisine, il reconnut aussitôt Lacy Taylor, qui faisait fréquemment la une des grands magazines de mode. Elle était très belle et sympathique, mais il fut déçu de constater qu'elle était bizarrement euphorique (excès de cocaïne ou d'ecstasy)... et un peu soûle, aussi. Au moment où il parvenait à cette conclusion, il remarqua la petite brune qui la suivait partout — pour veiller à ce qu'elle ne se cogne pas dans les meubles ou ne tombe pas dans la piscine, sans doute. Lena Marconi réapparut brièvement et lui accorda quelques minutes, avant de partir à la poursuite de Vincente.

Il rencontra aussi une certaine Jeanne LaRue, grande, angulaire, ultrachic et rivale directe de la superbe Lacy. Le contraste entre les deux femmes était frappant. Si Lacy pouvait être comparée à un petit golden retriever, Jeanne était un véritable pit-bull.

Les salons fourmillaient de mannequins et de starlettes, mais Renée Gonzalez demeurait invisible.

Luke parvint éviter les faux pas, en grande partie parce que la plupart des personnes présentes adoraient s'écouter parler. Il lui suffit donc de hocher la tête à intervalles réguliers pour susciter la sympathie de ses interlocuteurs. En leur posant quelques questions faussement innocentes, il glana même une ou deux informations intéressantes.

Jeanne LaRue, par exemple, connaissait Renée pour avoir travaillé avec elle, mais la jugeait gauche et inexpérimentée. Vraiment pas la fille à embaucher pour une séance de photos sur la plage ! affirma-t-elle avec autorité.

— Victoria connaît la musique, continua-t-elle. Je vous la recommande. Et Lacy, bien évidemment. Si elle reste sobre… Et encore, elle a récemment fait une série de photos fabuleuses pour un nouveau parfum alors qu'elle était complètement shootée ! Et, bien sûr, vous me voudrez, moi. Je suis la meilleure. Surtout dans un maillot de bain.

Luke fronça les sourcils.

— Et Colleen Rodriguez ? Sa disparition a fait la une des journaux pendant deux semaines… Elle est bien, non ? Est-ce qu'on l'a retrouvée ?

Jeanne fronça le bout de son joli nez.

— Non. Cette idiote a dû tomber amoureuse… Elle a décidé de fuguer.

— Vous croyez ? C'est bizarre, non ? Quand on est amoureux, on a plutôt tendance à vouloir le crier sur les toits !

— Ou alors, c'est un coup de pub, continua Jeanne avec un haussement d'épaules. J'espère qu'on la collera en taule… Elle a tout gâché.

— Tout gâché ? Je ne comprends pas. Vous ne vous faites pas beaucoup de souci pour elle, on dirait. Vous n'étiez pas amies ?

— Nous sommes toutes amies ici ! Mais elle s'est comportée comme une égoïste. Nous étions sur l'île avec elle, en train de filmer une pub. Tout se passait à merveille, les clients étaient ravis… Et voilà qu'elle se volatilise ! Avec son sac et son passeport, ne l'oublions pas.

— Mais elle n'a pas pris toutes ses affaires…

Jeanne agita la main.

— Je ne sais pas ce qu'elle a pris et ce qu'elle n'a pas pris. Je n'étais pas dans la même chambre qu'elle. Je ne partage jamais ma chambre avec qui que ce soit. C'est spécifié dans mes contrats. Demandez plutôt à Lacy…

Elles étaient ensemble. Elle était finaude, Colleen : elle avait bien compris que Lacy vaut de l'or en ce moment. Du coup, elle s'était mise à la suivre comme son ombre. Si quelqu'un sait quelque chose, c'est Lacy. Mais comme elle est bourrée les trois quarts du temps… si ça se trouve, Colleen lui a dit où elle partait et elle ne se le rappelle même pas !

Luke décida de s'entretenir avec Lacy à la première occasion, de préférence à un moment où elle serait sobre. Mais, ce soir, il était venu pour parler à Renée.

— Et n'oublions pas Chloé Marin, poursuivit Jeanne. Elle est plus à l'aise dans des vêtements sportifs que dans des Bikini à fleurs, mais elle a un regard si inhabituel… et des seins fabuleux, croyez-moi ! Ce sont les siens, d'après ce que j'ai cru comprendre. Pour ma part, j'ai toujours pensé qu'un peu de silicone ne gâchait rien à l'affaire… et je n'ai jamais rencontré un homme qui me contredise sur ce point. Qu'en pensez-vous, monsieur Smith ?

Penchée vers lui, elle attendait visiblement un compliment. Le draguait-elle ? C'était fort probable.

Luke retint un sourire en songeant qu'à une époque de sa vie, il aurait sans doute accepté cette invitation fort peu subtile — mais c'était fini, tout ça. Il avait vieilli et mûri. Fini de sauter sur tout ce qui bouge… Il n'avait pas pour autant trouvé l'âme sœur. En fait, sa seule relation durable s'était terminée dans les larmes. Il ne savait plus trop ce qu'il recherchait, à présent, mais une chose était sûre : ce n'était pas ce que Jeanne LaRue lui offrait.

Il se creusait les méninges pour trouver une réponse appropriée, un moyen de s'extirper de cette situation de la manière la plus élégante possible, quand on le bouscula si vivement qu'il faillit tomber.

— Oh ! Désolée… Je ne voulais pas vous éjecter de votre siège.

Il se retourna, stupéfait. Et se trouva nez à nez avec Chloé Marin. Elle l'enveloppa de son regard de jaguar, prit la bière que lui tendait le barman et se pencha vers lui.

— Vous avez besoin d'aide ? chuchota-t-elle à son oreille.

Il hésita. Puis, comme elle faisait mine de s'éloigner, il répondit précipitamment :

— Oui.

Elle hocha la tête sans sourire. Elle ne flirtait pas : elle avait remarqué son embarras et lui offrait une chance de s'éclipser.

— Monsieur Smith, reprit-elle à voix haute, le cousin de Victoria, Brad, vient d'arriver. Je vous ai parlé de lui, tout à l'heure.

— Parfait, répliqua Luke en se demandant qui était le Brad en question.

Il se tourna vers Jeanne.

— Si vous voulez m'excuser, mademoiselle LaRue… Mlle Marin doit me présenter quelqu'un.

— Brad, précisa Chloé à l'intention de Jeanne. M. Smith va devoir louer un bateau pour assister aux séances photos de son futur catalogue.

— Il n'a qu'à utiliser un de ceux de l'agence, avança Jeanne.

— Il tient à avoir le sien. Et puis, plus il y a de bateaux, plus on s'amuse ! répondit Chloé, avant de glisser son bras sous celui de Luke. Brad possède une flotte de bateaux à louer. Si vous voulez aller et venir pendant les séances de photos, vous serez content d'avoir votre propre moyen de transport.

Elle était amicale et venait de le sortir d'une situation embarrassante. Pourtant, elle demeurait étrangement distante.

— Renée Gonzalez fera-t-elle partie du groupe de mannequins ? demanda-t-il.

Elle lui jeta un regard perçant.

— Renée ? Aucune idée.

— Je pensais la voir ici, ce soir.

— Ah bon ? Et que savez-vous, au sujet de Renée Gonzalez ?

— On m'a dit qu'elle possède le type de beauté exotique que je recherche pour mon catalogue.

— Elle est très belle, c'est vrai, renchérit Chloé, avant de se taire.

Ils trouvèrent Victoria à l'autre bout de la piscine, en compagnie de deux hommes d'une trentaine d'années, tous deux vêtus à la dernière mode — veste cintrée, chemise au col déboutonné et pantalon au pli impeccable, le tout griffé, bien évidemment. L'un d'eux avait des cheveux blond cendré coupés en brosse ; l'autre était brun, avec une longue frange effilée du meilleur effet. On aurait dit deux rock stars en tournée.

— Monsieur Smith, vous connaissez déjà Victoria, mais je voudrais vous présenter Jared Walker et Brad Angsley. Brad est le cousin de Victoria, précisa Chloé en inclinant la tête vers le grand brun.

— Enchanté, dit Luke. Et appelez-moi Jack, je vous prie.

— Jack dirige une firme de prêt-à-porter spécialisée dans les vêtements de plage, expliqua Chloé. Il veut faire les photos de sa nouvelle collection pendant que nous ferons les nôtres pour le nouveau calendrier de l'agence. Je lui ai expliqué qu'il n'est pas très drôle de se retrouver coincé sur une petite, île sans bateau pour pouvoir se déplacer. Et qui d'autre que toi peut l'aider dans ce domaine ?

— C'est ce que je fais, en effet, répliqua Brad avec un sourire.

Victoria se mordit la lèvre.

— Nous ne devrions pas retourner sur cette île, dit-elle abruptement.

Jared glissa un bras autour de ses épaules et la serra contre lui.

— L'île en soi n'est pas dangereuse, Victoria.

— C'est là que Colleen a disparu, déclara Chloé sur un ton neutre. Mais Jack Smith est un nouveau client de l'agence. Nous devrions l'encourager, pas l'effrayer !

Brad sourit.

— Elle a raison. Et vous allez adorer cet endroit, Jack ! C'est le petit coin de paradis de l'agence. Sans oublier que vous serez à trois miles d'Islamorada, dont vous avez sûrement entendu parler… Un véritable éden pour les amateurs de pêche et de plongée sous-marine !

— N'empêche que Victoria a raison : c'est aussi l'endroit où Colleen a disparu, intervint Chloé.

Elle était manifestement déchirée entre le souci de ne pas l'effrayer et le souvenir de ce qui était arrivé à sa camarade.

— J'ai entendu parler de cette histoire, avança Luke. Très étrange.

Jared secoua la tête.

— Pas tant que ça. Les mannequins sont parfois assez instables sur le plan émotionnel — quand elles ne sont pas complètement cinglées !

— Dis donc ! protesta Victoria en lui décochant un coup de coude.

— Je n'ai pas dit *toutes* les mannequins. Toi, tu es parfaitement saine d'esprit…

— Mais qui pourrait soutenir que Jeanne LaRue n'est pas un peu siphonnée ? enchaîna Brad d'un ton railleur.

— Elle est très directe, voilà tout, argua Victoria.

Jared s'esclaffa.

— Elle piétinerait sa propre mère avec ses talons aiguilles si ça pouvait l'aider à arriver plus vite au faîte de sa carrière.

— C'est vrai — mais elle ne s'en cache pas, ce qui est tout à son honneur, déclara Chloé. Ne dit-on pas que l'ennemi que l'on connaît est moins dangereux que l'ami en qui l'on a confiance ?

— Exactement, approuva Brad en sortant une carte de visite de sa poche. Tenez… Avant que j'oublie, voici mes coordonnées. On vous trouvera un bateau pour la séance photos. Beaucoup de gens prennent l'avion, mais l'île est proche des côtes et un bateau vous donnera plus de liberté pour gérer votre emploi du temps. Vous savez naviguer ?

— Oui, répondit Luke.

Brad hocha la tête.

— Dans ce cas, c'est à vous de décider si vous voulez un capitaine ou non.

— Vous êtes associé avec l'agence ? reprit Luke.

Brad éclata de rire.

— Non, pas vraiment. Mais je suis le cousin de Vickie… et je veille sur elle.

— Et sur Chloé, ajouta Victoria.

Le jeune homme tressaillit imperceptiblement.

— Et sur Chloé, bien sûr.

— Nous nous connaissons depuis longtemps, expliqua Jared.

— Vous êtes tous de la région ? demanda Luke.

— On y est nés et on y a grandi ! fit Jared avec un large sourire. Je n'ai aucun lien avec l'agence, moi non plus… mais je ne manquerais ce genre de réception pour rien au monde ! Vickie et Chloé me présentent leurs copines et… je dois avouer que je serais ravi de poser pour une grande marque de fringues, si l'occasion se présentait !

Il baissa le ton.

— J'ai rencontré Myra Allen tout à l'heure. Vous vous rendez compte ? Elle me donnera peut-être ma chance…

— Myra ne quitte pratiquement pas le manoir. Les rares fois où elle se rend sur un tournage ou une séance photos, elle gère les affaires courantes depuis sa chambre d'hôtel, précisa Brad. Le grand air ne l'intéresse pas.

— N'empêche que c'est une légende… Je suis vraiment content de l'avoir rencontrée !

— Je connais quelqu'un qui a le béguin, le taquina Victoria.

— Mon seul béguin, c'est pour toi, assure Jared. Myra Allen est sur un piédestal. On l'adore de loin.

Il s'était exprimé d'un ton léger, mais Luke avait vu la façon dont il regardait Victoria. Il l'aimait. Depuis des années, peut-être — c'était évident.

Le petit groupe continua de bavarder, mais Luke ne les écoutait plus : il venait d'apercevoir une silhouette en haut de l'imposant escalier en marbre. Lorsqu'il se tourna vers ses compagnons, Chloé avait disparu. Il prétexta un besoin pressant — ce qui les fit tous sourire — et s'éclipsa.

Il traversa le salon et s'engagea discrètement dans

l'escalier. Sans pouvoir l'expliquer, il avait la conviction absolue que Renée Gonzalez se trouvait dans l'une des chambres du premier étage.

Il ouvrit une porte et découvrit une suite vide, mais visiblement habitée. Il jeta un regard aux photos disposées sur une commode et reconnut Myra, plus jeune, à l'époque où elle était parfaite.

Il ouvrit la porte suivante et vit un sac de voyage posé près du lit. L'étiquette de cuir portait le nom de Jeanne LaRue. Elle s'était donc installée au manoir, elle aussi — pour le moment, du moins.

La troisième chambre se révéla être celle de Lacy. Une famille d'ours en peluche était alignée sur les oreillers. Il continua son exploration, mais rien dans la chambre suivante ne lui permit de déterminer l'identité de son occupante. Il allait refermer la porte lorsqu'il vit bouger les rideaux donnant sur le balcon. Il se précipita et découvrit un treillage de bois auquel on pouvait accéder aisément en enjambant la rambarde.

Quelqu'un — une femme aux longs cheveux noirs — courait à travers la pelouse, au-delà de la ligne d'arbres qui bordait la piscine. Elle se dirigeait vers le fond de la propriété. Etait-ce Renée ? Sûrement. Luke avait étudié les plans. Il savait que le mur d'enceinte ne possédait que deux issues : le portail de fer forgé qui donnait sur la rue, et une petite porte qui permettait d'accéder à la plage.

Pourquoi fuyait-elle ? Et, surtout, *qui* fuyait-elle ? Lui ? Avait-elle appris qu'il la cherchait ? Ou bien essayait-elle d'échapper à la personne responsable de la disparition de Colleen Rodriguez ?

Il enjamba le balcon et se mit à descendre le long du

treillage. Soudain, il entendit quelqu'un se racler la gorge au-dessus de lui.

Chloé Marin l'avait suivi. Penchée vers lui, elle le considérait d'un air soupçonneux.

— Je croyais que vous cherchiez les toilettes, monsieur Smith ? Il en existe à l'intérieur, vous savez. Inutile de vous livrer à de telles acrobaties pour aller faire vos besoins sur la plage !

— Je sais, mais rien ne vaut l'air libre, riposta-t-il en priant pour que le treillage ne cède pas sous son poids.

Il continua de descendre, sauta à terre, et s'élança à la poursuite de Renée Gonzalez.

2

Chloé étouffa un juron. Difficile de sauter du premier étage avec une robe fourreau et des sandales à talons…

Jack Smith avait éveillé sa méfiance dès l'instant où elle l'avait vu entrer dans la propriété. Une méfiance justifiée, puisqu'il venait de se lancer à la poursuite de Renée ! Elle aurait dû alerter la police — mais que leur dirait-elle ? Dans une ville où les stylistes étaient capables des pires extravagances pour attirer l'attention (le dernier exemple en date étant Bjorn Bradikoff, qui n'avait pas hésité à longer la plage en tenue d'Adam, les pieds glissés dans une paire de sandales dessinées par ses soins, afin de prouver que ses accessoires, portés avec ou sans vêtements, représentaient le summum de l'élégance), sauter d'un balcon pour se rendre sur la plage n'avait rien d'extraordinaire. Aucun flic ne se déplacerait pour si peu.

Jack Smith était-il réellement dangereux ? Il fallait pourtant qu'elle en ait le cœur net ! Elle se débarrassa de ses escarpins et enjamba la balustrade, avant de s'agripper au treillage pour descendre le long du mur. C'était risqué… mais la frêle construction semblait tenir bon. Rassurée, elle remerciait sa bonne étoile quand une latte de bois se brisa sous ses doigts. Par chance, elle n'était plus très haut. Elle atterrit sur un tas de sable, évitant heureusement les épines des bougainvillées qui poussaient en grappes colorées autour de la maison.

Elle poussa un juron — à haute voix, cette fois —, se releva, épousseta sa robe et s'élança dans la direction que Renée puis M. Smith avaient prise.

Elle venait de s'engager sous les arbres, quand une légère culpabilité l'assaillit. Son oncle serait furieux s'il apprenait qu'elle s'était lancée à la poursuite d'un type un peu louche — et potentiellement armé, de surcroît.

Armé ? Non. Elle en doutait, en fait.

Smith s'exprimait avec une pointe d'accent britannique. Jouait-il la comédie ? Peut-être. Mais, là aussi, elle en doutait. Son accent était si subtil, si léger… comme s'il avait quitté son pays natal depuis de longues années.

La petite barrière qui permettait d'accéder à la plage était ouverte. Le vigile chargé de veiller sur les lieux — car il y en avait un — était en train de conter fleurette à une jeune femme aux longs cheveux roux. Elle portait une robe bustier qui mettait sa silhouette en valeur, et Chloé passa devant eux sans que l'homme lui accorde un regard. La propriété était bien gardée, manifestement !

Elle se dirigea vers le sud en se fiant aux traces de pas imprimées dans le sable. Elle n'avait pas peur. Il y avait encore quelques promeneurs sur la plage. Les hôtels de style Art déco qui avaient autrefois abrité les habitants les plus désargentés de la région, brillaient fièrement dans la nuit, éclairés de mille feux. Les vagues s'échouaient sur le rivage dans un doux murmure. Une brise salée soulevait ses cheveux comme une caresse.

Mais où étaient-ils passés ?

Elle se figea, le cœur battant. Les traces qu'elle avait suivies se mêlaient maintenant à celles de tous les passants qui s'étaient aventurés sur la plage ce soir-là. De plus, elle était passée devant plusieurs hôtels. Renée et son poursuivant avaient très bien pu s'engouffrer dans l'un d'eux.

Elle ferma les yeux, effarée. Et si cet homme était mêlé à la disparition de Colleen Rodriguez ? Renée était-elle en danger, elle aussi ?

« Du calme, s'enjoignit-elle. Ressaisis-toi. »

Si elle n'y prenait pas garde, la peur la paralyserait — une peur aussi violente qu'elle était fugace. Les années avaient passé, mais elle était encore en proie à ces crises de panique. L'espace de quelques instants, une terreur absolue l'envahissait. Des images baignées de rouge et de noir surgissaient à son esprit et…

« Qu'est-ce qui te prend ? songea-t-elle avec impatience. La disparition de Colleen n'a aucun rapport avec ce qui s'est passé il y a dix ans. Strictement aucun rapport. »

Elle serra les dents et lutta de toutes ses forces contre la vague de panique, qui finit par refluer. C'était sa manière à elle de gérer les séquelles de cette nuit d'horreur. Elle aurait pu se recroqueviller sur elle-même et se cacher pour le restant de ses jours — mais elle avait choisi de vivre. Et elle y était parvenue.

Apprendre les arts martiaux l'avait aidée, bien sûr. Elle avait aussi appris à manier une arme à feu. Et à tirer à l'arc.

Autant de techniques qui ne lui servaient à rien dans les circonstances présentes, hélas… Renée n'était nulle part en vue. Il ne lui restait plus qu'à rebrousser chemin. Mais elle ne s'avouait pas vaincue pour autant ! Elle s'était promis de protéger cette jeune fille. Et de faire toute la lumière sur la disparition de son amie — et sur le rôle qu'avait pu jouer l'agence Bryson dans ce drame. Son enquête ne faisait que commencer.

Elle fit volte-face, prête à regagner le manoir… et se trouva nez à nez avec Jack Smith.

— Où est Renée ? s'exclama-t-elle, optant pour l'offensive.

— A vous de me le dire. Et merci de confirmer qu'il s'agissait bien de Renée… Grâce à vous, je sais qu'elle est vivante, au moins !

Chloé fronça les sourcils.

— Pourquoi vous intéressez-vous à elle ?

Smith haussa les épaules.

— Je la veux dans le catalogue de ma nouvelle collection.

— Au point de vous introduire dans des appartements privés et de la pourchasser comme vous venez de le faire ?

— Si on veut arriver à quelque chose, il faut parfois savoir bousculer les règles, riposta-t-il. A vous, maintenant. Pourquoi me suivez-vous ?

— Parce que vous suivez Renée, répondit-elle du tac au tac.

— Pourquoi Renée n'assistait-elle pas à la réception alors qu'elle se trouvait dans la maison ?

— Allez savoir… Elle craignait peut-être qu'un illustre inconnu qui se prétend designer ne se lance à sa poursuite en enjambant le balcon du premier étage ?

Smith sourit, et Chloé constata avec surprise que ce sourire le rendait séduisant et même… sexy.

Il était plutôt bien bâti : grand, mince, les épaules larges et le ventre plat. Mais c'étaient surtout ses yeux qui retenaient son attention : clairs et perçants, ils semblaient lire au plus profond d'elle-même. Son visage était trop anguleux, ses traits trop rudes pour qu'on puisse le qualifier de beau. Pourtant, il était plus séduisant que la plupart des mannequins masculins invités à la soirée.

— Dans le milieu de la mode, tout est permis, non ? reprit-il. C'est du moins ce que j'avais cru comprendre.

Ils se tenaient face à face, se mesurant mutuellement du regard, lorsque Renée bondit des buissons qui séparaient la plage et la rue et s'enfuit à toutes jambes.

Jack Smith se lança aussitôt à sa poursuite, mais Chloé se jeta sur lui pour l'arrêter. Il parvint à garder son équilibre et la fit basculer sur le côté, l'envoyant rouler sur le sable sans même interrompre sa foulée. Chloé lui attrapa la cheville et tourna rapidement sur elle-même, comme elle l'avait appris avec son professeur d'arts martiaux. Cette fois, il tomba.

Que faire, à présent ? Elle n'avait pas vraiment réfléchi à la suite des événements… Elle voulait juste laisser à Renée le temps d'échapper à son poursuivant. Car, quoi qu'il en dise, son attitude n'était pas très normale.

Elle se redressa d'un bond, prête à fuir à son tour, mais Smith ne lui en laissa pas l'occasion : cette fois, ce fut lui qui l'attrapa par la cheville et la fit retomber sur le sable. L'instant d'après, il était sur elle et encerclait ses poignets. Cependant, sa prise était douce et il veillait à ne pas l'écraser sous son poids. Il ne lui voulait pas de mal, apparemment.

— Bon… Il est temps de parler franchement, maintenant ! déclara-t-il d'un ton presque impérieux.

Chloé se raidit. Pour qui se prenait-il ? Il n'avait pas d'ordre à lui donner ! Et cette manière qu'il avait de se plaquer contre elle… A peine avait-elle formulé cette pensée qu'une étrange chaleur l'envahit, ajoutant à son irritation. Que lui arrivait-il ? Elle était en train de se battre avec un homme potentiellement dangereux — un monstre, peut-être, et…

« Non, ce n'est pas un monstre », se reprit-elle aussitôt. Elle en avait la certitude. Son instinct le lui disait.

La certitude ? Pauvre idiote ! Un nombre incalculable de femmes avaient dû se dire la même chose, avant de périr sous les coups de leur assaillant.

Au fond, elle ne savait rien de ce type. Pas question de lui laisser l'avantage ! Il lui emprisonnait les poignets, mais ses jambes étaient restées libres, et il ne s'attendait pas à ce qu'elle riposte. Sûre de son fait, elle remonta brusquement les genoux vers sa poitrine et repoussa son adversaire. Surpris, il eut un instant de faiblesse, et Chloé parvint à le jeter sur le côté.

Sa victoire fut de courte durée : Smith se reprit aussitôt et l'attrapa de nouveau avant qu'elle parvienne à se relever. Elle tenta une feinte sur la gauche, mais cette fois il était prêt, et elle ne réussit qu'à battre l'air de ses pieds et de ses poings. Smith poussa un juron, puis un grognement de douleur lorsqu'elle le frappa au menton. Mais il ne lâcha pas prise pour autant. Il luttait pour la maîtriser, pas pour l'assommer. Elle lui avait fait mal, mais il s'efforçait de regagner le contrôle de la situation — et il était sur le point d'y parvenir.

— Eh ! Qu'est-ce qui se passe, ici ? tonna une grosse voix derrière eux.

Chloé la reconnut sans peine. C'était celle du lieutenant Anthony Stuckey, de la police de Miami. Stuckey avait suffisamment d'années de service pour pouvoir passer son temps dans le confort de son bureau, mais il continuait de préférer le terrain. C'était un ami de Léo, l'oncle de Chloé. Après le massacre des lycéens, dix ans plus tôt, il l'avait encouragée à se consacrer au dessin, car les croquis de la jeune fille avaient aidé la brigade criminelle à résoudre l'affaire. Il l'avait aussi incitée à mettre son talent d'artiste au service de la police — même s'il ne perdait jamais une occasion de lui rappeler qu'elle n'était pas flic pour autant.

— Tony ! Viens m'aider ! cria-t-elle.

— Bonsoir, lieutenant, dit Jack Smith en se levant aussi calmement que s'ils avaient passé la soirée à admirer le clair de lune.

Il tendit la main à Chloé pour l'aider à se relever, mais elle le repoussa d'un geste sec.

— Cet homme a essayé d'attaquer une des mannequins qui assistaient à la réception organisée par l'agence Bryson, expliqua-t-elle en se tournant vers le policier.

— Cette jeune personne se trompe. Comme tu peux l'imaginer, je n'ai jamais cherché à attaquer qui que ce soit, répliqua posément Jack Smith.

Chloé écarquilla les yeux. Il avait tutoyé le lieutenant Stuckey ! Se connaissaient-ils ?

Elle lança un regard perplexe au policier. Sa carrure massive dissimulait un cœur d'or. Sous ses cheveux blancs coupés très court, ses yeux clairs pétillaient de bienveillance. Il posait sur le monde un regard franc et dénué de malice. Elle lui faisait une confiance absolue… Il n'allait tout de même pas la trahir au profit de ce Jack Smith ?

— Il doit y avoir un malentendu, en effet, déclara-t-il.

Chloé crispa les mâchoires. Stuckey avait vu Smith la clouer au sol et il lui trouvait des excuses ?

— Que fais-tu ici ? reprit le lieutenant en se tournant vers elle.

— J'étais à la soirée de l'agence. Tu le sais bien.

— Oui, mais pourquoi en es-tu partie ?

— Parce que ce type était en train de pourchasser Renée.

— Chloé... Je croyais que nous étions d'accord ! Nous avons déjà parlé de ce genre de situation, n'est-ce pas ? bougonna le lieutenant.

C'est vrai, ils en avaient déjà parlé. A plusieurs reprises. Stuckey était l'un de ses meilleurs amis — du moins le croyait-elle. Et c'est à ce titre qu'elle lui avait promis de ne pas céder à sa curiosité — elle avait une fâcheuse tendance à vouloir fourrer son nez dans les affaires louches — afin d'éviter de se retrouver dans des situations potentiellement dangereuses. Mais...

Elle secoua la tête, peu désireuse de faire son *mea culpa*. Il y avait plus grave, non ? C'était tout de même Smith qui était en tort dans cette affaire ! Et depuis quand Stuckey faisait-il ami-ami avec les designers de Miami Beach ?

Il s'était toujours méfié du milieu de la mode — preuve supplémentaire de l'ambivalence de Jack. Ce type n'était pas celui qu'il prétendait être. Mais alors, *qui* était-il ?

— Allons discuter dans un endroit tranquille, reprit Stuckey sur un ton qui n'admettait pas de réplique.

Chloé remarqua qu'un attroupement était en train de se former. Stuckey la prit par le bras et l'entraîna vers sa voiture de patrouille. Il avait de la chance d'être flic : se garer au bord de la mer, sur South Beach, était pratiquement impossible.

Jack Smith leur emboîta le pas.

— Où m'emmènes-tu ? s'enquit-elle.

— Je viens de te le dire. Dans un endroit tranquille. Allons chez Jimmy Ray. Il est trop tard pour que le restaurant soit pris d'assaut par les ados, et trop tôt pour les fêtards qui ont l'habitude de manger un morceau chez lui en sortant de boîte.

— Je n'ai pas de chaussures, grommela-t-elle.

— Tu n'auras qu'à porter mes tongs.

Ils s'arrêtèrent près de la voiture. Stuckey ouvrit la portière côté passager et s'empara d'une paire de tongs, qu'il lui tendit. Chloé secoua la tête : elles étaient trois fois trop grandes pour elle.

— Pas grave. Je marcherai pieds nus.

— Comme tu voudras, fit Stuckey.

Jack Smith, ou plutôt l'homme qui se faisait appeler ainsi, ne la quittait pas du regard. Furieuse, Chloé accéléra le pas. Décidément, elle n'aimait pas ce type. Ses yeux lui semblaient trop gris ; son regard, trop tranchant. Tout chez lui, d'ailleurs, était tranchant, que ce soit les angles de son visage ou le ton de sa voix. Il ne lui plaisait pas du tout. Et ne lui inspirait pas confiance. Et pourtant… elle le trouvait terriblement attirant. Comment expliquer une telle contradiction ?

Ils traversèrent la rue, puis s'engagèrent dans l'allée qui menait au petit restaurant de Jimmy Ray.

Né à South Beach, Jimmy y avait passé toute sa vie. Il aimait évoquer le bon vieux temps — et, à près de quatre-vingts ans, il savait de quoi il parlait. En dépit de son âge, il travaillait encore six jours sur sept et servait la meilleure pizza des environs. Son bar était le plus sympa du coin et il vendait ses cocktails à un prix imbattable. Chez lui, la musique n'était jamais trop forte, mais il lui arrivait d'inviter un chanteur qui s'accompagnait d'une guitare acoustique. Les gens allaient chez Jimmy Ray pour bavarder et passer un bon moment entre amis. Comme

Stuckey l'avait prédit, l'endroit était pratiquement vide à cette heure.

— Salut, Jimmy ! lança-t-il en entrant.

L'intéressé, reconnaissable à son crâne chauve, leva les yeux en souriant.

— Salut, Stuckey. Bonsoir, Chloé.

Il ne salua pas Jack, ce qui fit plaisir à la jeune femme.

Stuckey l'invita à s'asseoir et se glissa près d'elle sur le banc, tandis que Jack s'installait en face d'eux.

— Bon…, commença le lieutenant d'un air las. Une petite explication s'impose.

Il s'interrompit pour répondre à la serveuse qui vint prendre leur commande. Originaire d'Ukraine, Katia était arrivée à Miami cinq mois plus tôt, mais parlait déjà parfaitement anglais.

— Un café, reprit Stockey. Et… puisque je suis là, une pizza au pepperoni.

— Chloé ? demanda Katia. Qu'est-ce qui te ferait plaisir ?

— Un thé glacé, s'il te plaît.

— Luke ? continua la jeune femme en s'adressant à l'homme qui s'était présenté sous le nom de Jack Smith.

— Un café, merci.

La serveuse s'éloigna, et Stuckey se tourna vers Chloé.

— Je crois qu'on devrait commencer par le début. Chloé, je te présente Luke Cane. Luke, voici Chloé Marin.

— Luke, vraiment ? fit la jeune femme d'un air doucereux.

— Mademoiselle… Marin ? répliqua celui-ci sur le même ton.

— Oui, Chloé Marin, répéta le lieutenant d'un ton jovial. Chloé, Luke enquête sur la disparition de Colleen

Rodriguez et il cherche à comprendre ce qui se passe avec Renée Gonzalez.

Chloé fronça les sourcils.

— Il ne se passait rien avec Renée avant qu'il ne se lance à sa poursuite ! accusa-t-elle en foudroyant Luke du regard.

— Ses parents se font du souci, expliqua Stuckey. Chaque fois qu'ils appellent le manoir ces temps-ci, on leur répond que Renée n'est pas là, qu'on ne sait pas où elle est ni quand elle reviendra. Après ce qui est arrivé à Colleen…

— Mais… elle…, marmonna Chloé, avant de se taire.

— Quoi ? insista Stuckey. Tu sais quelque chose ?

Elle secoua la tête.

— Je ne connais pas toute l'histoire, mais je crois que Renée essaie d'éviter son père. Il est cubain, et plutôt macho. Il ne veut pas qu'elle soit mannequin. Ce n'est pas un métier pour une fille de bonne famille, si tu vois ce que je veux dire. Mais elle est majeure, et c'est ce qu'elle a envie de faire !

— J'aimerais quand même lui parler, intervint Luke.

Katia apporta leur commande et s'éclipsa de nouveau.

— Pourquoi voulez-vous lui parler ? reprit Chloé d'un air soupçonneux.

— A cause de Colleen Rodriguez.

La jeune femme se raidit. Elle avait elle-même infiltré l'agence afin d'enquêter sur la disparition de Colleen.

— Et pourquoi Renée en particulier ?

— C'était sa meilleure amie.

Chloé se mordit la langue. Bon, il était bien renseigné.

— Si je comprends bien, vous vous connaissez, tous les deux, reprit Luke.

Stuckey poussa un soupir. Expliquer son amitié avec Chloé était toujours un peu difficile.

Luke s'adossa à la banquette et drapa un bras sur le dossier.

— Vous êtes détective privé ? demanda-t-il à Chloé.

Elle fut irritée de se sentir rougir.

— Non. Et vous ?

Il acquiesça.

— J'aimerais voir votre licence, déclara-t-elle froidement.

Luke arqua un sourcil, sortit son portefeuille et l'ouvrit avant de le lui tendre. Elle se pencha vers le document, et se redressa, piquée au vif.

— C'est un permis de pêche !

— Il a toutes les licences qu'il faut, intervint Stuckey avec un brin d'impatience.

— Tu aurais pu le dire plus tôt ! riposta-t-elle.

— Et vous, que faites-vous dans la vie, mademoiselle Marin ? demanda Luke. Vous n'êtes pas vraiment mannequin, n'est-ce pas ?

— Je suis psychologue et artiste, répondit-elle.

— Chloé est portraitiste, ajouta Stuckey. Elle nous a apporté une aide inestimable dans bon nombre d'affaires. Et, en tant que psychologue, elle a aidé beaucoup de victimes à se remettre de graves traumatismes.

— Est-ce pour dessiner les mannequins que vous étiez à cette soirée ? s'enquit Luke avec une pointe d'ironie.

Sur la défensive, Chloé préféra laisser Stuckey répondre à cette question.

— La disparition de Colleen est loin d'être élucidée. Or Victoria est sous contrat avec l'agence Bryson, et comme Chloé est très amie avec elle et qu'il lui est déjà arrivé de poser pour l'agence, nous l'avons chargée de poursuivre l'enquête auprès des mannequins et du personnel du manoir. Personne ne se doute de rien, évidemment. Chloé m'a promis de veiller à sa propre sécurité et d'agir en toute discrétion... N'est-ce pas, Chloé ?

— Je vois, fit Luke d'un ton réprobateur. Un diplôme de psychologie et des talents d'artiste vous autorisent à enquêter sur la disparition d'une femme, et peut-être même sur un meurtre ?

— Tony vient de vous dire que je connais bien Victoria et qu'il m'était facile d'infiltrer l'agence. Si quelqu'un peut découvrir ce qui s'y passe, c'est moi !

Elle se tut, la gorge nouée. Elle avait eu l'occasion de rencontrer Colleen, et s'était prise de sympathie pour elle. Sa disparition ne la laissait pas indifférente, loin de là : elle se sentait personnellement concernée. Et, quoi qu'en dise Luke, elle était la mieux à même de mener cette enquête. Elle et Victoria étaient devenues amies après la nuit d'horreur qui avait bouleversé leur vie. Elles formaient avec Brad et Jared un groupe soudé — presque une famille. Les aléas du quotidien, les études, le travail ou les vacances avaient beau les séparer pendant de longues semaines, il leur suffisait de rentrer chez eux, à Miami, pour redevenir inséparables.

Elle envisagea aussi de dire à Luke que son oncle Léo, qui avait élucidé plus d'enquêtes criminelles que tous les privés du coin, avait, lui, entièrement confiance dans son opinion et ses compétences — mais la sonnerie du portable de Stuckey l'en empêcha. Le lieutenant répondit, écouta son interlocuteur, et sourit.

— Oui, elle est avec moi. Je lui passe le message.

Il coupa la communication.

— C'était Victoria.

— Est-ce qu'elle t'a donné des nouvelles de Renée ? demanda Luke.

Chloé haussa les épaules.

— Elle doit être bien planquée, maintenant !

— Où ira-t-elle ? demanda Luke.

« Même si je le savais, je ne le vous dirais pas ! » songea Chloé en évitant son regard.

— Luke, si tu nous expliquais pourquoi les Gonzalez se font tant de souci pour leur fille ? suggéra Stuckey.

Luke parut hésiter, comme s'il regrettait de devoir partager ses informations avec elle. Mais il respectait Stuckey — et ce fut pour lui être agréable qu'il répondit.

— Saviez-vous que Colleen et Renée sont amies depuis toujours ? Leurs parents se connaissaient avant la naissance des deux filles.

Chloé garda le silence. Non, elle ne le savait pas. Et elle doutait fort que Victoria ou les autres mannequins soient au courant. Les deux mannequins avaient sans doute préféré dissimuler l'ancienneté de leur amitié pour ne pas gâcher leurs chances d'obtenir du travail. Certains responsables de casting ne voyaient pas d'un très bon œil les liens étroits qui unissaient certaines filles : elles finissaient souvent par se disputer et cela nuisait au bon déroulement des séances photos.

— Quand il a compris qu'il n'arrivait plus à joindre sa fille, Octavio Gonzalez, le père de Renée, est venu me trouver. Elle ne répondait même plus à son portable. Il craint que ce qui est arrivé à Colleen ne soit en train d'arriver à sa fille — c'est-à-dire que quelqu'un ne cherche à la séduire afin de l'enlever, et peut-être de la tuer. Le fait que Colleen soit majeure et que son sac et son passeport aient disparu avec elle laissent à penser qu'elle est partie de son plein gré. La police n'a rien trouvé qui permette de soupçonner un acte criminel. Mais les parents de Colleen sont convaincus qu'elle n'aurait jamais fait une chose pareille — pas sans les tenir au courant. Octavio est fou d'inquiétude. Et l'agence ne se montre pas très coopérative. Cela dit, ce n'est pas leur rôle. Renée a vingt-deux ans. Elle a le droit de faire ce qu'elle veut, y compris d'éviter ses parents si elle ne veut pas leur parler. Malgré tout, Octavio est sûr que l'agence a quelque chose à cacher.

— Franchement, je ne le pense pas, rétorqua Chloé.

— Sur quoi basez-vous votre opinion ? Les défendez-vous parce que vous y travaillez et que votre amie Victoria est en train de faire une jolie carrière chez eux ?

Chloé faillit lui envoyer son poing dans la figure. De quel droit l'accusait-il ainsi ? Ses motivations étaient parfaitement claires ! Ne s'était-elle pas introduite au sein de l'agence afin d'espionner le personnel, la direction et l'équipe de mannequins ? Il lui arrivait de douter de leur intégrité, elle aussi. Colleen était une jeune femme splendide, adorable et pleine d'énergie. Rien ne permettait d'expliquer sa disparition.

Chloé baissa les yeux, soudain lasse. Luke Cane était un détective privé — même s'il ne lui avait montré qu'un permis de pêche. Tony Stuckey avait confiance en lui. En temps normal, cela aurait suffi à lui assurer sa sympathie. Mais leur relation avait démarré sous de mauvaises auspices.

— Je ferai ce que je peux pour que Renée accepte de vous parler, dit-elle finalement. Tony, si tu veux bien m'excuser… Je vais retourner au manoir. Vickie doit être prête à rentrer, à l'heure qu'il est.

Luke se pencha et lui effleura le bras par-dessus la table. Chloé tressaillit. Il avait de larges mains, très masculines, et de longs doigts de pianiste aux ongles carrés, coupés court. Sa paume était rugueuse, comme s'il avait l'habitude du travail manuel. Troublée, elle l'imagina en train de bricoler, de construire quelque chose. Elle serra de nouveau les dents. Pourquoi elle éprouvait de telles émotions, de telles *sensations* à son contact ?

Elle croisa son regard.

— Victoria ne vit pas au manoir ? s'enquit-il.

— Non. Elle habite dans le Grove, à un kilomètre de chez moi. Il lui arrive de dormir au manoir, lorsqu'elle a rendez-vous très tôt le matin pour un casting ou une séance photos. Mais, la plupart du temps, elle préfère rentrer chez elle. C'est plus pratique pour se rendre à l'école où elle donne des cours de théâtre. C'est son second métier.

— Elle a tout de même une chambre au manoir ? insista Luke.

— Oui. Ecoutez, j'essaierai de faire en sorte que Renée appelle ses parents, mais je ne vous garantis rien. Et je doute que vous parveniez à la faire changer d'avis. Elle est convaincue de pouvoir percer dans ce métier, que son père le veuille ou non. Il l'aime, mais il la surprotège. Or elle est majeure et nous sommes en Amérique. C'est à elle de décider de ce qu'elle veut faire de sa vie.

Il secoua la tête.

— Vous ne comprenez pas. Il est possible que son amie ait été assassinée… Renée court peut-être le même risque !

— Rien ne nous permet d'affirmer que Colleen a été enlevée, insista Chloé.

Elle était de mauvaise foi, mais c'était plus fort qu'elle : elle ne voulait pas qu'il ait raison.

— Arrêtez de faire l'autruche, riposta Luke. Colleen Rodriguez a sans doute été assassinée. Et il y a de fortes chances pour que le coupable soit un des habitués de l'agence Bryson.

3

Le *Stirling* était un des cinq bateaux amarrés au débarcadère branlant de Key Biscayne, là où le port donnait sur Florida Bay.

Ces docks seraient bientôt détruits, tout comme la vieille boutique d'articles de pêche qui faisait aussi office de cafétéria depuis les années 1920.

Miami était officiellement devenue une ville en 1896, même si, à l'époque, la bourgade n'était qu'une sorte de marais infesté de moustiques coincé entre Biscayne et les Everglades. La localité était déjà bien connue des autorités fédérales : Fort Dallas avait été construit sur les berges de la rivière Miami au tout début du XIXe siècle pour servir d'avant-poste aux soldats qui luttaient contre les Indiens Séminole. Par la suite, la ville et les petites municipalités qui l'entouraient se développèrent peu à peu, mais les ouragans, la chaleur, l'humidité, les serpents et les crocodiles freinèrent leur expansion. Il y avait eu un boom dans les années 1920, aussitôt stoppé par l'ouragan de 1926. La ville retrouva un second souffle au cours des années 1940, lorsque la Seconde Guerre mondiale favorisa le développement de l'industrie militaire et l'installation de nombreuses casernes. Quelques années plus tard, l'arrivée de Fidel Castro au pouvoir incita des milliers de Cubains à quitter leur pays et à s'installer à Miami, qui devint dès lors la terre d'accueil de nombreux immigrants issus des Caraïbes et d'Amérique latine.

Ce qui avait attiré Luke Cane dans la région appartiendrait bientôt au passé, mais il ne s'en plaignait pas. Il aimait la diversité ambiante et le fait d'entendre parler espagnol, allemand ou russe à chaque coin de rue. Bien sûr, il regretterait les vieilles boutiques et les docks, lorsqu'ils seraient finalement emportés par la modernisation… mais le processus prendrait sûrement plus longtemps dans les Keys. Il lui suffirait d'aller amarrer le *Stirling* plus au sud pour retrouver l'atmosphère un peu surannée qu'il aimait tant ici.

La chaussée menait aux résidences luxueuses de Key Biscayne, à l'aquarium, aux plages et à l'une des meilleures écoles de la ville. Il y avait des laboratoires de recherche, des bateaux à louer et des aires de pique-nique. Son petit coin de paradis à lui se trouvait au bout d'un chemin arboré que seuls les autochtones empruntaient. Les plaisanciers connaissaient la petite boutique d'articles de pêche, qui servait aussi à manger et à boire à ses clients. Le menu, quoique limité, remportait toujours un franc succès : on avait le choix entre une assiette de crevettes et un hamburger.

Lorsqu'il arriva chez lui, cette nuit-là, Luke reconnut immédiatement le visiteur qui l'attendait devant son bateau : Octavio Gonzalez.

Il gara sa voiture sur la bande de terre qui lui était réservée et descendit. Octavio, qui s'était déjà levé, se dirigea vers lui. Il était presque 3 heures du matin.

— Vous avez vu ma fille ? demanda M. Gonzales avec anxiété. Elle va bien ?

— Je n'ai pas pu lui parler, mais elle était là. Elle va bien, assura Luke.

Un profond soulagement se peignit sur les traits d'Octavio, mais il fut de courte durée.

— Vous n'avez pas pu lui parler ? Pourquoi ? Vous êtes sûr qu'ils ne la retiennent pas prisonnière ?

Du haut de son mètre soixante, l'homme était râblé, chauve et moustachu. Il avait sans doute été un véritable macho dans sa jeunesse, mais, aujourd'hui, il avait juste l'air brisé et désespéré.

— Cette Myra... Tout est de sa faute ! reprit-il avec véhémence. Elle ne me permet pas de parler à ma fille. Elle ne me laisse pas entrer dans la propriété. Elle a même appelé la police quand j'ai insisté. Elle leur a dit qu'elle ne savait pas où se trouvait Renée !

— C'est vrai, mais, si Renée n'était pas au manoir quand ils se sont présentés, elle ne mentait pas. Elle leur a aussi affirmé que Renée se porte bien et ils retourneront là-bas pour essayer de la voir.

— Ils devraient camper devant la porte ! s'emporta Octavio.

— Je comprends ce que vous ressentez, répliqua Luke. Venez... Entrons chez moi. Je vous dirai ce que je sais.

Le pont arrière menait directement à la cabine centrale. Ce bateau lui servait à la fois de domicile, de refuge et de thérapie. Combien d'heures avait-il passées à travailler le bois et à lustrer les vieux chromes depuis qu'il l'avait acheté, des années auparavant ? La cuisine était moderne et parfaitement fonctionnelle ; le coin « salle à manger » de la cabine principale, meublé d'une élégante table en teck dotée d'un banc en forme de fer à cheval, pouvait accueillir de nombreux invités ; le coin « salon », équipé de fauteuils et d'un vaste canapé très confortable, invitait à la détente. De là, six marches menaient au pont supérieur, tandis qu'un couloir conduisait à la cabine du capitaine, à la poupe, flanquée de deux cabines supplémentaires, l'une à bâbord, l'autre à tribord. Luke avait rénové ce bateau avec amour et s'y sentait infiniment bien — du moins pour le moment. Certes, l'eau du canal n'était pas aussi cristalline qu'il l'aurait souhaité, et les bateaux qui allaient et venaient étaient parfois un peu bruyants… mais le mouvement constant de l'eau assurait sa propreté et il adorait y plonger chaque fois que le cœur lui en disait. Décidément, rien ne surpassait le plaisir de vivre sur l'eau !

Le seul problème étaient les milliers de kilomètres qui le séparaient de l'Angleterre, où il était né. Encore aujourd'hui, il lui arrivait d'éprouver un violent désir de retourner chez lui. Il se consolait en songeant qu'il avait eu la chance de naître *après* l'invention de l'aéronautique — dont il profitait régulièrement pour combattre sa nostalgie.

Octavio le suivit à l'intérieur. Luke ouvrit le réfrigérateur pour en sortir une bouteille de bière.

— Vous en voulez une ? demanda-t-il à son invité.

— Non, merci.

Luke retint un sourire et tira une bouteille de cognac d'un placard. Il la montra à Octavio, l'interrogeant du regard. Ce dernier hésita un instant, puis hocha la tête. Il prit le verre que Luke lui apporta et s'assit dans un des fauteuils.

— Pourquoi ? fit-il en passant ses doigts dans ce qui lui restait de cheveux. Pourquoi refuse-t-elle de me parler ? Vous dites qu'elle est là… vivante, et qu'elle va bien. Il faut qu'on arrive à lui parler ! Elle ne doit pas aller sur cette île. Elle mourra. Je le sais.

Luke s'installa en face de lui.

— Elle était là et j'ai pu m'entretenir avec l'une de ses amies.

— *Dios mio,* murmura Octavio en se signant avec soulagement.

— Je vais me débrouiller pour l'approcher et la convaincre de vous appeler. Mais nous sommes dans une position délicate… Si vous êtes certain qu'elle coure un danger imminent, je pourrais la forcer à quitter le manoir…

— Oui ! C'est ce qu'il faut faire !

— Non, Octavio, acheva Luke en secouant la tête. Je n'ai aucun scrupule à faire des entorses à la règle de temps à autre, mais *pas* si cela doit me conduire en prison… sans rien améliorer à la situation ! Vous devez comprendre que vous ne pouvez pas séquestrer votre fille. Si je la forçais à rentrer chez vous, elle s'échapperait à la première occasion. Elle pourrait même vous accuser, vous et votre femme, d'enlèvement et de séquestration.

— Ma fille ferait une chose pareille ? s'indigna Octavio.

L'espace d'un instant, il parut sur le point de pleurer, comme s'il ne parvenait pas à s'expliquer la stupidité de son entourage.

— Ne voit-elle pas le danger qui la menace ? reprit-il. Elle adorait Colleen. Elles ont passé leur enfance à jouer ensemble. Renée a tant pleuré quand Colleen a disparu, et puis… elle a cru les salades qu'on lui a racontées à l'agence. Elle a cru tous ceux qui soutiennent que la petite s'est enfuie de son plein gré. Et pourquoi ? Vous savez pourquoi ? Parce qu'elle veut être mannequin ! Parce qu'elle veut être riche et que les hommes lui courent après !

Il secoua la tête, avant d'enchaîner :

— Il faut être strict avec les enfants. C'est le rôle d'un bon père, non ? Le père de Colleen et moi avons toujours été d'accord là-dessus. Nous avons fait attention aux gens que nos filles fréquentaient, à l'heure à laquelle elles rentraient à la maison. Nous avons veillé à ce qu'elles ne fument pas, ne boivent pas, ne se droguent pas. Nous nous sommes efforcés de leur apprendre la différence entre le bien et le mal. Mais elles regardaient la télévision, voilà le problème ! Elles voyaient bien comment les femmes américaines couchent à droite à gauche, boivent, se comportent comme des traînées — tout ça sur l'écran de la télévision ! J'ai essayé d'expliquer à Renée qu'elle ne doit pas se comporter comme *una puta* parce que les hommes corrects, les hommes décents qui travaillent, qui aiment leur femme et qui s'occupent de leurs enfants et de leur famille, ne voudront pas d'elle. Vous savez ce qu'elle m'a répondu ? Elle m'a dit qu'elle ne voulait pas d'un homme décent ou d'une famille. Elle voulait le rêve américain. Et c'est quoi ce rêve ? je lui ai demandé. De coucher avec tout le monde, comme les femmes que tu vois à la télévision ?

Il poussa un grognement.

— Tout ça m'est bien égal, maintenant, du moment qu'elle est vivante ! Elle peut coucher avec qui elle veut... Mais elle refuse de me parler. Et sa mère qui pleure, qui pleure, qui pleure... C'est horrible de penser qu'elle ne veut plus nous parler. Et c'est encore pire de penser à Colleen, de penser que Renée sera comme elle et qu'elle ne rentrera jamais à la maison... Qu'elle ne vivra pas une longue vie, une vie heureuse ! Vous croyez sans doute que je me fais des idées, que ce qui est arrivé à Colleen ne lui arrivera pas, mais j'en suis sûr. J'en suis sûr, vous m'entendez ? Si elle reste à l'agence, elle va mourir !

— Octavio… Essayez de garder votre calme. Nous n'avons même pas la certitude qu'il soit arrivé quelque chose de grave à Colleen.

Octavio lui jeta un regard empreint de lassitude.

— Colleen est morte. Son père le sait, sa mère aussi. Et moi aussi, je le sais ! Ses parents sont allés secrètement sur Islamorada pour se recueillir là où elle a disparu. Ils ont dû y aller *secrètement*, vous vous rendez compte ? Parce que les salauds de l'agence ne les autorisent pas à y mettre les pieds. Ces gens se comportent comme si les parents de Colleen étaient des moustiques, quelque chose qui les agace et les ennuie. Ma femme y est allée, elle aussi. Ils ont mis une croix pour Colleen.

Luke garda le silence un instant. Puis il se pencha vers son client.

— Je vais faire tout mon possible pour vous aider, mais vous devez me faire confiance. Pour le moment, nous savons que votre fille va bien. Son amie m'a dit que Renée veut vraiment devenir mannequin, au point qu'elle évite peut-être vos appels pour ne pas avoir à vous écouter, puisqu'elle sait que vous voulez la convaincre de renoncer. Je peux essayer de lui parler de votre part, mais personne — ni moi ni vous — ne pourra l'empêcher de se rendre à la séance photos qui sera organisée sur l'île, si c'est ce qu'elle a décidé de faire.

— Si elle y va, promettez-moi d'y aller avec elle. Vous devez découvrir ce qui se passe là-bas ! implora le père de Renée.

— Je le ferai, Octavio. Vous avez ma parole.

Son hôte bondit sur ses pieds et lui serra la main.

— Le lieutenant Stuckey m'avait bien dit que je pouvais compter sur vous !

— Je vous tiendrai informé, assura Luke. De votre côté, vous devez me promettre une chose : si Renée vous appelle, n'essayez pas de l'empêcher de poursuivre sa carrière. Acceptez ses choix. Même si c'est horriblement difficile pour vous, même si cela va à l'encontre de vos convictions et de vos traditions — d'accord ?

Octavio déglutit péniblement.

— Même si je crains pour sa vie ? murmura-t-il.

— Précisément parce que vous craignez pour sa vie. Soyez prêt à l'écouter et à la comprendre afin qu'elle sache qu'elle peut se tourner vers vous en cas de besoin — quoi qu'il arrive. Pour le moment, Renée ne voit que ce qu'elle a envie de voir, mais cela peut changer... Et puis, l'agence Bryson n'est pas complètement corrompue, tout de même ! Il y a peut-être un élément dangereux dans leur équipe, mais...

— Myra Allen, interrompit Octavio. Cette femme est corrompue, c'est évident !

— N'oubliez pas que la police enquête sur tous ceux qui sont mêlés de près ou de loin à la disparition de Colleen. L'affaire n'est pas close.

— Officiellement, non. Mais dans la tête des flics, si. Encore une sotte qui a décidé de faire une fugue — voilà ce qu'ils ont choisi de croire ! Même s'ils savent, dans le fond, qu'ils ont tort.

Luke commençait à fatiguer. La journée avait été longue.

— Je ferai tout ce qui est en mon pouvoir pour protéger votre fille, Octavio. Et j'en profiterai pour découvrir ce qui est arrivé à Colleen, ajouta-t-il en repensant à la mission secrète que lui avait confiée Stuckey.

Octavio hocha la tête avec gravité et se dirigea vers les marches, qu'il gravit d'un pas lourd. Luke le suivit et sauta sur le quai, puis il lui tendit la main pour l'aider à regagner la terre ferme. Octavio le remercia et reprit sa voiture, garée près de la boutique d'articles de pêche.

Luke retourna sur le *Stirling* et ferma à clé la porte de la cabine. Ses fenêtres pouvaient également se verrouiller et il avait installé un système d'alarme. C'était une précaution plus qu'un véritable souci. Si quelqu'un voulait sa mort, il suffirait qu'il mette le feu au bateau.

Une fois dans sa chambre, il se déshabilla et s'allongea sur son lit. Très vite, ses pensées le ramenèrent à Octavio. Cet homme le touchait. Il semblait animé d'un feu intérieur, et se comportait en permanence comme s'il connaissait une vérité que le reste du monde ignorait. A une époque, lui aussi était animé de la même passion, de la même conviction de connaître la vérité que d'autres refusaient de voir. C'était même ce qui l'avait amené jusqu'ici.

Stuckey lui avait présenté Octavio — comme la plupart de ses clients, d'ailleurs. Luke n'espionnait pas les épouses infidèles, les collégiennes qui fumaient de l'herbe en cachette ou les étudiants qui trichaient à leurs examens ; il n'aimait guère enquêter sur des malversations financières ou des escroqueries, à moins qu'elles ne soient liées à des problèmes importants.

Il travaillait pour des gens qui avaient d'abord tenté d'obtenir justice auprès des tribunaux et qui s'étaient heurtés à un mur — puisqu'il y en a dans tout système, quel qu'il soit.

Il n'avait pas beaucoup d'amis, mais ceux qu'il avait étaient loyaux et solides, et il s'en félicitait.

Il vivait seul, à présent — et il s'en félicitait également. Il n'était pas un compagnon de vie idéal, de toute façon.

Une vague roula doucement sous la coque du bateau, le ramenant au moment présent. Et à la disparition de Colleen. Comment faire pour protéger Renée ? Le mieux, décida-t-il, était de s'allier avec Chloé Marin. Oui, c'était la meilleure solution. Elle serait sa porte d'entrée dans l'agence, celle qui pourrait l'aider à approcher le reste de l'équipe… Et puisqu'elle était elle-même entrée dans l'agence sous un faux prétexte, elle pourrait difficilement refuser de l'aider !

Que se serait-il passé s'il avait réussi à rattraper Renée sur la plage ? Serait-il parvenu à la convaincre de regagner le domicile parental ? Difficile à dire. Enfin… il n'avait pas complètement perdu sa soirée : grâce à leur course-poursuite, il savait qu'elle était vivante et qu'elle logeait au manoir. Il ignorait, en revanche, ce qui l'avait poussée à s'enfuir par le balcon du premier étage.

Si seulement Chloé Marin ne s'était pas mise en travers de sa route…

Il laissa échapper un juron. Cette chipie était une adversaire redoutable. Il ne s'attendait pas à devoir se battre avec elle comme il l'aurait fait avec un homme de la même taille et du même poids que lui. A croire qu'il avait été plaqué au sol par une espèce de Super Barbie shootée aux hormones !

Sauf que Chloé n'était pas une Barbie, justement. C'était une femme bien vivante au regard envoûtant. Soupçonneux, aussi. Elle s'était méfiée de lui dès le premier instant. Et, par la suite, elle avait carrément fait preuve d'hostilité à son encontre.

Pourtant, lorsqu'il l'avait touchée… un désir violent

l'avait traversé. Depuis combien d'années n'avait-il pas ressenti un tel élan envers une femme ?

Il avait vu des dizaines de filles splendides, ce soir — mais il n'en retenait qu'une. Chloé Marin. Elle était différente des autres, pourtant. Et il n'était même pas certain de la trouver sympathique.

Il poussa un soupir. Les yeux rivés au plafond, il s'efforça de trouver le calme qui lui permettrait de sombrer dans le sommeil. Et, finalement, il s'assoupit.

Il y avait des années que Luke ne rêvait plus.

Cette nuit-là, pourtant, il fit un songe d'une netteté confondante. Et pour cause : ce n'était pas un songe, mais une scène qu'il avait réellement vécue, il y a longtemps. Si longtemps…

Il courait dans les rues de Kensington, à Londres. Il gravissait les marches de l'appartement qu'ils occupaient depuis trois mois. Il l'appelait. Elle ne répondait pas. Alors il continuait de monter l'escalier…

C'est alors qu'il voyait le sang. Les traces bien nettes dans l'escalier, goutte après goutte, comme si l'assassin les avait recueillies et avait utilisé un pinceau pour obtenir l'effet le plus saisissant.

Soudain, il s'entendit hurler… Hurler son prénom.

Etendu sur son lit, il lutta contre le rêve. Il ne voulait pas arriver jusqu'à la chambre. Mais il n'avait aucun pouvoir contre son inconscient — aucun pouvoir, non plus, contre l'horrible réalité qui l'attendait de l'autre côté de la porte close.

Miranda. Son visage était encore beau, ses cheveux noirs éparpillés autour d'elle. Mais ses bras étaient meurtris, bleuis par la bataille qu'elle avait livrée. Elle avait l'air d'une poupée, une belle endormie, avec une bande écarlate autour du cou.

Luke se réveilla en criant, trempé de sueur malgré l'air conditionné.

Il respira profondément puis se leva pour chasser les images qui se bousculaient dans son esprit. Tout cela remontait à si longtemps.

Dans la salle de bains, il ouvrit le robinet de la douche et laissa le jet d'eau glacé s'abattre sur son corps, sans bouger, jusqu'à ce qu'il commence à frissonner. Alors, seulement, il se sécha et retourna dans la cabine pour s'habiller.

Pas question de se recoucher. Sa nuit était terminée.

Chloé fut réveillée en sursaut par la sonnerie du téléphone. Elle poussa un soupir et se retourna sous les draps, attendant que le répondeur se mette en marche. Mais la personne qui l'appelait tenait manifestement à lui parler, car elle raccrocha et rappela aussitôt.

Elle attrapa le combiné en luttant pour ouvrir les paupières. Son réveil indiquait 7 heures du matin.

— Chloé ? s'enquit une voix familière.

Stuckey. Pourquoi l'appelait-il à une heure pareille ? Il savait pourtant qu'elle s'était couchée tard !

— Oui, marmonna-t-elle. Que se passe-t-il ?

— Tu n'aurais pas dû jouer les détectives, hier soir.

Elle poussa un soupir.

— Je ne jouais pas, Stuckey. J'étais invitée à cette soirée. Et je vais peut-être même participer à cette séance photos.

— Ah bon ? Pourquoi ?

— Comment cela, pourquoi ? C'est toi qui m'as demandé de m'infiltrer dans l'agence, non ?

— Chloé, tu as toujours eu la sagesse de garder profil bas. Tu as toujours refusé qu'on parle de toi dans les journaux. Et, maintenant, tu veux poser en maillot de bain pour un calendrier que le monde entier va voir ? Ecoute-moi : je n'aime pas du tout l'idée que tu te rendes sur cette île, pour une séance photos ressemblant en tout point à celle durant laquelle cette petite a disparu. C'est peut-être dangereux.

— Et alors ? Traverser la rue aussi peut être dangereux. Je ne suis pas idiote ! Je n'ai pas l'intention d'aller me balader seule dans l'île, et je partagerai ma chambre avec Victoria. De toute façon, je me ferais un sang d'encre si Victoria partait seule. Et tu sais bien que, si elle y va, Brad et Jared iront aussi. Et puis, je pourrais me rendre utile. Réfléchis : l'enquête n'est pas close, mais personne ne fait rien pour l'élucider, que je sache !

— Eh ! Ne me jette pas la pierre... Ce n'est pas moi qui suis chargé du dossier, je te le rappelle !

— Je ne te jette pas la pierre, Stuckey. C'est juste que... cette histoire me brise le cœur. Oncle Léo a tiré pas mal de ficelles pour m'aider à y voir plus clair, et il est arrivé à la même conclusion que moi : il est convaincu qu'elle n'a pas disparu de son plein gré. Je suis allée l'attendre à la sortie du tribunal, l'autre jour, et j'ai vu les parents de Colleen en train de parler à la presse. J'en ai eu les larmes au yeux... Ils sont complètement perdus, tu sais. Ils aimeraient tellement comprendre ce qui s'est passé !

Elle se tut un instant, avant de reprendre :

— Je ne peux pas dire que je la connaissais bien, mais je l'avais vue plusieurs fois, et elle m'avait vraiment fait une bonne impression. De toute façon, elle mérite que justice soit faite ! Celui qui l'a tuée n'est sans doute pas une lumière… Tôt ou tard, ils commettra une erreur. C'est toi qui m'as dit ça un jour, non ?

— C'est vrai… Les meurtriers ne sont pas toujours intelligents — mais ils sont dangereux. Laisse cette affaire à Luke, je t'en prie ! C'est un professionnel.

— Tu parles ! Il m'a montré son permis de pêche.

— Ecoute… Vous ne vous êtes pas bien entendus, tous les deux, et je le regrette. Mais je lui ai confié cette affaire parce que je tiens, comme toi, à ce qu'elle soit élucidée. Et je n'ai vraiment pas envie qu'il t'arrive quelque chose.

— Moi non plus, je t'assure. Mais je peux vous aider sans me mettre en danger, non ? Si j'essayais de convaincre Renée de lui parler, par exemple ?

Elle écarquilla les yeux, stupéfaite. Ses propos avaient dépassé sa pensée. Elle tenait vraiment à participer à cette enquête et, pour cela, elle devait rassurer Stuckey avant qu'il ne prenne l'initiative d'en parler à son oncle. Elle était majeure depuis belle lurette. Elle assumait ses choix et ses décisions, mais elle adorait son oncle Léo. S'il lui demandait de se retirer de l'enquête, elle n'aurait pas la force de refuser.

— C'est pour ça que je t'appelle, justement, reprit le lieutenant.

— Ah bon ? marmonna-t-elle en se laissant retomber contre l'oreiller.

— Tu te rappelles ce que je t'ai dit hier soir, quand je t'ai ramenée au manoir ?

— Sur le fait que je ne devais pas dévoiler la véritable identité de Luke Cane ? Oui, bien sûr. Tu me l'as répété au moins trois fois.

— Oui. Je voulais dire que tu ne dois en parler à personne. Pas même à Victoria.

— Pourquoi ? J'aimerais bénéficier de son aide, au contraire ! Je veux qu'elle mène sa petite enquête, elle aussi. Je lui dois la vérité ! Et puis, franchement, soyons sérieux : combien de temps les responsables de l'agence vont-ils croire que Jack Smith est un créateur de maillots de bain ?

Stuckey s'esclaffa.

— Ne te fais pas de souci pour lui : il fera ce qu'il faut pour qu'on le croie. C'est un type étonnant, tu verras ! Mais en attendant… promets-moi de ne rien dire à personne.

Elle hésita un instant, puis poussa un soupir.

— D'accord. Je te le promets.

— Parfait. A plus tard, Chloé. Bonne journée.

Stuckey raccrocha. Chloé reposa doucement le combiné sur son socle, puis elle se leva et tira les rideaux pour regarder la piscine, en contrebas. Sa chambre était au premier étage de ce qui avait été, autrefois, une remise à calèches. Oncle Léo occupait le bâtiment principal de la propriété. Bâtie dans les années 1910, elle faisait l'admiration des passants avec son toit de tuiles rouges, ses balcons en fer forgé et ses deux tourelles. L'arrière-arrière-grand-père de Chloé avait acheté le terrain et dessiné les plans. A une époque, la famille possédait presque douze hectares. Puis, ils en avaient vendu dix. Maintenant, il n'en restait qu'un, coincé entre Bayshore Drive et les bâtiments dernier cri qui se dressaient au bout de la rue. Par chance, le quartier était encore vert et la végétation y poussait presque en liberté : les grands chênes étaient couverts de mousse et les bougainvillées fleurissaient les plates-bandes.

Chloé savait qu'elle serait toujours la bienvenue dans la maison principale. Oncle Léo lui répétait sans cesse qu'elle lui appartenait bien plus qu'à lui. Elle y avait grandi et, à sa sortie d'université, elle avait un moment envisagé de s'y installer avec Victoria. Mais toutes deux s'étaient rapidement rendues à l'évidence : elles avaient beau avoir fait beaucoup de chemin, depuis la nuit du massacre, elles ne s'étaient pas entièrement remises du traumatisme.

Oncle Léo avait alors trouvé la solution parfaite : ils allaient restaurer la vieille remise à calèches afin que Chloé puisse y emménager. Ainsi, elle aurait son domaine, sans pour autant craindre pour sa sécurité. Quant à Leo, il cesserait de se faire un sang d'encre à son sujet.

L'arrangement était idéal. Chloé savait qu'elle ne guérirait jamais entièrement des blessures que cette terrible nuit avait infligées à son âme, mais son oncle l'avait aidée à renouer avec la vie.

Il avait toujours été son roc. Et c'était bien normal ! N'étaient-ils pas, l'un pour l'autre, la seule famille qu'ils avaient ? Chloé n'avait aucun souvenir de ses parents : elle avait deux ans lorsqu'ils avaient péri dans une étrange explosion de train qui avait tué tous les occupants de vingt wagons. Elle avait grandi auprès de Léo, qui avait été à la fois un père et une mère pour elle. Il travaillait pour le bureau du procureur. Le poste n'était pas très rémunérateur, mais il le gardait parce qu'il n'avait aucun souci financier. Il avait hérité des vestiges de la fortune familiale, et il gérait aussi l'argent issu de l'assurance décès des parents de Chloé. Il était plutôt doué, d'ailleurs : quel que soit l'état de l'économie, il avait toujours réussi à faire fructifier son capital.

Chloé fronça les sourcils, craignant un instant que Stuckey n'appelle Léo pour le prévenir que sa nièce s'impliquait un peu trop dans l'affaire de la disparition de Colleen Rodriguez. Mais non. Stuckey ne ferait pas une chose pareille. Il avait beau lui dire de se tenir à l'écart de l'enquête, il savait aussi qu'elle était la mieux placée pour obtenir des informations que la police ne pourrait jamais découvrir. Comme tant d'autres policiers de cette juridiction de Miami, il avait été touché par le désespoir des parents de Colleen. Il faisait partie du détachement qui avait été déployé de Florida City jusqu'à la limite du comté de Broward pour essayer de retrouver la jeune fille. En pure perte, hélas : au bout de six semaines de recherches infructueuses, les policiers avaient été affectés à d'autres enquêtes. L'affaire n'était pas close, mais elle n'était plus prioritaire.

Le téléphone sonna de nouveau. Comme elle se tournait pour y répondre, Chloé laissa échapper un cri de stupeur — et d'angoisse.

Quelqu'un était là, qui la regardait. Une femme, transparente, éthérée.

Oh, non ! Pas ça. Pas maintenant.

Elle avait tant lutté pour ne pas perdre l'esprit. Et elle pensait y être parvenue ! Elle espérait ne plus jamais voir de morts l'appeler au secours. Elle espérait tant ne plus jamais éprouver le désir lancinant de les aider, alors qu'elle ne pouvait rien pour eux… Après le massacre, elle avait longtemps été en proie à ce type d'apparitions — ou d'hallucinations, comme les appelait son médecin. Elle les avait vues lorsqu'elle était à l'hôpital ; elle les avait vues dans la rue, aussi. Des inconnus qui la dévisageaient avec des airs suppliants. Et, plus terrifiant encore, elle voyait ses amis — ceux qui avaient péri cette nuit-là ! Elle avait passé des mois à en parler avec son psychothérapeute. Et elle s'était crue guérie.

Mais voilà qu'elle régressait, qu'elle recommençait à voir des « apparitions »… Non, se dit-elle fermement. Elle était plus forte que cela. Plus forte que ces images ! Et, si elle continuait de les voir, elle devait lutter pour les faire disparaître.

Sa gorge se serra, ses muscles se crispèrent, puis elle cligna des yeux… et l'apparition s'évanouit.

Elle éclata d'un rire nerveux. Les fantômes n'existaient pas. Elle était le jouet d'un traumatisme ancien, remonté à la surface à la faveur de la disparition de Colleen.

Elle respira profondément, essayant de contrôler le tremblement qui la secouait.

Le téléphone sonnait toujours. Elle s'approcha de l'appareil, attendant que le répondeur prenne l'appel. Lorsqu'elle reconnut la voix de Victoria, elle décrocha.

— Salut, ça va ? dit-elle.

— Tu es prête ? s'enquit son amie.

— Prête ? Pour quoi faire ?

— Troisième dimanche du mois. Le petit déjeuner des « Vaillants Pélicans ».

— Oh ! J'avais complètement oublié. Tu ne me l'as pas rappelé, hier soir.

— Hier soir ? C'était une soirée tellement bizarre…

— C'est le moins qu'on puisse dire !

— Je passe te prendre dans vingt minutes.

— D'accord.

Chloé raccrocha et se rendit dans la salle de bains.

Comme chaque troisième dimanche du mois, les deux amies avaient rendez-vous avec Brad et Jared dans un restaurant de Rickenbacker Causeway. Le rituel remontait à l'époque où ils fréquentaient le même lycée, situé au bord de l'eau. C'était de là que venait leur surnom : les Vaillants Pélicans. Le lycée en abritait des portées entières, dans ce temps-là.

Chloé prit une douche et enfila une robe débardeur. Puis elle dévala l'escalier, composa le code sur le clavier d'ouverture du portail d'entrée de la propriété, et sortit pour attendre son amie sur le trottoir.

La petite Subaru de Victoria apparut bientôt à l'entrée de l'impasse et Chloé s'installa sur le siège du passager.

— Tu es sûre que Brad et Jared vont venir ? Je ne suis encore qu'à moitié réveillée et il me semble qu'ils étaient encore à la soirée, quand je suis partie.

— Qu'est-ce qui t'arrive ? demanda Victoria. On dirait que tu viens de voir un fantôme.

En plein dans le mille ! songea Chloé avec ironie. Maintenant qu'elle était ici, en plein jour, à côté de Victoria, le souvenir du « fantôme » qu'elle avait cru voir dans sa chambre un moment plus tôt lui paraissait totalement ridicule.

— Ah bon ? Merci pour le compliment ! Alors, tu penses qu'ils vont venir ?

Victoria haussa les épaules.

— Ils parlaient avec Myra quand je suis partie, mais ils semblaient sur le point de rentrer, eux aussi. Je pense qu'ils arriveront à se tirer du lit.

— J'aime bien Myra, dit Chloé. Quand on pense au poste qu'elle occupe, aux responsabilités qui sont les siennes… Elle pourrait être distante ou snob — eh bien non, elle ne l'est pas du tout, au contraire !

— C'est vrai, mais elle peut aussi se montrer intransigeante. Tu devrais la voir en pleines négociations ! Méfie-toi d'elle, c'est tout ce que je peux te dire.

— Tu crois ? La police lui a fait subir un interrogatoire drôlement serré quand Colleen a disparu... Ils l'ont trouvée assez impressionnante.

Victoria lui jeta un regard en coin.

— Comment tu sais ça ?

— Mon oncle était là.

— Ah bon ? Pourtant, Colleen a disparu dans les Keys et il fait partie du comté de Dade.

— Les deux comtés étaient impliqués dans l'enquête. Et puis, tu sais, les flics parlent entre eux. Mon oncle ne croit pas un seul instant qu'elle soit partie de son plein gré.

Victoria poussa un soupir.

— Aurais-tu oublié que j'étais présente à cette séance-photos ?

— Pas du tout.

— Quoi qu'il en soit, je te le répète : il n'y avait rien, strictement rien qui permette de penser qu'elle ait pu être victime d'un acte criminel. Elle fréquentait un des barmen là-bas — un type vraiment chouette. Moitié américain, à moitié bahaméen... Plus beau, tu meurs ! Il pourrait être mannequin s'il le voulait, mais ce qui l'intéresse, c'est de terminer ses études de gestion hôtelière. Bref, ils avaient l'air de bien s'apprécier, Colleen et lui... mais ils n'étaient pas ensemble depuis longtemps. Qui sait ? Elle a peut-être rencontré quelqu'un d'autre ! Ou bien elle avait une bonne raison de vouloir disparaître. Un coup publicitaire, par exemple.

— Cela m'étonnerait beaucoup. Je ne la connaissais pas bien, mais elle ne m'a pas donné l'impression de vouloir monter un stratagème pareil.

Elles venaient d'arriver devant le restaurant. Elles confièrent les clés de la Subaru au voiturier, et gravirent les marches du perron. Brad les attendait sur le seuil.

— On se demandait si vous aviez oublié notre petit déjeuner, les filles. Je viens de t'envoyer un texto, Vickie.

— Je conduisais. Je ne regarde pas mon téléphone quand je suis au volant.

— Tu as bien raison. Venez. Jared est déjà là, lui aussi.

Ils traversèrent le restaurant, qui était bondé, et rejoignirent Jared, installé à une table près de la baie vitrée donnant sur la baie. C'était une des meilleures et elle leur était toujours réservée, non parce qu'ils dépensaient beaucoup d'argent, mais parce qu'ils fréquentaient ce restaurant avec une régularité de métronome, quelle que soit la saison, et cela depuis des années.

— Salut les filles ! s'exclama Jared en se levant pour les embrasser.

— Oh ! Tu as bonne mine, toi, ironisa Victoria.

Jared rougit jusqu'aux oreilles. Chloé se demanda pour la énième fois si son amie savait que le jeune homme était amoureux d'elle depuis de longues années. Elle ne comprenait pas pourquoi Jared faisait tant d'efforts pour dissimuler ses sentiments. Au début, il se disait peut-être, comme eux tous, qu'il était trop choqué pour espérer vivre une relation équilibrée. Ils avaient connu l'enfer, et cet enfer avait été suivi par un autre, d'un genre différent. Des semaines durant, les médias les avaient traqués. Où qu'ils se rendent, que ce soit au lycée, au boulot, ou même à des fêtes d'étudiants, on les regardait comme des bêtes curieuses. Tout le monde voulait entendre les détails sanglants — ceux-là mêmes qu'ils s'efforçaient d'oublier.

Heureusement, les coupables avaient été retrouvés.

Morts.

Le croquis que Chloé avait fait de l'un des assassins — une image qui s'était gravée dans son esprit lorsqu'elle avait échangé un long regard avec lui — avait permis à la police de l'identifier lorsqu'ils avaient retrouvé son cadavre.

Brad s'assit à côté de Victoria et prit le menu. Chloé l'observa un instant, avec une attention mêlée de fierté. Brad savait qu'il hériterait un jour — de même que Victoria — de l'immense fortune de sa famille. Mais cela ne l'avait pas empêché de créer son entreprise et de travailler dur pour la faire fructifier. Jamais il ne se comportait comme un « gosse de riche ». Il faisait du sport et il passait du temps avec ses amis. Il aimait les femmes et adorait accompagner Victoria aux soirées auxquelles elle était constamment invitée en qualité de mannequin. Avant le massacre, il était profondément religieux, mais il avait perdu la foi. Comme il n'avait pas encore trouvé l'âme sœur, il papillonnait d'une jolie fille à l'autre sans jamais s'engager.

Ils formaient donc un quatuor indissociable — et purement platonique.

Bien sûr, Jared rêvait sans doute de s'unir à Victoria, mais puisqu'il se refusait à déclarer ses sentiments…

Comme Brad, Jared était très bel homme. Et il travaillait dur, lui aussi. Il avait aussi investi un petit pécule en Bourse, qu'il faisait sagement fructifier. Le reste du temps, il courait les filles en compagnie de son ami — tout en se consumant secrètement pour Victoria.

Chloé se demanda si l'un d'eux aurait un jour la chance ou la capacité de vivre une vie normale.

— Tu en fais, une tête ! commenta Brad en la dévisageant avec un brin d'inquiétude. Qu'est-ce qui t'arrive ?

— Oh… je réfléchissais. Est-ce que vous n'êtes pas un peu vieux pour cette vie de débauche ? le taquina-t-elle.

— Pardon, mais quel mal y a-t-il à apprécier les jolies femmes ? répliqua-t-il du tac au tac.

Il sourit.

— Nous avons de la chance. Nous serons entourés de sublimes créatures pendant la séance photos du calendrier.

— Justement… Tu viendras aussi, Chloé, n'est-ce pas ? intervint Victoria. Myra m'a annoncé qu'elle t'avait réservé la page du mois de juin. Si tu n'es pas intéressée, il faut le lui dire.

Victoria secoua la tête, l'air perplexe.

— Elle aime vraiment ton look. Quand je pense à toutes les filles qui rêvent d'être prises à l'agence… et c'est toi qu'elle a choisie !

Chloé éclata de rire.

— Est-ce un compliment ou une manière de t'interroger sur la pertinence du choix de Myra ?

— C'est un compliment, bien sûr. Je trouve juste amusant que tu t'en moques, alors qu'il y a tant de gens prêts à tout pour qu'on les remarque. Je l'ai entendue parler avec Harry Lee, hier soir. Elle disait qu'elle aurait bien aimé que tu sois un peu plus motivée pour faire carrière dans le mannequinat. Il était d'accord avec elle.

— Mais, pour le calendrier, tu vas accepter, n'est-ce pas ? demanda Brad.

— Bien sûr, affirma Chloé en souriant.

Cela faisait partie de son plan pour aller sur l'île en même temps que Victoria. Une fois sur place, elle pourrait mener discrètement son enquête… Stuckey n'avait aucune raison de s'inquiéter. Elle ne serait pas seule : l'agence prévoyait toujours une grosse équipe pour ce type de séance photos.

Et alors ? Il y avait une grosse équipe aussi, le jour où Colleen Rodriguez avait disparu, lui souffla une petite voix. C'est vrai… mais personne n'avait la moindre raison d'être sur ses gardes, cette fois-là. Alors que maintenant, tout le monde ferait attention.

— Et si quelqu'un te cherche noise, tu pourras toujours le mettre K.-O. ! Tu es championne de jujitsu, maintenant, non ? remarqua Brad.

Il s'assombrit brusquement.

— Quoique… ça ne nous aurait pas aidés… cette nuit-là.

Chloé demeura muette, ne sachant que dire. Finalement, elle marmonna :

— Je ne suis pas encore championne, tu sais.

Il prit la main de la jeune femme par-dessus la table.

— Pardon. Je ne voulais pas réveiller le passé, dit-il d'une voix un peu rauque.

Chloé lui serra la main.

— Pourquoi pas ? Je ne vois pas d'inconvénient à évoquer le passé. Cela m'arrive de temps à autre. Même si je continue d'avoir un peu de mal à admettre l'épilogue de l'histoire…

— Ah bon ? fit Victoria d'un air étonné. Ils ont trouvé les types, pourtant. Et ils étaient morts.

— *Deux* d'entre eux étaient morts. Et ils avaient laissé une lettre d'aveux, dans laquelle l'auteur acceptait l'entière responsabilité du massacre au nom de l'Eglise de la Réalité — je sais tout cela. Mais je n'ai jamais vraiment avalé cette histoire.

Jared s'éclaircit la gorge.

— Chloé... Les experts sont tous d'accord là-dessus : il s'agissait bien d'un meurtre ritualiste. J'ai fait beaucoup de recherches sur les sectes, depuis, et... je dois dire que cette hypothèse me semble parfaitement plausible.

La jeune femme haussa les épaules.

— Peut-être, mais j'ai encore du mal à y croire.

— C'est pourtant grâce à tes croquis que les flics ont pu identifier l'un d'eux ! insista Brad.

— Le mort était l'un des assassins, ça oui. Mais je ne pense pas que ces deux types aient été les seules personnes impliquées.

— Dans ce cas, comment expliques-tu qu'il n'y ait pas eu d'autres massacres par la suite ?

— Je ne l'explique pas, effectivement. Je sais seulement ce que je ressens, ce que je crois — et ce que je ne crois pas.

Elle prit le menu, soucieuse, à présent, de mettre un terme à cette conversation.

— Je penche pour les gaufres, mais leurs œufs Bénédicte sont tellement bons... Je n'arrive pas à me décider !

Ses amis échangeaient des regards anxieux. Ils se faisaient du souci pour elle, manifestement.

— Ecoutez, reprit-elle. Je vais bien, je vous assure. C'est juste ce que je ressens, voilà tout.

— Entendu, dit Jared. Si tu veux, je prends les gaufres, tu prends les œufs Bénédicte, et on partagera.

Luke fut surpris de la facilité avec laquelle il obtint des renseignements sur Chloé Marin. Elle était entrée tardivement à l'université, après avoir fait un grand voyage à l'étranger à sa sortie du lycée, et elle avait choisi de faire des études d'art et de psychologie à l'université de New York. Après avoir décroché son diplôme, elle avait travaillé trois ans au Dade County Hospital, avant d'ouvrir son propre cabinet à Brickwell deux ans auparavant.

Lorsqu'elle était en classe de terminale, elle avait survécu à ce qu'on avait appelé le Massacre des lycéens. Huit de ses amis avaient été assassinés. Chloé avait échappé de peu à deux tueurs, Michael Donlevy et Abram Garcia, membres de l'Eglise de la Réalité, une sorte de secte sataniste qui envisageait les adolescents des grandes familles bourgeoises comme des pêcheurs à sauver de la « damnation éternelle » — c'est du moins ce que revendiquait la lettre d'aveux soigneusement glissée dans un sac en plastique scellé que la police avait retrouvée près des cadavres des deux hommes, qui disaient avoir choisi de se suicider, dans une réserve naturelle des Everglades.

Les informations relatives au massacre étaient faciles à trouver : les journaux en avaient fait leur une pendant des semaines.

Les détails étaient effroyables.

« Mort aux profanateurs ! » L'inscription était inscrite en lettres de sang sur le mur de la salle de séjour. Les enquêteurs dépêchés sur place avaient compté huit morts et six blessés, en plus des deux jeunes gens qui s'étaient évanouis sur la plage sans savoir ce qui se passait à l'intérieur, et des quatre rescapés qui avaient miraculeusement survécu à la tuerie. Victoria Preston, Brad Angsley, Jared Walker — et Chloé Marin.

Victoria avait affirmé que Chloé lui avait sauvé la vie, mais celle-ci avait toujours refusé d'en parler. Elle n'avait accordé qu'un seul entretien à la presse. Luke avait déniché une photo de la jeune fille, debout sur une estrade à côté d'un homme de haute taille nommé Léo Marin. C'était l'assistant du procureur et l'oncle de Chloé, ce que Luke ne trouva pas surprenant : ils se ressemblaient beaucoup, tous les deux.

La jeune fille avait les cheveux très longs, à l'époque (sur la photo, ils lui descendaient presque jusqu'aux fesses). Une frange masquait ses yeux, qu'on devinait immenses. A dix-sept ans, elle avait été brutalement arrachée à l'enfance. Grandie en une nuit, marquée au fer rouge par l'horreur, elle en avait gardé des traces. Son regard désemparé exprimait la tragédie qu'elle avait vécue.

Les quatre survivants avaient passé la journée du lendemain à reconstituer les événements avec les enquêteurs, mais leurs dépositions n'avaient guère aidé la police. Les assassins portaient des combinaisons de plongée et des cagoules ; ils avaient agi vite, en silence et dans le noir.

Seule Chloé avait été en mesure de les décrire avec précision. Elle avait même dessiné le visage de l'homme qu'elle avait vu, quoique brièvement, avant qu'il ne prenne la fuite. C'était ce croquis qui avait permis d'établir que l'un des deux membres de l'Eglise de la Réalité retrouvés morts, quarante-huit heures après le massacre, était bien l'un des assassins.

« Mort aux profanateurs ! » relut Luke en se penchant vers la photo affichée à l'écran. Il y avait autre chose, aussi, sur le mur. Un dessin bizarre... Une sorte de main.

Le tout tracé avec le sang d'une des victimes. Pas de doute. C'était certainement l'œuvre d'une secte.

Luke trouva aussi des photos des deux « religieux » dont les cadavres avaient été retrouvés dans les Everglades. Apparemment, Abram Garcia avait tué Michael Donlevy, puis il s'était suicidé avec le même revolver. Avant cela, ils avaient accompli la mission qu'ils s'étaient attribuée en sauvant ces jeunes gens des « excès de la société de consommation ». Ils les avaient « rendus à Dieu avant que leurs péchés ne leur ôtent tout espoir de rédemption ».

Michael Donlevy était grand et suffisamment costaud pour pouvoir tuer quelqu'un. Abram Garcia, en revanche, était un petit homme plutôt fluet. Il n'avait pas la carrure d'un type capable de vaincre une bande de lycéens très sportifs — même si ces sportifs avaient trop bu.

Luke poursuivit ses recherches sur la secte, et fut surpris de découvrir qu'elle existait toujours. Ses adeptes avaient même créé un site Internet. Une invitation étrange clignotait sur la page d'accueil : « Vous qui êtes perdus, vous qui cherchez la vraie réalité de Dieu, venez partager votre repas avec vos âmes sœurs de l'Eglise de la Réalité ! »

Suivaient la date — le jeudi suivant —, l'heure et l'adresse du lieu de rendez-vous.

Luke s'appuya contre le dossier de sa chaise. Depuis toujours, il était fasciné par l'étude des religions et des systèmes de pensée qui avaient marqué ou qui marquaient encore l'histoire des hommes à travers le monde. Ce dîner serait l'occasion rêvée d'approcher les membres de l'Eglise de la Réalité sur leur terrain et de se faire, si possible, une idée un peu plus précise de leurs croyances.

Mais… était-ce bien raisonnable ? Pourquoi s'intéressait-il tant au massacre qui avait fait basculer la vie de Chloé Marin et de ses amis ? Il avait une mission à remplir, deux affaires à élucider, et ce n'était pas en se rendant à ce dîner qu'il allait éclaircir le mystère de la disparition de Colleen Rodriguez !

Il secoua la tête. Allons… il fallait bien qu'il mange,

tout de même. Et il avait *vraiment* envie d'en savoir plus sur cette secte. Une intuition, peut-être ?

Il se plongea dans la lecture d'autres informations disponibles sur Internet, remontant le temps pour tenter d'établir la liste des membres de la secte au moment des meurtres. Mais il ne trouva rien sur les membres actuels. En fait, l'Eglise de la Réalité semblait avoir été mise en sommeil durant les années qui avaient suivi le Massacre des lycéens. Elle n'avait resurgi que très récemment et…

Luke se figea en entendant le moteur d'une voiture sur le quai. Il mit son ordinateur en veille, sortit sur le pont et sourit. Stuckey avait devancé sa pensée : il était venu le trouver avant que Luke ne se déplace jusqu'à son bureau.

— Occupé ? demanda le policier.

Luke secoua la tête.

— Je devrais pouvoir te consacrer quelques minutes.

Stuckey sauta sur le pont du bateau et s'essuya le front.

— Il fait chaud, aujourd'hui, tu ne trouves pas ?

— J'ai la clim, à l'intérieur.

— Tu ne peux pas vivre dans une maison comme tout le monde ?

— Si, je pourrais, mais j'aime vivre sur un bateau. Je suis libre de m'en aller dès que j'en ai envie, sans avoir besoin de faire mes bagages ou de déménager.

Stuckey secoua la tête, s'engouffra dans la cabine et fonça vers le réfrigérateur, où il prit une bière. Puis il se laissa choir sur le canapé. Normalement, il ne travaillait pas le dimanche. En fait, il consacrait ses week-ends et ses vacances aux dossiers dont il n'était techniquement pas ou plus chargé.

— J'ai reçu un cadeau, ce matin, annonça-t-il, après avoir avalé une gorgée de bière.

— Ah bon ?

— Un panier de fruits de la part des parents de Renée Gonzalez. Ils pensent que tu peux sauver leur fille. Ils tenaient à me remercier de les avoir aiguillés vers toi.

— C'est drôle, ça. Toi, tu reçois un panier de fruits et, moi, je ne reçois rien ? fit Luke en allant chercher une bière, lui aussi.

Il s'installa face à son visiteur.

— Tu crois que tu peux les aider ? demanda Stuckey. On ne sait même pas si elle est réellement en danger. Aucun de nous ne pense que Colleen a disparu de son plein gré, mais rien ne permet de le prouver pour le moment. Si ça se trouve, c'est vraiment un coup de pub.

— Un coup de pub qui dure aussi longtemps ? Ça fait deux mois qu'elle a disparu, quand même !

— Je sais. De toute façon, rien ne convaincra Renée de renoncer à la séance photos que l'agence va organiser sur l'île.

— Elle est majeure et vaccinée, renchérit Luke. Si elle veut y aller, personne ne l'en empêchera.

— Autrement dit, tu vas y aller, toi aussi.

— C'est ce que j'ai prévu de faire, en effet. J'espère seulement que Mlle Marin ne me trahira pas.

— Chloé ? Elle est solide comme un roc, affirma Stuckey.

— Je veux bien le croire. J'ai fait quelques recherches sur son compte… D'ailleurs, aurais-tu l'obligeance de m'expliquer pourquoi tu ne m'as pas dit à qui j'avais affaire ? Le massacre auquel elle a survécu, le genre de boulot qu'elle fait… Ce n'est pas n'importe qui, cette fille ! conclut Luke en secouant la tête.

Stuckey but une autre gorgée de bière.

— Tu as raison… J'aurais dû te mettre au parfum. Elle a été élevée par son oncle, Léo Marin, qui est l'assistant du procureur. Elle a beaucoup appris de lui. Et elle nous aide chaque fois que nous avons besoin de quelqu'un qui est capable de dessiner. Elle a commencé à faire ce genre de croquis après la nuit du massacre. Elle avait dessiné le portrait d'un des hommes, et c'était tellement ressemblant que ça nous a permis d'identifier un des membres de la secte, quand nous l'avons retrouvé mort dans les Everglades. Elle a une mémoire visuelle exceptionnelle.

Il marqua une pause, avant de reprendre :

— Quant au massacre… difficile d'imaginer ce qu'elle a vécu. C'est elle qui a sorti Victoria de là. Brad et Jared étaient présents, eux aussi, et ils ont survécu. Ces quatre-là sont restés inséparables, mais cette tuerie a changé leur vie. Je crois qu'ils ne s'en remettront jamais complètement. Victoria aurait pu faire carrière à Paris, mais elle a refusé. Tu sais pourquoi ? Elle veut rester près de ses amis. Aucun d'eux n'a jamais eu de relation amoureuse un peu sérieuse. Ils se noient dans leur travail. Brad gère une partie des avoirs de sa famille et il a créé une entreprise de location de bateaux. Lui et sa cousine Victoria hériteront d'une véritable fortune à la mort de leur grand-père maternel. Jared spécule en Bourse. Et Chloé aide les survivants de traumatismes, en plus de son travail pour nous.

— J'aurais préféré savoir tout cela avant de me rendre à cette soirée !

— Peut-être, mais… en dehors du fait que Chloé a infiltré l'agence pour essayer de nous aider dans notre enquête, quel rapport vois-tu entre cette vieille histoire et la disparition d'une mannequin sur une île des Keys ?

Je n'en vois aucun moi. Et puis, tu as insisté pour être parfaitement anonyme. Chloé ne risquait pas de te trahir, puisqu'elle ne savait pas qui tu étais.

— N'empêche que j'aurais aimé savoir à qui j'avais affaire, insista Luke.

Il marqua une pause, avant de reprendre :

— Maintenant que Chloé sait qui je suis, comment vais-je garder l'anonymat ? Elle va forcément en parler aux trois autres !

— Je lui ai demandé très clairement de ne rien dire, et elle ne dira rien, assura Stuckey.

— Pas même à Victoria, qui ira aussitôt le répéter aux deux garçons ?

— Non. Crois-moi, on peut compter sur Chloé. Alors, tu vas faire quoi, maintenant ?

— D'abord, je voudrais revenir un peu en arrière. Es-tu sûr, absolument sûr, que les deux hommes retrouvés dans les Everglades sont ceux qui ont commis ce massacre ?

Stuckey fronça les sourcils.

— Oui. Pourquoi cette question ? On a retrouvé leurs cadavres avec un sac qui contenait les combinaisons de plongée, une des cagoules déchirées et des couteaux couverts du sang des victimes. Sans compter que l'un des hommes correspondait au portrait de Chloé. Oui, je suis absolument sûr que c'étaient les tueurs. C'est quoi, ton problème ?

— Ces « tueurs » ne correspondent pas au profil habituel, répondit Luke. Surtout le plus petit.

Stuckey haussa les épaules.

— On les a trouvés deux jours après avec les armes du crime et une lettre d'aveux. L'Eglise de la Réalité a toujours nié être mêlée à cette histoire, évidemment. Les responsables de la secte étaient effarés. Ils ont juré ne pas tolérer ni encourager le meurtre et déclaré que ces deux membres avaient perdu l'esprit. La secte a plus ou moins disparu, après cela, mais ils se sont reformés ces derniers temps.

— Oui, j'ai vu ça… Je trouve aussi bizarre que ces gosses aient tous été tués à l'arme blanche, alors qu'Abram Garcia a abattu Michael Donlevy d'une balle de revolver, avant de retourner l'arme contre lui.

— Tu aurais fait quoi, à leur place ? Tu connais beaucoup de gens qui se tranchent la gorge eux-mêmes ? Une balle dans la tête, c'est quand même plus rapide, non ?

— Garcia a tiré une balle dans la tête de Donlevy ?

— Oui. A bout portant. Puis il s'est tué.

— Comment ?

— Une balle dans la tempe.

— Hmm.

— Quoi ? fit Stuckey avec impatience.

— Je trouve ça bizarre. Les suicidés ont généralement tendance à se tirer une balle dans la bouche.

— Il n'avait peut-être pas pris de leçons sur l'art de se suicider correctement, grommela Stuckey. J'ai un autre argument pour toi : il n'y a plus jamais eu de massacre, après le suicide de ces deux types.

— Justement, ça aussi, ça me chiffonne. Pourquoi se sont-ils suicidés ? Ils auraient pu continuer leur mission et « sauver » d'autres gosses en les empêchant de vivre dans le péché. Au lieu de cela, ils se suicident.

— Le remords, expliqua Stuckey. Tu aurais dû voir la baraque. Un vrai bain de sang. Ces gamins sont morts sans même réaliser ce qui leur arrivait.

— Encore un truc qui ne colle pas. Ce genre de

tuerie se termine généralement dans le chaos le plus complet. Les victimes sont assassinées en essayant de s'échapper. Alors que, là, c'était très méthodique. Très organisé. Quelqu'un était suffisamment bien renseigné pour attendre le moment de frapper. Tous ces gosses ont été tués alors qu'ils dormaient, sans même avoir le temps de se réveiller. Or, tu sais aussi bien que moi qu'il n'est pas facile de trancher la gorge de quelqu'un. Il faut être à la fois habile et fort, et j'ai beaucoup de mal à croire que personne ne se soit débattu, que personne n'ait donné l'alerte… Ce qui m'amène à penser qu'il y avait plus de deux assassins. Mon hypothèse permettrait notamment d'expliquer pourquoi ils ont réussi à agir si vite.

Stuckey poussa un grognement.

— Et que veux-tu que je fasse ? Que je demande l'ouverture d'un dossier bouclé depuis dix ans ? Cette affaire n'a aucun rapport avec la petite Rodriguez. C'est elle qui nous préoccupe, pour le moment.

Luke haussa les épaules.

— Je te promets de découvrir ce qui est arrivé à Colleen Rodriguez et, le cas échéant, d'empêcher que Renée Gonzalez subisse le même sort. Parce que, tant que nous ne saurons pas ce qui s'est réellement passé, toutes les mannequins de l'agence courent un danger. Victoria et Chloé participeront à cette séance photos, elles aussi. Et…

— Et tu ne crois pas que je les empêcherais de s'y rendre, si j'en avais la possibilité ? interrompit Stuckey.

— C'est pour ça que tu as fait appel à moi ?

— Non, objecta le policier en secouant la tête. J'ai fait appel à toi parce qu'une fille a disparu et que les parents de sa meilleure amie sont fous d'inquiétude. Je pense que le responsable de la disparition de Colleen Rodriguez est lié, de près ou de loin, à l'agence Bryson. Est-ce que je me fais du mouron parce que Victoria et Chloé, que je connais bien et que j'espère protéger, sont peut-être en danger, elles aussi ? Evidemment ! Mais je suis flic et je dois me comporter en flic. Je dois respecter la loi — sans compter que je ne suis même pas chargé de cette enquête. J'ai les mains liées *précisément* parce que je suis flic.

— Stuckey… Qu'attends-tu de moi, exactement ?

Le policier garda le silence un long moment, avant de répondre :

— J'ai fait appel à toi parce que tu n'es pas dans la police, que tu as l'esprit pratique et que tu es un type intègre. Je veux que tu fasses tout ce qui sera en ton pouvoir pour découvrir la vérité. Sans mandat de perquisition. Sans réciter leurs droits à tous ceux que tu soupçonneras. Rends-moi juste un service, tu veux ? Evite de te faire prendre — ou tuer ou couper en rondelles — pendant que tu feras tout ce qu'il est illégal de faire pour découvrir cette vérité.

4

Quand Victoria s'engagea dans l'impasse pour déposer Chloé chez elle, les deux jeunes femmes découvrirent Luke Cane appuyé contre le capot d'une voiture, devant le portail d'entrée de la propriété. Le cœur de Chloé eut un soubresaut — ce qui l'agaça prodigieusement.

Comment ce type faisait-il pour paraître aussi décontracté, tout en ayant l'air prêt à bondir sur sa proie ? Il était tendu, et cette tension le rendait sexy, estima-t-elle en l'observant. On aurait dit un félin.

— C'est une drôle de voiture pour un créateur de maillots de bain, tu ne trouves pas ? remarqua Victoria.

Quoiqu'en bon état, sa berline — une Subaru Forester — semblait vieille de quelques années. Elle était immaculée, pourtant. Il devait la laver régulièrement. Bon nombre de gens, en Floride — y compris Chloé — avaient tendance à penser que la pluie n'avait d'autre rôle que celui de nettoyer leurs véhicules.

— Il aime peut-être se promener en montagne, suggéra-t-elle.

Victoria lui jeta un regard interloqué.

— Quelles montagnes ? Je n'en ai jamais vu, par ici.

— Oh… Je ne sais pas, moi. Il a peut-être abîmé sa voiture en allant espionner les Indiens Miccosukee ou

Séminole dans les Everglades pour créer une collection de maillots de bain inspirés de motifs traditionnels !

Victoria éclata de rire.

— C'est peut-être un sportif, tout simplement. Il en a les muscles, en tout cas. Ça aussi, c'est plutôt inhabituel pour un créateur, mais il a bien le droit d'être designer et… viril, après tout. En tout cas, il est beau mec et tu lui as visiblement tapé dans l'œil.

— Tu parles, marmonna Chloé.

Victoria lui fit un signe de la main et sourit, avant d'ajouter :

— Donne-lui une chance, au moins ! Même Lacy salivait en le regardant, hier soir.

— Lacy est capable de saliver devant une poupée gonflable, du moment qu'elle a de bonnes proportions et les muscles saillants, rétorqua Chloé.

Elle ne disait pas cela méchamment. Lacy elle-même admettait ne s'intéresser qu'aux hommes dotés d'une plastique irréprochable. Elle ne cherchait pas un petit ami, mais un faire-valoir.

— Non seulement il est agréable à regarder, mais il semble avoir d'autres qualités, enchaîna Victoria. Il s'est montré poli et il n'a pas bu comme un trou. Tu es encore plus difficile que Lacy ! C'est un superhéros que tu veux, c'est ça ? Si un type n'a pas l'air de vouloir sauver la planète, il ne t'intéresse pas.

— Ce n'est pas vrai !

— Alors, sors avec lui. Je le trouve parfait, moi. Allez, file… Il t'attend.

Chloé descendit de voiture, salua son amie d'un signe de main et la regarda s'éloigner. Puis elle se tourna vers Luke Cane et le dévisagea sans rien dire.

— Est-ce que nous pouvons parler ? demanda-t-il.

Chloé haussa les épaules.

— Ai-je le choix ? Difficile de vous échapper, maintenant que vous savez où j'habite.

Elle poussa un soupir, avant d'ajouter, comme à contrecœur :

— Et Stuckey a l'air de vous faire confiance.

— Je suis vraiment désolé de la façon dont les choses ont commencé entre nous. J'aimerais repartir de zéro.

— Je vous écoute.

Luke la regarda un instant.

— J'ai besoin de vous, dit-il simplement.

Chloé déglutit péniblement. Elle n'avait qu'une envie : crier « non ! » et courir se réfugier chez elle. Elle n'en ferait rien, bien sûr… d'autant que sa réaction était due à l'effet qu'il produisait sur elle — pas à ses propos, somme toute assez courtois. Elle essaya d'analyser ses sentiments, mais renonça aussitôt. C'était une histoire d'alchimie, de phéromones, provoquée par son visage, son regard gris, la manière dont il bougeait, le son de sa voix…

— Je suis sincère, reprit-il. J'ai besoin de vous.

Chloé soupira de nouveau.

— D'accord. Entrez, et nous pourrons parler.

— Vous avez une belle maison, remarqua-t-il en désignant le bâtiment principal.

— Je n'habite pas là. J'occupe l'ancienne remise à calèches. La maison est à mon oncle Léo.

— Au moins, ça ne sort pas de la famille.

— Exactement.

Il attendit qu'elle compose le code de sécurité sur le clavier du portail d'entrée et la suivit le long de l'allée de tuile menant vers la remise. Là, elle ouvrit la porte et composa un autre code sur le clavier de l'alarme.

— Vous êtes bien protégée, à ce que je vois. C'est une bonne chose. Nécessaire, aussi, après ce que vous avez traversé. Et la présence de votre oncle, juste à côté, doit vous rassurer.

Chloé ne répondit rien. Il semblait bien renseigné sur son compte. Soit Stuckey lui avait tout raconté, soit il avait fait des recherches sur Google. Ce qu'elle pouvait détester Internet, parfois !

— Vous voulez boire quelque chose ? demanda-t-elle poliment.

— Non, merci.

— Asseyez-vous, je vous en prie, ajouta-t-elle avec un geste de la main en direction du salon.

Luke prit place sur le canapé et regarda autour de lui.

— C'est joli, chez vous.

— Merci. Alors, que voulez-vous ?

— Nous sommes du même bord, vous savez.

Elle fit la grimace.

— Je sais. Je suis désolée, mais j'ai vraiment du mal à accepter les mensonges, confia-t-elle en s'asseyant face à lui. Je ne suis pas une espionne, si c'est ce qui vous tracasse.

— Moi non plus.

Elle rit.

— Je sais. Vous êtes pêcheur. J'ai vu votre permis.

— J'adore pêcher, c'est vrai.

Chloé s'avisa que, s'il s'était renseigné sur elle, elle ne savait rien de lui. Elle se promit de combler ses lacunes à la première occasion.

— Vous avez besoin de mon aide pour communiquer avec Renée, c'est ça ? Je verrai ce que je peux faire.

Luke se pencha vers elle et posa ses coudes sur ses genoux.

— Là où cela se corse, c'est que j'ai besoin que vous vous comportiez comme si vous m'appréciiez. Comme si vous aviez confiance en moi.

Il eut un sourire contrit, un peu de guingois, qui ne fit qu'ajouter à son charme. Chloé se raidit. Il avait l'air presque sympathique, à présent. Et cette façon qu'il avait de la regarder, comme s'il l'aimait bien, comme s'il la trouvait attirante… c'était dangereux. Très dangereux. A moins qu'elle ne se fasse des idées ? C'était possible, après tout. Elle avait bien vu un fantôme dans son miroir ce matin !

Elle chassa aussitôt ce souvenir de son esprit. Luke Cane lui causait bien assez de tracas. Sa présence l'enveloppait, comme s'il irradiait de son corps une sorte de chaleur intense. Il y avait son odeur, aussi — savant mélange de bon savon et d'air marin, avec une touche de musc. Il était sûr de lui sans être prétentieux. Bien bâti, il savait se battre, ainsi qu'elle avait pu le constater la nuit précédente, sur la plage. Bref, autant l'admettre : c'était le genre d'homme qu'on voulait avoir près de soi en cas de pépin.

— J'ignorais que Renée et ses parents étaient en froid, dit-elle.

Luke haussa les épaules.

— Octavio Gonzalez est venu me voir, sur les recommandations de Stuckey, parce qu'il est convaincu que sa fille est en danger et que ce qui est arrivé à Colleen Rodriguez va lui arriver aussi.

— Si tant est que quelque chose soit arrivé à…

— Allons, interrompit Luke. Nous savons bien l'un et l'autre que c'est le cas.

— Admettons… mais pourquoi la même chose arriverait-elle à Renée ? Il y aura peut-être une douzaine de filles à cette séance photos et nous ne sommes même pas sûrs que Renée en fera partie.

— Voilà le problème : Renée a coupé les ponts avec ses parents parce qu'elle pense — à raison, sans doute — qu'ils essaient de l'empêcher de poursuivre sa carrière de mannequin. Elle et Colleen étaient amies d'enfance, et Octavio pense que Renée est en danger à cause de cette amitié. Si quelqu'un a enlevé Colleen, si elle est morte, c'est peut-être parce qu'elle savait quelque chose, et le meurtrier pourrait penser que Renée détient la même information. Je dois découvrir ce qui est arrivé à Colleen et m'assurer que la même chose n'arrivera pas à Renée.

— Et, pour y parvenir, vous comptez faire croire à tout le monde que vous êtes un créateur de maillots de bain ? reprit Chloé d'un air sceptique.

— S'ils ne me croient pas, je leur montrerai mon portfolio.

— Vous avez un portfolio ?

Encore ce sourire ravageur.

— Oui, bourré de créations dont je suis certain qu'elles feront sensation.

— Alors, vous êtes vraiment styliste ? insista-t-elle — sur un ton amusé, cette fois.

Il rit.

— Non, mais j'ai une amie qui a assez de talent pour percer dans ce milieu. C'est son travail que je vais utiliser — avec sa bénédiction, bien évidemment. Qui sait ? Mon petit stratagème l'aidera peut-être à se faire connaître ! Il y a des années qu'elle me dit que, dans ce métier, les relations sont déterminantes. Or, je vais montrer ses créations à des gens importants. Quant à moi, tout ce que je sais, je l'ai appris en me bourrant le crâne depuis deux jours.

— Veillez à parfaire vos connaissances sur les sacs à main et les chaussures, l'avertit Chloé.

Luke fronça les sourcils.

— Les chaussures ?

— Vous n'avez jamais regardé *Sex and the City* ?

— Non.

Chloé se leva.

— Je crois qu'on devrait aller faire un peu de lèche-vitrines.

— Je vous demande pardon ?

— Vous ne pouvez pas vous faire passer pour un créateur de mode si vous n'y connaissez rien en accessoires féminins. Une petite leçon s'impose.

— Vous voulez m'emmener faire les boutiques ?

Chloé prit une profonde inspiration.

— Nous sommes sur la même affaire, non ? Puisque vous êtes disposé à admettre que vous avez besoin de moi, je suis, moi, prête à vous aider.

— Vous avez l'intention de participer à cette séance photos, n'est-ce pas ?

— Absolument.

— Rien ne vous convaincra de rester chez vous ?

— Rien de rien.

— Alors, allons faire les boutiques.

L'argent n'était pas un problème pour Luke. Il en avait

assez et se débrouillerait pour que ce soit toujours le cas. Et puis, il avait des goûts simples. Une bière décente, de préférence à la pression, et un bon whiskey irlandais de temps à autre. Du poisson frais, pêché localement. De bons draps en coton. Un équipement de plongée de qualité et une voiture qui ne tombe pas en panne dans les Everglades. Il aimait bien les vêtements, mais il les achetait pour leur confort et leur durée de vie, pas pour leur marque. Même chose pour les chaussures.

Il ne pouvait concevoir que des gens paient des centaines de dollars pour des sandales fabriquées avec quelques bouts de tissus et une lanière en cuir. Au moins, une voiture de sport offrait un moteur de première qualité et d'excellentes performances. Même chose pour les sacs en cuir : ils avaient des chances de durer. Mais leurs prix — parfois plusieurs milliers de dollars, juste parce qu'on y avait embossé des initiales ?

— Ça me dépasse, murmura-t-il.

— Par moments, ça me dépasse, moi aussi, admit Chloé. Parfois, je tombe sur un accessoire ridiculement cher, mais j'ai le coup de foudre, alors je l'achète. D'autres fois, je suis dans une friperie et je tombe sur un truc qui me tape dans l'œil, et je l'achète aussi. Ce qui compte, c'est que ça me plaise et que ça tombe bien sur moi. Le nom du créateur, je m'en fiche un peu. Du coup, j'ai des tailleurs qui se ressemblent beaucoup pour aller travailler, des fringues rigolotes pour la plage, et un bon manteau. Mais j'aime les sandales. Heureusement, on en trouve des très mignonnes qui ne coûtent pas cher du tout. Pour tout dire, je n'aime pas vraiment le shopping.

— J'ai du mal à le croire ! s'exclama Luke en riant.

Elle lui sourit.

— Ce n'est pas parce que je suis au courant de la mode que j'en suis l'esclave !

Luke croisa son regard. Elle était vraiment unique. Et ces yeux — de vrais yeux de chat. Elle avait une très belle bouche, aussi. Des lèvres ourlées qui donnaient envie de les embrasser. Et des pommettes hautes et élégantes… N'importe quel homme la trouverait irrésistible.

Mais ils faisaient équipe dans une enquête qui s'annonçait difficile, peut-être dangereuse, et il était hors de question qu'il mêle plaisir et travail. Même s'il l'aimait bien. Ou, plutôt, *surtout* s'il l'aimait bien.

Luke ne cultivait que les relations sexuelles sans lendemain — le genre de relation où deux adultes se montrent disposés à prendre du bon temps ensemble sans que cela porte à conséquence.

Chloé n'était pas le genre de femme avec laquelle il aurait pu avoir une telle liaison. Parce qu'elle lui plaisait trop, peut-être ?

Manifestement embarrassée, la jeune femme détourna les yeux.

— Si vous voulez continuer à tromper votre monde, il faut que vous sachiez toutes ces choses.

— Et, si je veux rester éveillé, il va me falloir une bonne dose de café !

— Lincoln Road. Books and Books, énonça-t-elle sans l'ombre d'une hésitation.

Luke connaissait bien Lincoln Road. Il connaissait même bon nombre des boutiques dans lesquelles ils s'étaient rendus. Il n'y connaissait rien en sandales et en escarpins, voilà tout.

Ils se rendirent donc chez Books and Books. Avant qu'ils s'installent au café attenant à la librairie, Chloé dénicha plusieurs livres qu'il avait intérêt à lire — ou du moins à feuilleter attentivement, précisa-t-elle. L'un d'eux était un énorme pavé de plusieurs centaines de pages bourré de photos — des chaussures, des chaussures et encore des chaussures.

— Je n'aurais jamais imaginé qu'on puisse écrire un livre entier là-dessus, commenta Luke avec un certain désarroi.

Le deuxième ouvrage portait sur la mode contemporaine. Le troisième était une histoire de la mode.

— Comment pensiez-vous continuer à passer pour un styliste ? demanda la jeune femme, avant de boire une gorgée de son café, qu'elle prenait noir et sans sucre.

— Je vous l'ai dit. J'ai une amie, Amy Anderson, qui n'a pas grande confiance en son talent. Elle est plutôt timide, aussi. Elle m'aide en me passant son portfolio et je l'aide en le portant à la connaissance de gens qui pourraient lui permettre de percer dans le milieu.

— Vous n'avez pas peur d'être découvert ?

— Et vous ?

— Que découvrirait-on que tout le monde ne sache déjà ?

— Si quelqu'un a vraiment tué Colleen, que fera-t-il, à votre avis, s'il apprend que vous travaillez pour la police ?

Chloé secoua la tête.

— L'agence sait ce que je fais.

— Vous êtes psychothérapeute, dit Luke. Soit. Mais tout se sait, de nos jours. Il suffit de lancer une recherche sur Internet. La profession de votre oncle, par exemple. Et ce qui vous est arrivé autrefois…

La jeune femme rougit et détourna les yeux, observant le flot des passants dans la rue piétonne. Des jeunes, des vieux, des gens qui promenaient leur chien, un groupe qui sortait du cinéma et échangeait des commentaires sur le film qu'ils venaient de voir — tous ces gens qui menaient une vie normale et insouciante.

— Ce n'est pas juste, dit-elle finalement en se tournant de nouveau vers lui. Vous savez tout de moi, alors que je ne sais strictement rien sur vous, excepté que vous êtes né en Angleterre — à moins que vous ne trouviez chic de vous exprimer avec un faux accent anglais.

— Aïe ! protesta Luke. Mademoiselle Marin, vous êtes terriblement blasée. Ma pauvre mère en aurait le cœur brisé si elle vous entendait. Moi, un faux Anglais ? Je suis né à York, en Angleterre. J'ai grandi à Londres, et j'ai vécu en Italie pendant deux ans, quand j'étais à l'université. Je vis aux Etats-Unis depuis un peu moins de dix ans.

Elle sourit.

— Et maintenant vous habitez ici, à Miami ?

— Oui, depuis sept ans.

— Comment se fait-il que je ne vous ai encore jamais rencontré ? enchaîna Chloé, et, cette fois, le ton était accusateur.

— Je suis plutôt discret, comme garçon.

— Vous connaissez Stuckey, pourtant.

— Oui.

— Alors, vous avez déjà travaillé pour la police.

— Oui.

— Quand ? Oh, attendez, si vous me donnez cette information, vous serez forcé de vous débarrasser de moi.

Luke secoua la tête.

— Non, rassurez-vous. Je tiens à garder l'anonymat et Stuckey le sait, voilà tout. Mais vous pouvez me faire confiance. J'ai bien une licence professionnelle de détective privé. C'est juste un morceau de papier, cela dit.

— Vous devez prendre cher. Comment des gens comme les Rodriguez ou les Gonzalez peuvent-ils s'offrir vos services ?

— Je ne leur prends pas d'argent.

— De quoi vivez-vous, dans ce cas ?

Cette fois, ce fut Luke qui détourna les yeux.

— J'ai touché un gros héritage, répondit-il finalement. Et je paye quelqu'un qui l'investit pour moi dans des opérations boursières qui comportent peu de risques.

— Vous plaisantez, n'est-ce pas ?

Le regard qu'il lui jeta dut trahir plus d'émotions qu'il ne le souhaitait, car elle pâlit brusquement.

— Je ne plaisante pas, murmura Luke. Mais ce n'est pas un sujet que j'aime aborder. Faites-moi confiance, cependant, si je vous dis que mes revenus sont parfaitement légaux.

Chloé se leva et se dirigea vers la caisse.

Luke se maudit intérieurement. Il lui avait répondu trop durement. Pourquoi ? Il avait accepté le passé et appris à vivre avec. Le rêve qu'il avait fait au cours de la nuit dernière l'avait-il peut-être secoué plus qu'il n'en avait conscience. Quoi qu'il en soit, il avait blessé Chloé.

Il se leva à son tour, la rejoignit et lui effleura l'épaule. Sa peau était douce et brunie par le soleil. Il dut se retenir pour ne pas laisser courir ses doigts le long de son bras.

Elle pivota sur ses talons et le regarda droit dans les yeux. Luke recula d'un pas.

— Je suis désolé d'avoir été aussi sec, dit-il avec sincérité. Pardonnez-moi.

Elle hocha la tête, mais garda le silence. Alors, il se força à poursuivre :

— J'ai perdu quelqu'un, et maintenant j'ai de l'argent. J'aurais préféré garder cette personne. Mais cela remonte à longtemps. Je n'aurais pas dû être aussi agressif.

— D'accord. Je comprends. Je suis navrée d'avoir abordé le sujet sans le savoir.

Elle se tourna de nouveau vers la caisse et Luke comprit qu'elle allait payer leurs cafés. Il sortit son portefeuille de sa poche, mais elle l'arrêta d'un geste.

— Laissez-moi vous inviter, dit-elle sur un ton qui n'admettait pas de réplique.

Ils passèrent ensuite à la caisse de la librairie pour que Luke puisse payer les livres qu'elle avait choisis pour lui et ils retournèrent près de l'endroit où la voiture était stationnée. Au moment où elle ouvrait la portière du conducteur, Luke eut une idée qu'il énonça aussitôt :

— Vous vous plaigniez de ne rien savoir à mon sujet. Aimeriez-vous voir où j'habite ?

Chloé fronça les sourcils.

— En tout bien tout honneur, ajouta-t-il vivement. Nous allons travailler ensemble, après tout.

Elle parut hésiter, puis elle haussa les épaules.

— C'est loin ?

— Pas du tout.

Géographiquement parlant, Miami Beach se compose de plusieurs petites îles et de Key Biscayne, que certains considèrent comme la première île des Keys. Ils durent donc emprunter un pont vers Miami et un autre, pour en ressortir. Le trajet en bateau était beaucoup plus court, surtout le dimanche quand la circulation était dense, mais ils eurent de la chance et traversèrent la ville sans encombre.

— Nous allons chez Jimbo ? demanda Chloé en faisant référence au restaurant légendaire qui se trouvait non loin de l'endroit où le *Stirling* était amarré.

Luke eut un petit rire.

— C'est dans le voisinage.

Il lui indiqua le chemin de terre battue qui passait devant quelques échoppes, avant de déboucher sur le débarcadère où était amarré son bateau.

— Je ne savais même pas que cet endroit existait ! s'exclama Chloé.

— Il n'existera sans doute plus très longtemps. S'ils construisent de nouveaux immeubles, je me déplacerai, mais en attendant je m'y sens bien.

— Je vous comprends. C'est génial, ici.

C'était absurde, mais Luke fut ravi qu'elle aime son petit coin de paradis.

« Attention, mon vieux. Garde tes distances. »

Il devait se montrer prudent. Chloé Marin n'était pas le genre de femme avec laquelle on entretient une relation légère et dénuée d'importance. Cela dit, il n'avait pas besoin de s'inquiéter : elle savait très bien le tenir à distance.

La jeune femme admira son bateau et il fut agréablement surpris de découvrir qu'elle paraissait tout savoir sur le modèle et l'année de sa construction. Elle lui posa même des questions sur le moteur.

— Vous avez tout de même intérêt à louer un des bateaux de Brad, si vous voulez qu'on vous prenne au sérieux, remarqua-t-elle.

— C'est ce que j'ai l'intention de faire. Je n'aime pas inviter des inconnus à bord…

— Vous devriez l'appeler dans les jours qui viennent et décider avec lui ce que vous voulez louer. Nous nous retrouvons en général dans un petit endroit des Keys, près de la N1, et nous partons tous de là. Vous verrez, l'île est ravissante. C'est petit, mais vraiment confortable. L'agence y a développé une petite infrastructure balnéaire pour les cadres de l'agence et les mannequins qui veulent se reposer. Et il y a tout le matériel nécessaire aux séances de photos, bien sûr. La dernière fois, j'ai compté cinq employés juste pour les sports nautiques et l'hôtel principal. Les bungalows nécessitent une vingtaine de femmes de chambre, au moins douze vigiles — sans compter le personnel de cuisine, les jardiniers et les gérants de l'hôtel et des restaurants ! Certains cadres de l'agence y ont même leur maison de vacances. L'île est petite, mais elle semble grande, si vous voyez ce que je veux dire.

Luke hocha la tête. Petite, mais grande. C'était une bonne description.

Il y eut un silence, que Chloé brisa brusquement.

— Il… il faut que j'y aille. J'ai des choses à faire chez moi.

— Oui, bien sûr.

Le trajet du retour fut un peu plus long, mais, une fois qu'ils quittèrent l'île, il ne leur fallut que dix minutes pour arriver devant le portail d'entrée de la propriété des Marin. La voiture de Luke était toujours garée dans l'impasse.

Il ouvrit la portière et se tourna vers elle avant de descendre.

— Alors, vous m'aiderez à entrer en contact avec Renée ?

— Je peux essayer, répondit-elle. Passez me prendre à 19 heures, demain. Nous irons ensemble au manoir.

— Entendu. Merci.

Leurs regards se croisèrent, et l'atmosphère devint presque électrique. L'alchimie qui régnait entre eux était indéniable, songea Luke.

— Merci pour votre aide, dit-il finalement.

Chloé hocha la tête.

— De rien. A demain.

Luke la regarda ouvrir le portail électronique et s'avancer dans l'allée. Puis il monta dans sa voiture et s'éloigna. Il pensait rentrer chez lui mais, soudain, il changea d'avis. Il sortit son portable et chercha le nom de Stuckey dans la liste de ses contacts.

— Ouais, fit le policier, qui décrocha à la première sonnerie.

— Que fais-tu ?

— Je profite de mes quelques heures de repos. Enfin, c'est ce que je faisais jusqu'à ce que tu appelles.

— Rien ne t'empêche de continuer. Je veux juste t'emmener faire une balade en voiture.

— Où ça ? demanda Stuckey sur un ton soupçonneux.

Luke le lui dit — et le lieutenant poussa un long soupir.

— C'est important pour moi, insista Luke.

— Pourquoi ?

— Je ne le sais pas encore.

— Cette histoire remonte à dix ans, Luke. Que penses-tu trouver ?

— Je n'en sais rien. Mais j'ai besoin d'y aller. Retrouve-moi là-bas et je t'offrirai une bière, ensuite.

— J'en prendrai deux, dans ce cas, marmonna Stuckey.

Luke sourit. C'était gagné.

Ils tombèrent d'accord sur l'heure du rendez-vous et Luke s'avisa brusquement qu'il n'avait pas encore déjeuné. Il était presque 16 heures. Il s'arrêta en route pour avaler un morceau. Puis il remonta en voiture et arriva le premier.

Bâtie légèrement en retrait de la route principale, la propriété était au nord du manoir de l'agence Bryson. D'autres maisons se dressaient à droite et à gauche, mais de hauts murs d'enceinte et d'épais feuillages les dissimulaient aux regards, si bien qu'on avait l'impression d'être au bout du monde.

Le soleil entamait sa descente lorsque Luke se gara devant le portail d'entrée en fer forgé. Au-delà s'étendait une large pelouse qui n'avait pas été tondue depuis des lustres. La peinture extérieure de la maison s'écaillait, mais la demeure n'était pas complètement abandonnée pour autant. Quelqu'un s'occupait de l'entretenir un minimum — pour ne pas avoir à payer des amendes à la municipalité, peut-être ? Une pancarte « A vendre » gisait à terre, à droite du portail, comme si les propriétaires avaient depuis longtemps renoncé à trouver un acheteur.

Luke ne peut retenir un frisson. C'était parfaitement ridicule, bien sûr — mais les fenêtres prises dans la lumière descendante de l'après-midi lui faisaient l'effet de deux orbites noires en train de l'observer d'un air menaçant. Etonnant que personne n'ait songé à utiliser les lieux pour tourner un film d'horreur ! songea-t-il avec ironie. La propriété avait sans doute été superbe autrefois, mais il s'en dégageait désormais une atmosphère macabre.

Stuckey arriva à son tour. Il gara sa voiture près de celle de Luke et descendit de voiture en faisant tinter un trousseau de clés.

— Je me demande bien ce que tu imagines trouver,

là-dedans, marmonna-t-il. Tout a été nettoyé depuis belle lurette. La propriété appartient à la famille Varacaro. Leur fille a été tuée, cette nuit-là, et ils n'ont plus jamais remis les pieds ici. Ils sont partis s'installer dans leur autre maison, à Rio de Janeiro, et ils ont mis la baraque en vente. Personne n'a jamais fait d'offre, mais ils s'en fichent. Ils sont dans le pétrole… Ce n'est pas l'argent qui leur manque ! Des gens sympas, d'ailleurs. C'est triste, tout ça. Ils ont deux autres filles qui doivent être grandes, maintenant. Et trois fils. Enfin, les impôts fonciers sont de la petite monnaie, pour eux. Allez… Entrons, puisque tu y tiens.

Il ouvrit le portail, puis il tendit les clés à Luke et le précéda dans le parc.

— Tu as une lampe de poche ? demanda le lieutenant. Il fait vite sombre, sous ces arbres, quand la nuit commence à tomber.

Luke tapota sa poche.

— J'ai ce qu'il faut.

L'allée était longue et large, et Luke essaya d'imaginer les lieux plongés dans l'obscurité, dix ans plus tôt, lorsque la police avait fait irruption dans la propriété.

— Le portail était ouvert ? demanda-t-il.

— Grand ouvert. Les gamins ne prenaient jamais la peine de le fermer. Leurs parents étaient au Brésil… alors c'était l'auberge espagnole, ici.

— Et la porte d'entrée de la maison ?

— Ouverte aussi. Ainsi que la porte de derrière.

La demeure avait dû être magnifique au temps de sa splendeur. Une double porte d'entrée de bois sculpté se dressait en haut du perron, flanquée de gros lions en granit, d'inspiration chinoise — des gardes qui ne s'étaient pas révélés bien efficaces cette nuit-là, hélas.

Luke entra dans le vestibule. L'espace d'un instant, il eut l'impression que la pièce baignait dans le sang. Illusion d'optique, se dit-il aussitôt. C'était le coucher du soleil qui peignait les murs de sa lumière rougeoyante.

Il sortit sa lampe de poche, balaya le faisceau autour de lui et ne put retenir un frisson.

On avait nettoyé la maison et frotté les murs, mais les taches de sang n'avaient pas entièrement disparu. Il ne restait pas grand-chose, mais assez néanmoins pour déchiffrer le fameux message : « Mort aux profanateurs ! »

En plissant les yeux, on distinguait aussi une forme qui ressemblait vaguement à une main.

Luke retint son souffle. Il pouvait presque voir les mots tels qu'ils étaient apparus sur le mur, lorsque le doigt assassin les avait tracés.

Rouges.

Rouge sang.

5

Chloé avait l'habitude de porter plusieurs chapeaux, pour reprendre la formule qu'affectionnait Victoria. Elle aimait qu'on fasse appel à elle pour réaliser des portraits-robots de témoins ou de suspects d'un crime. Savoir qu'elle aidait la justice lui apportait une profonde satisfaction. Elle avait toujours adoré les arts plastiques, et surtout celui de dessiner des portraits. Rien ne la captivait davantage que de travailler à restituer l'émotion qui se lisait sur un visage.

C'était Stuckey qui lui avait demandé d'aider la police sur un dossier qui n'avait aucun rapport avec elle, un an environ après le massacre. Un témoin avait vu un suspect en train de courir dans la rue, quelques minutes après qu'une personne avait été poignardée et son sac dérobé, en plein centre de Miami. Elle avait trouvé le processus passionnant : fermer les yeux, écouter la description du visage par le témoin et s'efforcer de le recréer dans son esprit avant de le coucher sur papier. Le portrait qu'elle avait dessiné avait permis l'arrestation du criminel, et la police avait pris l'habitude de faire appel à elle. Son talent était tel qu'ils lui avaient même proposé de joindre leurs rangs. Mais elle était encore à l'université, où elle s'était découvert une autre passion — pour la psychologie — et la thérapie par l'art lui avait semblé un compromis idéal. Elle avait donc refusé l'offre de la brigade criminelle pour pouvoir continuer dans cette voie.

Aujourd'hui, pourtant, le temps lui avait paru interminable et les problèmes de ses patients terriblement lourds à supporter. Mindy Sutton s'efforçait de mener une vie normale auprès de son mari, un homme bon et honnête, et de leur adorable petit garçon de deux ans, mais elle avait subi des violences sexuelles de la part de son beau-père de l'âge de six ans jusqu'à seize ; ce dernier avait atterri en prison, mais la mère de la jeune femme ne le lui avait jamais pardonné, convaincue que sa fille avait tout inventé, ou pire, qu'elle avait séduit son beau-père. Après Mindy, Chloé avait reçu sa plus jeune patiente de la journée, Isabel Jacobi, qui avait reçu un coup de couteau d'un camarade de classe, dans les toilettes de son lycée. Le patient suivant, nommé Farley Astin, était un homme doux, âgé de trente ans, qui était sorti de prison l'année précédente, après sept ans derrière les barreaux pour un viol qu'il n'avait jamais commis. Et ainsi de suite…

Elle rentra tard chez elle, non sans avoir remercié Jim Evans, son assistant et ami, de s'occuper si bien de ses patients et de son planning.

Epuisée, elle s'apprêtait à monter chez elle lorsque Leo ouvrit une des portes-fenêtres de la maison principale qui donnaient sur la piscine.

— Chloé ! cria-t-il.

Le ton de sa voix était si grave qu'elle se raidit.

— Bonsoir, oncle Léo.

— On me dit que tu furètes un peu trop, ces jours-ci. Tu veux bien venir me voir ?

— Evidemment ! répondit-elle sur un ton faussement enjoué.

Elle traversa l'espace qui les séparait et l'embrassa.

— Cela ne suffira pas à m'amadouer, jeune fille, grommela-t-il.

— Allons bon ! Que se passe-t-il ? Tu as parlé avec Stuckey ?

— En effet.

— Franchement, je ne sais pas ce qui l'inquiète, déclara Chloé en suivant son oncle à l'intérieur. L'agence est réglo, et je n'ai rien vu ou entendu qui permette de soupçonner qu'un maniaque se soit glissé dans ses rangs. Et tu m'as toi-même demandé d'essayer d'en savoir plus sur Colleen. Quel est le problème, tout d'un coup ?

— J'ai eu tort. J'aurais dû me douter que tu ferais du zèle et que tu n'hésiterais pas à te mettre en danger pour aider une de tes amies.

— Oncle Léo… J'avais déjà l'intention d'accepter cette séance photos si jamais on me la proposait. Tu te rends compte de la chance que j'ai ? C'est le calendrier de l'agence Bryson, tout de même ! Ce truc-là se vend comme des petits pains dès sa sortie !

— Et alors ? Qui parlera encore de chance, si toi ou l'une de tes amies rencontrez le même sort que Colleen Rodriguez ?

Chloé poussa un soupir. Ces conversations infantilisantes frisaient le ridicule, à présent.

Léo était un homme remarquable. Il ne faisait pas de politique et n'avait aucune intention de briguer le poste de procureur, mais il était passionné de droit et ses plaidoiries faisaient l'admiration de tous. Il avait le teint mat, alors qu'elle était très claire de peau, mais ses yeux étaient aussi verts que ceux de Chloé. C'était un bel homme de haute taille au physique nerveux, resté célibataire malgré ses cinquante-cinq ans. Il avait eu plusieurs relations, mais aucune n'avait duré plus de cinq ans. Chloé avait toujours apprécié la plupart de ses petites amies et souvent souhaité qu'il soit marié. Elle se disait même parfois qu'il aurait bien besoin de passer quelques heures sur son divan.

Elle n'avait jamais rencontré un homme plus honnête et plus droit. Elle ne pensait pas non plus qu'il existe beaucoup d'hommes capables des efforts innombrables qu'il avait fournis, des années durant, pour offrir une vie aussi normale que possible à sa nièce orpheline. Si elle l'écoutait, maintenant, c'était parce qu'elle le respectait et l'aimait profondément. Devait-elle modifier ses plans pour autant ? Ça non !

— Je crois que tu ne devrais pas participer à cette séance photos, énonça-t-il abruptement.

— Je sais. Mais s'il te plaît, oncle Léo, écoute-moi. Primo, je veillerai à ne jamais être seule, à aucun moment. Je serai très prudente. Mais tu sais bien que je peux, rien qu'en m'asseyant à une table pour boire un cocktail, réunir plus d'informations que n'importe quel flic chargé de l'enquête, simplement parce que je suis un membre du groupe. Secundo, il est encore possible que rien ne soit arrivé. Colleen Rodriguez espère peut-être attirer l'attention et la sympathie des médias, le jour où elle refera surface en Australie ou ailleurs, en expliquant que le stress lié à ce métier et à la compétition constante avaient fini par la faire craquer.

— Quelle piètre menteuse tu fais ! marmonna Léo en

secouant la tête. Tu ne crois pas un seul instant à cette version complètement farfelue.

Chloé poussa un soupir.

— C'est vrai que j'ai plutôt tendance à penser qu'il lui est arrivé quelque chose. Mais cela ne signifie pas pour autant que le même sort attend l'une d'entre nous, ou qu'une personne en contact avec l'agence est responsable de la disparition de Colleen. L'île est à quelques minutes de douzaines d'endroits dans les Keys et il y a des millions de bateaux qui sillonnent ces eaux.

— Et des milliards de mètres cubes d'eau de mer dans lesquels faire disparaître un cadavre.

— Je sais. Je dis simplement qu'il n'y a pas de raison de s'inquiéter à mon sujet. C'est toi qui m'as appris à accepter le passé et à ne pas vivre dans la paranoïa.

— Je t'ai aussi appris à faire preuve d'un peu de jugeote, il me semble !

Il se dirigea vers le bar et regarda les bouteilles d'un air furieux. La jeune femme l'observa, songeant qu'elle le rendait nerveux.

Elle s'approcha de lui, le serra dans ses bras et l'embrassa sur la joue.

— Je n'agis pas sur un coup de tête, je te le promets. Je passe mes journées avec des gens qui ont traversé des épreuves bien pires que celle que j'ai connue — des hommes et des femmes, parfois des enfants, qui ont subi des abus et des tortures pendant des années. Tout ira bien, je t'assure. Tu n'as aucune raison de te mettre à boire.

Il eut un petit rire.

— A dire vrai, j'étais sur le point de me servir un verre pour regarder les nouvelles à la télé quand tu es arrivée. Que fais-tu, ce soir ?

— Je vais au manoir avec… un ami de Tony Stuckey.

— Luke Cane ?

Chloé haussa les sourcils.

— Ne me dis pas que tu le connais, toi aussi ?

— Bien sûr que si. Il est là depuis pas mal de temps.

— Génial. Tout le monde est au courant du secret, à part moi.

— Il n'y a pas de secret. C'est juste quelqu'un qui ne cherche pas à attirer l'attention.

— Oh ? Tu veux m'en dire plus ? Cela m'évitera d'avoir à faire des recherches sur Internet.

— Tu ne trouveras pas grand-chose. C'est un homme de l'ombre. Ce qu'il fait, il le fait discrètement.

— Et que fait-il, exactement ?

— Je n'en sais rien — à proprement parler. Et je n'ai pas non plus envie de le savoir, répondit Léo.

Il avait trouvé une bouteille de brandy, qui parut le tenter. Il en versa deux doigts dans un verre à cognac, étudiant sa couleur.

Chloé opta pour un whiskey, sec.

— Je comprends de moins en moins, dit-elle. Il est en règle, il a une licence, mais il veille à ne pas se faire remarquer, et tu sais ce qu'il fait, mais pas à proprement parler.

Léo poussa un soupir.

— Tu te souviens de l'affaire Holtzman-Avery, il y a trois ans environ ?

— Oui… Un gamin du nom de Danny Holtzman avait été kidnappé et son corps a été retrouvé plus tard, dans une valise, quelque part dans les Everglades. Puis un de ses copains, Dale Avery, a disparu à son tour. Ils ont subodoré que la même personne était derrière les deux disparitions, et c'était le cas, sauf que Dale a été retrouvé vivant dans un hangar, du côté des Redlands.

— C'est Luke Cane qui a retrouvé le cadavre du petit Holtzman.

— Vraiment ? Je n'ai pas vu son nom dans les journaux, pourtant.

— En effet. Il s'est débrouillé pour retrouver le salopard — un pédophile doublé d'un psychopathe répondant au nom d'Elia Friar, entraîneur d'une équipe de base-ball junior. Il lui a fait avouer où se trouvait le gamin. Je ne sais pas comment il s'y est pris, et je ne veux pas le savoir.

Chloé fronça les sourcils.

— Tu veux dire qu'il l'a tabassé pour obtenir l'information ?

— Ce n'est pas ce que j'ai dit.

— Alors ?

— Il a sauvé la vie d'un gosse. Il n'a pas tué Elia Friar, il nous l'a livré. Friar n'a jamais été jugé, cependant. Il a avoué ses crimes pour ne pas écoper d'une condamnation à mort. Il n'a jamais prononcé le nom de Luke Cane.

Chloé hésita.

— Et tu en penses quoi ?

— Je suis un officier de justice. J'ai foi dans le respect de la loi et du code pénal.

— D'accord, mais nous ne sommes pas dans un tribunal, ici. C'est moi, ta nièce, qui te demande ton opinion personnelle sur un point bien précis.

— Mon opinion est que les sentiers du droit sont parfois lents et semés d'embûches, et que la manière dont certains pervers s'en tirent grâce à des points de droit me rend fou. Alors, est-ce que j'envie un type comme Luke Cane ? Oui. Est-ce que je pourrais agir comme lui ? Non.

J'ai ma place dans le système et je travaille avec — et parfois contre, aussi. Mais toujours de l'intérieur et au grand jour.

— Je me demande ce qui le motive, murmura Chloé.

— Pourquoi ne lui poses-tu pas la question ?

— Pardon ?

Léo fit un signe du menton en direction d'une fenêtre qui ouvrait sur la rue. Luke Cane venait de s'arrêter devant le portail d'entrée de la propriété. Elle étouffa un juron.

— Mince, je suis en retard ! Puisque tu le connais, veux-tu lui tenir compagnie pendant quelques minutes, le temps que je me change ?

Léo acquiesça d'un signe de tête et la jeune femme se précipita chez elle. Elle voulait prendre une douche et enfiler le genre de vêtements que l'on s'attendait à la voir porter, lorsqu'elle se rendait à l'agence Bryson.

Elle se déshabilla et se glissa sous le jet d'eau chaude, faisant aussi vite qu'elle pouvait. Puis, elle s'enroula dans une serviette et ouvrit la porte de la salle de bains pour permettre à la buée de s'échapper. Aussitôt, elle se figea.

« C'est la buée, se dit-elle. C'est forcément la buée. » Pourtant, elle était bel et bien en train de regarder une silhouette de femme, debout devant elle. Cette fois, Chloé la reconnut.

Colleen Rodriguez.

Elle portait une longue robe blanche, et elle était trempée de la tête aux pieds.

La peur traversa Chloé comme un éclair.

Un fantôme. Il y avait un fantôme dans la maison.

Puis, elle l'entendit parler. Oui, elle l'*entendit*, bien que les mots ne soient pas prononcés à voix haute. Ils résonnaient là, dans sa tête.

« Aide-moi. Je sais que tu peux m'aider. »

— Comment ? s'exclama Chloé. Comment veux-tu que je t'aide ?

« Tu le peux. Je le sais. Tu peux me voir. Et j'ai tant de choses à te dire pour que tu puisses m'aider… »

Soudain, la buée se dissipa et la vision disparut.

Chloé demeura clouée sur place, les yeux rivés sur l'endroit où le fantôme de Colleen se tenait debout un instant plus tôt. Des larmes lui brûlaient les yeux, mais elle les chassa d'un revers de main.

— C'était de la buée. De la buée, et rien d'autre, déclara-t-elle à haute voix. Vraiment, je suis lamentable… C'est moi qui ai besoin d'une thérapie, pas mes patients !

Elle était bouleversée, mais n'avait pas le temps d'y penser. Pas maintenant. Luke l'attendait et il ne la croirait certainement pas si elle lui racontait qu'elle avait été retardée par un fantôme…

Elle prit une profonde inspiration.

Elle était psychologue. Elle pouvait expliquer ce type de phénomène, non ? Elle était perturbée par tout ce qui se passait en ce moment. Hantée par la certitude que Colleen avait été assassinée, elle tenait à comprendre ce qui lui était arrivé, malgré les mises en garde de Stuckey et de son oncle. En faisant surgir le « fantôme » de Colleen, elle se donnait inconsciemment le feu vert pour découvrir la vérité aux côtés de Luke Cane.

Les fantômes n'existaient pas. Point final.

Elle enfila une robe bustier, attrapa un pashmina et sautilla sur un pied pour enfiler une sandale, puis l'autre. Enfin prête, elle regarda autour d'elle.

Et si les fantômes existaient ? S'ils apparaissaient parce qu'ils ont besoin de reposer en paix, mais ne peuvent le faire tant que certaines choses ne sont pas résolues ? Et si cette femme en blanc était ce qui restait de l'âme de Colleen et qu'elle appelait à l'aide pour obtenir justice ?

Chloé respira plus profondément encore — trois fois de suite. Elle croyait en Dieu et, s'il existait un pouvoir suprême, que les gens étaient essentiellement une masse d'énergie, et que cette énergie était leur âme…

« Arrête. Ce n'est pas le moment. »

Elle tourna les talons et sortit en verrouillant la porte. Puis elle regagna la grande maison et le salon de son oncle… où elle oublia instantanément le fantôme.

Grâce à Luke.

Elle éprouva, en le regardant, le genre d'exaltation que ressentent les adolescentes invitées au cinéma par le garçon le plus mignon du lycée — à un détail près : Luke Cane n'était pas un adolescent. Elle non plus, d'ailleurs. Et la soirée qui les attendait n'avait rien d'un rendez-vous romantique : ils allaient au manoir pour des raisons professionnelles.

— Ah, vous voilà ! dit Luke en la voyant entrer. Je commençais à penser que vous m'aviez oublié.

— Non… Je n'étais pas encore tout à fait prête, c'est tout.

Luke tendit la main à Léo, qui la serra, et les deux hommes se dirent au revoir.

— Je devrais t'accompagner, un de ces jours, lança ce dernier en se tournant vers sa nièce.

— Au manoir ? Quelle bonne idée ! Je suis sûre que tu passerais inaperçu, railla Chloé.

Léo secoua la tête.

— Bon, d'accord. Ne rentre pas trop tard, hein ? Quant à vous, Luke, je ne vous demanderai pas ce que vous allez faire là-bas, mais, surtout, veillez à ce qu'il ne lui arrive rien, d'accord ?

— Vous pouvez compter sur moi.

— Bonne soirée, tonton, déclara Chloé d'un air taquin en déposant un baiser sur la joue de son oncle. Je ferai attention, promis.

Elle suivit Luke jusqu'à sa voiture et sourit lorsque ce dernier lui ouvrit la portière et attendit qu'elle soit assise pour la refermer et aller s'installer au volant.

Il était très galant — il se levait lorsqu'une femme entrait dans une pièce, par exemple, et lui ouvrait la porte lorsqu'elle voulait sortir. Elle ne prêtait pas attention à ce genre de détails, d'ordinaire, mais avec Luke, c'était… différent. Elle appréciait sa courtoisie. D'autant qu'elle ne semblait pas feinte : ils s'entendaient plutôt bien, tous les deux, depuis qu'ils avaient décidé de faire équipe.

— Alors, vous avez passé une bonne journée ? demanda Luke en mettant le contact.

— Plutôt éprouvante. Et vous ?

— Intéressante.

— Ah ?

Il glissa un regard vers elle.

— Ça ne va peut-être pas vous plaire.

— Ah bon ? Vous m'intriguez.

— Je me suis rendu dans le parc des Everglades.

Chloé haussa les sourcils.

— Je n'ai rien contre les Everglades. Des tas de gens s'y rendent tous les jours… Vous voulez bien m'en dire plus ?

— Je suis allé à l'endroit où on a retrouvé les deux hommes qui ont essayé de vous tuer et qui ont assassiné vos amis, déclara-t-il sans détour.

Chloé demeura bouche bée. Pourquoi s'intéressait-il au

« Massacre des lycéens », ainsi que la presse et le public l'avaient baptisé ? Dix ans s'étaient écoulés — même si, pour elle, le temps semblait s'être arrêté cette nuit-là.

— Pourquoi ? demanda-t-elle finalement.

— Je ne sais pas. Cette affaire ne… Je ne peux pas vous expliquer. Quelque chose ne colle pas.

— Vous enquêtez sur une histoire vieille de dix ans juste parce que quelque chose ne colle pas ? répliqua-t-elle, choquée d'apprendre qu'il partageait le sentiment qui avait toujours été le sien, depuis le jour où la police avait décidé de boucler l'affaire.

Il haussa les épaules, mais garda le silence.

Troublée, Chloé essaya de mettre un peu d'ordre dans ses pensées. Il avait raison : elle n'aimait pas ce qu'elle venait d'entendre. Même si elle était d'accord avec lui, elle n'avait aucune envie de remuer le passé. Elle voulait croire que les hommes qui avaient tué ses amis étaient morts.

— Vous êtes censé enquêter sur l'affaire Colleen Rodriguez, dit-elle finalement.

— Et vous êtes, vous, censée ne pas enquêter dessus — en tout cas, pas aussi activement que vous le faites, répliqua-t-il du tac au tac.

Chloé prit une profonde inspiration.

— Ecoutez…

— Pardon, l'interrompit Luke. Je n'aurais pas dû dire ça. Mais franchement, si les types qui ont commis ces meurtres sont encore bien vivants, n'est-il pas temps de les arrêter ?

— Bien sûr que si. Mais ce n'est pas le cas. On a trouvé les armes et une lettre d'aveux. Et l'un des deux hommes était l'un des meurtriers, il n'y a aucun doute là-dessus. Je l'ai vu de mes propres yeux. Et son regard est resté gravé dans ma mémoire. Je ne l'oublierai jamais.

— Je comprends... Oublions tout cela. J'aurais mieux fait de me taire.

— Non... Je suis contente que vous me l'ayez dit.

Il lui jeta un coup d'œil embarrassé.

— Dans ce cas, je devrais peut-être aussi vous dire que je suis allé dans la maison sur la plage.

Chloé se raidit.

— Je vois.

— Je suis désolé si cela vous fâche.

— Je ne comprends pas pourquoi vous vous intéressez à cette histoire.

— Je vous l'ai dit. Quelque chose dans cette affaire...

Il s'interrompit et secoua la tête.

— Changeons de sujet, vous voulez bien ?

Elle garda le silence tandis qu'il quittait la voie express pour s'engager sur la bretelle débouchant sur le front de mer. Elle était à la fois heureuse et irritée de l'intérêt qu'il portait au massacre. Un peu effrayée, aussi, à la pensée que son propre pressentiment se voyait confirmé par le sien.

— Je suis vraiment désolé, reprit Luke. Je n'avais pas l'intention de vous bouleverser.

— Je ne suis pas bouleversée, assura-t-elle. Je vais bien.

C'était vrai. A cet instant, elle allait bien. Pourtant, le fait qu'elle se sente si étrangement bien en sa compagnie l'inquiétait un peu... Il lui faisait l'impression d'un roc. Un roc sur lequel elle rêvait de s'appuyer plus souvent.

Ils réussirent malgré tout à changer de sujet, comme il l'avait suggéré. Elle lui parla des potins qui agitaient le petit monde de la mode afin qu'il puisse les évoquer, si nécessaire, lorsqu'ils seraient au manoir. Quand ils arrivèrent à destination, Luke était prêt à endosser le costume de Jack Smith, styliste et créateur de maillots de bain.

— Bien… Arrêtez-vous devant la grille, dit la jeune femme. Je vais descendre. On ne peut pas atteindre l'Interphone depuis la voiture.

Elle appuya sur le bouton d'appel en songeant brusquement — et bien trop tard — qu'elle aurait dû appeler Myra pour l'avertir de leur visite.

Une assistante lui répondit et actionna l'ouverture automatique des grilles. Myra sortit de son bureau pour les recevoir et embrassa Chloé sur les joues, avant de se tourner vers Luke.

— Monsieur Smith, c'est un plaisir de vous revoir ! Je ne pensais pas régler les derniers détails de la séance photos avant quelques jours, cependant.

— Nous ne sommes pas venus pour ça, expliqua Chloé. En fait, nous sommes en route pour aller dîner, et nous avons décidé de passer vous voir… Jack voudrait parler à Renée. Est-ce qu'elle est ici ?

— Oui, dans sa chambre. Je vais l'appeler.

— Inutile. Je vais aller la chercher, dit Chloé.

Myra hocha la tête et se tourna vers Luke.

— Monsieur Smith, puis-je vous offrir quelque chose à boire ?

Chloé gravit les marches de l'escalier et alla frapper à la porte de Renée.

— Oui ? fit la jeune femme, depuis l'intérieur.

— Renée, c'est Chloé Marin.

— Chloé ? Oh, l'amie de Victoria…

La porte s'ouvrit.

Renée était une magnifique jeune femme aux grands yeux noisette frangés de cils épais. Elle n'était pas très grande, mais elle avait une bouche large et généreuse, une taille de guêpe et une poitrine parfaite.

Elle faisait partie des rares modèles dont les photos n'avaient pas besoin d'être retouchées.

— Salut Chloé… Ça va ? demanda-t-elle, visiblement un peu étonnée de cette visite.

Elle plissa le front.

— Tu n'es pas avec la police, j'espère ? J'ai dû les appeler aujourd'hui pour leur dire que je n'ai pas disparu. Mes parents me rendaient cinglée, à me téléphoner et me laisser des messages toutes les cinq minutes.

Chloé secoua la tête.

— Non, je suis avec un ami styliste. Il fait des maillots de bain géniaux ! Il viendra sur l'île avec nous pour photographier les modèles de sa nouvelle saison en même temps que nous ferons le calendrier de l'agence. Tout le monde lui a dit que tu es exactement le genre de mannequin qu'il recherche. Il aimerait te rencontrer.

— Ce n'est pas un gros dégoûtant, j'espère ?

Chloé éclata de rire.

— Pas vraiment, non. Je pense qu'il devrait te plaire.

— Mince… C'est sûrement le type que j'ai fait galoper sur la plage l'autre soir ! J'ai cru qu'il était envoyé par mon père. Je l'avais remarqué pendant la réception, puis je l'ai vu me suivre à l'étage… Alors, j'ai paniqué, tu comprends ? Après, j'ai appris qu'il était créateur de maillots de bain — et supersexy, avec ça. Un vrai canon.

Un vrai canon. Luke en était un, effectivement, songea Chloé.

— Attends-moi. Je me coiffe et j'arrive, reprit Renée.

Quoi qu'elle porte, elle était toujours sublime. Ce soir,

elle arborait une tenue confortable — legging et tunique de soie — mais néanmoins présentable.

Les deux jeunes femme rejoignirent Myra et Luke dans la cuisine un instant plus tard.

— Renée… je te présente Jack Smith, de Mermaid Designs, dit Chloé. Jack, voici Renée.

— Bonsoir, dit cette dernière en tendant la main à Luke.

— Enchanté de faire enfin votre connaissance, répondit-il.

— Nous allons dîner quelque part sur la plage. Vous voulez vous joindre à nous ? demanda Chloé.

Myra secoua la tête.

— Non merci — pas ce soir. Je ne suis pas encore remise de la réception de samedi, et j'ai passé la journée en réunion avec Harry. J'ai une tonne de courriels en retard. Il faut vraiment que je m'y mette !

— Je veux bien venir avec vous, moi, dit Renée. Ça tombe bien, je n'ai pas encore dîné.

Luke suggéra plusieurs restaurants à la mode, mais les deux jeunes femmes préféraient manger léger, et ils finirent par se rendre dans un petit japonais, sur Washington Avenue. Renée commanda des sashimis et des légumes à la vapeur tandis que Chloé optait pour les sushis.

— Tu as de la chance, commenta Renée. Tu peux manger tout ce que tu veux et continuer de passer pour une athlète sur le point de disputer un match de volley-ball. Ce n'est pas juste !

— Merci… Parfois, j'ai plutôt l'impression d'être un boxeur professionnel ! répliqua Chloé.

— C'est un peu le cas, non ? Tu fais du kung-fu, si j'ai bien compris, remarqua Renée.

— Du jujitsu, rectifia Chloé.

— Moi, j'ai horreur du sport… Je suis bien obligée d'en faire, mais ça m'ennuie tellement ! Heureusement que j'adore mon métier… Je fais beaucoup d'efforts pour arriver au top, tu sais. C'est beaucoup plus difficile que les gens ne l'imaginent.

— Vos efforts ne sont pas vains, intervint Luke. D'après ce qu'on m'a dit, votre carrière est en bonne voie.

— Vous voulez que je participe à la création de votre catalogue, c'est bien ça ? demanda la jeune femme.

— Tout à fait.

Chloé se surprit à regretter qu'il n'y ait pas réellement de catalogue. Elle se demanda aussi à quel moment Luke aborderait l'inquiétude des parents de Renée et la nécessité de les appeler.

— Vous avez toujours voulu être mannequin ? reprit-il en souriant.

— Depuis que je suis toute petite. Mais je suis issue d'une famille traditionnelle, où les filles sont censées faire un beau mariage, élever toute une ribambelle de gamins et astiquer leur maison. J'aimerais me marier un jour, bien sûr, et même avoir une famille. Deux enfants, ce serait bien. Mais je ne vois pas le mal qu'il y a à travailler ! Regardez Heidi Klum.

— Je suis persuadé que vous arriverez à tout gérer. Et je parie que votre famille est fière de votre succès.

— Ah ça, non ! s'exclama Renée. Ils veulent que je rompe mon contrat avec l'agence et que je rentre à la maison. Ils n'arrêtent pas de se plaindre… Ils se font trop de souci, voilà tout !

— Leur inquiétude n'est pas complètement injustifiée… Après tout, Colleen Rodriguez a bel et bien disparu !

Le beau visage de Renée s'assombrit brusquement.

— Nous étions amies depuis l'enfance, vous savez. Elle aurait dû me dire ce qu'elle tramait.

— Vous ne pensez pas qu'il lui est arrivé quelque chose de grave ?

Renée poussa un soupir.

— J'ai épuisé le sujet avec la police. Autant que je sache, elle sortait avec ce type supermignon, sur l'île. Mark Johnston. Je ne peux pas croire qu'il lui soit arrivé malheur. Mais cette histoire est en train de rendre mes parents complètement cinglés. Du coup, j'ai arrêté de leur parler. C'est plus simple.

— Pas sûr. Ils doivent être encore plus anxieux, au contraire, argua Luke.

— Jack a raison, renchérit Chloé en voyant une lueur d'incertitude danser dans le regard de Renée. Appelle-les… S'ils se lancent dans un grand sermon, tu n'auras qu'à raccrocher. Mais donne-leur une chance, au moins !

— C'est une bonne idée, enchaîna Luke. Raccrochez, s'il le faut. Mais mettez-vous à leur place ! Vous vous rappelez ce que vous venez de dire — que vous aimeriez avoir des enfants un jour ? Imaginez ce que vous ressentiriez si l'un de vos enfants cessait de vous parler.

Renée le considéra d'un air soupçonneux. Puis, à la grande stupéfaction de Chloé, elle sortit son portable de son sac et, sans quitter Luke des yeux, elle composa un numéro.

— *Mama* ? dit-elle au bout de quelques secondes. C'est moi.

Ils entendirent son interlocutrice pousser un cri de joie à l'autre bout du fil. Quelques larmes perlèrent aux yeux de Renée, qui détourna aussitôt la tête.

Le reste de la conversation se déroula en espagnol, mais

ils reconnurent bientôt la voix du père de Renée. Au bout de quelques minutes, celle-ci coupa la communication, le visage rayonnant.

— Qui êtes-vous vraiment ? demanda-t-elle à Luke.

— Jacques Smith, Mermaid Designs, répondit-il sans l'ombre d'une hésitation.

Renée n'eut pas l'air convaincu, mais elle se pencha néanmoins vers lui et déposa un baiser sonore sur sa joue.

— *Gracias*, lui dit-elle.

Chloé fut choquée d'éprouver un pincement de jalousie. Non, se dit-elle aussitôt. Pas de la jalousie. Ce serait ridicule.

— *De nada*, répondit Luke. Et, maintenant, soyez honnête. Est-ce que vous ne vous faites pas un peu de souci pour Colleen ?

Renée poussa un soupir.

— Si, bien sûr. Si vous saviez combien de fois je me suis repassé le film de cette maudite journée !

Elle marqua un silence, avant de poursuivre :

— Après la séance photos, on est rentrées dans notre chambre et on a bavardé un moment. Elle avait rendez-vous avec Mark et je devais retrouver plusieurs mannequins de l'agence.

— Lesquelles ? demanda Luke.

— Lacy, Maddy et Lena. On a pris l'apéro au Tiki Bar, à côté du club de plongée sous-marine.

— Et Colleen est allée retrouver Mark ?

— C'est ce que je croyais… mais il l'a attendue en vain. Il nous a rejointes au bar un peu plus tard, l'air un peu fâché qu'elle ne soit pas venue.

— Ils s'étaient peut-être disputés dans la journée ?

— Je ne crois pas. Il leur arrivait de ne pas être d'accord, forcément, mais rien de grave.

— Etait-il violent ?

— Mark ? Jamais de la vie. Colleen ne l'aurait pas toléré.

— Est-ce qu'elle avait des ennemis ? reprit Luke.

Renée fronça les sourcils.

— Pas que je sache. Tout le monde l'appréciait à l'agence. Certaines filles étaient peut-être jalouses de son succès, mais ça ne portait pas à conséquence. Elle était — *elle est* — tellement gentille ! C'est pour ça que je pense qu'elle a organisé sa disparition. Personne sur cette île ne lui aurait fait du mal. Et certainement pas Mark.

— Peut-être, murmura Luke. Combien de temps s'est écoulé entre le moment où elle vous a quittée pour aller le rejoindre et le moment où il est arrivé au bar ?

— Une vingtaine de minutes environ.

— Alors, vous êtes la dernière personne à l'avoir vue ?

— J'imagine. Elle avait son sac avec elle. C'est pour ça, aussi, que j'ai tendance à penser qu'elle a monté cette histoire pour se faire de la publicité. On venait de discuter de la difficulté à percer, dans ce métier. Il y a tellement de jolies filles — et certaines sont terriblement ambitieuses, vous savez ! Colleen m'a confié qu'elle craignait de ne jamais arriver au sommet. Vous avez vu le nombre d'articles et de reportages qu'a suscité sa disparition ? Imaginez ce que ce sera, le jour où elle réapparaîtra ! Enfin, je ferai quand même attention pendant la séance photos. J'ai promis à mes parents d'être vigilante.

— Ça vaudra peut-être mieux, en effet, acquiesça Luke.

— Tu y seras, toi aussi ? demanda Renée à Chloé.

— Oui.

— Tant mieux. Je ne vous quitterai pas d'une semelle, toi et Victoria.

— Bonne idée, acquiesça-t-elle.

— Et, maintenant, parlez-moi un peu de vos maillots de bain, enchaîna Renée en se tournant vers Luke.

Chloé s'appuya contre le dossier de sa chaise et regarda Luke jouer son rôle de styliste à la perfection. Après le dîner, ils ramenèrent Renée au manoir. Luke descendit de voiture et l'accompagna jusqu'à la grille d'entrée. Il n'entra pas dans la propriété, mais attendit que la jeune femme soit entrée dans la maison, de l'autre côté de la pelouse. Puis il se figea, les yeux levés vers le bâtiment.

Intriguée, Chloé ouvrit sa portière et le rejoignit.

— Que se passe-t-il ? demanda-t-elle.

Elle n'eut pas besoin d'entendre sa réponse.

La lune était haute dans le ciel, mais voilée par un groupe de nuages. Sa lueur diffuse se mêlait à celle des réverbères qui éclairaient la propriété et à la brume qui flottait le long de la côte.

La maison paraissait baigner dans un bain rouge.

Un bain rouge sang.

Il était agité, cette nuit. Terriblement agité.

Il était l'envoyé de Dieu. Son guerrier, aussi. Mais il devait être patient. Planifier l'ultime bataille contre le mal prenait du temps.

Dieu voulait que Ses soldats soient compétents. Il voulait aussi qu'ils soient bien entraînés. Alors, Il l'avait formé. Il lui avait donné les talents nécessaires pour livrer cette bataille et pour échapper ensuite à ceux qui ne comprendraient jamais sa mission.

Il était une arme fatale et, comme toute arme, il se devait d'être parfaitement affûté. Affûté et prêt à servir à n'importe quel moment. Il était donc normal et juste qu'en attendant l'ultime bataille, il se maintienne en forme en pratiquant son art. Car le meurtre est un art, n'est-ce pas ? Il était un animal, un prédateur, et il aimait la poursuite. Il aimait aussi la difficulté et la nécessité de faire preuve de ruse et d'habileté. Mais, plus que tout, il aimait plonger son regard dans les yeux de ceux qui se savaient sur le point de mourir. Ils avaient péché et devaient par conséquent être sacrifiés, mais, en lui donnant le plaisir de leur mort, ils étaient aussi automatiquement sauvés.

Oui, il aimait tuer. Il *fallait* qu'il aime ça. Sinon, il aurait flanché, et Dieu ne l'aurait pas toléré. Sa détermination lui donnait la force de frapper vite et bien, et de se fondre ensuite dans la foule des anonymes. Il jouait si bien son rôle.

Il respectait les règles, bien sûr. Il ne tuait jamais d'enfants, par exemple. Jamais. Dieu n'approuvait pas qu'on tue les enfants.

Il ne choisissait que ceux qui s'engageaient sur la mauvaise voie. Ceux qui étaient vains, obsédés par les biens matériels. Ceux qui buvaient et forniquaient sans entrave. Et les séductrices qui allumaient les hommes pour le seul plaisir de les voir succomber à leur charme. Tous ceux-là lui appartenaient et le châtiment qu'il leur infligeait était juste.

Ce soir… il était à l'affût.

Il attendait.

La lune était étrange, ce soir. Elle sembler baigner le monde dans une lumière rouge.

Un rouge sang.

Il contempla l'astre nocturne qui enveloppait Miami et les Keys d'un manteau écarlate, et cette contemplation l'emplit de certitude. Il n'en doutait plus, à présent. Son heure allait venir. Et lui offrir une autre chance de sauver une âme perdue.

Il était prêt. Et bien entraîné.

6

Chloé eut un mal fou à se lever le lendemain matin. Elle avait mal dormi. Ce n'était pas étonnant : elle avait parlé du massacre avec Luke en fin d'après-midi, puis évoqué la disparition de Colleen avec Renée. En resurgissant brusquement dans le présent, le passé venait hanter ses rêves.

Enfin… il ne surgissait pas que dans ses rêves, hélas. Elle avait aussi des visions en plein jour, quand elle ne dormait pas.

La veille, Luke s'était comporté en parfait gentleman : il était descendu de voiture pour lui ouvrir la portière, puis il avait attendu qu'elle s'introduise chez elle et referme la porte derrière elle pour remonter dans sa vieille Subaru.

Elle avait failli revenir sur ses pas et l'inviter à entrer. Comment aurait-il réagi si elle lui avait avoué qu'il était « un vrai canon » ? Ou si elle lui avait confié qu'elle se sentait bien en sa compagnie ? C'était si rare chez elle ! Jamais elle n'avait éprouvé un tel désir d'être avec quelqu'un. Le seul fait de savoir qu'il l'avait suivie des yeux tandis qu'elle regagnait son domicile le rendait incroyablement désirable. Le moindre effleurement de sa part éveillait en elle des sensations et des sentiments qu'elle osait à peine analyser.

Elle haussa les épaules. Il l'aurait sûrement enveloppée d'un long regard compatissant, avant de l'éconduire en s'excusant avec toute la courtoisie dont il était capable.

Elle ne savait quasiment rien de lui. Pourtant, elle devinait confusément qu'il avait souffert et que cette souffrance l'avait rendu méfiant. L'intimité lui faisait peur. Tout comme elle.

Une fois couchée, Chloé n'avait pu s'endormir. Elle avait allumé la télévision pour se distraire — et c'est alors qu'elle avait cru voir le fantôme de Colleen assis dans le fauteuil, dans un coin de la pièce.

Elle avait bondi de son lit et s'était forcée à marcher jusqu'au fauteuil… Il était vide, bien sûr. La vision avait disparu.

Elle avait étouffé les cris qui se pressaient dans sa gorge. Et lutté contre l'envie de courir jusqu'à la chambre de son oncle pour dormir au pied de son lit. Après s'être exhortée au calme, elle avait allumé toutes les lampes de la pièce et monté le son de la télévision. Un peu rassurée, elle avait finalement réussi à s'assoupir, mais elle s'était réveillée plusieurs fois pour jeter des regards effarés autour d'elle.

Elle n'avait pas revu le fantôme — qui ne lui avait pas parlé, cette fois-ci —, mais elle n'avait pas cessé d'y penser.

Pourquoi Colleen la hantait-elle ainsi ?

Bien sûr, elle connaissait les causes logiques d'un tel phénomène : elle se faisait du souci pour cette jeune femme ; elle était même persuadée qu'elle était morte. C'était sa façon à elle de justifier le besoin qu'elle éprouvait de continuer à enquêter sur cette affaire.

Génial. Elle avait vraiment besoin d'aide, mais ce

n'était pas le moment. Ses patients l'attendaient. Et ils avaient besoin d'aide, eux aussi.

La matinée se déroula sans encombre. Chloé travailla avec plusieurs enfants que l'administration scolaire souhaitait orienter vers des classes pour élèves en difficulté — à moins qu'elle ne formule un avis contraire, dans le cas où leurs troubles de comportement lui sembleraient réversibles. Elle constata une fois de plus à quel point il était agréable de travailler avec des enfants. Elle parvenait à comprendre leurs difficultés rien qu'en analysant les formes et les couleurs qu'ils choisissaient de dessiner. S'ils se représentaient à l'intérieur d'une boîte ou d'une maison sans fenêtre, c'est qu'ils se sentaient coincés, prisonniers. S'ils choisissaient de colorier le dessin en bleu, en violet ou en noir, ils étaient presque toujours en proie à une profonde tristesse. Les rouges et les jaunes indiquaient l'énergie et la chaleur, mais trop de rouge signalait aussi l'hostilité et la colère. Les dessins des enfants donnaient à Chloé un aperçu de leur situation et de leur caractère avant qu'elle ne s'entretienne avec eux.

A midi, lorsqu'elle eut terminé, elle fut ravie de découvrir qu'elle n'avait plus de rendez-vous ce jour-là. Il lui faudrait encore revoir les notes qu'elle avait prises, tout au long de la matinée, mais elle allait pouvoir rentrer chez elle plus tôt que d'habitude.

Elle étudiait le dessin d'un de ses petits patients, lorsque Jim l'appela pour lui annoncer qu'un certain Jack Smith demandait à la voir.

Son cœur, plus indocile que jamais, bondit dans sa poitrine. Agacée, elle enfouit sa tête au creux de ses bras. Décidément, elle perdait la boule. Quand elle ne voyait pas des fantômes dans sa chambre, elle déshabillait mentalement Luke Cane chaque fois qu'elle le voyait — ou pire, chaque fois qu'elle entendait son prénom !

Elle se redressa et empila les dessins éparpillés sur son bureau. Elle venait de terminer quand la porte s'ouvrit.

— Vous avez un radar, ou quoi ? demanda-t-elle en levant les yeux vers Luke.

— Non, répondit-il avec un large sourire. Juste un téléphone. J'ai appelé pour savoir s'il y avait moyen de déjeuner avec vous.

— Et tu n'as pas jugé opportun de me consulter d'abord ? protesta-t-elle en s'adressant à Jim, qui s'était avancé vers eux.

— J'ai juste dit à M. Smith que tu étais libre cet après-midi ! se défendit le jeune homme, avant d'ajouter vivement : J'ai aussi libéré ton emploi du temps pendant la semaine des séances photos. Je viens de réorganiser tes derniers rendez-vous.

Il semblait si inquiet que Chloé sourit. Elle ne voulait pas lui faire des remontrances devant Luke. Jim lui était trop précieux. Mais tout de même… il n'aurait pas dû prendre un rendez-vous pour elle sans la consulter au préalable.

Jim s'éclipsa en refermant doucement la porte derrière lui.

— Vous travaillez avec des enfants ? demanda Luke, en désignant les dessins posés sur son bureau.

— Oui. J'analyse le choix des couleurs pour établir des diagnostics, répondit-elle. Faites-moi un dessin, si vous voulez, et je vous montrerai comment je procède !

— Je ne pense pas que vous aimeriez mon style, répliqua-t-il abruptement en se tournant vers la fenêtre pour regarder au-dehors.

Chloé se dit, une fois de plus, qu'il était en souffrance,

comme elle. Qui avait-il perdu, et dans quelles circonstances ? Finirait-il par se confier à elle ?

— Vous êtes bien installée, reprit-il plus gentiment.

— Merci.

Elle attendit quelques instants, avant de reprendre :

— Pourquoi vouliez-vous me voir ?

Il lui fit face.

— Que diriez-vous d'une promenade en voiture ?

— Pour aller où ?

— D'abord, avaler un morceau. Puis, les Keys. L'île privée de l'agence.

— Il faut une heure pour arriver à Key Largo…

— Et encore une heure pour atteindre l'île.

— Je ne peux pas vous emmener là-bas maintenant. C'est…

— Pourquoi pas ? interrompit-il. J'ai appelé Myra et je lui ai demandé si je pouvais m'y rendre pour faire quelques repérages. Elle est d'accord.

— Vous n'avez pas besoin de moi, dans ce cas.

— Ce sera mieux si je suis avec quelqu'un qui connaît déjà les lieux.

— Je suis sûre qu'un des mannequins de l'agence serait ravi de vous accompagner. Jeanne ou Lacy, par exemple.

— Impossible. Jeanne me fiche la trouille.

— Menteur.

— Allons, venez avec moi. S'il vous plaît…

Chloé hésita encore un instant, puis décida d'accepter. Ne voulait-elle pas découvrir ce qui était arrivé à Colleen ? Luke lui offrait l'occasion d'approfondir son enquête. Il serait dommage de refuser, non ?

— D'accord.

Il sourit, content. Et manifestement un peu surpris de l'avoir convaincue si vite.

— J'aimerais d'abord déposer ma voiture chez moi et me changer, enchaîna-t-elle. J'en ai pour une heure environ.

— Parfait, acquiesça Luke. Je vous retrouve chez vous dans une heure.

Il sortit. En baissant les yeux, Chloé remarqua que ses mains tremblaient. Elle aimait bien ce type. C'était plus fort qu'elle. Les émotions qu'il éveillait en elle l'effrayaient, mais elle ne pouvait nier leur intensité. Ce n'était pas seulement son physique qui lui plaisait : elle appréciait aussi sa manière d'être et sa personnalité, si pleine de contradictions. Il était sociable et courtois, mais il pouvait aussi se montrer abrupt et un peu rude. Il était doux — et pourtant très macho. Sexy sans être vulgaire. Tout cela formait un cocktail explosif… qui aurait dû être interdit par la loi ! songea-t-elle avec ironie.

Elle acheva de ranger ses dossiers, prit son sac et quitta la pièce à son tour.

Jim était encore là et il lui offrit un sourire si confiant qu'elle n'eut pas le cœur de lui faire la moindre remontrance.

— Tu prends ton temps, mais lorsque tu en choisis un, c'est le gros lot, remarqua-t-il d'un air futé.

— Jack est juste un ami, Jim. Un collègue.

— C'est ce qu'on dit.

— Je t'assure !

— Je te crois, assura-t-il d'un air faussement innocent.

— Je m'en vais. Et toi, monsieur le malin, puisque tu as l'air d'avoir pensé à tout, tu peux prendre ton après-midi.

— J'ai encore quelques rangements à faire, et je boucle, répondit-il. Amuse-toi bien avec ton « ami » !

Chloé préféra ne pas répondre. Elle lui fit un signe de la main et sortit.

Arrivée chez elle, elle enfila un pantalon de toile, un débardeur et des baskets, et attrapa une veste en jean. Puis elle se rendit chez son oncle pour lui laisser un mot. Comme elle prenait un Post-it sur son bureau, son regard tomba sur la copie de la une d'un journal britannique datant de dix ans.

Le titre s'étalait en haut de la page : *Un meurtrier occis par un officier de police.*

La gorge nouée, elle parcourut rapidement les premières lignes de l'article, convaincue qu'elle allait trouver le nom de Luke. C'était lui, le policier qui avait abattu le meurtrier. Elle en était sûre.

Elle ne s'attendait pas, cependant, à ce qui suivait.

« En rentrant chez lui, dans le quartier de Kensington, l'inspecteur de police Cane a découvert le corps sans vie de sa femme, et son meurtrier, Hugo Lenz, toujours sur les lieux. Aucune déclaration n'a encore été faite à la presse, mais des sources nous ont affirmé que M. Lenz a été tué par l'inspecteur Cane. »

Un coup de Klaxon résonna dans la rue. Chloé sursauta et fit dégringoler la pile de papiers posée sur le bureau de son oncle.

Elle étouffa un juron et remit tout en ordre en s'exhortant au calme. En vain. Son cœur battait à tout rompre dans sa poitrine. Elle n'avait pas peur de Luke, mais elle commençait à mieux le comprendre.

Que pensait-elle de ce qu'il avait fait ? Si elle en avait eu le pouvoir et l'opportunité, n'aurait-elle pas abattu les hommes qui avaient si brutalement assassiné ses amis ?

Peut-être bien.

Mais elle n'était pas dans la police.

Léo remarquerait certainement que ses papiers n'étaient pas dans l'ordre où il les avait laissés, mais il avait peut-être fait exprès de laisser traîner cet article de journal sur la table. Et le cas échéant, pourquoi ? Eprouvait-il le besoin de la mettre en garde ?

En rentrant chez lui dix ans plus tôt, Luke avait trouvé le corps ensanglanté de sa femme. Et il avait tué l'assassin.

Chloé sortit en courant. Elle se débattit avec son trousseau de clés pour verrouiller la porte, puis elle pianota maladroitement sur les touches du clavier de l'alarme pour ouvrir et refermer le portail d'entrée.

Luke, qui était descendu de voiture, ouvrit la portière du passager pour elle. Chloé lui lança un regard nerveux avant de s'engouffrer dans l'habitacle.

— Qu'est-ce qui ne va pas ? s'enquit-il en se glissant derrière le volant.

— Rien. Désolée de vous avoir fait attendre. Je suis passée laisser un mot à mon oncle, au cas où il se demanderait où je suis partie. Je n'aime pas l'inquiéter. J'ai fait tomber des papiers qui étaient sur son bureau. J'essayais de faire vite.

Elle parlait pour tâcher de cacher sa nervosité. Luke dut le sentir, car il lui jeta un regard perplexe.

— Vous n'auriez pas dû vous dépêcher ainsi. Nous avons tout notre temps, il me semble.

Chloé déglutit. Devait-elle lui avouer la vérité ? Lui dire qu'elle avait appris ce qu'il avait fait à Londres, dix ans plus tôt ? Mais comment réagirait-il ?

— Vous avez l'air de quelqu'un qui vient de monter dans la voiture de M. Landru, reprit Luke. Je vous fais peur ?

— Bien sûr que non !

— On ne dirait pas.

Elle se força à croiser son regard. Ses yeux gris exprimaient une réelle sollicitude.

— Ecoutez, j'ai beau ne pas être psychologue, je vois bien que quelque chose vous a bouleversée, reprit-il.

Chloé exhala un long soupir.

— Vous étiez marié et votre femme a été assassinée. Et vous avez tué son meurtrier.

Il soutint son regard.

— Oui, admit-il simplement.

— Le journal dit que vous l'avez tué.

Il se tourna vers la vitre de sa portière.

— C'est vrai.

Il marqua un silence, avant de reprendre :

— Il lui avait tranché la gorge, mais elle s'était débattue, d'abord. Il tenait encore le couteau et il a essayé de m'attaquer, mais j'étais plus fort que lui. J'ai quand même eu du mal à le désarmer.

— Vous l'avez tué accidentellement ?

Luke secoua la tête.

— Non.

— Oh, murmura la jeune femme.

Il se tourna de nouveau vers elle.

— Ai-je perdu la tête en découvrant ma femme ? Oui, sans doute. Ai-je pour autant torturé ce salopard jusqu'à ce que mort s'ensuive ? Non. Je suis rentré chez nous, j'ai vu du sang dans l'escalier, j'ai suivi les traces, et quand je l'ai vue… sur le lit…

Il s'interrompit une fraction de seconde.

— Je me suis précipité vers elle et il m'a sauté dessus, par-derrière. Le journal a peut-être négligé de mentionner qu'il m'avait frappé à l'épaule. Nous nous sommes battus et j'ai réussi à le désarmer. Mais il a essayé de récupérer le couteau et je n'ai plus réfléchi, j'ai juste… réagi. J'ai retourné l'arme contre lui. Je l'ai frappé au ventre. Bien sûr, il y a eu une enquête. Je n'avais pas très envie de répondre à leurs questions, mais le jury a estimé qu'il s'agissait d'un cas de légitime défense. J'ai quand même donné ma démission. J'étais furieux d'avoir dû m'expliquer alors que les faits parlaient d'eux-mêmes.

— Vous avez démissionné et vous êtes venu vous installer aux Etats-Unis ?

— En quelque sorte, oui. Je ne me suis pas enfui, mais, au bout d'un moment, il est devenu évident que je ne pouvais pas rester là-bas.

Ils laissèrent passer un silence.

— Il faut y aller, non ? reprit Chloé avec embarras. Je commence à avoir faim.

— Vous êtes sûre ? Je n'ai pas très envie d'imposer ma présence à quelqu'un qui a peur de moi.

— Il en faut beaucoup pour me faire peur, vous savez.

Luke ne sourit pas, mais son regard s'adoucit.

— La peur n'est pas toujours une mauvaise chose. A petites doses, elle est même recommandée.

— Dans une situation dangereuse, certes. Mais je suis déjà montée en voiture avec vous et vous m'avez l'air de conduire très correctement.

Cette fois, il sourit.

— Merci. J'arrive même à conduire du côté droit de la chaussée quand je fais un effort.

Il mit le contact et ils roulèrent un moment en silence — un silence confortable, cette fois. Chloé fut même surprise de se sentir aussi à l'aise avec lui.

Etait-ce parce qu'il lui ouvrait de nouveaux horizons ?

Peut-être. Sa vie lui semblait si étriquée, tout à coup ! Elle recevait ses patients et travaillait ponctuellement pour la police ; elle bavardait avec Jim au boulot, avec son oncle, avec ses amis, et elle faisait du mannequinat de temps à autre. Mais elle prenait rarement le temps de se faire plaisir. D'aller se promener en voiture, par exemple, ou de passer un moment de détente avec un homme.

Surtout quand cet homme lui faisait autant d'effet.

Ils prirent l'autoroute en direction du sud. Ils roulaient depuis quelques minutes quand Luke se tourna vers Chloé en souriant.

— Il y a un restoroute, là, fit-il avec un geste sur la droite.

Elle pouffa de rire.

— C'est gentil, mais nous sommes tout près de Key Largo et le poisson y est fabuleux.

— Même s'il a été pêché au large de Miami ?

— Même s'il a été pêché au large de Miami, ce dont je doute, le poisson qu'on mange à Key Largo est meilleur que partout ailleurs.

Luke hocha la tête et continua de rouler. Il y avait des travaux sur la chaussée, ce qui ralentissait la circulation, mais ils arrivèrent bientôt devant une pancarte annonçant le lac Surprise, ce qui les fit sourire. Trente secondes plus tard, ils aperçurent un panneau mettant en garde les automobilistes contre les « traversées de crocodiles ».

— Vous avez déjà vu un crocodile traverser la route, ici ? demanda Luke d'un air dubitatif.

— Non, mais j'ai vu un alligator essayer de traverser la route du côté de Broward, un jour. Pour de vrai.

Ils arrivèrent finalement à Key Largo et éclatèrent de rire lorsqu'ils suggérèrent le même restaurant.

C'était un établissement familial au décor rustique. Des photos de pêcheurs brandissant d'énormes poissons couvraient les murs et une combinaison de plongée était exposée à droite de la porte d'entrée. Le menu proposait du poisson frais, en précisant qu'il avait été pêché le matin même.

Ils passèrent rapidement commande. Chloé opta pour la dorade, Luke pour le mérou, et chacun promit à l'autre de le laisser piocher dans son assiette.

— Vous n'avez jamais envisagé d'aller vivre ailleurs ? demanda Luke, lorsque la patronne leur eut servi à chacun un thé glacé.

Chloé secoua la tête.

— Oncle Léo a fait toute sa carrière ici, et franchement, en dehors du temps que j'ai passé à voyager ou à New York, pour mes études, je n'ai jamais eu l'intention de m'en aller. Je suis chez moi à Miami, et je m'y sens bien.

Luke hocha la tête.

— On dirait que vous avez pris la bonne décision.

— Je le pense aussi.

Chloé fronça les sourcils.

— Mais d'après vous… l'affaire du massacre n'a jamais vraiment été élucidée, n'est-ce pas ?

Luke ouvrit la bouche pour répondre, mais la serveuse leur apportait leurs poissons grillés. Il attendit qu'ils soient de nouveau seuls pour reprendre la conversation.

— C'est difficile à dire, après tant d'années, mais quelque chose ne colle pas. Ces deux types retrouvés morts dans les Everglades… ça me paraît un peu trop bien ficelé.

Il hésita.

— Je vous ai dit que j'ai demandé à Stuckey de me faire visiter la maison, n'est-ce pas ?

— Oui. Qu'en a-t-il pensé ?

— Il a accepté, répondit Luke.

Il secoua la tête, l'air pensif.

— On voit encore le message sur le mur : « Mort aux profanateurs ! » Et ce dessin… Une sorte de main.

Chloé baissa les yeux. Elle avait l'impression qu'on venait de lui asséner un coup de poing dans le plexus. Après tout ce temps, la seule évocation de la nuit du drame avait encore le pouvoir de la paralyser.

Soucieuse de changer de sujet, elle s'empara de la première pensée qui lui vint à l'esprit.

— Vous aimiez beaucoup votre femme, n'est-ce pas ?

Ce fut au tour de Luke d'accuser le coup.

— Evidemment, répondit-il sur un ton un peu brusque. Nous n'étions que des gosses, à vrai dire. Je l'ai rencontrée à la fin de mes études. Quels que soient les problèmes conjugaux que nous aurions pu rencontrer, ils n'ont pas eu le temps de se manifester. Alors, oui, bien sûr, je l'aimais. Mais ce qui m'a rendu fou, c'est que la justice, au lieu de se pencher sur les cinq meurtres qu'Hugo Lenz avait déjà commis, a préféré me mettre, moi, sur la sellette. Je luttais pour admettre le fait que ma femme était morte à l'âge de vingt-trois ans, dans des conditions abominables — je n'arrêtais pas d'imaginer ce qu'elle avait pu ressentir, sa terreur, durant ses derniers instants. Je me répétais sans cesse que je n'avais pas été là pour elle. Et il fallait encore que je me justifie. C'était le monde à l'envers !

Il marqua une pause, le visage crispé, comme s'il revivait ces événements tragiques. Puis, il haussa les épaules.

— Enfin, j'étais jeune, j'étais fou de rage, et il

n'était plus question, après cela, de suivre des règles qui n'avaient plus aucun sens à mes yeux. J'avais imaginé que je pouvais changer le monde, et je m'étais trompé sur toute la ligne. Alors, j'ai creusé mon propre chemin. Maintenant, au moins, j'arrive à rendre le sourire à des gens. C'est important pour moi.

Il parut réfléchir, et Chloé se garda bien de l'interrompre.

— Vous savez, il m'arrive de penser que Stuckey est l'homme que j'aurais pu être, si j'étais resté dans la police après la mort de ma femme. Et je suis l'alter ego dont il a besoin pour pouvoir continuer à tracer sa route.

— Depuis combien de temps avez-vous amarré votre bateau à Key Biscayne ? demanda Chloé.

— Sept ans, environ. Quand j'ai émigré aux Etats-Unis, j'ai d'abord atterri à New York. Une grande mer humaine au milieu de laquelle il m'était facile de me perdre. Puis, je suis allé à Hawaii, et d'Hawaii je suis parti sur Los Angeles, puis je suis venu ici. J'ai passé un moment sur la côte ouest de la Floride, et j'ai fini par m'installer à Miami. C'est aussi une très grande ville, mais il y a les Keys pour la plongée et pour la pêche, et j'aime le style de vie décontracté qui règne ici. J'apprécie le fait les gens sachent encore dire « bonjour » et « merci » avec le sourire, qu'ils fassent tourner de petits restaurants comme celui-ci et ne cherchent pas à aller plus vite que la musique. Cela me convient. Je me sens bien, ici. C'est mon genre de vie.

Chloé hocha la tête. C'est ce qu'elle aimait à Miami, elle aussi. Après cela, ils mangèrent tranquillement en bavardant de choses et d'autres, puis regagnèrent la voiture. Chloé remercia Luke pour le déjeuner, et proposa de payer le dîner en retour, ce qui lui valut un grand « merci ». Avec le sourire, bien sûr.

Ils traversèrent Key Largo et Islamorada, puis ils bifurquèrent sur le chemin menant au Coco-Lime Resort, point de départ pour se rendre sur l'île de l'agence Bryson.

L'endroit était simple, surtout comparé aux lieux de villégiature fréquentés par les riches de la zone. Comme le restaurant qu'ils venaient de quitter, c'était un hôtel un peu rustique, bourré de charme, et géré par les propriétaires eux-mêmes.

A une époque, le motel était de plain-pied et comptait quinze chambres. La construction récente d'une structure de deux étages avait permis d'en ajouter trente autres. Celle que Choé préférait était dans l'ancien bâtiment : la porte ouvrait directement sur la piscine et la chute d'eau qui permettait de recycler l'eau. Sur sa gauche, s'étendait un bout de plage artificielle avec un filet pour jouer au volley-ball et, à droite, un débarcadère auquel on pouvait amarrer jusqu'à dix bateaux. Un peu plus loin, la mangrove reprenait ses droits. On devinait plusieurs sentiers où les sédiments avaient formé de la terre meuble. Les petits plans d'eau salée qui les bordaient étaient peuplés de minuscules poissons zigzaguant dans l'eau. Le Coco-Lime était une sorte de retraite secrète.

L'île, baptisée Coco-Belle par l'agence Bryson des années plus tôt, était à quelques encablures de là. Pourtant, personne ne paraissait avoir remarqué la ribambelle de mannequins qui s'y retrouvaient pour faire des photos. Les gens étaient comme ça, dans les Keys. On tenait à son anonymat, et on respectait celui d'autrui.

— Alors, on part d'ici ? demanda Luke.

Chloé sourit.

— Vous n'êtes jamais venu ?

— Non.

— Le Coco-Lime appartient à Ted et Maria Trenton. Ted a eu un fils et deux filles de son premier mariage — ils ont tous une vingtaine d'années, maintenant — et ils travaillent ici. Maria et Ted ont eu deux garçons ensemble. Ils ont trois et deux ans, je crois. Maria est plus jeune que le plus jeune fils de Ted. Elle est brésilienne et ne vit aux Etats-Unis que depuis cinq ans, mais elle n'a pratiquement pas d'accent et parle couramment l'espagnol et l'italien, en plus du portugais. Myra vient très souvent ici. C'est une bonne amie des Trenton.

— Où sont-ils ?

— Dans les parages, sans doute. Venez. Allons frapper à la porte du bureau.

On était mardi. Il n'y avait que quatre voitures sur le parking. Chloé contourna la piscine et se dirigea vers le nouveau bâtiment. Le bureau était du côté sud, tout près de l'appartement où logeaient Maria et Ted.

La jeune femme leur ouvrit la porte et Chloé constata aussitôt qu'elle était de nouveau enceinte. Maria était petite, avec des cheveux et des yeux d'un noir de jais.

— Chloé ! s'exclama-t-elle en jetant ses bras autour de la jeune femme. Que fais-tu là ? Nous sommes mardi. La séance photos n'est pas prévue avant deux semaines, n'est-ce pas ?

Chloé la serra contre elle et recula.

— Je suis venue avec un ami, Jack Smith. Il est créateur de maillots de bain et ce sera sa première fois sur Coco-Belle. Je voulais lui montrer les lieux avant le grand jour. Mes félicitations ! Je vois que la famille va encore s'agrandir.

Maria rougit légèrement et ébouriffa les cheveux des deux enfants qui se cachaient derrière ses jambes.

— C'est une fille, cette fois. Je suis contente. J'adore mes garçons, mais une petite fille… ce sera bien aussi. Enchantée, monsieur Smith, ajouta-t-elle en tendant la main à Luke.

— Moi de même, répondit ce dernier.

— Entrez, reprit Maria. Vous passez la nuit ici, n'est-ce pas ?

— Malheureusement non. Je dois travailler demain, répondit Chloé.

— Et alors ? En deux heures, tu seras de retour à Miami. Reste donc. Nous n'avons que trois couples, ici, ce soir. Le week-end est complet, heureusement ! Mais ce soir… Ted fera des grillades près de la piscine et on pourra bavarder un peu.

— Ce n'est pas prévu, Maria. Je n'ai rien apporté.

— Vous n'êtes peut-être pas au courant, mais il y a des tas de boutiques, dans les environs, intervint Luke en souriant de toutes ses dents.

Chloé le regarda fixement. Que racontait-il ? C'était hors de question ! Enfin… à dire vrai, l'idée était tentante. *Très* tentante, même. Elle mourait d'envie de passer du temps avec Luke. Même si elle devait en souffrir par la suite

Elle se raidit intérieurement. C'était de la folie. Luke n'était pas du tout le genre d'homme qu'il lui fallait. Il n'était pas plus qu'elle capable de nouer une relation durable — et elle n'avait aucune envie d'être une passade.

— Maria a raison : on pourrait rester ici, reprit-il. En repartant à 6 heures du matin, on évitera les embouteillages et je vous déposerai chez vous à 8 heures. Vous aurez le temps de vous changer et d'arriver à votre cabinet avant 9 heures.

Il voulait rester. Et Chloé le connaissait déjà suffisamment pour savoir qu'il ne faisait rien sans raison. Pensait-il que Maria ou Ted pourraient leur révéler des informations au sujet de la disparition de Colleen Rodriguez ?

Luke venait de s'accroupir pour parler aux enfants de Maria.

— Bonjour, dit-il. Je m'appelle Jack.

— Sam, Elijah… Dites bonjour à M. Smith, dit Maria.

Les deux garçons sourirent et se blottirent plus étroitement derrière les jambes de leur mère.

— Vous aimez les enfants ? demanda celle-ci à Luke.

— Les enfants sont des gens comme les autres, répondit ce dernier en se redressant. Ils sont juste de petite taille. Pourquoi ne les aimerait-on pas ?

Maria hocha la tête, comme si cette réponse la satisfaisait, et elle se tourna de nouveau vers Chloé.

— Alors, tu restes ?

— Mais Jack voulait se rendre sur Coco-Belle ! éluda Chloé, qui hésitait encore.

— Bill est ici — c'est le fils aîné de mon mari, précisa-t-elle à l'intention de Luke. Il peut vous emmener sur l'île. A votre retour, vous trouverez des brosses à dents et du shampooing dans vos chambres. Nous sommes un hôtel, après tout ! Je peux te prêter un maillot de bain et un T-shirt pour dormir, et l'un des garçons prêtera un short de bain à M. Smith.

— Merveilleuse idée, déclara Luke.

— Ta chambre préférée est libre, renchérit Maria. M. Smith prendra la chambre voisine.

Chloé capitula.

— D'accord, fit-elle.

Elle n'aurait même pas besoin de se lever aux aurores : son premier patient ne viendrait qu'à 11 heures, le lendemain matin.

— A la bonne heure ! s'exclama Maria, ravie. Je vais appeler Bill et lui dire de préparer le bateau.

Elle sortit son portable de sa poche, donna des instructions à son beau-fils et coupa la communication.

— Vous avez rendez-vous sur le débarcadère. Bill va vous emmener. Il vous reste environ une heure de soleil pour vos repérages, monsieur Smith.

— Appelez-moi Jack, je vous en prie, dit Luke. Et merci pour votre chaleureux accueil.

Chloé lui décocha un regard en biais, stupéfaite de la facilité avec laquelle il endossait sa fausse identité.

— Le dîner sera servi vers 8 heures, reprit Maria. A tout à l'heure !

Elle s'éloigna en prenant ses fils par la main. Chloé guida Luke vers l'embarcadère.

— Qu'est-ce qui vous a pris d'accepter son invitation ? s'exclama-t-elle.

— Pourquoi l'aurais-je déclinée ? C'est sympathique, ici. Et nous ne sommes qu'à deux petites heures de Miami, pas sur une autre planète !

— Ce n'est pas la question.

Il la regarda d'un air amusé.

— Soyez rassurée : il ne s'agit ni d'un acte de piraterie ni d'une tentative de séduction.

Dommage, songea-t-elle, tout en espérant qu'elle n'avait pas rougi.

— Ce n'est pas la question non plus, marmonna-t-elle.

Mais Bill Trenton était déjà là et il se dirigeait vers eux à grands pas décidés.

A vingt-neuf ans, il était marié et père d'un enfant de trois ans — si bien que sa fille et ses deux demi-frères passaient le plus clair de leur temps ensemble. Tout comme son frère et sa sœur, Bill aimait beaucoup sa jeune belle-mère. Ils étaient tout petits lorsque leur mère était morte d'un cancer foudroyant. Leur père avait mis très longtemps à s'en remettre et à tomber amoureux de nouveau. Lorsqu'il avait rencontré Maria, ses enfants s'étaient réjouis pour lui.

— Quelle bonne surprise ! s'exclama-t-il en serrant Chloé dans ses bras.

— Merci. Je te présente Jack Smith. Il crée des maillots de bain, et il va faire les photos de son nouveau catalogue pendant que l'agence fera celles du prochain calendrier.

— Super, dit Bill en serrant la main de Luke. On va prendre mon vieux Donzi ? ajouta-t-il en désignant le hors-bord en question.

— Merci, dit Luke, avant de sauter à bord.

Puis, toujours aussi galant, il se tourna pour tendre la main à Chloé. Elle l'accepta, non sans se maudire intérieurement d'une telle faiblesse. Mais elle avait trop envie de sentir la chaleur de la main de Luke dans la sienne. Trop envie de s'en remettre à lui, ne serait-ce qu'un bref instant.

— Bill, verriez-vous un inconvénient à faire le tour de l'île avant d'accoster ? demanda Luke en détachant une des cordes qui amarraient le bateau au débarcadère.

— Pas du tout, répondit Bill en mettant le contact.

Il manœuvra lentement le hors-bord hors de la mangrove, puis il accéléra et l'embarcation s'élança vers le large.

Luke s'était assis près de Bill à la barre. Chloé se percha sur le garde-corps, heureuse d'offrir son visage aux embruns.

Un moment plus tard, alors qu'elle se tournait vers les deux hommes, elle fut surprise par l'expression presque soucieuse qui se peignait sur le visage de Luke. Il écoutait Bill avec intensité, les sourcils froncés. Chloé l'interrogea du regard, mais il secoua la tête, comme pour lui indiquer qu'il lui expliquerait plus tard.

Ils firent deux fois le tour de l'île, Luke prenant note du relief — la plage artificielle, le quai pour amarrer les bateaux, les bâtiments, la mangrove, les taillis et le remblai où le jardinier avait réussi à faire pousser des fleurs.

Puis, Bill s'approcha du débarcadère.

— Je vous attends ici, dit-il.

— Nous n'en avons pas pour très longtemps, répondit Luke.

— Pas de souci, fit le jeune homme. J'ai apporté un bon livre.

Chloé sauta sur le quai.

— Alors ? demanda-t-elle avec curiosité, dès qu'ils furent seuls. Pourquoi faisiez-vous cette tête, tout à l'heure ?

— J'étais surpris de constater à quel point Bill est protecteur vis-à-vis de sa belle-mère.

— C'est vrai.

— Est-ce que vous savez pourquoi ?

— Parce qu'elle le mérite ? C'est une femme sympathique et chaleureuse qui adore son mari et le reste de la famille.

— Ted Trenton a sauvé Maria.

— Il l'a sauvée ? De quoi ?

— Elle est arrivée aux Etats-Unis avec un homme qui l'avait achetée à son père, au Brésil.

Chloé écarquilla les yeux. L'histoire était triste et, malheureusement, presque banale. Miami comptait une large communauté latino-américaine et Chloé était au courant de la manière dont on vendait les enfants, dans les rues de Rio ou de São Paulo.

— Elle ne m'en a jamais parlé, murmura-t-elle.

Elle se considérait une amie de Maria et de Ted, et, pourtant, elle n'avait jamais rien soupçonné. Et Luke venait d'apprendre cela au cours d'une conversation qui avait duré à peine dix minutes ?

— Je pose les bonnes questions, et je les pose bien, expliqua Luke, comme s'il avait suivi le cours de ses pensées.

Chloé hocha la tête.

— Mais ce n'est pas fini, reprit Luke.

— Oui ?

— Cet homme, celui qui l'a achetée et qui avait l'intention de la forcer à l'épouser, était un fanatique.

Luke se figea et considéra la jeune femme d'un air grave.

— Maria lui a échappé. Ted Trenton l'a trouvée en train de courir dans la rue, terrifiée. Apparemment, l'homme qui l'avait achetée faisait partie d'une secte, à Miami. Une secte connue sous le nom de... l'Eglise de la Réalité.

7

Au bout du quai se dressait une petite cabane, à peine plus large qu'une cabine téléphonique. Comme ils arrivaient à sa hauteur, Luke prit la main de Chloé dans la sienne.

— Souriez, lui dit-il doucement. Vous ne voulez pas attirer l'attention.

Elle obéit. Au même instant, le vigile sortit de la cabane climatisée.

— Bonjour, Frank, dit Chloé.

— Chloé Marin, répondit ce dernier. Il paraît que vous allez faire partie des mannequins qui participent à la prochaine séance photos.

Frank, qui mesurait près de deux mètres et était bâti comme une armoire à glace, était armé. Luke se demanda si cela avait toujours été le cas, ou si de nouvelles mesures de sécurité avaient été adoptées après la disparition de Colleen. Il avait une bonne tête — mais on ne pouvait pas, hélas, juger les gens sur leur bonne mine.

— En effet, répondit Chloé. Frank, je vous présente Jack Smith.

— Enchanté, dit ce dernier en serrant la main de Frank.

— De même, répondit le gardien de sécurité. Myra m'a prévenu de votre visite. On vous attendait. Vous arrivez un peu tard dans la journée pour profiter de l'île, mais nous avons quelques voiturettes de golf. N'hésitez pas à les emprunter pour faire le tour des lieux. Et, puisque vous êtes venus en repérage, n'oubliez pas d'aller vous balader près de la mangrove. Ils ont fait pas mal de boulot là-bas. Les mannequins se tiennent sur les racines, le corps à moitié dans l'eau. Jeanne — vous avez rencontré Jeanne ? Elle s'est fait pincer par un crabe, une fois. Elle n'était pas contente, vous pouvez me croire ! Mais ça ne l'a pas empêchée de rire aussi fort que les autres, ce soir-là. Et puis, il y a la plage, aussi, avec des tas de palmiers et quelques jolies dunes de sable. Enfin… Les voiturettes sont là-bas et vous n'avez qu'à pousser le bouton pour les faire démarrer. Faites comme chez vous.

— Merci, Frank, dit Chloé.

— Merci, renchérit Luke.

— De rien, répondit Frank, avant de rejoindre l'air climatisé de sa cabane de surveillance.

Luke et Chloé se dirigèrent vers la rangée de voiturettes électriques, mais la jeune femme paraissait être sur pilote automatique. Elle était encore sous le choc de ce qu'elle venait d'apprendre. Dès qu'ils furent assez loin pour n'être entendus de personne, elle se tourna vers son compagnon.

— Comment se fait-il que je n'en ai jamais rien su ? s'exclama-t-elle.

— Quand on est marié avec une femme qui a été vendue — autrement dit, une prostituée —, on n'en parle pas vraiment autour de l'apéritif.

— Peut-être, mais… je connais la famille depuis des années. Ils ne m'ont jamais soufflé mot de cette histoire. Et, pourtant, Bill vient de vous la raconter au bout de quelques minutes de conversation — alors qu'il ne vous avait encore jamais vu.

Elle secoua la tête, à la fois confuse et blessée.

— Comment Ted a-t-il pu obtenir les papiers nécessaires pour qu'elle reste ici ? Je ne comprends pas. C'est dingue ! Et Bill vient de vous raconter ça. Comment vous y êtes-vous pris, bon sang ?

— Je lui ai demandé à brûle-pourpoint comment son père et Maria s'étaient rencontrés, et j'ai fait une remarque sur le fait que toute la famille avait l'air de s'entendre drôlement bien.

Chloé secoua la tête.

— Personne ne m'a jamais rien dit, murmura-t-elle, encore sous le choc. C'est incroyable, non ? La plupart des gens savent que Victoria, Brad, Jared et moi avons échappé à des tueurs qui appartenaient à l'Eglise de la Réalité.

— C'est peut-être pour ça qu'ils ont gardé le secret. Ils ne voulaient pas réveiller le passé et risquer de vous faire du mal.

Chloé secoua la tête, contenant difficilement ses larmes.

— Je ne comprends pas. Quand on a retrouvé ces deux morts dans les Everglades, il m'a semblé que la secte était morte, elle aussi. Les membres avaient tous quitté le navire. Ils ne voulaient pas être associés à un groupe qui assassinait des jeunes gens. Comment se fait-il que Maria ait pu être « achetée » par un type qui se réclame de leur église ?

— Il ne faut pas se leurrer, Chloé. L'Eglise de la Réalité existe toujours. Pour tout vous dire, ils organisent un dîner jeudi soir. Histoire d'attirer de nouveaux membres, sans doute.

— Vous plaisantez !

— Hélas, non.

Luke marqua une pause.

— Les sectes prospèrent sur les faiblesses et les souffrances des hommes, Chloé. Il leur faut juste un meneur capable de contrôler les gens — un type charismatique qui parle bien. Ce n'est pas à vous que j'apprendrai cela : vous êtes psychologue de profession. L'Eglise de la Réalité a fait profil bas pendant quelques années, mais elle a continué d'exister, croyez-moi !

— Mais… quand leurs chefs ont parlé à la police, après la massacre, ils ont soutenu que les hommes qu'on avait retrouvés dans les Everglades n'agissaient pas en leur nom. Et voilà que vous m'annoncez qu'une personne que je connais a arraché sa femme aux griffes d'un membre de cette même secte ?

Chloé était hors d'elle, mais Luke comprit que cette colère reflétait aussi la peur qu'il venait d'éveiller en elle.

— Pauvre Maria ! murmura-t-elle brusquement.

— Maria m'a l'air d'être une femme parfaitement heureuse, à l'heure actuelle, objecta Luke. En revanche…

— Oui ?

— Je n'aime pas beaucoup le fait qu'il existe un lien entre la secte et cette île.

— Ne soyez pas ridicule, protesta Chloé. L'agence existe depuis près de cinquante ans, et ils sont propriétaires de cette île depuis trois décennies. Il me semble que le Coco-Lime existe depuis la même époque, mais Ted n'en est propriétaire que depuis quinze ans, et il n'est marié avec Maria que depuis cinq ans. Il ne peut pas y avoir le moindre lien. C'est une coïncidence.

— Je ne crois pas beaucoup aux coïncidences, décréta Luke en faisant démarrer la voiturette de golf.

— Pourtant, s'il existait un lien quelconque entre ces

différentes histoires, les membres de la secte auraient déjà essayé de s'en prendre à Maria, vous ne croyez pas ? Ted n'a pas essayé de poursuivre ce type ?

— J'en doute.

— Pourquoi ?

— Parce qu'elle aurait sans doute été renvoyée au Brésil à l'issue des procédures judiciaires. Là-bas, son père ou quelqu'un d'autre l'aurait vendue de nouveau.

Chloé garda le silence. Luke lui prit la main et la serra doucement.

— Ça va ?

— Oui, répondit Chloé sans chercher à se dégager. Je suis juste un peu secouée. Et troublée. Ou surprise. Je ne sais pas. Mais je vais bien. Et puis, nous sommes ici pour enquêter sur Colleen Rodriguez. Nous devrions revenir à nos moutons, vous ne croyez pas ?

— Je n'oublie pas Colleen, murmura Luke.

Il eut un geste large, comme pour embrasser toute l'étendue de l'île.

— Par où commencer ?

Il avait raison. L'île n'était pas immense (elle mesurait environ sept kilomètres carrés), mais les pins et la végétation abondaient entre l'hôtel et les bungalows qui se dressaient ici et là. Si Colleen avait été tuée, le meurtre avait pu avoir lieu dans un bosquet sans que personne ne remarque rien, puis son corps avait peut-être été jeté à la mer. Le cadavre pouvait refaire surface, mais, si l'assassin l'avait lesté et lâché dans des eaux profondes, on ne saurait peut-être jamais ce qui était arrivé à la jeune femme.

— Les photos sont prises partout sur l'île ? reprit Luke.

— Oui. Les chutes d'eau sont très prisées. Il y en a une naturelle et une autre, aménagée au-dessus de la piscine de l'hôtel. C'est très joli. Il y a un bar au milieu de la piscine, un autre un peu plus haut, et l'eau coule par-dessus. Le parc de l'hôtel sert souvent de décor, en fait.

— Alors, commençons par là, dit Luke.

Le sentier leur permit de faire le tour de l'île. Luke compta huit bungalows indépendants et deux bâtiments plus larges, construits sur pilotis, qui paraissaient abriter des appartements. Ils étaient assez éloignés de l'hôtel et cachés sous les arbres. Sans doute les logements du personnel, jugea-t-il en arrêtant la voiturette devant l'hôtel. Un homme vêtu d'un uniforme blanc dévala aussitôt les marches à leur rencontre.

— Bonjour, Bert, dit Chloé.

— Mademoiselle Marin, quel plaisir de vous voir !

Il se tourna vers Luke.

— Monsieur Smith, je présume ? Frank m'a averti de votre arrivée. Je suis Bert Ackerman, le directeur des lieux. Si j'ai bien compris, vous êtes venu visiter notre installation.

— Un endroit magnifique, dit Luke.

— Oui, nous en sommes assez fiers. Entrez, je vous en prie… Serez-vous des nôtres, ce soir ?

— Non, répondit Chloé. Maria nous a convaincus de rester au Coco-Lime. Nous allons juste faire un petit tour.

— Bien sûr, répondit Bert.

C'était un bel homme de trente-cinq ans environ, mince et musclé, avec des cheveux blond cendré et un teint hâlé. Il avait sans doute été choisi autant pour ses compétences professionnelles que pour son physique avantageux. Il fallait bien être séduisant pour faire tourner une entreprise qui accueillait le gotha des belles gens.

De l'autre côté, des portes d'entrée, d'immenses

panneaux de verre sur lesquels coulaient des cascades d'eau, protégeaient la réception de la chaleur et du soleil. Des canapés, de larges fauteuils et des méridiennes étaient éparpillés un peu partout, avec plusieurs comptoirs discrètement positionnés près des murs. Ici, les clients ne faisaient pas la queue.

Chloé désigna l'escalier qui conduisait au restaurant et les marches qui menaient vers un patio.

Bert, qui leur avait emboîté le pas, déclinait fièrement la liste des services offerts par son hôtel.

— Toutes nos glaces sont faites maison. Et notre carte est variée : nous avons des crèmes glacées, bien sûr, mais aussi des glaces allégées et des sorbets pour les mannequins. Sauf, ajouta-t-il avec un clin d'œil pour Chloé, le dernier jour, lorsqu'elles se jettent toutes sur les crèmes glacées nappées au chocolat. Et le Mojito bar est par ici. Evidemment, nous offrons bien plus que des mojitos. Nous avons de tout, y compris de l'eau minérale pour les filles. Sauf le dernier jour…

— Lorsque nous buvons toutes ce qui nous fait envie, compléta Chloé avec un sourire…

… dénué de toute sincérité. « Elle n'aime pas ce type », se dit Luke. Pourquoi ? Etait-il du genre à harceler les mannequins ? Ou à les enlever et les assassiner ?

— Puis-je visiter quelques chambres ? demanda-t-il.

— Bien sûr. Par ici, répondit Bert. Les chambres les plus luxueuses sont au sud. Elles jouissent toutes d'un balcon avec vue sur l'eau, à l'étage, ou d'une terrasse ouvrant sur les jardins au rez-de-chaussée.

Ils longèrent la piscine et suivirent un sentier qui débouchait sur une arcade avec une série de portes donnant sur la piscine. Bert en ouvrit une, révélant un espace qui ressemblait plus à un appartement qu'à une chambre d'hôtel.

— Chaque suite a son séjour, un coin salle à manger, une kitchenette et une ou deux chambres, dit Bert.

Luke remarqua aussitôt la baie vitrée qui ouvrait sur un fouillis de végétation luxuriante, dehors. Il l'ouvrit et sortit sur la terrasse abritée par le balcon de la chambre au-dessus. Des bougainvillées drapaient leurs grappes de fleurs roses et blanches sur des murets de brique ; les buissons d'hibiscus poussaient en abondance, et pins et palmiers entremêlaient leurs branches, offrant l'ombre et le support nécessaire pour accrocher des hamacs.

— C'est magnifique, commenta Luke avec sincérité.

— La lumière est belle, n'est-ce pas ? remarqua Bert.

— Splendide. Mon photographe sera ravi. J'aimerais poursuivre la visite… Je tiens à choisir les décors qui sauront mettre mes créations en valeur.

Il regarda autour de lui, puis pointa son doigt vers le bout de la terrasse.

— Si l'on suit la ligne des arbres, on débouche où ?

Bert lui jeta un regard interloqué.

— Eh bien… après les jardins, il y a la mangrove et, au-delà, l'océan Atlantique.

— Il n'y a pas d'autres bâtiments, par là ? Pas de débarcadère ? Rien ?

— Non.

Luke ne remarqua pas l'expression perplexe de Bert ou, plutôt, il choisit de l'ignorer. Il était préoccupé par le fait que toute cette zone était sauvage et menait directement à l'eau. Pas de ponton pour amarrer un bateau. Malgré tout, si Colleen avait été tuée et abandonnée dans la mangrove, on l'aurait trouvée. La police avait fouillé chaque recoin de l'île.

S'avisant brusquement que Bert attendait une réaction de sa part, Luke reprit la parole :

— Pardonnez-moi. J'envisageais les différents décors possibles.

— D'après moi, la mangrove offre un décor idéal… mais, de ce côté-là, il n'y a pas de plage et pas de point d'ancrage pour arrimer un bateau.

— Il y a plein de moustiques, en revanche, intervint Chloé avec un sourire.

— Nous pulvérisons de l'insectifuge autour de l'hôtel et des bungalows, mais il est difficile de chasser les moustiques des marais.

— Forcément, acquiesça Luke. Nous verrons cela plus tard, de toute façon…

— Merci pour la visite, Bert, reprit Chloé. Je crois qu'il va nous falloir penser à faire demi-tour, maintenant.

— Merci beaucoup, renchérit Luke.

— De rien. Je suis toujours heureux de faire les honneurs de notre petit paradis ! assura Bert.

Il verrouilla la baie vitrée donnant sur la terrasse et les ramena vers le bâtiment principal. Ils se séparèrent dans le lobby de l'hôtel.

— Vous verrez, l'ambiance est très différente quand il y a du monde, précisa-t-il en serrant la main de Luke.

— Mais vous avez du monde, en ce moment, non ?

— Oui, le personnel et les quelques personnes qui ont pris leur retraite, ici.

— On ne peut venir que par bateau ?

— Non. Il y a aussi un point d'atterrissage pour

hélicoptère, au milieu de l'île. C'est toujours utile, en cas d'urgence.

Luke hocha la tête.

— Vous permettez qu'on fasse encore un tour avant de repartir ?

— Oh… euh, sans doute, fit Bert.

— Merci, répondit Luke avec un sourire.

— Encore un tour de l'île ? s'étonna Chloé comme ils s'installaient dans la voiturette de golf. Il fait presque nuit.

— Je conduirai vite.

— Génial. Vous allez nous tuer tous les deux.

— Il nous reste une chose à faire avant de partir, dit Luke, en démarrant.

— Laquelle ?

— Aller saluer Mark Johnston.

— Mark ?

— Oui. D'après les dossiers de la police et les témoignages de plusieurs mannequins, dont Renée, il était très amoureux de Colleen. Et c'était réciproque.

— C'est vrai, acquiesça Chloé.

— Comment le savez-vous ? Vous n'étiez pas sur l'île quand elle a disparu.

— Non, en effet. Mais je connais Mark, et je pense qu'il tenait vraiment à elle.

— Autrement dit, vous ne le croyez pas capable d'un crime passionnel ?

— Impossible d'en être sûre à cent pour cent, mais il n'a pas le profil d'un homme jaloux, violent ou possessif. Je sais qu'il a été interrogé par la police, encore et encore, et que des témoins ont affirmé qu'il cherchait Colleen, la nuit de sa disparition. Je sais aussi que son bungalow et son bateau ont été fouillés de fond en comble.

— Il a un bateau ?

— Oui. Il s'en sert pour aller pêcher. Mais on n'a rien retrouvé. Pas le moindre indice. Au fait, vous devriez ralentir… Son bungalow est là, tout près de l'eau. Ils sont sur pilotis parce que la zone est une bande de sable, et quand il y a une tempête…

Elle s'interrompit en fronçant les sourcils. Luke savait pourquoi. Il venait de longer le bungalow qu'elle lui avait indiqué sans ralentir ou faire mine de s'arrêter.

— Où allez-vous ? demanda Chloé. Je viens de vous dire qu'il habite là.

Luke hocha la tête.

— Je sais. Ne vous retournez pas. Nous sommes suivis.

— Vous en êtes sûr ? Vous…

Il lui attrapa le bras.

— Je vous ai dit de ne pas vous retourner.

Elle rougit et se retint de regarder par-dessus son épaule.

— Je ne vois aucune lumière.

— En effet, mais il y a quelqu'un qui nous surveille et qui nous suit. Vous ne trouvez pas cela intéressant ?

— Si, bien sûr. Comment le savez-vous ?

— Le rétroviseur extérieur, répondit Luke. J'ai vu une autre voiturette.

— Qui était au volant ?

— Je n'en sais rien. Il fait trop sombre. J'ai l'impression qu'on essaie de s'assurer que nous faisons seulement un dernier tour de l'île.

— Alors on ne s'arrête plus chez Mark ?

— Cela semble plus prudent.

— Vous vouliez vraiment lui parler ?

— Oui.

— En dépit du fait que les flics l'ont déjà interrogé à plusieurs reprises ?

— Rien ne vaut le contact direct avec quelqu'un, affirma Luke.

— C'est vrai. On lit davantage sur le visage d'un homme que dans le procès-verbal de sa déposition, murmura la jeune femme.

— Vous ne seriez pas psychologue, par hasard ?

Un sourire effleura les lèvres de la jeune femme.

— Pourquoi ne pas l'avoir appelé pour convenir d'un rendez-vous ? reprit-elle après quelques instants.

— Et que lui aurais-je dit ? « Je ne suis pas flic. Je ne peux pas vous forcer à me parler, mais j'aimerais quand même vous poser quelques questions difficiles auxquelles vous avez déjà répondu une bonne centaine de fois. Oh, et pendant que j'y pense, soyez gentil de ne pas révéler que je ne suis pas vraiment un créateur de maillots de bain » ?

Chloé sortit son téléphone portable et se mit à taper un message sur le clavier.

— Que faites-vous ?

— Finissez le tour de l'île et ramenez-nous au bateau de Bill.

— Mais…

Chloé se tourna vers lui. Elle souriait vraiment, cette fois. Luke remarqua qu'elle avait une fossette sur sa joue droite.

— Faites-moi confiance, dit-elle simplement.

Il n'insista pas. Il n'avait pas le choix, de toute façon.

Ils laissèrent la voiturette là où ils l'avaient trouvée, saluèrent Frank au passage, et descendirent vers le débarcadère. Bill lisait dans son hors-bord, une petite lampe de poche attachée à son livre. Il fit aussitôt démarrer le moteur du bateau.

— Alors, l'île correspond à ce que vous recherchez ? demanda-t-il à Luke.

— Oui, répondit ce dernier. Je suis impatient de commencer.

Le soleil terminait sa descente dans le ciel, mais les lumières de l'hôtel, la lune et les étoiles suffirent à les guider jusqu'au Coco-Lime. Comme ils approchaient du quai, Chloé se pencha vers Luke.

— Je pense qu'il ne tardera pas, dit-elle doucement.

— Qui donc ?

— Mark Johnston.

Il lui jeta un regard incrédule.

— Ne faites pas cette tête ! commenta-t-elle, visiblement ravie de l'avoir surpris. J'ai envoyé un texto à Victoria, qui a réussi à joindre Mark pour lui dire que nous sommes ici et lui proposer de nous rejoindre.

— Vous l'avez invité au barbecue ?

— Oui. Je connais Maria. Elle ne se formalisera pas.

Elle s'interrompit, avant de rectifier :

— Enfin, je *pensais* que je connaissais Maria.

— Vous savez qui elle a envie d'être, dit Luke. Nous devrions tous faire cette courtoisie aux gens — nous accepter mutuellement pour ce que nous voulons être.

— Vraiment ? Et, pour vous, ce serait créateur de maillots de bain ? riposta la jeune femme.

— Touché, fit Luke. Disons que c'est ce que nous devrions tous faire, de manière générale.

Bill coupa le moteur.

— J'habite là-bas, dit-il à Luke, en lui montrant le nouveau bâtiment. Venez avec moi, Jack. Je vous trouverai un short de bain. Chloé, Maria va s'occuper de toi. Tu connais le chemin.

Luke suivit Bill de bonne grâce. Il le trouvait sympathique. Sa famille aussi. Il avait un enfant de l'âge du fils aîné de Maria, et sa femme, Julia, était aussi gentille que lui. Elle l'accueillit chaleureusement, et l'assaillit de questions au sujet de ses maillots de bain. Il réussit à changer de sujet en lui promettant un Bikini et un sarong assorti qu'elle allait « forcément adorer », promit-il.

Ils se dirigèrent vers la piscine. Il se demandait encore si Alex, l'enfant de Bill et de Julia, était un garçon ou une fille — le gosse avait des cheveux roux courts et bouclés — lorsque Julia l'aida à ôter son T-shirt, révélant un petit Bikini rose. C'était donc Alex pour Alexandra.

Chloé était encore chez Maria, mais Ted Trenton venait d'allumer le barbecue, et Bill fit les présentations.

Ted était un bel homme, bien bâti et très en forme pour ses soixante ans. Son visage était buriné par le soleil et il arborait une chevelure épaisse, à peine grisonnante. Il salua Luke avec le naturel amical qui caractérise les habitants des Keys.

Luke eut tôt fait de plonger dans la piscine pour aller jouer avec Alex et les deux fils de Maria. Il remontait à la surface après avoir fait le requin sous l'eau lorsqu'il aperçut Chloé en compagnie d'un homme — Mark Johnston, sans doute.

De haute taille, vêtu d'un T-shirt et d'un bermuda coupé dans un jean, Johnston avait d'épais cheveux noirs, des yeux d'un bleu lumineux et un physique de couverture de magazine. Il paraissait très bien s'entendre avec les Trenton.

Et avec Chloé.

Il avait glissé un bras autour des épaules de la jeune femme sans que celle-ci s'en formalise.

Luke n'était pas d'un naturel jaloux, mais il éprouva un pincement au cœur. En dépit des frictions qui avaient accompagné leur rencontre, il aimait tout chez Chloé. Son sérieux et son rire. Le bouclier dont elle se protégeait, mais qu'elle savait baisser de temps à autre. Il aimait aussi son odeur, le son de sa voix, le galbe de sa peau. Enfin, il aimait la relation qui s'était formée entre eux, depuis quelques jours. S'ils continuaient ainsi, il ne pourrait bientôt plus étouffer le désir qu'il avait d'elle.

Il replongea la tête sous l'eau — autant pour écarter les cheveux qui lui tombaient dans les yeux que pour s'éclaircir les idées. Puis il sourit à Julia, qui surveillait les enfants dans la piscine, et gravit les marches du petit bassin pour aller à la rencontre de Mark Johnston.

Celui-ci parut content de faire sa connaissance. Il avait un sourire franc, une voix grave et une poignée de main solide.

Une fois échangées les formalités d'usage, il expliqua à Luke qu'il était barman et qu'il figurait sur la liste des prétendants à un poste de direction, le jour où Bert se verrait offrir une promotion dans une autre des nombreuses propriétés de l'agence.

— Mais, pour le moment, il faut bien reconnaître que je suis toujours dans le collimateur de la police, conclut-il avec franchise.

Il regarda Luke et haussa les épaules.

— J'ai pour principe de ne jamais rien cacher à mes amis.

— C'est une des choses que nous aimons chez toi, commenta Chloé.

Mark lui offrit un regard brillant de gratitude.

— Au moins, personne ne parle de me virer. C'est déjà ça ! Chef Trenton, je rêve ou je sens une vague odeur de brûlé ? Tu sais que j'aime la viande à peine cuite.

Il se tourna de nouveau vers Luke.

— Vous n'êtes pas végétarien, j'espère ?

Sam, le plus grand des enfants, venait de sortir de la piscine. Il tira sur le T-shirt de Mark.

— C'est quoi un gétarien, tonton Mark ?

— Quelqu'un qui ne mange pas de hamburgers, répondit l'intéressé — et tout le monde éclata de rire.

La soirée se déroula dans la bonne humeur. Le repas était savoureux et les convives, charmants. Lorsque Maria et Julia se levèrent pour aller coucher les enfants, Chloé et les trois hommes se retrouvèrent seuls pour siroter une dernière bière. C'est alors que Mark se tourna vers Luke et le regarda droit dans les yeux.

— Bon, si on passait aux choses sérieuses ? Je crois que le moment est venu de nous dire qui vous êtes vraiment.

Installée sur une chaise longue à côté de Luke, Chloé se redressa brusquement :

— Je te l'ai dit. Il s'appelle Jack Smith et il est créateur de maillots…

Mark secoua la tête, le regard toujours rivé sur Luke.

— Non, vous n'êtes pas Jack Smith. Je suis de New York et je sais qui vous êtes. J'habitais encore là-bas lorsque vous avez désarmé ce type qui avait pris douze otages dans une banque. J'étais dans la rue. Votre nom est Luke Cane, et vous êtes détective privé ou un truc du genre. Et je suis drôlement content de vous voir ici, parce que nous savons tous qu'il se passe quelque chose d'anormal, sur cette île. Et nous savons aussi que Colleen est morte et que celui qui l'a tuée est lié à l'île et à l'agence.

8

Chloé laissa son regard dériver du visage de Luke (qui arborait une expression indéchiffrable) à ceux de Mark, de Ted et de Bill. Elle comprit alors que les trois hommes avaient déjà parlé de Luke entre eux.

Bien que surpris, celui-ci ne se départit pas de son calme.

— Je vous serais reconnaissant de ne pas partager cette information avec qui que ce soit d'autre, énonça-t-il avec gravité.

— Vous voulez rire ? s'exclama Mark. Je ne vous mettrai pas de bâtons dans les roues ! Tous, ici, nous voulons connaître la vérité.

— Sentiment partagé, dit Bill, tandis que Ted acquiesçait d'un signe de tête.

— Vous savez, n'est-ce pas, que la personne responsable de la disparition de Colleen a forcément des liens avec l'agence ? reprit Mark.

— Disons que je le soupçonne, répondit Luke.

— Bon. Si vous avez des questions à me poser, allez-y. C'est le moment.

— D'accord. Est-ce que vous vous étiez disputés, vous et Colleen ? Quels sont les derniers mots que vous avez échangés ?

— Nous ne nous étions pas disputés. On était au

téléphone et je lui ai juste dit : « Tu viens maintenant ? Super. Je suis impatient de te voir. » Nous avions une bonne relation, elle et moi. Je n'étais pas jaloux de sa carrière de mannequin, contrairement à ce que la police a suggéré. J'étais fier d'elle, au contraire ! Et, surtout, j'avais confiance en elle, confiance dans la réalité de ses sentiments pour moi. Je ne veux pas avoir l'air de me vanter, mais je n'ai jamais eu de problèmes de ce côté-là. Ma vie était déjà remplie de jolies femmes avant que je travaille ici et que je rencontre Colleen, et certaines d'entre elles étaient drôlement délurées. Désolé, Chloé, mais tu connais certaines de ces minettes : de vraies allumeuses !

— Pas de souci, assura Chloé.

Mark lui sourit et enchaîna :

— Colleen devait prendre une des voiturettes de golf et venir me rejoindre dans mon bungalow. L'île n'est pas bien grande et elle a dit à Lacy où elle se rendait. Comme elle n'arrivait pas, au bout d'un moment, j'ai trouvé ça bizarre. Je suis allé au Tiki Bar, mais elle n'y était pas, et elle n'était pas non plus dans sa chambre. Je suis retourné chez moi, puis je suis allé à l'hôtel et, ne la voyant nulle part, j'ai vraiment commencé à m'inquiéter — et à le faire savoir. D'abord, personne ne m'a écouté. Les crétins comme Bert trouvaient ça drôle. Ils disaient que Colleen avait trouvé un photographe ou un type important avec qui s'offrir du bon temps. Mais ils ne connaissaient pas Colleen. Elle ne m'aurait jamais fait une chose pareille — et, surtout, elle n'aurait pas infligé un tel chagrin à sa famille. Non, elle est sortie de sa chambre et elle s'est volatilisée. Sauf que les êtres humains ne se volatilisent pas, justement !

— Effectivement, commenta Luke en fronçant les sourcils.

Il se tourna vers Ted Trenton.

— Ted, ce que je vais vous dire vous semblera hors de propos, mais c'est une question qui me trouble énormément. Je suis désolé d'aborder un sujet aussi douloureux, mais Bill m'a confié que Maria avait échappé de peu à l'Eglise de la Réalité et j'ai besoin de savoir : qui d'autre est au courant, au sujet de votre femme ?

Ted lança un regard stupéfait à son fils, qui s'empourpra.

— Encore une fois, je sais que c'est difficile pour vous, insista Luke, mais c'est important, et puisque nous mettons les cartes sur la table, autant aller jusqu'au bout. Qui d'autre est au courant au sujet de Maria ?

— Je ne l'étais pas, moi, intervint Chloé en regardant Ted.

Il secoua la tête d'un air embarrassé.

— Je savais ce qui t'est arrivé et… je ne tenais pas à réveiller des souvenirs pénibles. J'ajouterai, pour être tout à fait honnête, qu'il m'arrive presque de l'oublier moi-même. Maria est si heureuse, à présent. Quant à savoir qui est au courant… nous n'en parlons jamais. Il y a des gens qui le savent, forcément. Alice Copeland, à l'immigration, par exemple. Maria n'avait pas de papiers, mais Alice a compris la situation et elle nous a aidés. Elle avait déjà traité des dossiers similaires : des jeunes filles, et même des enfants, kidnappés ou achetés et introduits secrètement aux Etats-Unis. Elle connaissait la marche à suivre pour légaliser la situation.

— Alors, Maria a été introduite secrètement sur le territoire ? demanda Luke.

— Elle est arrivée dans un petit avion — un jet privé, sans doute.

— Je ne veux pas avoir l'air de minimiser ce qui est arrivé à Maria, intervint Mark, mais je ne vois pas le rapport entre son histoire et la disparition de Colleen.

— Je ne le vois pas non plus, admit Luke, mais cela me chiffonne. Je me demande si les gens qui sont associés à l'agence et à l'île connaissent l'histoire de Maria.

— Nous n'avons pas fait des efforts démesurés pour le cacher, mais nous n'en avons pas vraiment parlé non plus, admit Ted.

— Autrement dit, Maria est apparue, et personne n'a jamais posé de questions à son sujet ? insista Luke.

— Si, bien sûr, la curiosité habituelle quand on annonce qu'on est avec quelqu'un. « Oh, super, où vous êtes-vous rencontrés ? » Ce genre de choses. Mais personne ne vous soumet à un interrogatoire serré, sauf peut-être vos parents. Or les miens sont morts depuis des années. J'ai dû donner des explications à mes enfants, c'est tout. Je n'en devais à personne d'autre.

— Rien n'est paru dans les journaux ? Vous n'avez jamais eu peur que quelqu'un essaie de la retrouver ?

— Non, tout a été géré discrètement. Maria ne savait pas grand-chose au sujet de l'homme à qui elle avait échappé, ni même où on l'avait séquestrée — rien qui nous permette de porter plainte. En admettant que Maria en ait eu envie... Je pense que, pour ce type, elle a disparu dans les rues de Miami, point final.

— Mais vous n'en êtes pas sûr... C'est une supposition.

— Oui, admit Ted, manifestement troublé.

— Nous avons beau être sympas, nous ne sommes pas idiots, intervint Bill. Papa et moi avons chacun un port d'arme et un Smith & Wesson. Et nous sommes bien gardés par Amanda, le berger allemand de Maria. Nous l'avons eue toute jeune, et elle a été dressée comme les chiens de police.

— Moi aussi, j'ai un port d'arme et un revolver, intervint Mark. Mais rien ne sert d'être armé quand on ne peut pas voir son ennemi. J'ai fait le tour de l'île en bateau des dizaines de fois depuis la disparition de Colleen. J'ai parcouru la mangrove en long, en large et en travers, j'ai fouillé chaque fourré, chaque buisson, chaque chambre, et je n'ai rien trouvé. Rien de rien. Pas l'ombre d'un indice, pas l'ombre d'une explication.

— L'explication la plus plausible, à mon sens, est qu'elle n'est plus sur l'île, dit Luke. Quelqu'un l'a emmenée à bord d'un bateau. Quelqu'un qui savait ce qu'il ou elle faisait. Soit elle a juste été kidnappée, soit elle est morte. Pardonnez-moi d'être brutal, mais c'est ainsi que je vois les choses… J'essaie de me montrer réaliste.

— Je prie pour qu'elle soit encore vivante, mais je n'y crois plus guère, admit Mark d'un air sombre. J'ai besoin de connaître la vérité — et ses parents aussi. Quelle qu'elle soit.

— Le fait qu'on ne l'a pas retrouvée ne signifie pas grand-chose, avança Luke. Si le meurtrier connaît bien la mer, il savait où se rendre pour faire disparaître le corps. Il savait aussi quel endroit choisir pour éviter que des plongeurs ne le découvrent.

— Il faut vraiment qu'il connaisse bien la région, dans ce cas, remarqua Chloé. Il y a des plongeurs et des pêcheurs partout, ici !

Luke hocha la tête.

— C'est pour cela qu'il nous faut, à mon avis, orienter

nos recherches vers quelqu'un qui a des liens avec l'agence et avec la région. Quelqu'un qui est né en Floride, ou qui vit ici depuis assez longtemps pour bien connaître les eaux des Keys.

— J'emmène des plongeurs en mer pratiquement tous les week-ends. Je n'ai jamais fait une sortie sans penser à Colleen et sans la chercher, murmura Bill.

— Si l'océan l'a emportée, nous ne la retrouverons peut-être jamais. Mais nous finirons par découvrir la vérité, dit Luke.

— Comment ? marmonna Mark, l'air découragé. Et quand ?

— J'ai le sentiment que le meurtrier va frapper de nouveau au cours de la prochaine séance de photos. Les mêmes photographes seront là, et la plupart des mannequins, aussi. Je serai sur place et j'aurai une parfaite excuse pour fureter et poser des questions. Je m'arrangerai pour comprendre où chacun se trouvait lors de la disparition de Colleen. L'essentiel est que l'on continue à me prendre pour Jack Smith, le créateur de maillots de bain.

— Comme je le disais tout à l'heure, je serai le dernier à me mettre en travers de votre chemin, assura Mark.

— Nous ne révélerons rien, renchérit Ted. Je vous donne ma parole. Je n'en parlerai même pas à Maria.

— Moi non plus, fit Bill.

— Et en attendant ? reprit Mark.

— Continuez de vivre et de travailler normalement, et, surtout, continuez de chercher. La mer peut dissimuler de terribles secrets, mais il arrive aussi qu'elle les rejette avec la marée.

Il y eut un silence, et Chloé s'avisa brusquement qu'elle avait à peine contribué à la conversation. Mais que pouvait-elle dire de plus ? Luke avait pris les choses en main, avec l'autorité que confère l'expérience. Leurs hôtes lui faisaient instinctivement confiance, ce dont elle se réjouissait. Il ne restait plus qu'à ouvrir l'œil, et à faire preuve d'une extrême prudence.

Elle tourna les yeux vers l'embarcadère — et se figea, le cœur battant.

Il faisait nuit et les lumières étaient trop faibles pour éclairer si loin, mais la lune et les étoiles brillaient assez pour lui permettre de distinguer les contours de la femme en blanc.

Colleen Rodriguez.

Elle portait une longue robe de soie. Elle était pieds nus. Et dégoulinante d'eau. Ses longs cheveux étaient presque bleus à force d'être noirs. Malgré la distance qui les séparait, Chloé sentit son regard peser sur elle. Un regard implorant.

Puis la jeune femme se tourna vers Mark et Chloé sentit émaner d'elle un chagrin si profond, si intense, qu'elle en eut les larmes aux yeux.

Mark se leva.

— Je vais rentrer, annonça-t-il.

Chloé ouvrit la bouche pour lui dire que Colleen était là, mais, lorsqu'elle regarda de nouveau vers l'embarcadère, la jeune femme avait disparu.

Les autres se levèrent à leur tour. Chloé les imita… et chancela. Aussitôt, Luke lui prit le bras.

— Ça va ? demanda-t-il, les sourcils froncés.

— Oui, parvint-elle à murmurer.

Non. Ça n'allait pas du tout, en fait. Elle perdait pied. était-elle en train de devenir folle ? Ou bien percevait-elle une réalité qu'elle s'évertuait à nier, et qui pourtant était peut-être…

Nécessaire ?

— Tu as bu trop de bière ? la taquina Mark, avant de déposer une bise sur sa joue.

Chloé se secoua, lui sourit et l'embrassa à son tour.

— Bonne nuit, dit Ted.

Les hommes échangèrent des poignées de main, comme s'ils scellaient une sorte de pacte. Puis, Ted et Bill embrassèrent Chloé, eux aussi, et se dirigèrent vers leurs appartements, situés dans le nouveau bâtiment. Les chambres de Chloé et de Luke donnaient sur la piscine, près de la cascade d'eau.

— Je vous accompagne, dit Luke.

Il s'arrêta devant la porte de la jeune femme et attendit qu'elle sorte sa clé. Il ne l'embrassa pas, n'offrit même pas de lui serrer la main.

— Bonne nuit, murmura Chloé.

— Verrouillez bien la porte, répliqua-t-il.

Chloé se dit que les portes ne servaient à rien contre les fantômes. D'ailleurs, elle n'avait plus peur de ce fantôme. Elle était sûre que Colleen ne lui voulait aucun mal. Malgré tout, elle fit ce qu'il lui disait, entra dans sa chambre, referma la porte et la verrouilla.

Luke sortait de la douche lorsqu'il entendit frapper à sa porte. Il enroula une serviette autour de sa taille et alla ouvrir.

C'était Chloé. Ses cheveux étaient humides et elle portait un des peignoirs de coton blanc fournis par l'hôtel.

Une vague de terreur le traversa. Lui était-il arrivé

quelque chose ? Mais non, elle allait bien. Elle était là, voyons ! Juste devant lui !

— Qu'est-ce que vous faites là ? demanda-t-il avec une froideur qu'il n'avait pas souhaitée.

— Je… Je suis incapable de dormir, riposta la jeune femme, visiblement surprise par le ton de sa voix. Trop de pensées se bousculent dans ma tête.

— Je vois. Alors, vous avez décidé de me tenir éveillé, moi aussi ?

— Je vous dérange ?

Est-ce qu'elle le dérangeait ? Evidemment. Elle dérangeait l'ordre méticuleux qu'il avait créé dans son esprit pour continuer à vivre après la mort de sa femme.

— Non, répondit-il néanmoins en s'effaçant pour la laisser entrer.

Elle se dirigea aussitôt vers le minibar.

— Vous voulez boire quelque chose ? Je prendrai un rhum Coca light, si ça ne vous ennuie pas.

— Vous êtes au régime ? demanda Luke.

Elle mesurait un bon mètre soixante-quinze et ne devait pas peser plus de soixante kilos.

— Pour les ténors de l'agence Bryson, je suis un poids lourd, ironisa-t-elle. Alors ?

— Un rhum Coca, ça m'ira.

Il s'assit sur un des deux lits et l'observa. Avec ses yeux verts et ses gestes fluides, elle avait l'air d'un chat sur le qui-vive.

Elle tira deux petites bouteilles de rhum du minibar, deux canettes de Coca, puis, après une seconde d'hésitation, elle ouvrit les canettes, versa le soda dans deux verres à dents, et ajouta le rhum.

Elle en offrit un à Luke et leva le sien, comme pour trinquer :

— A la vôtre !

— A la vôtre, murmura-t-il.

Elle s'assit en face de lui, sur le deuxième lit, et le regarda fixement. Luke contempla son visage, en admirant ses contours, l'arc parfait de ses sourcils, ses lèvres ourlées.

— Alors ? fit-il après quelques instants. Que puis-je faire pour vous ?

Chloé continua de le regarder.

— Quelque chose vous déplaît, chez moi ? demanda-t-elle finalement.

— Non, répondit Luke. Vous me plaisez même beaucoup.

Elle eut un drôle de sourire.

— Vraiment ? Vous n'avez pas essayé de me séduire, pourtant.

Il hésita, tiraillée entre le désir fou qu'il avait d'elle et les objections que lui présentait son esprit.

— C'est tentant, convint-il après quelques instants.

— Mais ?

— Ce n'est pas vous, Chloé, c'est…

Elle éclata de rire.

— Faites un effort ! Trouvez une excuse meilleure que celle-ci…

— Je doute sincèrement que vous ayez essuyé beaucoup de rejets dans votre vie. Comment pouvez-vous connaître les excuses que l'on sert, dans ces cas-là ? répliqua Luke.

Elle détourna les yeux, puis se leva. Elle tremblait un peu sur ses jambes. Luke se leva aussi et lui prit la main.

— Ce n'est pas une excuse, Chloé. Je… Je suis abîmé, vous savez.

Elle croisa son regard.

— Vous ne pensez pas, avec tout ce que vous savez sur moi, que je suis complètement brisée ? demanda-t-elle doucement.

Luke sourit et secoua la tête.

— Vous êtes incroyablement forte et solide, au contraire. Vous avez retourné tous les traumatismes que vous avez vécus à votre avantage. Vous entretenez une relation merveilleuse avec votre oncle, vous avez des amis, de *vrais* amis, et vous avez traversé l'enfer sans que cela n'émousse votre détermination à vous rendre utile. Aujourd'hui, vous n'hésitez pas à vous mettre en danger, parce que vous avez la conviction que Colleen a été enlevée et peut-être assassinée. J'ignore si c'est sage de ma part, mais je n'apprécie pas les femmes trop fines ou trop délicates. J'aime les femmes capables de distribuer des coups de pied aux fesses. J'aime beaucoup ça, même.

Chloé rougit légèrement, ce qui ne fit qu'accentuer le vert de ses yeux. Elle ne répondit rien et tourna les talons, manifestement prête à partir.

Il aurait dû la laisser regagner sa chambre. Mais il en fut incapable.

— Vous ne voyez donc pas, Chloé, que je n'ai pas été aussi fort que vous ? Quand les choses ont mal tourné, je suis parti. Stuckey et Jimbo sont mes amis les plus proches, et je ne parle que sang et meurtres avec Stuckey, et de pêche et de bière avec Jimbo. Je peux endosser l'identité d'un autre de manière convaincante pour les besoins d'une enquête, mais je ne sais plus trop qui je suis réellement, qui j'ai envie d'être ni où je vais vraiment. Je dérive, dans l'attente de la prochaine affaire intéressante, et, si je ne suis pas d'humeur, je lève les voiles et je pars ailleurs.

Elle regarda la main de Luke, posée sur son bras, puis croisa de nouveau son regard.

— Je suis venue vous proposer de faire l'amour, Luke, dit-elle carrément. Je ne vous ai pas offert le mariage !

— J'ai de l'affection pour vous, Chloé.

— Et moi pour vous. J'ai de l'admiration, aussi. Vous m'apparaissez comme un homme qui a refusé le compromis, et qui a dû gérer des traumatismes apparemment insurmontables. Je n'appelle pas cela s'enfuir.

Elle haussa les épaules.

— J'ai pensé que faire l'amour avec un homme comme vous ne serait pas une mauvaise chose.

Luke ne put retenir un éclat de rire. Elle semblait tellement sincère !

— Je ne fais pas cela souvent, vous savez, ajouta-t-elle. Je ne souviens même plus de la dernière fois que…

Elle s'interrompit et rougit.

Plus tard, il comprendrait que l'expression de ses yeux verts avait anéanti les derniers lambeaux de sa résistance. Mais, à cet instant, son odeur, fraîche et fruitée, la sensation de sa peau si satinée sous ses doigts, et sa simple présence, suffirent à étouffer la voix de la raison.

Il l'attira dans ses bras et s'empara de ses lèvres, qui s'ouvrirent aussitôt pour l'accueillir. L'embrasser était comme avaler un grand bol d'énergie. Le seul fait de la tenir contre lui emplissait Luke d'un feu et d'une force inouïs, comme si Chloé lui communiquait sa vitalité.

Il prit son visage entre ses mains pour faire durer ce premier baiser, pour mieux le savourer, mais le désir eut tôt fait de leur imposer ses exigences. Luke glissa ses mains sous le peignoir de coton blanc. Sans que leurs lèvres ne se séparent, Chloé se colla contre lui et il s'aventura plus loin, agrippant les fesses hautes et musclées de la jeune femme. Ils tombèrent sur le lit, ensemble, leurs membres emmêlés, oubliant tout ce qui n'était pas l'instant présent.

Luke était stupéfait, transporté par la perfection du corps de Chloé, la pleine rondeur de ses seins, la finesse de sa taille, le galbe de sa peau… Il fit un effort surhumain pour contrôler son érection, maintenant douloureuse, et fit courir ses lèvres le long du cou et sur les clavicules de sa compagne, prenant un plaisir inouï à suivre les reliefs de ce paysage encore nouveau pour lui. Il descendit vers les seins, puis continua sa descente vers les côtes, les hanches, prenant plaisir à la sentir se mouvoir sous lui, avec lui. Il sentait les paumes des mains de Chloé dans son dos, son souffle à son oreille, et il poussa un gémissement, tout en continuant sa descente vers son ventre, puis ses cuisses. Ils roulèrent ensemble et Luke se redressa pour la contempler. Puis il la pénétra enfin, plongeant dans un paradis étroit et brûlant. Combien de temps l'univers chavira-t-il autour de lui ? Il n'aurait su le dire. Seuls comptaient le désir qui les unissait, le plaisir qui montait, qui montait, jusqu'à ce que la jouissance secoue chacune de ses terminaisons nerveuses. Il éprouva un bref sentiment d'embarras, mais fut aussitôt soulagé de la sentir se cabrer sous lui, fauchée à son tour par un violent orgasme.

Ils demeurèrent immobiles, reprenant lentement conscience du présent, puis Luke roula sur le côté en veillant à la garder contre lui. Pendant encore un long moment, ils restèrent ainsi, allongés, sans éprouver le besoin de parler.

Enfin, Chloé remua et ouvrit les yeux.

— J'ai rarement eu à faire plus d'efforts pour attirer

un homme que pour l'éconduire, mais, dans ton cas, je dois dire que cela en valait la peine.

— Merci, répondit-il. Je suis flatté du compliment.

Il l'embrassa. Chloé lui rendit son baiser, mais finit par se dégager et se lever.

Luke lui prit le bras et l'attira de nouveau contre lui.

— Où vas-tu ?

— Je ne veux pas m'imposer.

— Reviens ici.

— Tu veux que je reste ? chuchota-t-elle.

— Toute la nuit. Après tout, nous avons passé le stade intimidant des préliminaires. Franchement, pour qui me prends-tu ? enchaîna-t-il avec légèreté. Quelqu'un que tu peux utiliser, puis jeter comme une vieille chaussette ?

— Mais non ! Je pensais juste que tu voudrais… dormir seul. Ou dormir tout court.

— Pas ce soir, répondit-il. Reste, s'il te plaît. La pensée de me réveiller à côté de toi me fascine.

— C'est tout ? murmura Chloé.

— Bien sûr que non, dit Luke, et la jeune femme sourit.

En voyant la fossette qui se creusait dans sa joue droite, il songea qu'il ne voulait plus bouger d'ici.

Et il ne voulait plus qu'*elle* bouge.

Ils demeurèrent parfaitement immobiles, étendus l'un contre l'autre, et faillirent s'assoupir. Mais Chloé fit un mouvement, juste pour se caler contre lui, et Luke eut l'impression qu'un éclair traversait son corps. L'instant d'après, ils faisaient l'amour de nouveau.

Aussi impossible que cela paraisse, la deuxième fois fut encore meilleure que la première, et Luke s'endormit en pensant que jamais leur histoire ne pourrait se résumer à une simple attirance physique.

Ils se réveillèrent plus tard que prévu, prirent une douche rapide et se précipitèrent dans la voiture pour retourner vers Miami. Heureusement, il n'y avait pas beaucoup de circulation.

Ils roulaient depuis un quart d'heure environ quand le portable de Chloé sonna. C'était Léo, très fâché que sa nièce ne l'ait pas appelé pour le prévenir qu'elle ne rentrait pas. Luke n'entendait pas tout ce qu'il disait, mais il vit l'expression contrite qui se peignit sur le visage de sa compagne tandis qu'elle se défendait, d'abord, puis s'excusait platement.

Il s'en réjouit. Elle avait beau être adulte et indépendante, elle continuait de ménager l'homme qui l'avait élevée.

Finalement, elle coupa la communication.

— Je n'oublierai plus de l'appeler, murmura-t-elle, rougissante.

— Je trouve très bien que tu aies des comptes à rendre à quelqu'un, dit Luke.

Chloé hocha la tête, et changea de sujet de conversation.

— Dis-moi, quel rapport pourrait-il y avoir entre ce qui est arrivé à Maria et la disparition de Colleen ?

Luke poussa un soupir.

— Je n'en sais rien, mais je vais me livrer à quelques recherches sur les gens qui sont associés de près ou de loin à l'agence — des recherches un peu plus approfondies que celles de la police. Il me semble de plus en plus évident que Colleen n'est pas partie de son plein gré, mais il n'en reste pas moins qu'elle était sur une île, et que le seul moyen de quitter une île est de prendre un bateau. Il faut découvrir comment elle a été enlevée et par qui.

— Tu penses que sa disparition est liée à l'Eglise de la Réalité ?

— Aucune idée, mais il n'est pas impossible que quelqu'un sache que Maria vit ici. Ce quelqu'un est peut-être venu la chercher. Il a compris qu'il n'arriverait pas à la récupérer et, pour une raison ou une autre, il a jeté son dévolu sur Colleen. Cette hypothèse suppose que ce quelqu'un est associé à l'agence, puisqu'il a réussi à se rendre sur l'île. Une seule chose est sûre : je ne veux pas que tu restes seule là-bas, ne serait-ce qu'une minute. Toute femme ayant le moindre contact avec l'agence ou avec l'île court un danger potentiel. A moins bien sûr…

— A moins qu'il ne s'agisse d'un coup publicitaire. Colleen aurait pu s'arranger pour disparaître… A condition d'avoir un bateau pour quitter l'île sans être vue.

— Or, il y a toujours un vigile sur l'embarcadère. On aurait pu la venir la chercher dans la mangrove, mais cela nécessite un navigateur expérimenté. Franchement, je n'y crois pas trop.

Il lui sourit.

— Moralité : tu devras faire très, très attention. Promis ?

— J'ai passé ma vie à faire attention, répliqua Chloé.

Il rit.

— Bien sûr. Tu faisais attention quand tu as enjambé la balustrade du balcon pour me poursuivre sur la plage, n'est-ce pas ?

Elle rougit.

— J'ai eu peur pour Renée.

— Dans ce cas, mieux vaut appeler la sécurité ou les flics. C'est ce que tu dois faire, dorénavant. D'accord ?

— D'accord.

— Je frémis quand je pense à toutes les bêtises que tu as dû faire, autrefois.

— Rien de dangereux, je t'assure.

Luke arrêta la voiture devant le portail à 9 h 45, ce qui laissait juste assez de temps à la jeune femme pour arriver à son cabinet quelques minutes avant son premier rendez-vous. Elle aurait dû se hâter… mais elle s'attarda encore un instant auprès de Luke.

— Tu penses que Colleen est morte, n'est-ce pas ?

Il réfléchit, pris de court. Il ne s'attendait pas à cette question.

— Oui, je le crains, répondit-il finalement.

Chloé hésita.

— Luke… Je la vois.

Il fronça les sourcils.

— Comment ça ? Tu l'imagines ?

— Non. Je la vois, elle. Enfin, son… fantôme.

Elle était sérieuse.

— Chloé, tu essaies de découvrir ce qui lui est arrivé et tu penses qu'elle est décédée. C'est normal que ton imagination finisse par te jouer des tours !

Elle secoua la tête.

— Tu n'es pas obligé de me croire, mais je t'assure que je la vois vraiment.

Luke hésita. Il ne la connaissait pas depuis longtemps, mais ces quelques jours lui avaient appris à respecter l'honnêteté et l'intelligence de la jeune femme.

— Quand et où as-tu vu ce fantôme ? reprit-il avec gravité.

— Deux fois dans ma chambre. Et, la nuit dernière, près de l'embarcadère, au Coco-Lime. Elle est toute mouillée, comme si elle sortait de l'eau, mais elle était habillée. Elle portait une longue robe blanche.

« C'est le stress », songea Luke. Elle avait connu trop de malheurs dans sa vie.

— Tu es venue me trouver parce que tu avais peur d'un fantôme ?

Chloé leva ses grands yeux clairs vers lui.

— Je suis venue te trouver parce que, depuis que je t'ai rencontré, je mourais d'envie de te toucher.

Emu par son aveu, Luke préféra garder le silence.

— J'étais terrifiée, au début, mais je n'ai plus peur d'elle, à présent, continua Chloé. Je crois qu'elle m'appelle à l'aide.

Elle prit une profonde inspiration.

— Je tenais à être tout à fait honnête avec toi. Si tu me prends pour une folle, rien ne t'oblige à me revoir.

Luke prit le visage de la jeune femme entre ses mains.

— Si je pensais que je ne te reverrai jamais, que nous ne ferons plus jamais l'amour ensemble, j'imploserais, ici et maintenant.

Chloé sourit.

— Merci.

— Mais, Chloé…

— Quoi ?

— Les fantômes n'existent pas. Je te crois quand tu me dis qu'il te semble en voir un, mais ce qui te hante, c'est la peur, la tristesse que tu éprouves au sujet d'une jeune femme que tu as connue, et ton désir que justice soit faite.

Chloé hocha la tête, un peu brusquement.

— Oui. Bon. Il faut que j'aille travailler, maintenant.

Il bondit hors de la voiture et alla lui ouvrir la portière. Chloé sortit et l'embrassa. Lentement, langoureusement. Assez pour que Luke éprouve brusquement le besoin de mettre un peu de distance entre eux.

— Nous n'avons pas le temps de faire l'amour, et

je n'ai pas envie qu'on nous arrête pour comportement indécent sur la voie publique.

Chloé lui offrit un large sourire et se dirigea prestement vers l'entrée de la maison. Luke attendit qu'elle ait disparu à l'intérieur. Puis, à la fois touché et troublé, il reprit place derrière le volant et se dirigea vers Biscayne.

Il avait essayé de garder ses distances avec Chloé, et il avait échoué. Ils étaient liés l'un à l'autre, à présent. Et Luke se faisait du souci pour elle. Saurait-elle se défendre si le tueur s'en prenait à elle ?

Luke retrouva son bateau tel qu'il l'avait laissé.

Pourtant, quelque chose avait changé. Il le sentait. Il entreprit de fouiller chaque recoin, méthodiquement, mais chaque objet se trouvait à la place et en l'état où il l'avait laissé… si bien qu'il dut se rendre à l'évidence : personne n'était monté à bord. Ce n'était pas le bateau qui avait changé. C'était lui. Il avait aimé vivre seul sur le *Stirling*, mais, maintenant, il souhaitait que Chloé soit avec lui. Il voulait la protéger des fantômes qui la hantaient. Il voulait veiller sur elle pour que ni le passé ni le présent ne viennent la tourmenter.

— Me voilà dans de beaux draps ! grommela-t-il en se dirigeant vers la cuisine.

Il prépara du café et alluma son ordinateur sans cesser de penser aux événements de la nuit précédente.

Oui, il se faisait du souci pour elle. Il l'admettait aisément, et sans le moindre embarras. Il se sentait grisé, presque euphorique. Le souvenir de leurs étreintes était si vivace, si fort, qu'il aurait pu en revivre chaque instant en fermant les yeux.

Il se mit au travail, pourtant. Durant la demi-heure qui suivit, il surfa d'un site Internet à un autre pour se renseigner sur l'agence Bryson. Il trouva d'abord une grande quantité d'articles de presse qui ne lui apprirent rien d'intéressant. Puis, il se rendit sur Facebook et MySpace pour consulter les pages de tous ceux et celles dont les noms lui vinrent à l'esprit.

Un lien vers Myra le conduisit à un article consacré à son accident, lequel s'était produit peu de temps après la signature de son premier contrat avec l'agence. Il y était mentionné qu'elle était très religieuse et se rendait, encore aujourd'hui, à l'église tous les dimanches. Sa foi lui avait permis de surmonter les obstacles que la vie avait jetés sur son chemin. Lors d'une interview, elle affirmait s'être convertie tardivement au catholicisme. « La foi des convertis est profonde et vraie. Ceux qui sont nés ou qui ont été élevés dans une religion ne sont pas toujours aussi convaincus ou aussi dévots. »

Elle s'était convertie à l'âge adulte, songea Luke, le front plissé. Mais quelle était sa religion, avant cela ?

Il décrocha son téléphone et appela Stuckey.

— Tu as encore besoin de moi ? ironisa le lieutenant.

— Je cherche des rapports de police sur l'Eglise de la Réalité.

— Décidément, tu fais une fixation !

— Je voudrais lire tout ce que tu as. Les listes de membres, notamment.

Stuckey poussa un grognement.

— Tu veux ça par fax ou par courriel ?

— Par courriel. Pas de papiers qui traînent.

— D'accord, mais va déjeuner ou pique une tête dans l'eau, mon vieux. Ça va me prendre un petit moment.

En raccrochant, Luke s'aperçut qu'il avait faim. Ils étaient si pressés d'arriver à Miami, ce matin, qu'ils étaient partis l'estomac vide. Il ouvrit le réfrigérateur et les placards, agacé de constater qu'il n'avait rien à manger, à part du beurre de cacahuètes et du pain rassis.

Il quitta le bateau et se rendit à la boutique d'articles de pêche, bien décidé à s'offrir un hamburger.

Les habitués du quartier, une bande de retraités, étaient installés dehors, près des tables à pique-nique, et il les salua avant d'entrer. Lorsqu'il ressortit après avoir déjeuné, un groupe d'hommes se tenait au bout de l'embarcadère, penché sur un objet qui paraissait les étonner. Intrigué, Luke les rejoignit.

— Si c'est pas dingue ! fit Milton Beca en lui offrant un sourire largement édenté.

— Quoi donc ?

— Granger vient de repêcher une vieille pochette étanche dans laquelle je rangeais mon appareil photo et que j'avais laissée tomber par-dessus bord, il y a un an environ ! Elle est un peu rongée, mais j'ai récupéré mon couteau suisse. C'est fou, quand même. La pochette a dû être poussée par la marée.

— Ce sont des choses qui arrivent, commenta Luke. Allez, bonne journée.

— A mon âge, je veille à ce que toutes mes journées soient bonnes, répondit le vieil homme.

— C'est le meilleur parti pris qui soit, répliqua-t-il en souriant.

Il regagna sur son bateau en pensant à Colleen Rodriguez. Même si son cadavre avait été jeté à la mer, il ne réapparaîtrait pas forcément. Il était peut-être pris dans des algues ou coincé sous des débris, quelque part sous l'eau. Le courant pouvait la déposer sur le rivage, demain ou dans un an. Ou jamais, songea-t-il tristement.

Il décida qu'il plongerait assidûment dans la zone, lorsqu'il serait sur l'île. Il pourrait prendre un des bateaux de Brad et peut-être même demander à Bill de l'accompagner, vu qu'il était toujours plus prudent de plonger à deux.

Il marqua une pause, se rappelant la description que Chloé lui avait faite du fantôme de Colleen. Mouillée comme quelqu'un qui sort de l'eau et vêtue d'une robe blanche…

De retour sur le bateau, il trouva un courriel de Stuckey avec, en fichiers joints, toutes les informations qu'il lui avait demandées. Il lut quelques documents, puis se figea, stupéfait, devant la photo d'une femme. La légende précisait qu'elle avait quitté l'Eglise de la Réalité plusieurs années avant le massacre.

Son nom était Myrna.

Myrna Rae Edwards.

Elle était jeune et très belle, avec des yeux immenses qui exprimaient l'innocence — le genre d'innocence que les cultes savent si bien détecter.

Elle était beaucoup plus jeune, à l'époque où la photo avait été prise, et elle ne portait pas le même nom. Cependant, le doute n'était pas permis : la jeune fille de la photo était bien Myra Allen, qui dirigeait l'agence Bryson de Miami Beach.

9

Chloé venait de terminer une session avec un patient lorsque Victoria l'appela au téléphone.

— Salut, fit-elle en reconnaissant le numéro de son amie sur son écran.

— Salut, répondit Victoria. Alors, quoi de neuf ?

— Je ne sais pas. C'est toi qui m'appelles.

Victoria éclata de rire.

— Tu as vu Mark, hier soir ?

— Oui. Il est vraiment sympa, ce type. Il ne s'est toujours pas remis de ce qui est arrivé à Colleen.

— Ouais, murmura Victoria. Il est convaincu du pire.

— Je sais.

— Bon, raconte-moi plutôt ce qui s'est passé avec ton bel étalon ?

— Pardon ?

— Oh, arrête un peu de faire l'innocente ! Je veux parler de Jack Smith, bien sûr. Ne me dis pas que tu n'as pas remarqué à quel point il est beau mec !

— Non, non… Enfin, si, bien sûr… Il est plutôt sympa, bredouilla Chloé en rougissant jusqu'à la racine des cheveux.

Heureusement que son amie ne pouvait pas la voir.

Victoria poussa une exclamation qui pouvait passer pour de l'impatience ou du scepticisme, ou les deux à la fois.

— Si je comprends bien, vous êtes descendus ensemble dans les Keys, tu lui as fait visiter l'île, tu m'as envoyé un texto urgent pour que j'invite Mark à vous rejoindre et, après ça, vous avez passé une soirée… plutôt sympa. C'est ça ?

— Oui.

— Et… plutôt sympa comment ?

— Plutôt sympa sympa, répondit Chloé.

— J'ai compris. Nous n'aurons pas de plus amples détails — ce qui ne peut signifier qu'une seule chose : tu l'aimes bien.

— Oui, admit Chloé. Je l'aime bien. Mieux que bien, même.

— A la bonne heure ! C'est un excellent début, la taquina Victoria. Mais je te tirerai les vers du nez plus tard. Je t'appelais pour te dire que tu dois te rendre au manoir, ce soir. Moi aussi, d'ailleurs.

— Ah bon ?

— On a des essayages à faire. J'ai signé pour toi. Cela ne t'embête pas ?

— Non, mais je ne rentrerai pas chez moi avant 19 heures, et il faudra encore que je me change. Ce ne sera pas trop tard ?

— Je ne pense pas. Je vais appeler Myra pour lui dire que nous n'arriverons pas avant 20 heures. Je suis tellement contente qu'ils t'aient choisie pour la page du mois de juin — et que tu aies accepté ! Appelle-moi dès que tu arrives chez toi. Je passerai te prendre. Je voulais que les garçons nous accompagnent, mais Brad a du travail et… tu connais Jared. Si Brad n'est pas là, Jared ne vient pas non plus.

Elle poussa un soupir.

— Je me demande bien pourquoi. Tu as une petite idée, toi ?

Chloé hésita une fraction de seconde, puis décida brusquement de dire la vérité à son amie.

— Jared est amoureux de toi, Vickie. Quand nous sommes tous là, il se sent certainement plus à l'aise. A mon avis, il a peur de dire ou de faire quelque chose qui le trahira s'il se retrouve seul avec toi. Et, comme il a peur que tu ne partages pas ses sentiments, il ne veut pas prendre le risque de détruire l'amitié entre vous — et entre nous tous, aussi, j'imagine.

— Quelle idée j'ai eue de poser une question pareille à une psychologue ! se récria Victoria. Qu'est-ce que tu racontes ? Nous sommes tous amis depuis des lustres. S'il éprouvait des sentiments amoureux pour moi, il me l'aurait dit depuis longtemps.

Chloé secoua la tête, incrédule. Victoria n'avait donc jamais remarqué la manière dont Jared la regardait ?

— Fais-moi confiance, Vickie. Je ne me trompe pas.

— Eh bien, c'est ridicule ! J'adore Jared.

— Oui, mais l'adores-tu de la manière dont il aimerait être adoré ?

— Je… Je ne sais pas, mais… Je ne sais pas. Peut-être.

Ce fut à Chloé d'être étonnée.

— Eh bien, il n'en est pas sûr non plus, et c'est pour cette raison qu'il garde ses distances.

— Mais tu seras là, ce soir.

— Il est peut-être vraiment occupé, suggéra Chloé.

— Peut-être. C'est un mec super. Il est intelligent, charmant, facile à vivre. Il est sexy. Il… Oh, Chloé !

— Quoi ?

— Tu ne comprends pas… Il m'aime vraiment, lui !

— Il n'est pas le seul, à mon avis. Il y a des tas d'hommes qui te trouvent fabuleuse !

— Précisément. Mais ces hommes-là ne voient que mon physique. Je suis ravie d'avoir été gâtée par la nature, là n'est pas la question, mais je ne suis pas dupe. Je sais bien que les mecs qui me courent après ne sont pas vraiment amoureux de moi — la plupart d'entre eux ne me connaissent même pas. Alors que Jared me connaît depuis des années. J'ai toujours su qu'il tenait vraiment à moi… mais je pensais qu'il s'agissait d'amitié, pas d'amour. Merci de m'avoir ouvert les yeux !

Chloé sourit, émue.

— Tant mieux. Mais ne force pas les choses, d'accord ? Sois gentille avec lui.

— Evidemment que je serai gentille avec lui ! Tout de même, pourquoi ne m'as-tu rien dit avant ?

— J'avais l'impression que ce n'était pas à moi de le faire. En tout cas, pas tant que tu ne me poserais pas la question directement.

— Vraiment ? Eh bien, je suis contente de l'avoir posée, et contente que tu aies répondu. Allez, je te laisse. Appelle-moi quand tu seras chez toi, d'accord ?

— Oui. A plus tard.

Luke s'arracha à la contemplation de la photo de Myra et appela le portable de Chloé, qui le dirigea vers le répondeur. Il rappela aussitôt, mais en composant le numéro du cabinet, cette fois, et un autre répondeur lui annonça qu'il n'y avait personne pendant l'heure du déjeuner. Il raccrocha, contrarié, et appela Stuckey pour lui raconter ce qu'il venait de découvrir.

— Myra Allen, ancien mannequin et prêtresse de la mode, murmura le lieutenant sur un ton incrédule. Elle a fait partie de l'Eglise de la Réalité ?

— Tu n'às pas vu la photo ? Même le nom est similaire.

— Eh ! Pas de moqueries, s'il te plaît. Je te rappelle que je n'ai jamais rencontré Myra Allen. Je ne suis pas sur la liste de ses invités, figure-toi.

— Eh bien, maintenant que tu le sais, tu ne trouves pas bizarre qu'elle ait des liens avec l'Eglise de la Réalité et que Chloé travaille pour elle ?

— C'était autrefois, Luke. Cela remonte à plus de dix ans. On dirait qu'elle a compris et qu'elle les a quittés, non ?

— Je ne l'écarterais pas pour autant de la liste des gens à surveiller. Je crois qu'il pourrait bien y avoir un lien entre la secte et la disparition de Colleen Rodriguez, ajouta Luke, avant de raconter ce qu'il avait appris au sujet de Maria Trenton.

— Ce sont d'étranges coïncidences, en effet, murmura Stuckey. Mais tu ne penses pas que Myra est un assassin, tout de même ?

— Non. Mais son cas m'intéresse.

— Ne va pas trop vite. Elle a prouvé son intelligence, après tout. Elle s'est retrouvée embringuée dans cette secte quand elle était jeune, puis elle a eu la présence d'esprit de s'en sortir. Parfois, les gens cherchent Dieu dans les endroits les plus bizarres. Cela fait partie d'un besoin humain de croire.

— Stuckey, je crois en Dieu, moi aussi, mais je ne

crois pas que Dieu souhaite que les hommes tuent en Son nom et je ne crois pas non plus qu'Il — en admettant que Dieu ait un sexe — qu'Il pense que le seul moyen de monter au paradis est de donner tout ce que l'on possède, de quitter sa famille et de joindre une secte.

— Eh, moi non plus. Je suis de ton côté, mon vieux ! s'exclama Stuckey. Tu veux que j'interroge Myra ?

— Non, elle risque d'être sur la défensive. Je le ferai.

— Tiens-moi au courant.

— D'accord.

Luke raccrocha et appela le bureau de Myra pour demander un rendez-vous. Sa secrétaire lui proposa de venir à 15 heures. Il croyait se rappeler qu'elle s'appelait Alana, mais il n'en était pas entièrement sûr. Ils n'avaient pas été présentés.

Il faisait chaud. Il se doucha rapidement, avant de se demander quoi porter, ce qui n'était guère dans ses habitudes. Il finit par choisir un pantalon en lin et une chemise à manches courtes. Miami chic. Du moins l'espérait-il.

Il arriva au manoir quelques minutes avant 15 heures et se gara dans la rue, avant de traverser pour aller appuyer le bouton de l'Intercom. Une voix lui demanda de décliner son identité, ce qu'il fit, et le portail s'ouvrit aussitôt.

Alana vint à sa rencontre et le guida vers le patio, où Myra était assise à une table, sous un parasol, entourée de croquis. Elle les étudiait avant d'inscrire des noms sur chacun d'eux.

— Bonjour, monsieur Smith, dit-elle en lui faisant signe de s'asseoir en face d'elle. Désolée, mais je n'ai pas beaucoup de temps. Je fais mes derniers choix pour la séance photos. Alors, vous avez aimé notre île ?

— Beaucoup. C'est un endroit magnifique.

— Et vous avez décidé quels mannequins vous aimeriez photographier pour votre catalogue ? Ce sera important, au moment des négociations finales. Naturellement, nos mannequins les plus connus sont plus chers.

— Naturellement, acquiesça Luke. Oui, j'ai décidé. Je voudrais engager Renée, Victoria, Jeanne et Chloé.

Myra sourit.

— Pas Lacy ?

— Je ne crois pas que j'en aie les moyens.

— Jeanne est presque aussi chère.

— Oui, mais je pense avoir la combinaison que je recherche avec ces quatre-là.

— Très bien. Je leur parlerai et je m'occuperai d'établir les contrats. Sinon, vous vous êtes arrangé pour apporter ce dont vous aurez besoin sur l'île ? continua-t-elle en faisant un signe de la main à sa secrétaire. Alana, soyez gentille de demander à Viviane de préparer du café pour M. Smith et pour moi, s'il vous plaît.

Elle se tourna vers Luke.

— A moins que vous ne préfériez du thé glacé ? Ou une boisson plus forte ? Il fait très chaud, aujourd'hui.

— Non, du café, ce sera parfait, approuva Luke.

Il regarda Alana s'éloigner. Elle était grande et assez mince pour être mannequin, mais elle ne savait pas marcher sur des talons.

— Je vais louer un bateau à Brad, le cousin de Victoria, reprit-il.

Myra hocha la tête.

— Très bien. Vous serez logé à l'hôtel, naturellement. Et, pour vos photographes, vous viendrez avec les vôtres, ou vous voulez utiliser les nôtres ?

— Les vôtres, s'il vous plaît. C'est mon premier

catalogue. Je préfère mettre mes pas dans ceux de professionnels expérimentés.

— D'après ce que j'ai vu, vous avez une collection magnifique. Vous devriez très bien vous en tirer. Voulez-vous que je vous conseille quelle fille choisir pour quel maillot de bain ?

— Je serai ravi d'avoir votre opinion sur la question, répondit Luke. Même si j'ai quelques idées, moi aussi.

— Je vous écoute, dit Myra, en s'adossant à sa chaise.

Luke fut soulagé de voir arriver une femme qui portait un plateau à café, ce qui lui donna le temps de se remémorer les articles de « sa » collection, et d'orienter la conversation dans le sens qui lui permettrait d'obtenir les informations qu'il était venu chercher.

— Je vois Victoria, avec sa blondeur, dans les sarongs vaporeux. Jeanne est directe, flamboyante, et je la vois plutôt dans les maillots à paillettes. Renée sera parfaite dans les imprimés léopard. Et Chloé dans les maillots une-pièce rouge, blanc et bleu, prête à sauter du plongeoir.

— La sportive, dit Myra, en acquiesçant d'un signe de tête.

— Elle a quelque chose d'unique. De l'assurance.

Luke se pencha vers Myra, avant d'ajouter, sur le ton de la confidence :

— Pour tout vous dire, j'étais stupéfait quand j'ai appris… Je veux dire, personne n'en parle, mais elle était, ainsi que Victoria et certains de leurs amis, dans cette maison où tous ces gosses ont été massacrés, il y a une dizaine d'années, n'est-ce pas ?

Myra prenait des notes, les yeux baissés, et sa main se figea. Luke vit le sang quitter ses joues.

— Oui, répondit-elle finalement.

— Mais elles vont bien, maintenant ? enchaîna-t-il. Je les aime bien, toutes les deux. Victoria travaille pour Bryson depuis pas mal de temps, n'est-ce pas ? Et, si j'ai bien compris, Chloé aussi, de manière plus ou moins ponctuelle ? Sans problème ?

Il fit de son mieux pour arborer un air soucieux, comme s'il craignait de voir craquer ses mannequins.

Myra croisa son regard.

— Victoria et Chloé sont des jeune femmes parfaitement stables, responsables et professionnelles. Victoria travaille pour nous depuis neuf ans et Chloé depuis presque aussi longtemps, même si elle est beaucoup moins assidue. Victoria enseigne et fait aussi du théâtre, et Chloé est psychologue. Elle a son propre cabinet et il lui arrive d'aider la police en dessinant des portraits-robots. C'est une véritable artiste. Toutes deux pourraient se consacrer entièrement à leur carrière de mannequin, si elles le souhaitaient, et ni l'une ni l'autre n'a vraiment besoin de travailler pour vivre, mais elles aiment ce qu'elles font.

— Je vois. Je crois avoir entendu dire que Victoria est une sorte d'héritière…

— Elle et son cousin Brad vont hériter un jour de leurs grands-parents, qui possèdent les entreprises Preston, en effet. Ils ont un fonds en fidéicommis, en attendant.

— Et Chloé ?

— Ses parents ont été tués dans un accident quand elle était enfant. Son oncle a géré ses biens pour elle jusqu'à ce qu'elle soit en âge de se débrouiller. C'est une jeune femme tout à fait remarquable, compte tenu de ce qu'elle a subi dans sa vie.

Luke se dit qu'il aimait bien la manière dont Myra

défendait sa couvée — avec dignité. Elle donnait les informations sans sombrer dans les commérages.

— L'Eglise de la Réalité, murmura-t-il d'un air songeur en secouant la tête.

Le crayon de Myra lui échappa des mains, et elle garda les yeux baissés pendant plusieurs secondes. Lorsqu'elle releva la tête, elle était très pâle, mais elle s'efforça de parler avec naturel.

— Je ne crois pas qu'elle existe encore.

— Oh, si. Je ne sais plus où j'ai lu ça... Dans un journal, peut-être ? Ou sur un de ces prospectus qu'on distribue dans la rue. Quoi qu'il en soit, ils organisent un dîner demain soir, dit-il en étudiant le visage de Myra.

— Vraiment ? Je pensais que l'église avait été dissoute. Ses membres les plus anciens étaient horrifiés, lorsque les cadavres des deux hommes ont été retrouvés avec la lettre dans laquelle ils endossaient la responsabilité du massacre. J'ai connu certains d'entre eux, à une époque. Ils ne prêchaient pas du tout la violence. Et, s'ils demandaient un pourcentage des revenus de leurs membres, ils n'étaient pas les seuls : l'Eglise catholique romaine fait la même chose.

— Vous en avez été membre ? demanda Luke, sur un ton curieux, mais léger.

Elle hésita.

— Brièvement. C'est pourquoi j'ai été stupéfaite qu'ils soient impliqués dans une telle affaire.

— Pourquoi êtes-vous partie ?

Myra eut un haussement d'épaules.

— Je n'aimais pas le fait que je n'avais plus aucune vie privée, que l'église avait pratiquement tout pouvoir sur moi. Mais j'étais triste pour eux, quand cette affaire les a éclaboussés. Certains des membres de l'église étaient vraiment des gens bien. Et, si vous voulez mon avis, je pense que ce genre de choses pourrait arriver n'importe où. Deux cinglés qui gâchent tout pour tout le monde.

— Vous voulez parler de la manière dont les fanatiques, quelle que soit la religion, s'emparent des croyances d'un groupe et les distordent pour arriver à leurs fins ?

— Précisément. Je pense que ces deux types, ceux qui ont tué tous ces gamins avant de se suicider, étaient complètement fous. Ils ont agi de leur plein gré, parce qu'ils voulaient sauver l'âme de ces gosses. C'est ce que j'ai pensé à l'époque, en tout cas. Je n'y pense plus du tout, maintenant. J'étais très jeune quand j'ai rejoint les rangs de l'Eglise de la Réalité — j'étais perdue… Je n'avais pas eu de très bonnes fréquentations et j'avais besoin d'être guidée. C'est une des raisons majeures qui poussent les jeunes gens à s'enrôler dans des sectes, vous savez. Ils ont besoin d'amis. Enfin…

Elle marqua une pause et consulta sa montre.

— J'ai un autre rendez-vous, monsieur Smith, et encore beaucoup à faire. Vous êtes toujours le bienvenu ici, bien sûr…

Il était toujours bienvenu, mais elle voulait qu'il s'en aille, et pas plus tard que maintenant, songea Luke, en se levant aussitôt.

— Merci. Je pense que tout est réglé. Je vous suis vraiment reconnaissant pour votre aide.

Elle sourit, et son visage reprit des couleurs.

— Je serai toujours heureuse de vous aider à dépenser votre budget publicité, monsieur Smith.

Alana le raccompagna — et ferma la porte derrière lui.

Luke appela Chloé en sortant du manoir, espérant

qu'elle aurait terminé son travail et qu'ils pourraient se retrouver quelque part.

— J'ai encore beaucoup de travail, répondit-elle. Et je dois me rendre au manoir avec Victoria pour des essayages, ce soir.

— J'irai avec toi, décréta Luke, en crispant les doigts autour du téléphone.

Il s'était exprimé d'un ton sec, comme s'il lui donnait un ordre. Il retint son souffle, s'attendant à ce que la jeune femme le remette vertement à sa place. Mais elle n'en fit rien.

— Si tu veux, dit-elle simplement. Nous étions attendues à 19 heures, mais j'ai encore plusieurs rapports à finir pour le conseil scolaire qui aura lieu ce soir. Victoria doit passer me prendre à la maison vers 19 h 30.

— Je serai là aussi, dit Luke. Victoria ne verra pas d'inconvénient à ce que je vienne ?

— Est-ce que cela changerait quelque chose ? demanda Chloé. Tu étais drôlement… autoritaire, il y a quelques secondes.

— Je suis désolé, Chloé. Et, non, cela ne changerait rien. J'ai découvert quelque chose au sujet de Myra, aujourd'hui, et je tiens vraiment à être présent chaque fois que tu seras au manoir.

— Pourquoi ? Qu'as-tu découvert ?

Il hésita, se rappelant combien elle avait été bouleversée d'apprendre que Maria Trenton avait été enlevée par un adepte de l'Eglise de la Réalité.

Il se rappela aussi que la jeune femme avait admis voir des fantômes.

— Et si je venais à 19 h 15 ? Je pourrai tout te raconter.

— Je te trouve bien mystérieux… Dis-le-moi maintenant.

— Pas au téléphone.

— De plus en plus mystérieux.

Il sourit.

— Tant mieux. Ça veut dire que tu seras contente de me voir.

— Je serai contente de te voir de toute façon.

Luke sentit son cœur fondre. Encore une qualité qu'il aimait chez la jeune femme. Elle ne jouait pas de jeu. Elle n'allait pas à la pêche aux compliments non plus. Elle ne faisait pas semblant. Elle disait les choses comme elle les sentait.

— A tout à l'heure, alors.

— Léo rentre vers 18 heures, dit Chloé.

— Eh bien, j'en profiterai pour saluer Léo.

— D'accord. A plus tard. Non, attends… Tu te rends compte que je vais devenir folle à me demander ce que tu as découvert ? Myra n'est pas une criminelle échappée de prison, quand même ?

— Non.

— Une transexuelle ?

— Pas que je sache, répondit Luke avec un sourire.

— Une espionne étrangère ?

— J'en doute. Arrête, maintenant. Je te dirai tout dès que je te verrai, c'est promis.

Elle garda le silence un si long moment qu'il se demanda si elle n'avait pas raccroché.

— J'espère que ce n'est rien de grave, murmura-t-elle finalement. J'aime bien Myra. Elle a toujours été très gentille avec moi.

— Je crois que je l'aime bien, aussi.

— Tu *crois* ?

— Tu n'obtiendras rien de plus de ma part pour le moment. A tout à l'heure.

Il coupa la communication et utilisa son téléphone pour accéder à Internet et chercher l'adresse de l'Eglise de la Réalité. Luke démarra et prit la sortie de Biscayne Boulevard. Un quart d'heure plus tard, il se garait à un pâté de maisons de l'église, située près du centre-ville de Miami

Le bâtiment avait manifestement été construit pour une paroisse orthodoxe russe. Il se dressait dans un quartier où les maisons anciennes se disputaient l'espace avec quelques autres fraîchement repeintes et beaucoup d'immeubles commerciaux. L'église était petite, mais en excellent état. Soit ses membres avaient les moyens de l'entretenir, soit ils faisaient le travail eux-mêmes. Il y avait une petite pelouse devant, et un vrai jardin exposé à l'est, avec des tables de pique-nique installées à l'ombre de vieux chênes. La propriété était entourée d'un mur d'enceinte avec une petite barrière en fer forgé à laquelle était accroché un panneau sur lequel on pouvait lire : « Vous êtes les bienvenus, qui que vous soyez ! »

Luke dut d'admettre que l'endroit n'avait rien de menaçant.

Il poussa la barrière et longea le petit sentier bétonné. La porte de l'église était peinte en rouge et, lorsqu'il tourna la poignée, elle s'ouvrit aussitôt.

A l'intérieur, il ne trouva pas de statues, pas de croix, et pas même un autel — juste une estrade et un podium. La pièce était presque nue.

Il regardait autour de lui, lorsqu'un homme assis sur un banc, à l'avant, se leva et vint à sa rencontre.

— Bonjour. Soyez le bienvenu. Puis-je vous aider ?

Agé d'une cinquantaine d'années, il arborait un jean et un T-shirt avec l'inscription : « L'Eglise de la Réalité, pour tous ceux qui vivent dans le Vrai Monde ».

— Bonjour, répondit Luke en lui tendant la main. Je m'appelle Jack Smith. J'ai lu quelque part qu'il y avait un dîner de bienvenue, ici, après-demain soir, et, comme je passais dans le coin, je me suis arrêté pour voir.

— Entrez, je vous en prie. Je suis le frère Mario Sanz, un des anciens, ici. Nous sommes toujours heureux d'accueillir nos frères, d'où qu'ils viennent, et d'aider nos prochains à trouver l'amitié avec l'appui de Dieu. En dépit du soleil et de la foule, Miami est parfois un endroit où l'on se sent terriblement seul. Les gens poursuivent leurs rêves, jusqu'au jour où ils s'aperçoivent que tout le monde est pressé, occupé à vénérer l'argent, à obtenir le bronzage parfait sur la plage. Notre mission est de recevoir tous ceux qui ont besoin d'un peu d'amitié ou d'une main tendue. La paix, le don, l'entraide, la chaleur et la bonté, voilà ce que nous aspirons à offrir, ici.

« Quand nous n'achetons pas quelques fillettes dans les rues du Brésil », songea Luke avec amertume.

Il hocha la tête gravement, cependant, comme s'il approuvait ces nobles principes.

— Je dois être honnête avec vous, frère Sanz, dit-il. J'ai envie de venir dans votre église, envie de participer à ce dîner, mais je me fais un peu de souci. J'ai lu certaines choses…

Frère Sanz leva la main.

— N'ajoutez rien. Nous savons la manière dont on nous dépeint — terrifiants, monstrueux. Deux de nos membres ont confessé avoir commis des meurtres abominables, il y a dix ans. Depuis lors, nous avons fait tout notre possible pour prouver que les actes de ces hommes n'avaient rien à voir avec nous. Nous n'avons jamais calomnié âme qui vive, nous n'avons jamais encouragé le mal. Nous n'éprouvons que des sentiments de pitié pour ceux qui placent l'argent et les biens matériels au-dessus de l'amitié et de l'amour.

— Mais ces hommes qu'on a trouvés morts dans les Everglades… ils faisaient bien partie de votre église ? insista Luke.

— Nous ne repoussons pas ceux qui cherchent Dieu. Sachez simplement, et la police le sait aussi, puisqu'ils ont fouillé notre église de fond en comble, que nous n'avons jamais compris la folie des hommes qui ont perpétré ces crimes horribles. Frère Michael était là, à l'époque, et il vous dira la même chose que moi.

Un homme aux longs cheveux blancs, âgé d'une petite soixantaine d'années, venait d'entrer par une porte sur le côté de l'église. Il portait une robe en coton brun qui ressemblait plus à une tenue de bédouin qu'à une robe de moine.

— Frère Michael, voici M. Smith. Il aimerait se joindre à nous, mais il se pose quelques questions au sujet de notre passé.

— Ah, fit le nouveau venu en prenant la main de Luke. La manière dont le monde nous perçoit est une véritable tragédie. Pourtant, nous connaissions à peine ces hommes. Nul plus que nous ne regrette le fait qu'ils nous ont utilisés pour justifier leur folie. Puis-je vous donner une brochure ? Elle parle de notre travail au sein de la communauté et des principes de notre église.

— Oui, merci, répondit Luke. Je comprends ce que vous dites : un groupe ne peut être tenu pour responsable des agissements de quelques éléments isolés. Ils ont dû vous faire perdre beaucoup de membres, cependant.

— Certains rejoignent notre église pour rester, d'autres pas. Nous vivons dans un pays libre et nous ne sommes pas Dieu. Nous ne pensons pas qu'Il nous a choisis, nous sommes juste heureux d'être Ses élèves. Quand nos membres cessent de trouver chez nous ce dont ils ont besoin, ils doivent poursuivre leur chemin. J'espère que vous viendrez à notre dîner, jeudi soir.

— Je vais essayer, répondit Luke, en prenant la brochure que frère Michael lui tendit.

Il s'éloigna, puis s'arrêta et se retourna.

— Je vous demande pardon, mais j'ai encore une question. Quelle est la position de l'église vis-à-vis des relations amoureuses ? Vous savez... Les liens du mariage, l'homosexualité ?

— Nous respectons les lois du pays et de l'Etat, répondit frère Michael. Nous n'encourageons pas le divorce, mais nous ne le condamnons pas non plus. Nous pensons que Dieu a créé l'homme pour qu'il remplisse un certain rôle, et les femmes aussi. Mais nous ne sommes pas arriérés : nous souhaitons que les femmes aient une bonne éducation et qu'elles réussissent leur vie.

— La famille est plus important que tout, renchérit frère Sanz.

— Et si un membre décide de quitter l'église, vous ne voyez pas d'inconvénient à ce qu'il reste ami avec ceux qui choisiraient de rester en son sein ? demanda Luke.

— Bien sûr que non.

Luke fit mine d'hésiter, comme s'il était en proie au doute.

— Vous étiez là, tous les deux, lorsque les meurtres ont eu lieu ?

Ils hochèrent la tête en même temps.

— Et vous n'avez pas dévié de votre voie. Vous avez même fait renaître l'église, continua Luke.

— Un jour, notre église sera une des plus florissantes du monde, déclara frère Michael avec conviction. Nous sommes patients et nous suivons la voie que Dieu a tracée pour nous.

— Eh bien, merci beaucoup d'avoir répondu à mes questions. Je vais lire ceci et je reviendrai, affirma Luke, avant de sortir.

La brochure lui brûlait les mains, mais il la posa sur le siège du passager, dans la voiture, afin de la lire plus tard. Pour le moment, il était pressé de se rendre chez Chloé, pressé de la revoir, de la prendre dans ses bras.

Tant pis si c'était dangereux, songea-t-il en étouffant un juron. Qu'y pouvait-il ? Il était humain, après tout, et, maintenant qu'il avait goûté à ce que la jeune femme pouvait lui offrir, il en voulait davantage. En fait, il aurait voulu oublier toute cette affaire et se perdre dans la douceur de Chloé. Mais ce n'était pas possible.

Il ignorait pourquoi il était si sûr que l'Eglise de la Réalité était impliquée dans la disparition de Colleen Rodriguez, mais c'était une intuition si forte qu'il ne pouvait l'ignorer. D'ailleurs, les coïncidences qui s'accumulaient paraissaient abonder dans son sens. Il y avait Maria Trenton, qui avait échappé de peu à un membre de l'église après avoir été achetée dans les rues brésiliennes. Et, maintenant, il y avait Myra Allen.

Celle-ci avait-elle maintenu des liens avec la secte ?

Etait-il possible qu'elle leur fournisse… un « sacrifice », de temps à autre ?

A cette pensée, il secoua aussitôt la tête. C'était trop horrible. Et pourtant, bien souvent, le meurtrier se révélait être une personne connue et appréciée, quelqu'un en qui la victime avait confiance.

Lorsqu'il arriva chez Chloé, il aperçut la voiture de Léo à l'intérieur de la propriété. Il se gara, coupa le moteur et prit la brochure qui se trouvait à côté de lui.

La première photo montrait frère Michael. La légende parlait de l'intervention de l'église dans des zones où régnait la pauvreté. Luke reconnut aussitôt l'endroit où elle avait été prise.

Les bidonvilles de Rio de Janeiro, au Brésil.

10

Chloé termina son travail peu avant 18 h 30. Jim Evans était resté tard, lui aussi, afin de gérer l'envoi des rapports.

— Merci, lui dit-elle. Tu es adorable.

— Tu semblais tellement fatiguée. Je me suis dit que cela te soulagerait.

— Fatiguée ou usée par les années ?

Il balaya cette remarque d'un revers de la main.

— Fatiguée, bien sûr. Tu es un bébé, Chloé. Vingt-sept ans, voyons ! Tu essaies de me soutirer un compliment ?

Elle rit.

— Non. Je pensais juste à la séance photos. Vickie et moi n'avons plus vraiment l'âge requis pour jouer les mannequins, tu sais !

— Vraiment ? Personnellement, j'aime les mannequins qui ont l'air d'être adultes, déclara Jim, que ce soit des hommes ou des femmes, d'ailleurs. J'ai beau être homosexuel…

— Pas possible ! le taquina-t-elle.

Il arqua un sourcil et lui offrit un large sourire.

— Ce que j'essaie de dire, c'est que la plupart des gens aiment regarder des photos d'hommes et de femmes dotés d'une belle plastique, mais, homos ou hétéros, nous n'avons pas envie de fantasmer sur des gosses. Autrement dit, toi et Vickie, vous avez l'âge idéal.

— Je savais bien que je ne t'avais pas engagé seulement pour tes talents de réceptionniste, commenta Chloé en prenant son sac.

— Stop ! s'écria Jim en levant une main. Tu as terminé ton travail, maintenant. L'heure est aux révélations.

— Quelles révélations ? demanda Chloé, interloquée.

— Je ne t'avais encore jamais vue aussi radieuse que lorsque tu es arrivée, ce matin. Je crois que tu t'es offert une nuit d'amour.

— Jim ! s'exclama Chloé en rougissant.

— Pas de panique. Je l'ai vu parce que je commence à te connaître. Je suis sûr que le portier n'a rien remarqué.

Trop gênée pour répondre, elle préféra garder le silence.

— S'il s'agit de celui à qui je pense, je dois te dire qu'il me plaît. J'espère que tu as l'intention de continuer à le voir. Il est tout à fait le genre d'homme qu'il te faut.

— Ce n'est qu'une petite aventure, Jim. Une histoire d'alchimie physique.

— Je n'en crois rien.

— Il a pourtant été très clair sur le fait qu'il ne tient pas à s'engager. Et c'est très bien, parce que je n'ai pas envie de m'engager non plus.

— Et pourquoi ? Tu devrais t'investir dans une relation, au contraire ! Fonder une famille, avoir des enfants. Tu es merveilleuse avec les enfants.

— Je ne suis pas prête. Je… J'ai peut-être peur de trop m'attacher.

— Tu sais, j'ai toujours pensé que tu finirais avec Brad. Il est beau garçon, il a un bon boulot et il va hériter d'une immense fortune.

— J'adore Brad, mais nous sommes amis, répondit Chloé. Cela n'ira jamais plus loin.

Elle s'avisa brusquement que c'était précisément la réponse qu'elle s'attendait à recevoir de la part de Victoria, lorsqu'elle lui avait révélé les sentiments de Jared. Mais elle s'était trompée. Victoria s'était montrée ravie d'apprendre que Jared était amoureux d'elle.

— Peu importe, dit-elle. Je n'ai pas très envie d'analyser mes propres problèmes en ce moment. Sois gentil : ne raconte pas ma vie sexuelle à tout le monde, d'accord ?

— Hmm. Je me contenterai d'envoyer l'info sur Internet, répliqua Jim.

Chloé leva les yeux au ciel et quitta le cabinet en secouant la tête.

La circulation était souvent dense en fin d'après-midi, mais elle rentra chez elle sans problème, et se réjouit de voir la voiture de Luke garée dans l'impasse.

Elle attendit que le portail s'ouvre, entra, et attendit de nouveau qu'il se referme derrière elle, ainsi que Léo le lui avait appris, des années plus tôt. Peu importait qu'elle soit sûre de n'avoir pas été suivie. Bien sûr, quelqu'un pouvait toujours forcer son entrée, en dépit des alarmes qui protégeaient le portail et la maison. Mais Léo avait tout fait pour que ce soit extrêmement difficile. Si quelqu'un s'introduisait dans la propriété sans y avoir été invité, il suffisait à Chloé de pousser le bouton d'alarme sur son porte-clés et des sirènes se mettaient aussitôt à hurler.

Elle bondit hors de la voiture et se dirigea vers la maison principale. Elle cherchait la bonne clé pour la glisser dans la serrure lorsque la porte s'ouvrit.

Oncle Léo était encore en costume, mais il avait

desserré le nœud de sa cravate et déboutonné le premier bouton de sa chemise.

— Je n'aime pas beaucoup la manière dont les choses sont en train de se développer, déclara-t-il.

Chloé fronça les sourcils.

— Quelles choses ?

Luke se tenait debout dans la salle de séjour, de l'autre côté de l'arche qui séparait la pièce du vestibule. Ils échangèrent un regard, et Chloé sentit un délicieux frisson la traverser.

Léo se dirigea vers le bar et se servit un whisky, sans demander à Chloé si elle voulait quelque chose.

— Que se passe-t-il ? demanda-elle.

— J'ai informé Léo de ma découverte, répondit Luke. J'en ai parlé à Stuckey aussi, bien entendu.

— C'est quoi, cette fameuse découverte ? s'exclama la jeune femme avec un brin d'impatience. Je ne suis toujours pas au courant, moi.

— Myra a été membre de l'Eglise de la Réalité, déclara Léo. Elle a changé son nom, depuis, et c'était avant… avant ce qui s'est passé dans la maison de ton ami. Mais elle a fait partie de cette secte.

Chloé regarda Luke, se demandant s'il avait également mentionné l'histoire de Maria à son oncle.

Luke la regardait intensément, comme s'il voulait se précipiter vers elle et la serrer contre lui, la protéger d'un danger ou d'une nouvelle bouleversante. Elle en fut touchée, mais elle allait bien, maintenant. Elle était beaucoup plus forte que les gens autour d'elle ne semblaient le penser.

— Nous ne pouvons pas reprocher à Myra d'avoir commis des erreurs par le passé, dit-elle finalement. Si elle a quitté l'église avant le massacre, c'est de l'histoire ancienne.

Léo avala une gorgée de whisky.

— Je n'oublierai jamais, murmura-t-il. Jamais.

Puis, il croisa le regard de Chloé et ajouta :

— Désolé. Je n'avais pas le droit de dire une chose pareille. C'est toi qui étais sur place, pas moi.

La jeune femme hocha la tête, marcha vers lui et glissa un bras autour de sa taille. Elle lui sourit.

— Je vais bien, je t'assure.

Puis elle se tourna vers Luke.

— Tu as découvert autre chose ?

— Non, c'est à peu près tout. Je suis tombé sur sa photo, dans des vieux rapports que Stuckey a dénichés pour moi. Je me suis rendu au manoir et j'ai réussi à glisser cette information dans la conversation. Elle m'a dit que l'église comptait beaucoup de gens très bien, des gens normaux, mais qu'elle avait quand même préféré s'en éloigner. Elle avait rejoint ses rangs pour les raisons qui poussent tant de jeunes gens à entrer dans des sectes : elle avait besoin de remplir un vide dans sa vie et l'église lui promettait l'amour, l'amitié et un endroit où elle aurait sa place.

— L'église a nié être impliquée dans les meurtres, rappela Chloé. Ils ont juré que les hommes qu'on a retrouvés morts avaient agi seuls. C'est peut-être vrai.

— Franchement, je n'en sais rien. La police n'a rien trouvé contre eux, mais quelque chose continue de me chiffonner. Je m'y suis rendu, aujourd'hui.

— Pardon ? s'exclama-t-elle, stupéfaite.

— Après t'avoir parlé, je suis allé à l'Eglise de la Réalité. C'est dans le centre-ville. J'ai rencontré deux des anciens… « frères »… c'est ainsi qu'ils se font appeler. Et j'ai pris une de leurs brochures.

— Tu as l'intention de me la montrer, j'espère.

Il hocha la tête.

— Ils y parlent de leur action au Brésil. Il y a une photo d'un des deux « frères » en train de distribuer de la nourriture à des gosses, à Rio.

— Ils y vont peut-être aussi pour kidnapper des jeunes filles, comme ils ont kidnappé ton amie, intervint Léo, prouvant ainsi à Chloé que Luke lui avait tout raconté.

— Elle n'a pas été kidnappée à proprement parler, rectifia-t-elle. Elle a été achetée.

— Vendue en esclavage, rectifia Léo. Peu importe les mots que l'on choisit, je veux que Maria voie ces photos et nous dise si elle reconnaît quelqu'un. Le cas échéant, je mettrai tout en œuvre pour qu'il soit poursuivi en justice.

— Oncle Léo, comment veux-tu poursuivre un type en justice pour un crime, aussi infâme soit-il, qui a été perpétré au Brésil ?

— Si cet homme a forcé Maria à vivre avec lui, aux Etats-Unis, je peux faire en sorte que le procureur fédéral le poursuive au pénal.

— Mais…

— Maria peut peut-être nous aider, Chloé, intervint Luke. Qui sait, Colleen n'est peut-être pas morte ? Elle a peut-être été enlevée par un membre de la secte et elle est retenue prisonnière, comme Maria l'était jusqu'à ce qu'elle s'échappe, dit Luke.

— Elle n'a pas porté plainte par la suite, parce que Ted ne voulait pas lui faire courir de risques. Et, comme elle n'avait pas de papiers, ils craignaient que les autorités ne la renvoient au Brésil.

— Tous ses papiers sont en règle, maintenant, non ? Elle réside ici légalement, n'est-ce pas ?

— Je crois qu'elle est devenue citoyenne américaine, répondit Chloé. Mais… tu imagines le traumatisme pour elle, si tu rouvres ce dossier ?

Un coup de Klaxon, dehors, lui arracha un juron.

— Chloé Elise Marin, fit Léo sur un ton sévère.

— Tu veux bien ouvrir le portail pour Vickie, s'il te plaît ? s'écria celle-ci en bondissant vers la porte. Je suis vraiment en retard et il faut encore que je me change. J'en ai pour quelques minutes.

Elle se rua vers son appartement, fouilla son sac à la recherche de sa clé et ouvrit la porte qu'elle laissa claquer derrière elle. Puis elle gravit les marches de l'escalier, avant de les dévaler de nouveau pour faire tourner la clé dans la serrure. Une fois à l'étage, elle se déshabilla à toute vitesse, ôtant ses vêtements et les abandonnant là où ils tombaient. Puis, elle se glissa sous la douche.

Tout ça était tellement bizarre. Elle n'avait pas entendu parler de l'Eglise de la Réalité depuis près de dix ans… Et, d'un seul coup, ils étaient partout.

Elle choisit une robe tricotée sans bretelles — facile à enfiler, facile à ôter, c'était le vêtement idéal pour faire essayages — et enfila une paire de sandales. Puis elle redescendit l'escalier et retourna chez Léo.

Victoria était là et parlait d'une pièce de théâtre à laquelle on lui avait demandé de participer. Les répétitions commenceraient juste après la séance photos, ce qui tombait à pic.

— Désolée, dit Chloé à bout de souffle. Je suis vraiment en retard.

— Ce n'est pas grave du tout, répondit Victoria. J'ai

prévenu Myra que nous n'arriverions sans doute pas avant 20 h 30. Je ne savais pas que Jack allait se joindre à nous. C'est super.

— Je suis content que cela ne vous dérange pas, dit Luke.

— Pas du tout, au contraire. Après les essayages, on pourrait aller manger un morceau, quelque chose de léger, vu que je vais devoir vivre de poisson grillé et de laitue durant les prochaines semaines.

— Parle pour toi. J'ai bien l'intention de commander un steak, moi, déclara Chloé.

— Oui, mais tu brûles tes calories, toi, dit Victoria avec un soupir. Ce n'est pas mon cas, malheureusement.

Chloé éclata de rire.

— Bon, on te servira une bassine de graines de luzerne. Allons-y, ou nous n'arriverons même pas à 20 h 30.

— Je peux conduire, si vous voulez, proposa Luke.

— Non, ce ne sera pas nécessaire, assura Victoria. J'ai un boîtier qui me permet d'ouvrir le portail et de me garer à l'intérieur.

— Ne quittez pas les filles des yeux, recommanda Léo en serrant la main de Luke.

— Nous devrons tout de même nous éclipser pour nous déshabiller ! remarqua Victoria sur le ton de la plaisanterie.

Elle fronça les sourcils en comprenant que l'oncle de Chloé ne plaisantait pas.

— Quelque chose ne va pas ?

Léo secoua la tête.

— Pour être honnête, je ne suis pas ravi de vous voir travailler dans cette agence, l'une et l'autre. Et je ne serai pas rassuré tant que l'on n'aura pas retrouvé Colleen Rodriguez.

— Tout se passera bien, affirma Victoria. Nous allons juste au manoir, ce soir. Brad et Jared y seront aussi, ainsi que M. Smith, ils seront également avec nous, sur l'île, et nous veillerons tous les uns sur les autres, comme nous l'avons toujours fait.

— Bonne nuit, oncle Léo, dit Chloé en l'embrassant sur la joue.

Il la prit par les épaules et la regarda droit dans les yeux.

— Reste près de Luke, d'accord ? lui dit-il à voix basse.

— C'est promis, répondit-elle sur le même ton.

Lorsqu'ils montèrent dans la voiture de Victoria, Chloé insista pour que Luke prenne le siège du passager.

— Tes jambes sont plus longues que les miennes, dit-elle.

Victoria démarra la voiture et, se tournant brusquement vers Luke, elle s'exclama :

— J'ai complètement oublié de vous remercier. Myra m'a dit que vous m'aviez choisie pour votre catalogue.

— Vous serez parfaite pour la collection Vaporeuse, répondit Luke.

Assise sur la banquette arrière, Chloé fit la grimace, impressionnée une fois de plus par la facilité avec laquelle il endossait son rôle de styliste. Elle se sentait si coupable de dissimuler la vérité à son amie !

Elle étouffa un soupir et regarda défiler les lumières de la ville. La nuit était tranquille. Même à Miami Beach, les rues étaient étrangement désertes.

— Bizarre, dit Victoria comme ils arrivaient devant le portail du manoir.

— Quoi donc ? demanda Luke.

— C’est ouvert. Ils ont dû faire ça pour la couturière. Elle n’a pas de boîtier parce que l’agence n’emploie pas toujours les mêmes. Tout dépend de la tenue qu’on porte… Robes, maillots de bain, tenues de plage… Quoique je ne pense pas qu’il y aura beaucoup de tenues de plage, cette fois-ci. Ils préfèrent exhiber le bronzage des filles pour montrer que le soleil brille à longueur d’année en Floride ! Même si, franchement, il n’y a pas beaucoup d’autochtones prêts à se baigner au mois de janvier.

Chloé remarqua que Luke n’écoutait pas les bavardages de Victoria : il avait les yeux rivés sur le manoir.

Lorsque la jeune femme arrêta la voiture, il ouvrit la portière.

— Ne sortez pas, dit-il d’un ton abrupt. Et, s’il arrive quoi que soit, mettez les gaz et fichez le camp.

— Quoi ? Que se passe-t-il ? demanda Victoria.

Mais Luke ne l’entendit pas. Il gravissait déjà les marches du perron. Chloé vit que la porte d’entrée était entrouverte. Luke s’en approcha lentement, la poussa, et entra.

— Que fait-il ? demanda encore Victoria, en ouvrant sa portière.

— Vickie ! cria Chloé.

Trop tard. Son amie était déjà descendue de voiture.

— Attends, l’implora-t-elle encore. N’y va pas !

Victoria l’ignora et se dirigea vers la porte d’entrée. Chloé sortit à son tour.

— Victoria !

Impossible de l’arrêter. La jeune femme avait suivi Luke à l’intérieur de la maison. L’instant d’après, un hurlement d’épouvante déchira l’air. Chloé s’élança derrière son amie, puis se figea, horrifiée.

Du sang.

Partout.

Tant de sang…

Il coulait le long du mur, au pied de l'escalier.

Et là, gisant tête en bas, Myra Allen ouvrait de grands yeux aveugles. Elle avait la gorge tranchée.

Plus haut, sa secrétaire, Alana, était prostrée dans une position étrange, comme une marionnette désarticulée.

Chloé sentit l'odeur de la mort lui assaillir les narines.

Dans la lumière artificielle, la couleur du sang était presque criarde, comme si un enfant en colère avait jeté de la peinture écarlate partout autour de lui.

Déjà vu.

C'était tellement facile que cela en devenait presque lamentable. Tous ces vrais-faux documentaires télévisuels ne servaient qu'à renseigner ceux qui voulaient — ou qui avaient besoin — de tuer. Il n'avait pas besoin de leçons, lui.

Pourtant, il était furieux, et ses doigts tremblaient sur le manche du poignard. Il croyait avoir pensé à tout, cette fois.

Il s'était trompé.

Heureusement, l'échec n'était pas complet.

Myra Allen devait mourir, et c'était chose faite. Les autres… étaient là, alors elles étaient mortes aussi. Aucune d'elles n'était celle qu'il visait, mais il ne pouvait pas prendre le risque d'être reconnu, même avec le masque…

Oui, cela avait été facile. Tellement facile. Il n'avait eu qu'à se fondre dans l'obscurité, disparaître dans les ombres et, finalement, se mêler aux éléments. Bénie soit l'eau, bénie soit l'obscurité.

Mais ses doigts tremblaient encore.

Il avait été si près du but.

Si seulement les filles étaient venues seules, il aurait pu rester, il aurait pu…

Il l'avait envisagé, une fraction de seconde. Il était un vrai guerrier, une machine à tuer, entraînée, capable de se mouvoir comme un spectre. Oui, l'espace d'un instant, il avait pesé le pour et le contre, et finalement il avait opté pour la prudence. Cet homme pouvait se révéler dangereux. Mieux valait attendre le bon moment que risquer de tout perdre. Pas maintenant. Pas si près du but.

La mission n'était pas accomplie. Mais le guerrier de Dieu savait faire preuve de patience. Il préférait remporter ses batailles une à une que perdre la guerre. Entretemps…

D'autres méritaient de mourir. Pour satisfaire son désir et pour sauver leurs âmes souillées.

Il devait disparaître, à présent. Dans la nuit, dans l'obscurité infinie. L'heure suprême approchait.

11

Luke avait entendu Victoria arriver, mais il ne fut pas assez rapide pour l'intercepter. Elle découvrit les corps ensanglantés à l'instant où il se tournait pour la pousser dans le jardin. Son hurlement fit trembler les murs de la vieille demeure. Elle semblait devenue folle… Alertée par le bruit, Chloé fit irruption dans le hall l'instant d'après.

Elle ne cria pas. Elle demeura clouée sur place, contemplant la scène, son regard s'arrêtant sur Myra, sur Alana, puis sur le mur maculé de sang. Luke vit un éclair de colère briller dans ses yeux. Il en fut presque soulagé, à vrai dire.

Elle était furieuse et horrifiée, mais elle n'avait pas peur. Et, contrairement à Victoria, elle ne craquerait pas.

— Fais-la sortir, ordonna-t-il. Et restez sur le perron.

Il parvint à pousser Victoria dans les bras de son amie et les entraîna dehors. Puis il prit son portable et prévint la police, en s'exprimant aussi clairement et succinctement qu'il le pouvait. Il demanda aussi à ce que le lieutenant Stuckey soit informé du drame. Il contrôla son impatience, lorsque son interlocuteur lui demanda de répéter l'adresse, puis il coupa la communication.

Il n'avait aucune envie de retourner à l'intérieur, mais il devait s'assurer qu'il n'y avait pas d'autres victimes à l'étage — des victimes encore vivantes et qui auraient besoin d'aide.

Il sortit le petit Smith & Wesson qu'il gardait sous sa veste. Il était compact, léger, à canon court et pouvait tirer sept balles, au lieu des six habituelles. Il le tendit à Chloé.

— Tu sais t'en servir, n'est-ce pas ?

Elle hocha la tête.

— Le cran de sûreté…

— Je sais m'en servir, interrompit-elle. Va.

— Je n'en ai pas pour longtemps. Je veux juste vérifier…

— Va.

Il fit ce qu'elle lui disait, priant pour que le reste de la maison soit vide. L'odeur âcre du sang semblait déjà imprégner les murs. C'était insupportable.

Il ne s'approcha pas des deux cadavres. A quoi bon ? Il n'y avait aucun espoir qu'elles soient encore vivantes. Il se rendit dans la cuisine, veillant à ne toucher à rien, et découvrit une autre scène d'horreur : une femme, peut-être la couturière ou une employée de maison, était affalée sur le sol, la tête tournée vers Luke. Encore ouverts, ses yeux exprimaient la stupeur. Inutile d'approcher, jugea-t-il. Personne ne pouvait rien pour elle.

Il gravit les marches de l'escalier. Toutes les portes donnant sur le palier étaient grandes ouvertes, comme si le meurtrier avait méticuleusement fouillé chaque pièce, à la recherche de ses victimes. Luke entra partout, se déplaçant vite et veillant toujours à ne rien toucher.

Il ne trouva pas d'autre cadavre, heureusement. Il ne sortit pas sur les balcons, mais il doutait que le meurtrier ait pris le risque d'agir dehors.

Il courut rejoindre Chloé et Victoria, qui n'avaient pas bougé. Victoria pleurait et prononçait des paroles incohérentes. Chloé, assise sur une marche à côté d'elle, la tenait par l'épaule et lui caressait les cheveux en silence.

— Ça va ? murmura Luke en s'agenouillant près d'elle.

Chloé hocha la tête et lui rendit son revolver, qu'il remit aussitôt dans son étui, dissimulé sous sa veste.

— Vickie ne va pas bien du tout, en revanche, dit-elle en chuchotant. Tu as trouvé… autre chose ?

— Oui, une femme, dans la cuisine. La couturière, sans doute, ou une employée de maison.

Chloé tressaillit.

— Et les autres filles ?

— Elles ne devaient pas être là.

Une voiture de patrouille arriva, toutes sirènes hurlantes. Deux policiers en uniforme jaillirent du véhicule et s'approchèrent en courant.

— Il y a trois victimes dans la maison, dit Luke. Je n'ai touché à rien.

— Bien, approuva le plus grand des deux hommes — un dénommé Brian Marley, d'après ce qu'indiquait son badge.

— Je vais sécuriser la scène du crime, annonça son équipier, un certain Ivan Slovenski qui faisait une bonne tête de moins que Marley.

— C'est vous qui avez demandé à ce que le lieutenant Stuckey soit alerté ? reprit ce dernier.

Luke hocha la tête.

— Une raison particulière ? insista le policier.

— Il était chargé de l'enquête sur le premier massacre, sur la plage, n'est-ce pas ?

— Le premier massacre… Mon Dieu, vous voulez parler du Massacre des lycéens ?

Il poussa la porte du manoir, jeta un coup d'œil à l'intérieur et fit le signe de croix. Puis il se tourna de nouveau vers Luke, le visage défait. Visiblement sous le choc, il tira en tremblant un petit calepin de sa poche.

Luke énonça son nom — son vrai nom — en se demandant si Victoria allait le remarquer, mais la jeune femme, toujours en larmes, n'écoutait pas. Il donna aussi au policier les noms de Chloé et de Victoria, et la raison pour laquelle ils se trouvaient tous au manoir.

Puis une autre sirène résonna dans la nuit, et la voiture de Stuckey apparut à son tour — une berline ordinaire, si ce n'était le gyrophare aimanté au toit.

Le lieutenant les rejoignit sur le perron et montra son badge aux deux policiers.

— Donnez-nous des gants et des couvre-chaussures, s'il vous plaît, dit-il en s'adressant à Marley. Vite. Et gardez les badauds à distance.

Le policier obtempéra. Stuckey échangea un regard avec Chloé et lui toucha doucement le haut de la tête, avant de tapoter l'épaule de Victoria d'un geste un peu maladroit. Finalement, il regarda Luke.

— Combien ?

— Trois.

— Tu es sûr ?

— Oui. J'ai fait le tour pour voir s'il y avait des survivants.

Marley revint avec les gants et des couvre-chaussures, à l'instant où la police scientifique arrivait à son tour, en apportant d'autres. Puis une ambulance vint compléter le dispositif, et Stuckey donna l'ordre qu'on s'occupe de Victoria.

— Ne t'éloigne pas d'elle et des ambulanciers, d'accord ? ajouta-t-il à l'intention de Chloé. Quant à toi… enfile des gants, couvre tes chaussures et viens avec moi.

Luke fut surpris que Stuckey l'autorise à entrer alors que les membres de la police scientifique étaient déjà sur place, mais le lieutenant était haut placé. Il pouvait se permettre quelques entorses à la procédure habituelle. Luke n'y voyait pas d'inconvénient — du moment qu'il réussissait à s'éclipser avant l'arrivée des journalistes et des photographes.

Il suivit le lieutenant à l'intérieur.

— Merde, fit Stuckey. Enfer et damnation. Je comprends pourquoi tu n'as pas eu besoin de prendre leur pouls. Tu connais la maison ?

— Un peu.

Stuckey s'accroupit près de Myra.

— Le coup a été porté de gauche à droite. On dirait qu'il l'a frappée dans l'escalier, puis il a dû la pousser et elle a atterri dans cette position, non ?

— Pas sûr. J'ai plutôt l'impression qu'elle a été sciemment placée ici, avança Luke. Regarde, ajouta-t-il en désignant des taches de sang, plus haut sur la rampe.

— Ah oui, tu as peut-être raison. Tête en bas, les yeux ouverts. La position du corps doit signifier quelque chose pour lui.

Stuckey s'approcha d'Alana.

— Il a opéré différemment, ici. Un coup direct dans la nuque. Rapide. Efficace. Et il a tourné le poignard, pour être sûr. Il était sans doute à l'étage, et il les a attaquées en descendant l'escalier.

Il se redressa.

— Où est la troisième victime ?

— Dans la cuisine, répondit Luke, avec un geste du menton.

— Seigneur, murmura Stuckey, en se dirigeant vers la deuxième scène de crime.

Il se pencha sur le cadavre, écartant les cheveux pour étudier la nuque, et se redressa.

— Les portes donnant sur le patio sont ouvertes, remarqua Luke.

— Oui, j'ai vu. Il est peut-être ressorti par là.

Stuckey regarda de nouveau autour de lui.

— Tu es monté à l'étage ?

— Oui, rapidement, pour m'assurer qu'il n'y avait personne.

Ils regagnèrent le vestibule et gravirent l'escalier en veillant à éviter les taches de sang. Ils entrèrent dans chaque chambre, comme Luke l'avait fait un moment plus tôt, mais Stuckey prit le temps de jeter un coup d'œil sous les lits et de tirer les rideaux. Aucune des portes-fenêtres donnant sur les balcons ne paraissait avoir été ouverte.

— Rien à signaler, apparemment, murmura le lieutenant.

En bas, le médecin légiste et deux inspecteurs de la brigade criminelle venaient d'arriver. Les hommes échangèrent brièvement les salutations d'usage, avant d'entrer dans le vif du sujet.

— Il me faut l'heure des décès, déclara Stuckey au médecin légiste, une femme d'origine hispanique.

— La température des corps est presque normale. La mort remonte à une heure au maximum, répondit-elle. Je n'ai pas encore vu la troisième victime.

— Ce sera pareil, assura Stuckey. Tout s'est passé très vite. Le type avait planifié son coup et l'a exécuté en un temps record.

— Il cherchait quelque chose, à mon avis, intervint Luke.

— Qu'est-ce qui te le fait penser ? Tout semble à sa place.

— Les portes des chambres, à l'étage. Elles étaient toutes ouvertes. La dernière fois que je suis venu, elles étaient fermées.

— Certains des mannequins de l'agence vivent ici, n'est-ce pas ?

— Oui. Elles étaient sorties, apparemment. Chloé et Victoria avaient rendez-vous pour un essayage.

Un homme vêtu d'une combinaison blanche prenait des photos.

— Doug, demande à un des gars de chercher le carnet d'adresses de Myra, son téléphone portable et son Palm Pilot — bref ce dont elle se servait pour gérer son emploi du temps, ordonna Stuckey. Il faut appeler les filles qui vivent ici et nous assurer qu'elles vont bien. Tu les connais ? enchaîna-t-il en se tournant vers Luke.

— J'ai rencontré certaines d'entre elles. Renée Gonzalez, Jeanne LaRue… Il faudrait demander à Victoria ou à Chloé s'il y en avait d'autres.

Stuckey poussa un juron.

— Renée vit ici ? J'espère qu'on va la trouver rapidement… Dire qu'il a fallu que ce soit Chloé et Victoria qui tombent là-dessus, ajouta-t-il en secouant la tête avec amertume.

Luke se souvint brusquement que les deux amies auraient dû se trouver sur place au moment des faits. C'était l'emploi du temps de Chloé qui les avait retardées. Il ne dit rien, cependant, jugeant plus prudent d'attendre qu'ils soient seuls pour partager cette information avec le lieutenant.

— Je vais faire ma déposition auprès d'un membre

de ton équipe, puis j'emmènerai Chloé et Victoria hors d'ici. Tu n'as plus besoin d'elles, j'imagine ? Elles sont restées dans le hall et je doute qu'elles puissent te raconter grand-chose. Elles en ont assez vu pour aujourd'hui, tu ne crois pas ?

— Chloé semble tenir le choc, répondit Stuckey. Mais tu as raison… et je pense que les inspecteurs ont déjà pris leurs dépositions. Ramène-les chez elles. Je te tiens au courant.

Luke s'éloigna, puis revint sur ses pas.

— Il faut croire que les vrais assassins n'ont pas été découverts, il y a dix ans, murmura-t-il.

Son ami fronça les sourcils.

— Ce n'est pas la même chose. C'est impossible.

Il regarda autour de lui, comme s'il cherchait un argument qui lui permettrait d'écarter cette piste.

— Il n'y a pas d'inscription sur le mur, dit-il brusquement.

— Oui, en effet, mais cela signifie-t-il quelque chose ? Le tueur nous a peut-être entendus arriver et il a été forcé de s'enfuir.

— J'ai trouvé le Palm Pilot ! lança un policier.

— J'arrive ! cria Stuckey, avant de se tourner vers Luke. On en reparlera.

Luke hocha la tête et se rendit près de l'ambulance stationnée dans l'allée. Chloé était assise à côté de Victoria. Elle leva la tête en voyant Luke approcher.

— Dis à Stuckey que j'ai pu joindre Renée et Jeanne. Elles sont ensemble. Elles ont terminé les essayages plus tôt que prévu et sont allées dans une nouvelle boîte, sur Washington Avenue.

Luke courut transmettre le message à Stuckey, qui parut

infiniment soulagé. En retournant près de l'ambulance, il songea qu'il allait sans doute recevoir la visite d'Octavio. Le père de Renée le supplierait d'enlever sa fille de force, s'il le fallait, pour qu'elle quitte l'agence et ne participe pas à la séance de photos. Il était peu probable, cependant, que celle-ci se déroule comme prévu.

Les voitures de presse commençaient à arriver et les badauds avaient envahi la rue, en dépit des efforts des agents de police chargés de les éloigner. Les mauvaises nouvelles ont l'art de voyager vite.

Luke sortit son portable et composa le numéro de Chloé.

— C'est moi, dit-il, lorsqu'elle répondit.

— Tu me téléphones, alors que tu es à quelques mètres ?

— Comment va Victoria ? reprit-il, ignorant sa question.

— Ils lui ont donné un sédatif. On peut partir ?

— Essaie de l'emmener jusqu'à sa voiture, d'accord ? Tu te sens capable de conduire ? Je t'y retrouve. Je ne veux pas qu'on me voie, surtout maintenant.

Elle garda le silence un moment.

— Luke, tous les flics qui sont ici ce soir ont ton nom.

— Et aucun d'entre eux ne le révélera à qui que ce soit.

— Est-il vraiment indispensable de continuer à te faire passer pour Jack Smith ?

— Peut-être.

Elle poussa un soupir.

— Bon, on arrive. Je vais m'arranger pour qu'un des ambulanciers me donne un coup de main avec Vickie.

— Merci.

Quelques minutes plus tard, Chloé et Victoria, aidées par Marley, le retrouvèrent près de la voiture. Dès que Vickie fut installée sur le siège passager, Marley se pencha vers Luke pour prendre congé.

— Merci d'avoir… géré la situation quand vous êtes arrivés sur les lieux. Et ne vous inquiétez pas : nous avons tous pour consigne de ne pas mentionner votre présence ici.

Luke hocha la tête.

— Merci. Croyez-vous pouvoir disperser les curieux, le temps qu'on quitte la propriété ?

— Je m'en occupe.

Chloé tourna la clé qui était restée dans le contact et se dirigea vers la sortie du parc. Luke s'était recroquevillé sur le plancher de la voiture, à l'arrière, afin de ne pas être vu. Ils s'éloignèrent sans encombre — d'autant que Marley avait repoussé les gens massés autour du portail d'entrée.

Chloé roulait lentement le long du front de mer. Luke attendit encore un moment, puis il se redressa.

Victoria ne disait rien. Elle ne dormait pas, pourtant : elle regardait droit devant elle.

— Tenez bon, Victoria, d'accord ? lui dit-il gentiment, en lui tapotant l'épaule.

— Ça va aller, marmonna Chloé.

— Myra était… mon amie, murmura Victoria, avant de se remettre à pleurer — plus doucement, cette fois. Et la pauvre Alana…

Chloé croisa le regard de Luke dans le rétroviseur.

— Je vais la garder chez moi, ce soir.

— Oh, moi aussi, tu vas me garder chez toi ce soir, répliqua Luke.

Elle fronça les sourcils.

— Je dormirai sur le canapé, renchérit-il. Il est hors de question que je vous laisse seules.

Sa remarque lui valut un sourire — un sourire triste et grave, mais un sourire malgré tout.

— D'accord. Cela peut paraître bizarre, mais je suis sûre que Léo sera content de savoir qu'un homme dort chez moi.

Vingt minutes plus tard, ils arrivèrent devant la propriété des Marin. Léo les attendait devant le portail.

— Je l'ai appelé, expliqua Chloé.

— Excellente initiative, approuva Luke.

Victoria trébucha en descendant de voiture. Luke la souleva dans ses bras et regarda Chloé, l'interrogeant du regard. Aussitôt, Léo intervint :

— Ecoute, Chloé… Je sais que tu aimes être chez toi et avoir ton indépendance, mais cette maison est immense et je voudrais que tout le monde dorme sous le même toit cette nuit. Tu n'as qu'à choisir la chambre que tu veux occuper.

Manifestement épuisée, la jeune femme n'hésita pas longtemps.

— D'accord, acquiesça-t-elle. Vickie et moi prendrons mon ancienne chambre. Luke s'installera dans une des chambres d'amis.

— Indique-moi le chemin, dit ce dernier.

Chloé le guida à l'intérieur de la maison de Léo, puis en haut de l'escalier, vers une chambre avec un lit double sur lequel Luke allongea Vickie.

— Je redescends parler avec Léo, dit-il en se redressant.

Chloé voulut le suivre, mais Victoria tendit la main pour la retenir.

— Je vais rester avec elle, chuchota Chloé.

Luke hocha la tête.

— Je reviendrai dans un moment voir si vous avez besoin de quelque chose.

— Merci.

Luke rejoignit Léo dans la cuisine, où ce dernier était en train de faire les cent pas.

— Que se passe-t-il, mais que se passe-t-il ? s'exclama-t-il en passant ses mains dans ses cheveux. Vous avez vu… vous avez vu les corps ?

— Oui.

— Est-ce qu'il y avait une inscription sur le mur ?

— Non. Mais notre arrivée a peut-être interrompu le ou les meurtriers, répondit Luke.

— Et les victimes ?

— Myra a eu la gorge tranchée. Les deux autres femmes ont été frappées à la nuque. L'assassin savait ce qu'il — ou elle — faisait. C'est quelqu'un qui a de l'expérience, quelqu'un qui a servi dans l'armée ou qui sait comment donner la mort.

— Je ne peux même pas imaginer ce que Chloé et Vickie ont ressenti en entrant dans cette maison… après tout ce qu'elles ont déjà subi. Il faut retrouver ce cinglé, et vite ! Je n'y comprends rien… Les circonstances rappellent le premier massacre, bien sûr. Pourtant, il ne peut pas s'agir des mêmes meurtriers : ils sont morts !

— C'est vrai… mais leur mort ne résout pas tout. Il y a quelque chose qui ne colle pas. Je sais que je n'étais pas là, à l'époque du Massacre des lycéens, mais… je ne suis pas sûr qu'ils aient attrapé les bons coupables.

— J'étais là, moi ! fit Léo. Je me souviens de chaque instant. C'était horrible, vous savez. Je me rappelle mon soulagement, lorsque j'ai su que Chloé avait survécu, et je me rappelle aussi le sentiment de culpabilité que j'ai éprouvé à l'idée que je me réjouissais alors que d'autres familles avaient perdu leurs enfants… J'ai vu les cadavres des deux hommes qu'on a retrouvés dans les Everglades. Je me suis rendu à la morgue. J'ai lu leur confession et j'ai vu les mots écrits en lettres de sang sur le mur. Ces types étaient des meurtriers. J'en ai la conviction profonde. Chloé avait dessiné le portrait de l'un d'eux et la ressemblance était parfaite.

— Et s'il y avait un troisième tueur ? répliqua Luke.

Léo le regarda fixement.

— Vous n'avez aucune idée de la situation. Les flics étaient déchaînés. Ils voulaient trouver les responsables de ce carnage. Chacun des membres de cette Eglise a été placé en garde à vue, et retenu aussi longtemps que la loi le permettait. Ils ont été interrogés et ils étaient furieux, croyez-moi. Ils nous demandaient si tous les apôtres étaient coupables, juste parce que l'un d'eux, Judas, avait trahi le Christ ! Ils avaient tous un alibi en béton. Les lieux de culte ont été fouillés de fond en comble. Les domiciles des adeptes aussi. La secte s'est délitée, après cela, et le procès qu'ils ont intenté contre la ville n'a rien donné. Je vous assure qu'il n'y avait pas l'ombre d'une preuve nous permettant d'établir l'existence d'un troisième meurtrier. Et je ne parle même pas du fait qu'il n'y a plus jamais eu d'affaire semblable, depuis.

— Jusqu'à ce soir, dit Luke.

— Mais il n'y a pas d'inscription sur le mur, insista Léo.

— Non.

— Pas le moindre message non plus ?

— Rien de visible, non.

— Ce ne sont pas les maniaques qui manquent, vous

savez. Et celui-ci ne serait pas le premier à copier un crime perpétré dans le passé.

Il secoua la tête.

— Quant au rôle de l'Eglise de la Réalité, comment savoir ce qu'il en est vraiment ?

Des pas résonnèrent dans le vestibule et les deux hommes se tournèrent vers Chloé, qui entrait dans la cuisine.

— J'ai presque de la peine pour leurs adeptes, dit-elle. Je ne pense pas qu'ils soient tous fanatiques… Ce sont juste des gens un peu désespérés, qui cherchent un sens à leur vie.

Léo s'approcha d'elle et glissa un bras autour de ses épaules.

— Cela a dû être terrible pour toi, ma chérie. Tu ferais bien de prendre quelque chose, ce soir, pour arriver à dormir. Victoria s'est assoupie ?

— Oui. L'ambulancier lui a fait une piqûre pour la calmer. Ils voulaient l'emmener à l'hôpital, mais j'ai refusé. Je tenais à ce qu'elle soit avec nous — en sécurité.

— Evidemment, dit Léo, avant de froncer les sourcils. Comment cela, « en sécurité » ? Pourquoi Victoria ne serait-elle pas en sécurité ailleurs qu'ici ?

— Elle aurait dû être au manoir, ce soir, quand tout cela est arrivé. Moi aussi, d'ailleurs. Nous avions rendez-vous pour des essayages. Si je n'avais pas été forcée de travailler tard, l'assassin nous aurait trouvées en arrivant.

Léo accusa le coup, puis serra les dents.

— Je ne veux plus que tu bosses pour cette agence, dit-il. Et pour aucune autre, d'ailleurs. Tu m'entends ? Vous n'êtes pas d'accord avec moi ? enchaîna-t-il en s'adressant à Luke.

— Ne nous précipitons pas, répliqua ce dernier. Myra était peut-être la seule cible, ce soir. Elle était, en tout cas, la seule personne que le meurtrier était sûr de trouver sur place.

— Vous me paraissez oublier que vous êtes vous-même mêlé à cette affaire parce qu'une fille qui travaillait pour cette agence a disparu dans des conditions demeurées inexpliquées, et parce que les parents d'un autre mannequin travaillant pour cette agence ont peur pour sa vie. Et voilà que la patronne se fait assassiner…

— Oncle Léo, attendons de voir ce que la police découvre, d'accord ? intervint Chloé.

Elle lança un bref regard vers Luke, comme pour le supplier de ne pas alarmer inutilement son oncle. Mais c'était elle qui avait mentionné le fait que Victoria courait peut-être un danger ! Bizarrement, elle n'avait pas l'air de s'inquiéter pour les autres jeune femmes. Pourtant, au moins deux d'entre elles vivaient au manoir.

Luke avait sa petite idée sur la question, mais il ne voulait rien avancer tant qu'il n'aurait pas mené sa propre enquête.

— Je crois qu'une bonne nuit de sommeil s'impose. Le repos nous permettra au moins de réfléchir plus clairement, dit-il.

— Oui, acquiesça Chloé. Comme je n'ai pas de somnifères, je vais me rabattre sur l'alcool.

Elle se dirigea vers le bar, dans la salle de séjour, et se versa un double whisky qu'elle avala d'un trait, avant de faire la grimace. Les deux hommes, qui l'avaient suivie, la regardèrent fixement.

— Pardon. J'aurais dû vous demander si vous en vouliez aussi, dit-elle.

— Ce n'est pas une mauvaise idée, marmonna Léo en la rejoignant. Luke, vous m'accompagnez ?

— Oui, merci.

Son hôte lui servit un verre, qu'il but lentement. Il ne voulait pas s'assommer avec l'alcool. Personne ne s'en prendrait à eux, ce soir. L'assassin savait qu'il n'avait aucune chance, ici.

— Bon… Je vous laisse, annonça Chloé. Je vais dormir avec Vickie. Comme ça, je serai près d'elle si elle se réveille et qu'elle a peur.

— Tu ferais bien d'avoir un peu peur de temps en temps, toi aussi, commenta Léo.

Chloé posa une main sur son épaule.

— Oncle Léo, je suis toujours prudente — j'ai appris cette leçon il y a dix ans. Mais, si je me laisse dominer par la peur, à quoi bon continuer à vivre ? J'ai échappé de très peu à la mort, autrefois, et il serait injuste, vis-à-vis de mes amis qui n'ont pas eu cette chance, que je gaspille la vie que le sort m'a offert. Mais je sais que tu t'inquiètes parce que tu m'aimes et je t'en remercie.

Elle déposa un baiser sur la joue de son parent. Puis, à la grande surprise de Luke, elle marcha vers lui, se dressa sur la pointe des pieds et planta un baiser directement sur sa bouche.

Lorsqu'elle eut disparu en haut de l'escalier, Léo se tourna vers Luke.

— Je croyais qu'elle ne vous aimait pas.

Luke haussa les épaules.

— Il faut croire qu'elle a changé d'avis, dit-il, avant de s'éclaircir la gorge. Bon, je vais aller me coucher, moi aussi.

— Il est clair qu'elle a changé d'avis, en effet, insista Léo en le regardant fixement.

Luke baissa la tête, essayant de ne pas sourire — et fut stupéfait de se sentir rougir.

— Je… Je l'aime bien, moi aussi, confessa-t-il.

— C'est ce que je pensais. Eh bien, pour le moment, je m'en réjouis.

Il considéra Luke d'un air interrogateur, comme s'il attendait de plus amples révélations, mais ce dernier soutint son regard sans mot dire. C'était à Chloé de décider ce qu'elle voulait raconter à son oncle, ou pas.

S'avisant qu'il n'obtiendrait rien de plus, Léo poussa un soupir.

— Ouais, je m'en réjouis. Dieu sait qu'elle ne sort pas beaucoup ! Evidemment, je ne suis pas certain que vous soyez le type qui lui convient, mais je préfère ça que la savoir seule, en ce moment.

— Bonne nuit, Léo, répondit Luke, après quelques instants de silence. Et merci pour votre hospitalité.

— Merci à vous pour le tour de garde.

Luke monta à l'étage et s'installa dans une chambre d'amis. Il posa son arme sur la table de chevet, se débarrassa de sa veste, et ôta ses souliers avant de s'allonger. Demain matin, il rentrerait sur son bateau pour se doucher et se changer. En attendant, et même s'il était convaincu que l'assassin était un lâche qui attendait le moment où ses victimes étaient le plus vulnérables, il avait l'intention de dormir d'un sommeil léger.

Victoria se réveilla tard, le lendemain matin, mais elle se sentait beaucoup mieux. Elle était en colère, à présent. Et infiniment triste.

— C'était une femme formidable, dit-elle en parlant de Myra. Pourquoi lui aurait-on voulu du mal ?

Chloé avait décidé qu'elle et Vickie ne quitteraient pas la maison, ce jour-là. Mieux valait garder profil bas, même si elle était stupéfaite que leurs noms — ou celui de Luke — ne soient mentionnés ni dans les journaux ni à la télévision.

Stuckey avait visiblement donné l'ordre à ses troupes de se taire, et l'ordre avait été respecté à la lettre. Aucun détail n'avait transpiré, même lors de l'inévitable conférence de presse. La police était arrivée au manoir vers 20 h 15, après avoir reçu un appel de trois personnes qui étaient là en visite. Deux mannequins avaient quitté les lieux vers 19 h 30. Le meurtrier avait donc agi en moins de quarante-cinq minutes. Stuckey avait ajouté que l'enquête était en cours, qu'il n'en dirait pas davantage et que, non, il ne révélerait pas la manière dont les victimes avaient été tuées.

Malgré toutes ces précautions, la presse ne manqua pas de remarquer les similitudes de ce crime avec le Massacre des lycéens — plusieurs victimes, dans une maison sur la plage, à Miami Beach. Stuckey les balaya en arguant que ce n'était pas le premier meurtre à se produire dans une propriété de Miami Beach.

Malgré cela, l'Eglise de la Réalité se trouva de nouveau prise dans le collimateur, et le frère Mario Sanz fit une brève déclaration qui fut aussitôt transmise en boucle, à la télévision.

Chloé ne savait pas grand-chose des dogmes que professait la secte, mais Sanz y croyait manifestement de tout son cœur. Il s'exprimait avec passion en regardant la caméra bien en face. Il était horrifié — quel humain ne le serait pas ? — par les événements de la nuit précédente, mais il était aussi choqué que les gens se tournent aussitôt vers eux pour les accuser. Comme toutes les religions du monde, poursuivait-il, l'Eglise de la Réalité ne pouvait se protéger de ceux qui interprétaient les textes sacrés de manière erronée. Le Coran disait clairement qu'il ne fallait pas faire de mal aux femmes et aux enfants. Le Christ n'aurait jamais approuvé l'Inquisition. Sanz concluait en invitant la police à venir fouiller leurs locaux. Il affirmait que les membres de leur confrérie étaient prêts à répondre à toutes les questions qu'on voudrait leur poser, et même à ouvrir leurs maisons aux enquêteurs.

— C'est des conneries, déclara Vickie.

— Quoi donc ? L'Eglise de la Réalité ?

— Non, le fait qu'on essaie de leur faire porter le chapeau.

— Tu ne penses pas qu'il y ait un lien entre ce qui s'est passé hier soir et ce qui nous est arrivé il y a dix ans ?

Victoria secoua la tête.

— Je n'ai jamais pensé que cette secte était responsable. Bien sûr, les deux types qu'on a retrouvés étaient coupables. Mais cela ne signifie pas pour autant qu'ils ont agi pour le compte de l'église. A mon avis, ces deux types étaient dérangés et ils ont décidé de tuer des gosses qu'ils jugeaient être un peu trop gâtés par la vie et qui risquaient, d'après eux, d'atterrir en enfer. Quelqu'un leur a mis cette idée dans la tête — mais ce n'était pas la secte.

Elle regarda Chloé et sourit.

— Et arrête un peu de me traiter comme si j'étais une poupée en porcelaine. J'ai complètement pété les plombs, hier soir, mais je vais bien, maintenant. Et je t'annonce que je rentre chez moi.

— Non, Vickie ! s'écria Chloé. S'il te plaît.

Elle prit une profonde inspiration, avant d'enchaîner :

— Attends encore un peu. La police aura peut-être du nouveau d'ici ce soir.

« *Luke* aura peut-être du nouveau », ajouta une petite voix dans sa tête — une voix que Victoria entendit peut-être, car elle sourit et répondit, comme si elle avait lu dans ses pensées :

— Tu veux dire que Jack aura peut-être du nouveau. Jack Smith, mon œil ! Il s'appelle Luke. Luke Cane, c'est bien ça ? C'est un flic en civil ou quoi ?

Chloé secoua la tête.

— Il est détective privé.

— Ne t'inquiète pas, va… Je ne dirai rien. Il voulait se rendre sur l'île pour découvrir ce qui est arrivé à Colleen, c'est ça ?

— Oui.

— Il est où, maintenant ?

— Il mène sans doute son enquête.

A vrai dire, Chloé n'en savait rien. Luke était déjà parti, lorsqu'elle s'était réveillée ce matin.

Victoria considéra son amie.

— Je pense qu'on devrait y aller.

— Ou ça ?

— Au repas de bienvenue de l'Eglise de la Réalité.

— Quoi ?

— J'ai entendu ça tout à l'heure, à la télé. L'Eglise de la Réalité a annoncé qu'ils organisent un repas, demain soir, et que tout le monde est bienvenu.

— Tu es tombée sur la tête, ou quoi ? On nous reconnaîtrait tout de suite. Et puis, c'est peut-être dangereux.

Vickie haussa les épaules.

— Je suis majeure et je peux faire ce qui me plaît. Et tu oublies que je suis actrice. Le maquillage et les déguisements n'ont pas de secrets pour moi.

— Mais…

— J'y vais, avec ou sans toi.

— N'importe quelle personne sensée nous en empêcherait !

— Dans ce cas, ne disons rien aux personnes sensées que nous serons amenées à croiser d'ici à demain soir. Allons, Chloé… Vu les circonstances, je suis sûre qu'il y aura des flics partout. Que risquons-nous ?

Elle n'avait pas tort. L'Eglise de la Réalité grouillerait de policiers. Que pouvait-il bien leur arriver ?

Le portable de Chloé sonna, interrompant leur conversation. C'était Luke.

— Salut, dit-il. Tu es chez toi ?

— Oui. Et toi, où es-tu ?

— En route pour te voir, mais je n'aurai pas beaucoup de temps. Tu pourras t'isoler ?

— Oui, bien sûr.

— Parfait. A tout de suite, alors, dit-il avant de raccrocher.

Chloé expliqua à son amie que Luke voulait la voir seule, pendant un moment.

— Prends tout ton temps, répondit Vickie en souriant. En fait, si je te vois avant plusieurs heures, je te colle un coup de pied au derrière.

— Je crois qu'il est pressé, murmura Chloé en rougissant malgré elle.

Luke ne devait pas être loin, car il se présenta devant le portail quelques minutes plus tard. La jeune femme le fit entrer et fut stupéfaite — émue, aussi — par l'intensité avec laquelle il la regarda et l'attira dans ses bras, avant de la regarder de nouveau, comme pour s'assurer qu'elle était là, bien vivante, à son côté.

— Où étais-tu ? demanda-t-elle.

— Au commissariat de Broward. Je vais t'expliquer. Entrons.

Elle le précéda dans la maisonnette. A peine en eurent-ils franchi le seuil qu'il la prit de nouveau dans ses bras, comme s'il avait besoin de sentir les battements de son cœur contre le sien. Puis, il l'embrassa longuement, passionnément.

— Désolé, dit-il en rompant leur baiser. Je sais que tu traverses un sale moment et…

Chloé se dressa sur la pointe des pieds et lui intima le silence en posant ses lèvres sur les siennes. Elle se lova contre lui et sentit bientôt le corps de Luke se tendre vers elle. Il s'écarta, manifestement gêné.

— Chloé, je sais…

— Non, tu ne sais pas, l'interrompit-elle. Tout ce que je veux, maintenant, c'est me sentir vivante. Je veux quelque chose de fort, de beau, de sauvage, mais pourquoi faut-il toujours que ce soit moi qui prenne l'initiative ?

Un lent sourire se peignit sur le visage de Luke, qui la souleva dans ses bras et la porta en haut de l'escalier, tout en lui tenant un discours inattendu, mais non moins érotique :

— Le canapé… ? Non, nous sommes beaucoup trop grands… La table de la cuisine, c'est sexy dans les films, mais très mauvais pour le dos… Et si on essayait le lit ? Ça, c'est une belle invention !

Il la jeta pratiquement sur le matelas et tomba aussitôt sur elle, prenant manifestement son « initiative » très au sérieux. Puis, il la fit éclater de rire tandis qu'ils essayaient de s'extirper de leurs vêtements sans pour autant cesser de s'embrasser et de se caresser. Chloé avait l'impression qu'il était partout, ses lèvres, sa langue, ses mains l'assaillant tour à tour avec douceur et insistance.

Luke était un amant exceptionnel. Un homme qui ne craignait pas de faire preuve de tendresse et d'humour ; et, lorsqu'il bougeait, c'était avec une force, une passion qui la laissaient à bout de souffle, comblée, et pourtant déjà en manque de lui.

Ses lèvres couraient maintenant sur toute la longueur du corps de la jeune femme, évitant d'abord les zones érogènes, puis revenant se concentrer sur elles. Bien que brûlante de désir, Chloé n'était pas en reste et participait pleinement à cette danse érotique.

Enfin, Luke plongea son regard dans le sien et entra en elle. Aussitôt, les soucis et les craintes de Chloé s'évanouirent. Elle ne pensa plus qu'à leurs corps enlacés, enroulés l'un contre l'autre. Ils atteignirent la jouissance presque au même instant et il leur fallut un long moment pour se ressaisir, s'arracher à la volupté de ce qu'ils venaient de partager.

La tête nichée contre l'épaule de son amant, Chloé eut la sensation de comprendre, pour la première fois de sa vie, le sens profond du mot « amour ». Sans pouvoir l'expliquer, elle savait, avec une absolue certitude, que Luke tenait à elle autant qu'elle tenait à lui. Malgré tout, elle ne forcerait pas le destin. Ils avaient tous deux vécu un traumatisme. Chacun d'eux devait le gérer et le surmonter, à sa manière et à son rythme.

Au bout d'un moment, elle fit courir son index le

long de l'épaule et du bras de son compagnon, le tirant doucement de sa léthargie.

— Alors, dis-moi… Que se passe-t-il ? Pourquoi n'as-tu pas beaucoup de temps ?

— Je pars à La Nouvelle-Orléans.

— Ah bon ?

Il avait glissé un bras sous sa tête et garda un moment les yeux rivés au plafond, avant de se tourner vers elle.

— Reste ici, ce soir, d'accord ? Juste pour me faire plaisir — à moi et à ton oncle, aussi.

— Tu ne veux pas me dire pourquoi tu te rends à La Nouvelle-Orléans ?

— Si, bien sûr. J'ai demandé à ce que la police me communique des informations sur toutes les jeunes Américaines qui ont disparu ou été assassinées pour des motifs qui semblent religieux. On m'a parlé d'une fille qui a fait partie d'une secte très stricte. Elle a disparu d'un des casinos de Broward, il y a dix mois environ. Je suis allé voir, mais cette piste ne mène nulle part. Puis, j'ai reçu un appel de la police de La Nouvelle-Orléans. Ils ont une victime qui a été retrouvée morte, assassinée, avec de drôles de motifs sculptés dans son dos et sur son front. Je prends l'avion tout à l'heure et ne serai sans doute pas de retour avant demain. Stuckey a assigné une voiture de patrouille pour surveiller la maison. Tu seras en sécurité, ici. Alors… promets-moi de ne pas t'aventurer dehors, je t'en prie !

Il ne lui donnait pas un ordre. Il émettait une requête.

— Je n'irai nulle part ce soir, promit-elle, avant de détourner les yeux.

Elle aurait dû lui avouer que Victoria était déterminée à se rendre au dîner de l'Eglise de la Réalité. Pourtant, elle garda le silence. Le repas aurait lieu le lendemain — et sa promesse ne concernait que la soirée à venir. Et, de toute façon, elle n'irait nulle part sans son arme.

Elle posa la tête sur la poitrine de Luke et il referma ses bras autour d'elle.

— Tu pars dans combien de temps ?

— Quelques heures.

— Dans ce cas…

Elle le chatouilla doucement, puis grimpa sur lui, le taquinant avec ses cheveux. Quelques instants plus tard, ils faisaient l'amour de nouveau, avec un bonheur aussi intense que les fois précédentes.

Ensuite, Chloé se blottit contre Luke et s'assoupit, bercée par son souffle régulier. Lorsqu'elle rouvrit les yeux, la chambre était pleine de monde.

Une terreur indicible la paralysa, au point qu'elle fut incapable d'ouvrir la bouche.

Des morts entouraient son lit. Des amis d'autrefois. Ils ne saignaient pas et ils portaient les vêtements qu'ils avaient dans leurs cercueils. Il y avait là David Grant, le héros de l'équipe de football américain, dans son beau costume du dimanche, et Kit, sa petite amie, vêtue de la robe bleu marine que sa mère avait choisie pour ses funérailles. Jen était là aussi, dans un tailleur beige. Et Vince Mahaffey, Sue Whalen, Jack Axelrod…

Ils la regardaient tristement, à la fois là et pas vraiment là, comme s'ils étaient faits de vapeur, le genre de vapeur qui emplit la salle de bains, après une douche. Mais elle n'avait pas pris de douche.

Et il y avait les autres, aussi…

Des jeunes femmes qu'elle ne connaissait pas, n'avait jamais vues. Certaines étaient… décomposées. Mouillées ou couvertes de terre, avec juste quelques lambeaux de vêtements qui pendaient.

Et encore plus vaporeuses que les autres, à peine visibles, il y avait Myra... Alana... et la couturière.

Chloé se demanda si Luke pouvait les voir. Mais non. Elle sentait son torse se soulever à intervalles réguliers sous le drap blanc. Il dormait paisiblement près d'elle.

Puis, quelqu'un s'avança.

Colleen Rodriguez.

Elle portait la même robe blanche dégoulinante d'eau et paraissait plus désespérée encore que la fois précédente. Ses lèvres bougeaient, mais Chloé n'arrivait pas à percevoir ce qu'elle disait. Jusqu'à ce que, soudain, un chuchotement lui emplisse l'esprit.

« Aide-nous. Aide-nous... et celles qui vont suivre... »

Chloé s'assit brusquement, réveillant Luke, à côté d'elle. Il s'étira, ouvrit les yeux et l'attira dans ses bras.

— Que se passe-t-il ?

Elle tremblait de tous ses membres et voulut parler, mais aucun son ne sortit de sa gorge.

— Tu as fait un cauchemar... Je ne peux pas te laisser. La police ne peut pas te protéger de tes cauchemars, et je sais à quel point ils peuvent être effrayants.

Chloé réussit à se dégager et fit un effort pour cesser de trembler. Elle respira profondément et, lorsqu'elle parla, sa voix était calme et posée.

— Non, Luke. Il faut que tu continues l'enquête. Il y en a d'autres. Beaucoup d'autres.

— Pardon ?

Luke fronçait les sourcils, essayant visiblement de comprendre ce qu'elle racontait.

— Ce ne sont pas des rêves ou des cauchemars, expliqua-t-elle. Je vois vraiment des… des fantômes.

Luke la considéra un instant. Il tenait sincèrement à elle, elle le lisait dans ses yeux. Jamais il n'appellerait les hommes en blanc pour qu'on l'enferme dans un asile.

— Chloé, dit-il en s'exprimant lentement, comme s'il choisissait ses mots avec soin. Tu es une fille extraordinaire. Tu as survécu à un premier massacre, et tu viens juste d'en voir un second. Il est bien naturel que tu aies du mal à accepter ce qui s'est passé. Je vais annuler mon vol et…

Elle secoua la tête avec détermination.

— Non, Luke. Tu as l'air d'oublier que je suis psychologue. Je connais tous les symptômes de tous les types de folie. Je ne suis pas folle, et je te dis qu'ils essaient de m'aider, de nous aider. Ce n'est pas mon imagination, et ce ne sont pas des rêves non plus. Je l'ai toujours senti et j'avais raison. Deux des meurtriers sont morts, mais il y en avait un troisième.

Elle marqua une pause et respira profondément.

— Et, comme tous les tueurs en série du monde, il n'a jamais cessé de tuer. Il est très fort. Il se déplace à travers le pays et il sait très bien effacer ses traces. Je pense que le massacre obéissait à une logique précise, il y a dix ans. Mais ce type aime tuer. Il en a besoin. Rends-toi à La Nouvelle-Orléans et tâche de comprendre ce qui s'est passé là-bas. Je n'ai pas peur. Je n'ai aucune raison d'avoir peur. Et je n'ai pas peur des fantômes non plus. Ils essaient de nous parler, de nous aider. Il faut que tu t'en ailles et que tu te consacres à ce que tu fais le mieux — enquêter. Je vais rester ici et voir ce que je peux, moi, découvrir de mon côté.

Emue par l'inquiétude qui assombrissait le visage de Luke, elle lui prit les mains.

— Je te dis que je vais bien, insista-t-elle. Nous sommes sur la bonne piste, je le sens ! Nous devons continuer dans cette direction. Les morts ont droit à la vérité. Sans compter que bon nombre de vivants le resteront, si nous arrivons à comprendre ce qui se passe. Je t'en prie, pars. J'attendrai ton retour et nous retrouverons Colleen. Je suis sûre qu'elle est dans l'eau, quelque part. Chaque fois que je la vois, elle est trempée. Ses cheveux et sa robe dégoulinent d'eau.

Luke passa une main dans ses cheveux.

— Chloé…

— Je dormirai dans la maison de Léo en ton absence. Et tu m'as dit que Stuckey avait assigné deux flics pour surveiller la maison. C'est suffisant, non ?

— Allons nous doucher, répliqua Luke. Puis je prendrai une décision.

Il se leva, fit deux pas en direction de la salle de bains et s'arrêta en fronçant les sourcils. Puis il s'accroupit.

— Qu'y a-t-il ? demanda Chloé, se levant à son tour.

Luke leva les yeux vers elle.

— Le tapis. Il… Il est mouillé.

12

Le vol vers La Nouvelle-Orléans n'était pas long — moins de deux heures — mais Luke se faisait un sang d'encre et chaque minute lui parut durer une éternité.

Il ne croyait pas aux fantômes. Il n'était pas athée à proprement parler, plutôt le genre à s'interroger sur l'existence de Dieu et sur ce qu'Il attendait des humains. Il connaissait les théories selon lesquelles l'âme est un condensé d'énergie et ne peut donc pas complètement disparaître en tant que telle. Il avait aussi entendu des douzaines d'histoires sur la vie, la mort et la vie après la mort, mais, d'après ce qu'il avait pu constater jusqu'à présent, toute personne décédée n'était plus vivante. Et ne pouvait donc pas rendre la justice.

Pourtant, alors même qu'il se faisait du souci pour Chloé, il était forcé d'admettre qu'il ne l'avait encore jamais vue aussi sûre d'elle, aussi confiante. Aussi déterminée.

Et, pour achever de brouiller la situation, il y avait cette tache humide, sur le tapis. Intrigué, il avait d'abord vérifié qu'il ne s'agissait pas d'une fuite. Le plafond de la chambre donnait sur un grenier, lequel était parfaitement isolé — et sec. Quelqu'un aurait pu mouiller le tapis en sortant de la douche, songea-t-il ensuite. Seulement voilà : personne n'avait pris de douche.

Il y avait de quoi être troublé.

Enfin, l'avion entama sa descente vers la piste d'aéroport et Luke s'exhorta à oublier ces histoires de fantômes, du moins pour le moment, afin de concentrer toute son énergie sur ce qu'il était venu découvrir, ici, à La Nouvelle-Orléans.

« Les amis ont du bon », songea-t-il un moment plus tard, en longeant les couloirs de l'aéroport. Le fait qu'il connaissait et avait travaillé avec certains des meilleurs flics du pays lui avait, à plus d'une reprise, permis de faire des progrès décisifs lors d'une enquête.

L'inspecteur Joseph Mulligan était venu le chercher. Vêtu d'un jean et d'un T-shirt, la tête coiffée d'une casquette de base-ball, il posa son regard bleu sur Luke avec sympathie. A trente-cinq ans, il était de taille et de corpulence moyennes, mais tout en muscles. Il faisait beaucoup de sport, et cela se voyait.

— Luke Cane, fit-il avec un large sourire, en lui tendant la main.

Luke la serra dans la sienne avec chaleur.

— Merci d'être venu.

— Tu veux rire ? Je suis rudement content de te voir, mon vieux. C'est triste à dire, mais mon enquête piétine. Je compte sur toi pour secouer un peu tout ça. Je prends ton sac ?

— Tu trouves que j'ai l'air d'une fille ? riposta Luke avec un sourire. Laisse mon sac tranquille. Il n'y a quasiment rien dedans. Je crois que je devrais y arriver, merci.

— Alors, allons-y. On va d'abord passer chez moi. J'ai sorti les dossiers susceptibles de t'intéresser pour que tu y jettes un coup d'œil. Je t'emmènerai ensuite dans deux ou trois endroits.

Joe Mulligan habitait un immeuble situé dans un vieux pâté de maisons datant de l'ère victorienne, non loin de l'Esplanade. Sa femme, Clancy, et leurs deux enfants, Ashley et Aislinn étaient là. Tous saluèrent gentiment Luke, avant de s'éclipser. Clancy revint bientôt avec une assiette de sandwichs et du café, et Luke se plongea dans la lecture des dossiers que Joe lui avait préparés.

— Certaines de ces informations sont officielles ; d'autres ne le sont pas, ou pas encore, expliqua Joe, qui s'était installé à l'ordinateur. Comme tu le sais, nous avons eu notre dose de problèmes, ici, depuis l'ouragan Katrina. La situation n'est pas encore totalement rétablie et, malheureusement, cela signifie que bon nombre de citoyens parfaitement corrects se voient soupçonnés de crimes qu'ils n'ont jamais commis, pendant que les vrais criminels poursuivent leurs activités sans être dérangés.

Il poussa un soupir, avant d'enchaîner :

— Voilà ce dont je te parlais. Cela remonte à quelques années, mais, après Katrina, la liste de personnes disparues dans le coin était plus longue que celle du Père Noël.

Il imprima une photo et la tendit à Luke.

— Comme partout ailleurs, quand quelqu'un meurt, par ici, on finit généralement par retrouver son cadavre, souvent assez rapidement, d'ailleurs. La criminalité est largement liée à des histoires de drogue ou de gangs et ils ne se donnent pas tellement la peine de cacher leurs victimes. Au début, on a cru que cette fille avait juste disparu.

— Des filles disparaissent chaque jour, dit Luke. Mais la plupart des assassins sont négligents ou alors ils souhaitent, consciemment ou pas, qu'on retrouve leur victime. Quand quelqu'un disparaît sans laisser de trace, c'est qu'on a affaire à un tueur organisé. Je crois que notre homme, à Miami, est quelqu'un qui sait que ce qu'il fait est hors la loi mais, pour une raison quelconque, il n'a pas l'air de penser que c'est mal. Il n'éprouve aucun regret, aucun sentiment de culpabilité, et aucune empathie non plus. Il pense qu'il est au-dessus de la mêlée. Il se considère comme quelqu'un d'important, dont les besoins doivent être satisfaits, même si cela implique la mort d'un autre. Et je pense qu'il est allé chercher certaines de ses victimes en dehors de Miami.

— Tu voulais savoir si nous avions des cas de disparition et de meurtre demeurés irrésolus, et qui auraient un aspect religieux. L'assassinat de Jill Montague semble correspondre à ce profil. C'était une jeune fille de La Nouvelle-Orléans qui a brusquement disparu. Elle avait rendez-vous avec des amis dans un bar du Vieux Carré. Elle a quitté son domicile, dans le Garden District, pour prendre le tramway. Personne ne l'a jamais revue. On a fait circuler sa photo dans les journaux, on l'a montrée à tous les chauffeurs de trams. Personne ne l'avait vue. Elle a quitté son logis et elle s'est volatilisée. Evanouie. Sans laisser la moindre trace.

— Vous avez fini par la retrouver ?

— Oui. Sur les bords du Mississippi. Avec des signes taillés à même la peau qui pourraient bien être des symboles religieux. Mais quel rapport avec les meurtres qui viennent d'avoir lieu à Miami ? Je sais que le Massacre des lycéens était lié à une secte, mais, que je sache, ce n'est pas le cas des trois meurtres dans ce manoir, hier.

— Il y a dix ans, on a retrouvé les cadavres de deux hommes, dans les Everglades, avec des aveux signés. L'affaire semblait donc close, mais certaines personnes ont continué de penser qu'il y avait un troisième larron. Jusqu'à présent, l'argument majeur contre cette théorie était qu'il n'y a jamais eu de tuerie similaire depuis — en tout cas pas en Floride. Or, tu sais comme moi qu'un assassin capable d'un acte pareil ne s'arrête pas. Soit il meurt, comme les deux tueurs qu'on a retrouvés dans les Everglades, soit il va en prison pour une autre raison, soit il se déplace. Je pense qu'il y avait un troisième homme, la nuit du Massacre des lycéens, et qu'il est allé voir ailleurs — jusqu'à la nuit dernière. Ce qui m'intéresse, dans ton affaire, ce sont les signes taillés au couteau sur le front et dans le dos de cette jeune fille.

— Le meurtrier avait-il écrit quelque chose sur ses victimes, il y a dix ans ? demanda Joe, perplexe. Ou seulement sur le mur ?

— Sur le mur. Avec du sang.

— Quel était le message, déjà ?

— « Mort aux profanateurs ! » Et il avait dessiné quelque chose, aussi. Les symboles sur ta victime, c'était quoi ?

— Justement, je n'en sais rien, répondit Joe. Le cadavre était dans un sale état, quand on l'a retrouvé. C'était difficile à dire. Mais on avait taillé quelque chose sur son front et dans son dos. Tu sauras peut-être mieux que nous.

Il consulta sa montre.

— Je vais te faire visiter les lieux du drame, maintenant. Le Vieux Carré, le Garden District, et l'endroit où on l'a retrouvée, au bord de la rivière. Demain, on passera au bureau pour que tu voies quelques collègues.

Il hésita une fraction de seconde.

— Tu as entendu parler d'Adam Harrison, ou d'un groupe appelé Harrison Investigations ?

— Non, répondit Luke.

— Est-ce que tu crois au pouvoir de la parapsychologie pour aider à résoudre certaines affaires ?

— Non, fit Luke d'un ton sec.

Il savait que bon nombre d'inspecteurs de la brigade criminelle avaient fait appel à des voyants, au fil des années, et avec succès. Mais Luke était sceptique. Il fronça les sourcils, tout à coup.

— Et toi ?

— Ma foi, oui. Nous sommes à La Nouvelle-Orléans, mon cher ! Enfin, nous en reparlerons. Pour le moment, tu as reçu l'autorisation de voir les photos de l'autopsie. Ton copain Stuckey a le bras long, c'est le moins qu'on puisse dire. Mais elles ne sont pas ici. Je n'apporte pas ce genre de clichés à la maison, à cause des enfants.

Joe prit son café et le but d'un trait.

— Allons-y.

— Mon Dieu, dit Brad en entrant dans le salon, où les attendaient Vickie et Chloé. Je ne savais pas que vous étiez là-bas quand on a trouvé Myra !

Il frissonna et serra sa cousine dans ses bras.

— La pauvre. Et cette pauvre Alana, aussi. Elle était si jeune !

Il avait accouru à la seconde où il avait appris la nouvelle. Jared aussi, bien sûr.

— Pas si jeune que ça, remarqua Chloé en se penchant vers le plateau sur lequel elle avait posé un pichet de limonade et une assiette de sandwichs. Tu ne lis pas les journaux ? Elle avait trente ans.

— C'est abominable, dit Jared. Mais ce n'est pas une raison pour vous cacher. Jeanne ne se cache pas, elle. Vous avez vu son interview ? Elle y pleure, elle y tremble, et elle joue son rôle d'éplorée effrayée à la perfection. Elle s'occupe de sa publicité, c'est le moins qu'on puisse dire, conclut-il en secouant la tête d'un air réprobateur.

— Pourquoi ne le ferait-elle pas ? commenta Chloé en s'asseyant. Elle a toujours voulu être célèbre. Elle saisit sa chance.

— En tout cas, elle est partout, alors que vous vous terrez, toutes les deux. Toi aussi, tu pourrais en profiter pour faire ta pub, Chloé.

— Brad, après tout ce que nous avons traversé, comment peux-tu dire une chose pareille ? protesta la jeune femme, scandalisée.

— Je plaisantais, voyons ! Je trouve ça déplacé, moi aussi. Sans compter que cela pourrait se retourner contre Jeanne. Il y a un meurtrier qui se promène en liberté et, si elle se fait un peu trop voir, il pourrait bien décider de s'en prendre à elle…

— Ne dis pas ça ! s'exclama Victoria sans pouvoir réprimer un frisson d'horreur.

— Je suis désolé… J'essaie de vous changer les idées, et je m'y prends affreusement mal, admit Brad.

— N'empêche, si vous deveniez des sensations, vous aussi, on aurait nos entrées dans n'importe quelle boîte de nuit de Miami, y compris sur la plage, remarqua Jared.

Son regard pétillait de malice et il prit la main de Victoria dans la sienne.

Chloé les regarda, se demandant s'ils avaient fini par parler de leurs sentiments respectifs.

— Je ne veux pas de ce genre de célébrité, répondit Vickie. J'aime mieux être reconnue pour mes talents d'actrice. Et puis, la situation est différente. Aucun de nous n'a jamais eu le moindre problème d'argent. Jeanne n'a pas cette chance. Si elle devient célèbre du jour au lendemain, tant mieux pour elle.

— Il me semble que nous oublions un petit détail, intervint Chloé.

— Quoi donc ? demanda Brad.

— Trois femmes ont été assassinées brutalement.

— Tu as raison, et je devrais avoir honte de vous parler du « plan média » de Jeanne, s'excusa Jared. Mais on ne peut plus allumer la télévision sans tomber sur elle, ou sur Lacy. Et je ne parle pas du grand patron de l'agence Bryson. Il a atterri à Miami, ce matin. Comment s'appelle-t-il, déjà ?

— Harry Lee, dit Victoria.

— C'est ça. Il est partout, lui aussi.

— Vickie et moi, nous préférons rester discrètes, murmura Chloé.

— Je me demande combien de temps vous parviendrez à le rester, déclara Jared.

— Que veux-tu dire ? demanda Victoria.

— Harry Lee a annoncé qu'aucun psychopathe ne l'empêcherait de faire son travail. Il a promis une récompense de cent mille dollars à celui ou celle qui l'aiderait à retrouver l'assassin. Et il a déclaré que la séance photos sur l'île de Coco-Belle aurait lieu comme prévu.

— Pas possible !

Brad lui caressa les cheveux.

— Je suis comme toi : je ne sais qu'en penser. Dans un sens, exploiter une telle tragédie pour vendre des calendriers est du plus mauvais goût. Mais, dans l'autre, il a peut-être raison de ne pas accepter que ce tueur contrôle la situation.

— Je trouve qu'il a raison, renchérit Jared. Cette séance de photos doit avoir lieu. Il suffit de renforcer les mesures de sécurité.

— C'est son intention, apparemment, dit Brad. Il a déclaré qu'il le devait à Myra, qui avait travaillé si dur pour ses mannequins.

— Il n'a pas mentionné Alana, je parie ! murmura Chloé.

— Ou la pauvre couturière, ajouta Victoria.

Les quatre amis échangèrent un long regard et, cette fois, aucun d'eux ne parvint à égayer l'atmosphère.

Les calèches tirées par des mules cahotaient le long des rues du Vieux Carré. La veille au soir, la simple traversée de Bourbon Street relevait de l'acte de bravoure : il fallait se livrer à un véritable slalom entre les étudiants et les touristes plus ou moins imbibés d'alcool, tout cela au rythme des airs de country, de pop, de heavy metal ou de jazz qui jaillissaient des clubs alignés sur le trottoir.

Maintenant, il faisait jour et les touristes, revenus pour découvrir l'histoire de la ville et admirer sa remarquable architecture, écoutaient les conducteurs de calèches leur conter la vente de la Louisiane, la vie de Marie Laveau, célèbre prêtresse vaudou, ou des anecdotes liées au tournage d'*Entretien avec un vampire*, filmé en grande partie à La Nouvelle-Orléans.

Luke s'était rendu chez Jill Montague, dans le Garden District. Sa rue n'était pas très passante, mais la maison qu'elle habitait n'était pas isolée pour autant. Elle débouchait sur Canal Street, une avenue assez large pour accueillir le tramway. Les trottoirs étaient noirs de monde, la circulation, dense. C'était tout sauf un endroit reculé, et Luke ne comprenait pas comment une jeune femme avait pu être attaquée sur cette artère sans que personne ne s'aperçoive de rien.

Ils se rendirent ensuite au commissariat où bossait Joe Mulligan. Ils y croisèrent des flics, des prostituées, des toxicomanes et, ici et là, un type dont l'expression choquée indiquait clairement qu'il en était à sa toute première arrestation.

Luke rencontra le supérieur hiérarchique de Joe, puis il se rendit dans le bureau de son ami, qui lui tendit le dossier complet sur Jill Montague. La police avait accompli un travail méticuleux, ne négligeant aucune piste, et le médecin légiste avait rendu un rapport d'autopsie détaillé, avant de restituer le corps à la famille, qui l'avait enterré au cimetière Lafayette, dans le Garden District.

Joe donna une loupe à Luke et ce dernier prit une profonde inspiration, avant de se pencher pour examiner chaque photo. Peu importait l'expérience qu'il avait de la mort, ce genre de cliché lui retournait toujours le cœur. Jill était une fille magnifique, avec un sourire large comme la vie — mais, une fois morte, la chair s'était ratatinée sur ses os, la couleur de sa peau avait foncé, et elle avait l'air à la fois trop réelle et absurde, comme un mannequin maquillé pour les besoins d'un film d'horreur.

Luke concentra son attention sur les signes taillés dans la peau du dos et sur le front de la jeune femme. Finalement, il leva les yeux.

— On dirait une khamsa.

Il songea brusquement que c'était aussi ce que représentait le dessin ensanglanté que le tueur avait laissé sur le mur de la villa, à Miami Beach.

— Une quoi ? fit Joe

— Une khamsa. Une main de Fatima, si tu préfères. On en trouve dans les boutiques de bijoux, les boutiques juives ou arabes. C'est un ancien symbole désignant le chiffre 5. Il est utilisé comme amulette pour protéger du mauvais œil.

— Tu es sûr de toi ?

— Pratiquement. Mais il me faudrait du papier calque. Est-ce que je peux écrire sur ces clichés ?

— Oui, vas-y. Ce ne sont pas les photos qui manquent.

Luke décalqua les dessins sur le dos et le front de la jeune morte, reliant les points entre eux là où la chair était partie. Dans les deux cas, il réussit à dessiner une khamsa, avec un œil au milieu de la paume et des cercles au bout des doigts.

Stupéfait, Joe se laissa choir sur une chaise.

— C'est incroyable !

— Il y a dix ans, les lycéens de Miami Beach ont été assassinés parce qu'ils menaient — soi-disant — une vie de luxure et de débauche. L'assassin estimait qu'ils seraient entre de meilleures mains s'il les envoyait vers le Dieu qu'il vénère. A ses yeux, ces jeunes étaient impurs. Il a écrit « Mort aux profanateurs ! » sur le mur du salon et dessiné cette khamsa — un symbole pour éloigner le mal —, le même symbole qu'il a taillé dans la chair de ta victime, une jeune femme qui allait rejoindre des amis dans un bar, comme si elle avait besoin d'être protégée d'une tendance au péché — faire la fête, boire, rencontrer des amis et, qui sait, avoir des petits amis… Je ne peux pas être sûr à cent pour cent, mais je parie que, si on cherche bien, on trouvera des affaires similaires dans d'autres Etats, ce qui suffirait pour faire intervenir le F.B.I. Il n'y aurait plus qu'à…

— … surveiller Dieu sait combien de gens, grommela Joe.

— Le tueur agit peut-être pour des raisons religieuses. Ou bien il se sert de cette couverture pour atteindre un but qu'il s'est fixé. Ou, encore, il veut voir mourir certaines personnes, mais il aime aussi tuer, et il a compris que les motivations « religieuses » de ses crimes permettaient de détourner les soupçons. Alors il se déplace, afin d'être encore plus difficile à trouver. D'après moi, ce type est la tête pensante qui a planifié le Massacre des lycéens. Il s'est débarrassé de ses acolytes en tuant notamment les deux hommes retrouvés dans les Everglades. Il ne reste plus qu'à fouiller, enquêter, faire des recoupement — et on arrivera peut-être enfin à reconstituer le puzzle.

— Ça semble plausible. Et je pense que certaines personnes peuvent t'aider à aller un peu plus vite.

— Qui donc ? Des voyants ? demanda Luke, sans pouvoir dissimuler son scepticisme.

— Comment crois-tu que nous avons retrouvé le corps de Jill ? demanda Joe.

Luke fronça les sourcils.

— Joe… Je suis vraiment désolé, mais tu ne me feras pas croire à Allô-fantômes.

— Qui te parle de cela ? Je t'ai demandé si tu connaissais Adam Harrison. Il est encore plus discret que toi, mais parfaitement légitime. Le F.B.I. et d'autres institutions ont fait appel à lui ou consulté les gens qui travaillent pour lui, ici, à La Nouvelle-Orléans. Ce ne sont pas des médiums, pas même des voyants, du moins pas comme on l'entend habituellement. Les Indiens d'Amérique les appellent des somnambules. Ceux qui voient à travers l'obscurité de la nuit de l'homme — la mort, autrement dit.

Joe essayait vraiment de l'aider et Luke se mordit la langue pour ne rien dire qui puisse l'offenser. Mais il commençait à se demander s'il n'était pas victime d'une conspiration. D'abord, Chloé croyait voir des fantômes, et voilà qu'un de ses amis, un type qui avait pourtant l'air d'avoir la tête bien plantée sur les épaules, père de famille, policier de carrière, insistait pour qu'il rencontre des… somnambules !

— D'accord, dit-il en forçant un sourire sur son visage. Allons les voir.

Joe se leva.

— Mais d'abord, au sujet de tes mains de Fatima, allons parler à Mama Thornton.

— Qui est Mama Thornton ? demanda Luke, non sans appréhension. Un prêtresse vaudou ?

Joe lui offrit un large sourire.

— Une commerçante. Elle est peut-être prêtresse vaudou, à ses heures, mais je la vois souvent à l'église de Jackson Square. L'un n'empêche pas l'autre, cela dit. Le vaudou a intégré les rites du catholicisme, tu sais. Quoi qu'il en soit, elle tient une boutique où elle vend de tout : des rosaires, des croix, des étoiles de David, des pattes de poulet, des têtes d'alligator et j'en oublie. Je serais étonné qu'elle n'ait pas aussi des mains de Fatima.

— J'aimerais beaucoup lui parler, dans ce cas — mais je dois d'abord passer un coup de fil, et je voudrais rentrer à Miami avant ce soir.

— Je me débrouillerai pour que tu sois sur le vol de 17 h 52. Cela te convient ?

— C'est parfait.

— Passe ton coup de fil, je vais t'attendre dans la voiture, annonça Joe, avant de sortir.

Luke appela Chloé, qui décrocha à la deuxième sonnerie et parut ravie de l'entendre.

— Alors, cela se passe bien, là-haut ? demanda-t-elle.

— Oui. Je suis sur une piste intéressante. Mais, pour le moment, c'est toi qui m'inquiètes.

— Il n'y a pas de raison, répondit la jeune femme. Tout se passe bien. Brad et Jared sont ici. Oncle Léo a pris son après-midi et Victoria est là, aussi. Elle va bien. Tu as entendu la nouvelle au sujet de Harry Lee ?

— Non.

— Il a donné une conférence de presse et déclaré que la séance photos aurait lieu, malgré tout.

Elle se tut, attendant sans doute que Luke lui demande de ne pas y participer. Comme il gardait le silence, elle ajouta :

— Victoria veut y aller et je pense qu'elle a raison. On restera ensemble et rien ne nous arrivera. Et tu sais que je suis capable de me servir d'un revolver ! Je n'ai pas l'habitude de me promener avec, mais j'ai un petit Smith & Wesson de cinq coups. Enfin, Brad et Jared seront avec nous, et tu seras là, toi aussi. Et, avec tout ce qui s'est passé, tu peux être sûr que Harry Lee va encore renforcer les effectifs de sécurité ! Au fait, Victoria sait qui tu es. Elle a dû t'entendre décliner ton identité à la police l'autre soir. Mais elle ne dira rien à personne, pas même à Brad ou à Jared.

Elle marqua une pause, puis, comme il gardait toujours le silence, elle reprit :

— Dis quelque chose, s'il te plaît.

— Je rentre ce soir. Mais je n'arriverai sans doute pas chez toi avant 21 h 30 ou 22 heures.

— Je serai là, affirma-t-elle.

Il hésita.

— Tu as eu d'autres… expériences ?

— Tu veux savoir si j'ai vu d'autres fantômes ?

— Oui.

— Non, mais ils ne me font pas peur. En fait, j'aimerais les voir encore.

Luke avait encore du mal à accepter le concept, mais Chloé semblait en forme et ses propos étaient parfaitement rationnels.

Soulagé, il raccrocha et rejoignit Joe, qui prit la direction d'Orleans Street, où se trouvaient Mama Thornton et sa boutique de colifichets et d'amulettes en tous genres.

Chloé éclata de rire en se voyant dans le miroir de la salle de bains. Victoria était aussi douée qu'elle le disait pour le maquillage. Elle avait promis de s'en tenir au strict minimum, et elle avait tenu parole : elles avaient l'air aussi naturel qu'il était possible de l'être.

Vickie avait choisi un fond de teint neutre pour les pâlir un peu. Rien de dramatique, mais cette pâleur leur donnait l'air de jeunes filles qui ne passaient pas beaucoup de temps au soleil. Elle avait dégoté deux perruques d'un brun terne, et utilisé sa palette d'ombres à paupières pour atténuer l'éclat de leur regard, au lieu du contraire. Elle avait aussi donné des lentilles de couleur à Chloé, transformant aussitôt ses yeux verts en une couleur marron plus banale. Le résultat était assez incroyable, et elles avaient l'air si différentes que même leurs amis ne les auraient pas reconnues. Pour finir, elles portaient des chaussures plates et des robes de coton à motifs fleuris, mal coupées et un peu vieillottes.

— Tu vois ? commenta Victoria, très contente d'elle.

— Spectaculaire, admit Chloé. Mais je ne comprends toujours pas pourquoi tu tiens tant à te rendre à ce dîner. Que penses-tu découvrir ? Ce sera une sorte de pique-nique un peu ennuyeux… Personne ne va arriver avec son paquet de chips et déclarer brusquement qu'il est un assassin.

— Inutile d'essayer de me faire changer d'avis. Nous savons très bien que tu as autant envie d'y aller que moi. Tu sais aussi quoi chercher et quelles questions poser. Ose me soutenir le contraire…, insista-t-elle, la défiant du regard.

— Bon, admettons, dit Chloé avec un haussement d'épaules. Encore heureux que mon oncle ait dû retourner au bureau du procureur… sans quoi nous n'aurions jamais pu sortir ! Mais, avant d'aller où que ce soit, je tiens à ce qu'on soit bien d'accord. On part à pied et on appelle un taxi depuis l'avenue. On sera là-bas vers 19 heures et on repart à 20 heures, de manière à être de retour ici avant 21 heures. Entendu ?

— Cinq sur cinq, répondit Victoria. Tu es sûre qu'on ne devrait pas porter des fausses dents ?

— Sûre et certaine. Si on a l'air vraiment moches, on se rappellera de nous. Allons-y. On peut aller boire un verre à Mister Moe ou Greenstreet et appeler un taxi de là-bas.

— C'est parti.

Les deux jeunes femmes sortirent dans la rue. Elles avaient à peine franchi quelques mètres qu'un des voisins de Chloé s'avança dans leur direction. Il la regarda sans paraître la voir, hocha poliment la tête, et continua son chemin.

— Tu vois ? fit Victoria, qui le connaissait aussi.

— Oui. C'est impressionnant. Marche un peu plus vite. Il fait beaucoup trop chaud… Le maquillage ne tiendra pas longtemps si on reste dehors !

— Tu as pris ton flingue ?

— Oui, mais je n'aime pas beaucoup ça. J'ai un permis qui m'autorise à détenir une arme à mon domicile, mais je ne suis pas censée me balader avec un revolver dissimulé sur moi.

— Avec un peu de chance, personne ne le saura, répondit Victoria, avant d'éclater de rire. Tu as vu ce type ?

— Qui ?

— Celui qui vient de nous dépasser dans la voiture grise. Il a ralenti en arrivant à notre hauteur, puis il nous a vues de face et il a pressé l'accélérateur. Il nous a trouvées tellement moches qu'il s'est enfui ! Tout se passera bien, Chloé, tu verras.

Chloé n'en était pas si sûre. Depuis le massacre, dix ans plus tôt, elle avait appris à se défendre, certes. Mais elle avait surtout veillé à ne pas se trouver dans des situations où il lui faudrait utiliser les techniques apprises. Jusqu'à aujourd'hui. De plus, elle avait l'impression d'être une enfant qui vient de mentir. Elle n'avait pas informé Luke et Léo de leur petite « sortie ». C'était un mensonge par omission, mais un mensonge néanmoins.

Pourtant, le fait qu'elles avaient rendez-vous au manoir, l'avant-veille, ne signifiait pas forcément qu'elles étaient, elles aussi, en danger de mort. Rien ne permettait, pour le moment, d'établir un lien entre le Massacre des lycéens et ces trois nouveaux meurtres.

Quant à l'Eglise de la Réalité, elle serait sans doute pleine de flics en uniforme *et* en civil. Et personne ne les reconnaîtrait, de toute façon.

La relation qu'elle venait de nouer avec Luke était sans doute responsable de son malaise. Elle tenait trop à lui. Il le lui rendait bien, c'est vrai — mais il lui avait annoncé dès le départ qu'il ne cherchait pas à s'engager durablement auprès d'une femme. Sans compter qu'il devait maintenant la prendre pour une folle…

Elle n'aurait pas dû lui parler des « apparitions ». Heureusement, elle ne s'était confiée à personne d'autre !

Les deux jeunes femmes choisirent un restaurant qu'elles connaissaient, s'installèrent au bar et commandèrent des sodas. Inutile d'arriver à l'Eglise de la Réalité en sentant l'alcool. Le barman, un garçon de leur âge qu'elles connaissaient vaguement depuis plusieurs années, prit leur commande et s'éloigna sans les avoir reconnues.

— Tu vois ? chuchota Victoria. Je t'avais bien dit que personne ne nous reconnaîtrait. Tout ira bien, je te dis.

— Ouais — à condition tu cesses de rire sous cape, fit Chloé, sans pouvoir retenir un gloussement.

La boutique de Mama Thornton était unique, même pour La Nouvelle-Orléans. Les boules de cristal, les pattes de poulet, les rosaires, les crucifix, les étoiles de David et les têtes d'alligator se disputaient la place sur les dizaines étagères qui encombraient la pièce. Les murs étaient entièrement tapissés de portraits du Christ, de Bouddha, de Mahomet, de dieux grecs, romains et hindous. Un tiroir entier était réservé aux poudres Wiccan, censées redonner la santé. Les clients intéressés pouvaient également acheter du « vin de vampire », de la « bière de sorcière » et une concoction baptisée le « Bourbon Special de Doc Holliday ».

Mama était dans l'arrière-boutique quand ils arrivèrent, mais son assistante connaissait Joe. Elle les guida derrière un rideau de perles jusqu'à son bureau.

Mama était une belle femme d'âge moyen avec des yeux perçants et une peau café au lait. Elle arborait un jean et une chemise blanche en coton et ses cheveux étaient tirés en une queue-de-cheval. Elle sourit en reconnaissant Joe et se leva pour les accueillir.

— Asseyez-vous, dit-elle. Aimeriez-vous un thé ou un café ? Rien ne vaut notre café de La Nouvelle-Orléans et j'ai un mélange spécial, avec une touche de chicorée. A moins que vous préferiez quelque chose de plus fort ?

— Rien pour moi, merci, répondit Luke.

— Moi non plus, merci, dit Joe.

— Alors, vous êtes venus pour des informations, reprit celle-ci en se calant de nouveau dans son fauteuil. Je vous écoute.

— Nous cherchons quelqu'un qui aurait pu venir dans votre boutique, il y a quelques années, et que vous auriez trouvé étrange, que vous auriez pris, même, pour un fanatique religieux, expliqua Joe.

Mama les regarda fixement, puis éclata de rire.

— Un fanatique religieux, ici, dans ma boutique ? Mes chéris… Vous plaisantez, n'est-ce pas ?

— Malheureusement non, répliqua Luke. Il nous faut quelqu'un qui sorte de l'ordinaire.

— Autrement dit, vous ne recherchez pas un pauvre

cinglé qui se prend pour un vampire ou un farfelu persuadé d'être un prête vaudou… parce que ça, ici, ça court les rues !

— Je n'en doute pas.. mais ce n'est effectivement pas ce que nous cherchons. Notre homme vénère le Dieu vengeur et impitoyable de l'Ancien Testament, un Dieu capable de détruire une ville entière pour la sauver du péché. Il pense que le corps est un temple et que rien ne doit le souiller. A part ça, il se comporte comme n'importe lequel d'entre nous. Il est peut-être même charmeur et charmant… mais, lorsqu'il est question de religion, il vous donne la chair de poule.

— Intéressant, murmura Mama Thornton, avant de mordiller l'extrémité d'un crayon. Il faudra que je demande à mes employés.

— Vos clients utilisent-ils des cartes de crédit ? demanda Joe.

— De nos jours, oui. La plupart d'entre eux le font. Pas tous, cependant. Il y a tant de monde qui passe dans cette boutique ! Et vous cherchez quelqu'un qui serait venu il y a longtemps… Je ne vais pas pouvoir vous aider tout de suite : il faut que je fouille dans mes archives et que je pose des questions aux employés qui ont travaillé pour moi. Vous avez des informations un peu plus précises, au sujet de cet homme ?

— Il est de Miami, répondit Luke. Et il aurait pu acheter une khamsa.

— Ah, cela se précise un petit peu, commenta-t-elle. Miami et une main de Fatima.

Elle réfléchit un instant.

— Nous avons pas mal de clients de Miami, compte tenu de la proximité entre les deux villes, mais la khamsa et Miami… c'est un début. Je vais y réfléchir et fouiller dans mes archives.

Les deux hommes se levèrent, et Luke lui tendit sa carte de visite.

— Merci beaucoup. Votre aide pourrait nous être d'un grand secours.

Elle hocha la tête, mais demeura assise. En dépit de ses vêtements modernes, elle ressemblait à une vieille prêtresse.

— Vous recherchez un homme qui a causé beaucoup de terreur et de morts, énonça-t-elle comme si elle connaissait toute l'histoire. Je ferai de mon mieux.

Luke la remercia de nouveau et se tourna pour partir.

— Attendez ! cria Mama Thornton.

Elle ouvrit un tiroir de son bureau et en sortit un collier. C'était une très belle pièce — étrange aussi, avec des tas de symboles : une croix, une étoile, une khamsa, un trèfle à quatre feuilles, un croissant de lune et un pentragramme. Au centre, il y avait un cercle délicat en or avec les mots : « Aie foi en l'amour et la bonté. »

— Prenez ceci, dit-elle.

— Oh, non, non, je ne peux pas ! s'exclama Luke. Merci beaucoup, mais…

— Ce n'est pas pour vous. Donnez-le à celle que vous aimez.

— Je ne…

— Vous ne croyez pas au pouvoir des talismans, et peut-être ne croyez-vous pas en l'amour non plus. Donnez-le à une amie, quelqu'un à qui vous tenez, dans ce cas. Mais prenez-le, je vous prie. J'y tiens beaucoup.

Luke s'avisa qu'il serait ridicule de refuser, mais il se sentait mal à l'aise. Le collier était en or et il valait sans doute un petit paquet de dollars. Il l'accepta néanmoins, et la remercia. Puis, ils quittèrent la boutique.

— Il te reste une heure avant de devoir partir pour l'aéroport, annonça Joe. Nous avons un dernier rendez-vous.

Luke savait de quoi il s'agissait. Il essaya d'inventer une excuse pour s'esquiver, mais Joe ne voulut rien entendre.

— Nous allons au bar de l'hôtel Monteleone, au coin de la rue. Je sais que pour toi il s'agit d'une perte de temps, mais, au moins, tu y gagneras un verre avant de partir.

Luke obtempéra et suivit son ami dans le bar. A peine entré, il aperçut un couple, assis à une table près de la fenêtre. L'homme était distingué, mince, avec des cheveux blancs ; la femme, très belle, avait des yeux gris ardoise et de longs cheveux blonds. Elle n'avait sans doute pas plus de trente ans. Ils se levèrent. Joe embrassa la femme et serra la main de l'homme avec chaleur.

— Luke, je te présente Nikki Blackhawk et Adam Harrison, dit Joe.

— Enchanté, dit Adam en échangeant une poignée de main avec Luke. J'ai entendu parler de vous.

— Vraiment ? fit Luke, étonné. Je ne peux pas en dire autant, malheureusement.

— C'est que je ne fais pas de publicité.

— Moi non plus.

— En effet, mais je connais, même de loin, les gens qui travaillent un peu différemment des autres, répondit Adam.

— Je ne suis pas voyant, vous savez, reprit Luke.

— Non, en effet, intervint la femme.

Luke la regarda, regrettant d'être venu. Tout cela était ridicule.

— Vous lisez dans les pensées ? lui demanda-t-il poliment.

Elle sourit.

— Non, fit-elle, avant de se pencher vers lui. Mais je lis les cadavres, en revanche.

Luke n'eut pas l'occasion de lui demander ce qu'elle voulait dire par là, car un autre homme venait de les rejoindre.

Il était indien d'Amérique, grand, musclé, avec des yeux clairs qui trahissaient des origines européennes.

— Brent Blackhawk, dit-il en se présentant. Je suis le mari de Nikki.

— M. Cane n'est pas très content d'être là, Brent, remarqua Nikki. Il pense que nous sommes des charlatans.

— Je n'ai jamais dit cela ! protesta Luke.

— Mais il ne croit pas aux fantômes, intervint Joe.

— Ecoutez, fit Luke en ravalant un soupir, je suis désolé, mais, dans mon univers, on élucide les affaires en suivant les indices, en déterminant la manière d'être et de fonctionner d'un criminel et en étudiant les victimes à partir de ce que l'on peut voir, sentir et toucher.

Joe secoua la tête.

— C'est Nikki qui a retrouvé Jill pour nous, Luke.

Luke considéra la jeune femme, songeant que son mari ne permettrait sans doute pas qu'il se moque de son épouse, même s'il avait l'air plaisant. De toute façon, il n'avait pas l'intention de se moquer de qui que ce soit. Il était venu pour résoudre une affaire grave, et ne voulait pas perdre son temps, voilà tout.

— Comment y êtes-vous parvenue ? demanda-t-il.

Elle regarda son mari, et celui-ci prit la parole :

— Vous avez l'air d'un type décent, Luke, et Adam

nous dit que vous êtes très fort pour résoudre les affaires criminelles. C'est pourquoi nous sommes ici, prêts à vous aider. D'autant plus que le cadavre que la police a retrouvé grâce à Nikki est peut-être une victime de l'assassin que vous recherchez pour d'autres affaires.

— Comment l'avez-vous retrouvé ? répéta Luke. Est-ce que vous avez tenu un objet qui lui appartenait et essayé de sentir sa présence ?

Nikki sourit poliment.

— Non. J'étais en train d'accompagner un groupe de touristes, dans le cadre de mes activités…

— Je ne comprends pas, interrompit Luke, interloqué.

— J'organise des visites thématiques, centrées sur l'histoire des fantômes de La Nouvelle-Orléans. Bref, ce jour-là, j'animais une visite quand je l'ai vue. Ce n'était pas un fantôme très accompli — ou très expérimenté, si vous préférez. Vous riez, monsieur Cane, ajouta-t-elle sur un ton de reproche.

— J'ignorais que les fantômes peuvent être plus ou moins « accomplis », répondit Luke, non sans se rappeler le sérieux avec lequel Chloé lui avait parlé de ses propres visions.

Il repensa aussi à la tache humide sur le tapis de sa chambre.

— Il existe toutes sortes de hantises, reprit Brent. Sur les champs de bataille, par exemple, les fantômes restent pour revivre les moments traumatisants de leur vie, encore et encore. Ils en tirent parfois une grande force. Ils deviennent alors ce que l'on appelle un fantôme accompli. Il y a une zone sur le champ de bataille de Gettysburg où les gens qui n'ont pourtant pas l'ombre d'un sixième sens arrivent à sentir les morts autour d'eux. Les nouveaux fantômes ont rarement autant de talent que ceux qui sont là depuis longtemps, mais plus ils essaient, plus ils font d'efforts, et mieux ils arrivent à apparaître aux autres, au point de créer des manifestations physiques.

— Comme de faire cliqueter des chaînes, murmura Luke.

— Exactement, intervint Adam.

— Jill est apparue au coin de la rue où elle avait été enlevée, continua Nikki.

— Elle n'aurait pas mentionné le nom de son assassin, par hasard ? railla Luke sans réfléchir.

— Nous perdons notre temps, déclara Brent.

Sa femme l'ignora.

— Il portait un masque au moment de l'agression, et Jill n'a pas vu son visage. Mais elle a eu le sentiment de l'avoir rencontré un jour ou deux plus tôt, dans un bar. Elle m'en aurait dit davantage, monsieur Cane, si seulement elle en avait été capable. Il l'a violée et torturée, avant de la tuer, vous savez. Il ne cessait de lui répéter qu'il faisait cela pour sauver son âme. Qu'il était un guerrier de Dieu. Est-ce que cela vous aide ?

Luke fut stupéfait. Joe leur avait-il parlé de l'aspect religieux des massacres sur lesquels il enquêtait ? Peut-être, mais… elle avait l'air sincère. Ses associés aussi. Et il ne pouvait oublier que Chloé affirmait voir des fantômes — et qu'ils étaient là pour essayer de l'aider.

Il poussa un soupir et sourit tristement.

— Oui, cela m'aide, admit-il. Merci. Je pense que le tueur est un fanatique religieux. Je ne veux pas paraître obtus, mais je n'ai jamais cru aux fantômes. Quand on est mort, on est mort. Parti pour de bon. J'ai perdu ma femme, il y a de nombreuses années. Il fut un temps où je priais pour qu'elle revienne, sous quelque forme que ce soit. Si elle l'avait fait, j'aurais pu lui demander pardon.

— Vous n'avez peut-être jamais eu besoin qu'elle vous pardonne, ou bien elle n'a jamais eu le sentiment qu'elle devait vous pardonner, avança Nikki.

Elle le considéra longuement de ses yeux clairs.

— Elle a été assassinée, n'est-ce pas ? Et le meurtrier est mort.

Elle s'appuya contre le dossier de son fauteuil.

— C'est vous qui l'avez tué.

Luke fut stupéfait de nouveau. Puis, il se rappela qu'Adam Harrison avait dit avoir entendu parler de lui.

Joe se racla la gorge. Une serveuse s'était approchée et attendait pour prendre la commande. Luke choisit une bière, remarqua distraitement qu'Adam ne commandait rien, puis consulta sa montre. Il lui restait un quart d'heure.

Il ne put retenir un autre soupir. Avait-il tort de repousser l'aide qu'on lui offrait, quelle que soit sa provenance ?

— Pour être tout à fait honnête, j'ai une amie qui aimerait beaucoup vous parler, dit-il brusquement. Elle a survécu au premier massacre, de même que trois de ses amis, il y a dix ans. Elle est aussi une amie de la jeune femme qui a disparu récemment. Il lui arrive de travailler pour l'agence de mannequins où se sont produits les meurtres l'autre soir.

Il marqua une pause, avant de conclure :

— Et elle pense qu'elle voit des fantômes.

— C'est sûrement vrai, dit Brent, avec un haussement d'épaules.

— Nous sommes passés chez Mama Thornton, avant de venir ici, intervint Joe. Luke pense que le symbole taillé dans le dos et le front de Jill est une main de Fatima. Il pense aussi que l'assassin avait dessiné le même symbole sur le mur, lors du Massacre des lycéens, il y a dix ans. Mama Thornton va en parler à ses employés et fouiller dans ses archives pour essayer de retrouver quelqu'un de Miami qui aurait pu s'intéresser à ce symbole.

— Je connais très bien Mama Thornton, dit Nikki. Je vais lui passer un coup de fil — pour qu'elle sache que c'est important.

Elle avait l'accent traînant du Sud, contrairement à son mari, qui n'était manifestement pas du coin.

Adam se leva brusquement.

— Une voiture m'attend dehors. J'ai un vol pour Washington D.C. à 17 h 30.

Il regarda Luke d'un air amusé.

— Un rendez-vous à Quantico, dans les bureaux du F.B.I. Mais si vous pensez que nous pouvons vous aider…

Il tendit sa carte de visite à Luke, qui l'accepta et se leva à son tour.

— Je ferais mieux de renoncer à ma bière. J'ai un vol à prendre, moi aussi. Je dois rentrer à Miami.

— Venez avec moi, suggéra Adam. Cela évitera à Joe de faire le trajet jusqu'à l'aéroport.

— Merci, dit Luke, en se demandant si Harrison allait lui faire la leçon sur les pouvoirs paranormaux durant toute la durée du trajet.

Les autres se levèrent pour lui serrer la main. Nikki le regarda, hésita, puis sourit brusquement.

— A titre d'information, j'ai cru que j'avais perdu l'esprit, la première fois que j'ai vu un fantôme, dit-elle. Si Brent et Adam n'avaient pas été là…

Elle eut un haussement d'épaules.

— Si je peux aider votre amie, faites-le-moi savoir.

— Merci, répondit Luke avec sincérité.

Il sortit et s'engouffra dans la voiture qui était garée le long du trottoir. Non seulement elle avait des plaques du gouvernement, mais, en fait de voiture, c'était une énorme limousine. Certaines personnes, en haut lieu, ne le prenaient visiblement pas pour un charlatan.

Le véhicule démarra et Harrison relança la conversation sur un ton tranquille.

— Je les envie — je veux parler de ceux qui ont le don.

— Vous ne l'avez pas ? répliqua Luke, étonné.

Adam secoua la tête.

— Non. Mon fils l'avait. Quand il est mort, j'ai découvert qu'il avait transmis son don.

— A Nikki ? Ou à Brent ?

— Aucun des deux, répondit Adam en souriant. J'ai beaucoup d'agents. C'est mon talent à moi. De les découvrir. C'est seulement récemment que j'ai commencé à voir Josh.

— Votre fils, avança Luke, poliment.

— Oui, fit Harrison en hochant la tête. Il est ici, dans la voiture, assis juste en face de nous.

Luke ne sut comment réagir. Il ne servait à rien d'expliquer à cet homme qu'il n'y avait strictement personne sur la banquette opposée.

— Sait-il quelque chose ? demanda-t-il, décidant de jouer le jeu. Peut-il m'aider ?

Harrison eut un rire.

— Il dit que vous êtes un sceptique à l'esprit fermé et que vous feriez bien d'écouter un peu ceux qui vous entourent.

Luke regarda la banquette vide devant lui.

— Egalement ravi de faire votre connaissance, Josh.

Harrison se contenta de sourire. Luke le considéra un moment en silence. Les plus hautes instances du pays paraissaient le respecter. Pourtant, il était fou à lier.

Mais… et s'il ne l'était pas ?

Luke laissa échapper un soupir.

— D'accord, fit-il. Josh est peut-être assis là, mais je ne vois pas les fantômes, moi. Je ne vois que ce qui est réel et tangible.

Il hésita une fraction de seconde encore.

— Cependant, une personne à qui je tiens beaucoup pense qu'elle voit des fantômes, et j'ai foi en *elle*. Qu'en dites-vous ? Et Josh, qu'en dit-il ?

Harrison baissa la tête un moment. Puis, il se tourna de nouveau vers Luke. Il n'avait pas l'air fou. Il semblait serein et sûr de lui, au contraire. Comme quelqu'un qui n'a pas besoin de prouver quoi que ce soit à qui que ce soit.

— Josh dit que c'est un début. Il estime aussi que vous êtes dans un sacré pétrin et se demande ce que vous avez à perdre en acceptant notre aide. Je suis prêt à vous envoyer Nikki et Brent à Miami. Croyez-moi, quand je vous dis que Brent est solide comme un roc. C'est un enquêteur de premier ordre, indépendamment du fait qu'il est capable de voir des fantômes. Puisque vous n'avez rien à perdre et tout à gagner, pourquoi ne pas dire oui ?

Luke éclata de rire.

Il ne voyait toujours pas Josh, mais Brent était un homme de chair et d'os et il serait content de pouvoir compter sur sa présence et celle de sa femme. Plus ils étaient nombreux à ouvrir l'œil, mieux cela vaudrait pour tout le monde.

— C'est vrai que je suis dans un sacré pétrin, admit-il. Alors oui, j'accepte votre aide. Et je vous en remercie.

Harrison hocha la tête.

— Bien.

Luke força un sourire.

— Est-ce que je peux poser une question à Josh ?

— Bien sûr.

— Si les fantômes existent, pourquoi n'ai-je jamais revu ma femme ? s'enquit-il d'une voix que l'émotion rendait rauque.

— Parce qu'elle vous aimait, répondit Harrison, après quelques instants. Et qu'elle savait que vous l'aimiez aussi. Parce que son meurtrier ne fera plus jamais de mal — vous y avez veillé. Elle a tourné la page, et cela signifie que le moment est venu pour vous de la tourner aussi. Elle est partie, Luke. Elle est heureuse et en paix, et elle souhaite que vous le soyez également.

Luke déglutit péniblement, un peu étonné d'éprouver tant de chagrin, à ces mots — mais aussi tant d'espoir. Il voulait tellement y croire !

Ils arrivèrent bientôt à l'aéroport et se séparèrent. Quelques minutes plus tard, Luke apprit avec dépit que son avion aurait trois quarts d'heure de retard. Il se mit à faire les cent pas dans le terminal, de plus en plus impatient d'arriver à Miami.

Il se faisait de souci. Ou plutôt non, c'était plus grave que ça. Il avait peur. Peur pour Chloé.

Il regarda de nouveau sa montre et poussa un grognement d'impatience. On était jeudi. L'Eglise de la Réalité avait prévu d'organiser un dîner de bienvenue ce soir. Avaient-ils annulé, après ce qui s'était passé au manoir ?

Il appela Stuckey pour s'en assurer.

— Ils n'ont rien annulé du tout ! s'exclama le lieutenant de sa voix de stentor. Sanz est passé sur toutes les chaînes de télévision en protestant de leur innocence, ça oui ! Et, maintenant qu'il a bien fait sa pub, il espère sans doute attirer des curieux dans leur église. Et tiens-toi bien : ils sont tellement coopératifs que cela en devient suspect... Nous avons reçu une liste exhaustive de leurs membres présents et passés, et une lettre nous assurant que tous sont prêts à répondre aux questions que la police pourrait vouloir leur poser. Nous sommes aussi invités à inspecter leurs locaux. J'ai posté un tas de flics sur place, ce soir. C'est un véritable zoo.

— Et tu as toujours du monde pour surveiller la maison des Marin ?

— Un peu, mon neveu ! Léo est rentré, et il est ressorti, mais les filles n'ont pas bougé. J'ai reçu un rapport il y a quelques minutes. Leurs voitures sont là et mes hommes ne les ont pas vues.

Luke le remercia et dit qu'il passerait le voir, le lendemain matin, pour lui raconter ce qu'il avait vu et appris, à La Nouvelle-Orléans, et comparer leurs notes. Puis, il raccrocha, car on appelait enfin les passagers de son vol à monter à bord et il voulait encore parler à Chloé.

Il appela le numéro de la jeune femme et tomba sur le répondeur, à trois reprises. Puis l'hôtesse de l'air lui demanda de couper son téléphone car l'avion allait décoller.

Le vol dura à peine une heure et demie, mais, cette fois encore, chaque minute lui parut durer une éternité.

Avant de quitter le restaurant, Chloé et Victoria se rappelèrent qu'elles allaient à un « dîner de bienvenue » auquel chaque convive était censé contribuer. Elles commandèrent rapidement une large salade et du pain, et prirent un taxi.

Les abords de l'église grouillaient de monde, et des

policiers contrôlaient les papiers de tous les individus qui leur paraissaient suspects. Les deux jeunes femmes passèrent les barrages sans problème et entrèrent.

Ni l'une ni l'autre n'avait jamais vu les lieux. Elles furent un peu étonnées par les bulbes dorés, mais après tout, remarqua Victoria, on avait bien créé une boîte de nuit dans une ancienne église, à New York.

Au début, tout se déroula normalement. On les accueillit chaleureusement, elles furent remerciées pour la salade et le pain et on leur offrit du punch dans des gobelets en papier, qu'elles acceptèrent poliment, même si elles se gardèrent bien de le boire.

Au bout d'un moment, une cloche sonna. Chacun posa son assiette et entra dans l'église. Frère Sanz, l'homme qui était passé à la télévision, prononça un discours de bienvenue et expliqua qu'en dépit de tout ce qu'on pouvait lire dans les journaux, l'Eglise de la Réalité n'avait jamais encouragé la violence. Toute vie humaine était sacrée.

— Nous prêchons la tolérance, motivés par notre conviction de connaître le vrai chemin qui mène au paradis. Ce chemin est fait de bonté envers les autres. Nous avons aussi la conviction profonde que nous sommes bénis et que nos corps sont nos temples. Les membres de l'Eglise de la Réalité rejettent tous les poisons disponibles à chaque coin de rue. Nous ne buvons pas d'alcool et nous ne fumons pas, qu'il s'agisse de substances légales ou illégales, ajouta-t-il, déclenchant quelques rires dans l'assistance. Nous formons une communauté dans laquelle chacun de nous travaille au bien-être de ceux qui nous entourent, en toute conscience, et en toute réalité. Nous sommes des amis les uns pour les autres. Oui, nous demandons à nos membres de nous verser une part de leurs revenus, mais cet argent sert uniquement à faire vivre notre église et nos programmes d'aide. Nous nous portons au secours des malades et de tous ceux qui se retrouvent sans travail. Donner de soi, c'est à cela que tout se résume, et c'est ce qui rapporte le plus en retour. Ce soir, nous sommes réunis pour vous dire qui nous sommes. Personne n'est jamais forcé de joindre une communauté religieuse ni d'y rester, mais nous espérons que vous vous joindrez à nous, et que vous resterez. Nous voulons vous offrir l'espoir, la foi, l'amour et la charité que nous recherchons tous, dans la vie. Nous voulons vous montrer le chemin de la Réalité, parce que lui seul peut nous ouvrir les portes du paradis.

Le discours se poursuivit encore un moment et Chloé, consultant sa montre, constata qu'il était presque 21 heures. Enfin, frère Sanz bénit l'assemblée et les gens se levèrent.

On servait le café dans le jardin quand elles sortirent, mais Chloé était pressée de s'en aller. Elle prenait le bras de Victoria pour l'entraîner vers la rue, lorsqu'un homme bondit par-dessus les barricades de la police en hurlant :

— Suppôt de Satan ! Meurtrière !

Il jeta une tomate à une femme d'une quarantaine d'années qui se tenait tout près de Chloé, et qui, essayant d'éviter le projectile, se pencha, glissa et tomba. Un policier se rua vers l'homme qui détalait déjà à toutes jambes, sur le trottoir.

Chloé se pencha instinctivement pour aider la femme, en même temps que plusieurs autres personnes, mais celle-ci se redressa vaillamment.

— Merci, marmonna-t-elle. Merci, mes amis. Ne vous faites pas de souci.

Chloé épousseta la chemise de la femme à laquelle

s'étaient accrochés quelques brins d'herbe. Elle était très maigre et semblait profondément triste. Elle se comportait comme si l'attaque ne l'avait pas touchée, mais elle avait les larmes aux yeux.

— Je suis désolée, dit Chloé gentiment. Je ne veux pas être indiscrète, mais… pourquoi vous a-t-il agressée ?

— Oh ! C'est à cause de ce qui est arrivé dans cette maison sur la plage, autrefois, répondit la femme, avant de croiser le regard de Chloé. Vous êtes une âme généreuse, je le vois dans vos yeux. Vous ne voulez pas m'apporter un café ?

— Je m'en occupe, dit Victoria. Asseyez-vous, toutes les deux. Il y a une table, là.

Chloé accompagna la femme à la table et s'installa à côté d'elle.

— Heureusement, la plupart des gens ignorent qui je suis, continua celle-ci…

Elle s'interrompit et tendit la main à Chloé.

— Je suis sœur Lucy. Je n'utilise pas mon nom de famille, mais c'est Garcia.

Chloé la regarda un instant sans comprendre, avant de se rappeler que l'un des hommes qu'on avait retrouvés morts, dans les Everglades, s'appelait Garcia. Ce n'était pas celui qu'elle avait identifié, mais l'autre.

— Vous savez qui est mon frère, n'est-ce pas ? renchérit sœur Lucy.

Chloé hocha la tête, songeant que l'expression de son visage avait dû la trahir.

— Il était l'un des hommes qu'on a retrouvés dans le parc des Everglades, n'est-ce pas ? dit-elle.

— C'est ça, murmura sœur Lucy.

Elle se pencha et ajouta, dans un chuchotement :

— Mais il n'avait rien fait. On m'a prise pour une folle quand j'ai dit ça, parce qu'il y avait une lettre d'aveux, mais je sais ce que j'avance. Il n'avait rien fait.

Victoria, qui venait de les rejoindre avec les cafés, s'assit en face d'elle.

— Nous vous croyons, assura-t-elle.

— Chut, fit sœur Lucy. Il arrive.

Elles regardèrent autour d'elles et virent frère Sanz se diriger vers elles. Lucy se leva.

— Frère Sanz, j'accueillais ces jeunes femmes et les remerciais de m'avoir aidée à me relever.

Frère Sanz serra la main de Victoria, puis celle de Chloé. Il avait une poignée de main ferme et chaude, et son sourire était plus chaleureux encore.

— Je vous félicite, mesdemoiselles, pour votre courage, ce soir. Pas seulement lorsque vous avez aidé sœur Lucy, mais lorsque vous avez pris la décision de venir. On nous soupçonne de l'innommable, une fois encore, alors que nous sommes innocents et l'avons toujours été. Mais je ne permettrai jamais que notre église périclite et se meure. Nous faisons trop de bien autour de nous. Merci d'être venues et d'avoir aidé sœur Lucy contre ceux qui condamnent sans procès et se proclament justiciers ! J'espère que nous aurons la joie de vous revoir.

— Nous reviendrons, assura Victoria. Mais il se fait tard et nous devons travailler, demain.

— Merci pour cette soirée, renchérit Chloé.

Elle se tourna et se heurta à Luke Cane, qui la regarda dans les yeux, et la reconnut sur-le-champ.

13

Assise près de Victoria, sur le canapé de sa maisonnette, Chloé arborait un air indigné et distant, mais ce n'était qu'une ruse. Luke avait vu son regard, lorsqu'elle l'avait reconnu, à l'Eglise de la Réalité. Elle était parfaitement consciente du fait qu'elles avaient pris, toutes deux, un risque inconsidéré.

Les deux jeunes femmes avaient ôté leurs perruques, et s'étaient lavé le visage. Elles ne portaient plus que ces drôles de robes à fleurs sorties d'une friperie. Victoria avait voulu endosser la responsabilité de leurs actes, mais Chloé l'avait interrompue avec colère, déclarant qu'elle était adulte et libre de faire ses propres choix. Autrement dit, c'était elle qui avait choisi d'accompagner Victoria.

Luke allait et venait comme un ours en cage, conscient de marcher sur des œufs. Chloé était majeure et plutôt raisonnable. Elle pouvait très bien le chasser de sa maison, et il serait forcé d'obéir. Malgré cela, il avait du mal à ne pas trahir sa colère et son incrédulité.

Finalement, il se rendit dans la cuisine, trouva une bière et en but une longue rasade. Puis, vaguement calmé, il regagna la salle de séjour.

— Ce que vous avez vu au manoir, l'autre soir, ne vous a pas suffi ? s'exclama-t-il. Vous savez… mieux que personne au monde ce dont certaines personnes sont capables. Vous l'avez vu à deux reprises. Où aviez-vous la tête ?

— Nous n'avons jamais couru le moindre danger, déclara Chloé sur un ton ferme. Le type qui a tué Myra et les autres n'attaque pas ses victimes dans des endroits publics. Je serais plus en danger ici, s'il m'avait dans son collimateur. Or ce n'est pas le cas. Réfléchis : si quelqu'un avait voulu notre mort à toutes les deux, il n'aurait pas attendu dix ans. Et puis, les deux crimes sont différents. Nous n'avons aucune raison de penser qu'il existe un lien entre eux.

— L'assassin n'a peut-être pas eu le temps d'écrire sur le mur, cette fois-ci, répondit Luke en s'asseyant enfin face à elles.

— Pourquoi es-tu venu nous chercher à l'église, de toute façon ? demanda Chloé d'un air soupçonneux.

— J'ai essayé de t'appeler, mais tu ne répondais pas. Puis, je suis arrivé ici, et tu n'y étais pas. Pourquoi as-tu coupé ton téléphone ?

— Parce que nous étions dans l'église, justement ! répliqua la jeune femme en détournant les yeux d'un air gêné.

Mais cela ne dura qu'un bref instant et elle retrouva vite son air offensé.

— En tout cas, trouvant la maison vide, mais les voitures garées là, je me suis douté que vous tramiez un coup louche. De là à me douter que vous étiez à ce dîner, il n'y avait qu'un pas à franchir.

— On a quand même appris quelque chose, ce soir, intervint Victoria. Grâce à Chloé, qui se trouvait au bon endroit, au bon moment.

— Tu aurais pu le mentionner, commenta Luke d'un air réprobateur.

— Encore aurait-il fallu que tu m'en donnes la possibilité ! riposta la jeune femme.

Luke garda le silence — si longtemps que Chloé finit par répondre :

— Nous avons rencontré une femme qui se fait appeler « sœur Lucy ». Son vrai nom est Lucy Garcia et elle est la sœur d'Abram Garcia, l'homme qui est censé avoir tué Michael Donlevy, avant de retourner le revolver contre lui, dans les Everglades. Celui qui est censé avoir glissé une lettre d'aveux, qui était aussi une lettre de suicide, dans un sachet en plastique pour qu'on puisse la trouver après leurs morts. Le plus intéressant est que…

— Quelqu'un a essayé de lui jeter une tomate, interrompit Victoria.

— Il a manqué sa cible, mais Lucy a glissé et je l'ai aidée à se relever. Nous avons un peu bavardé, et elle nous a expliqué que son frère n'avait pas commis le crime dont on l'accuse. Le fait est qu'Abram Garcia n'était pas l'homme que j'ai vu et dont j'ai dessiné le portrait. C'était Michael Donlevy. Lucy a peut-être raison de clamer l'innocence d'Abram, mais personne ne la croit, forcément.

Luke réfléchit un instant.

— J'irai à l'église et je trouverai un moyen de lui parler.

— Ah oui ? Toi, tu peux y aller ! Ça ne pose pas de problème, marmonna la jeune femme avec indignation.

— Pour l'amour du ciel, Chloé… Je ne t'ai jamais prise pour une idiote, mais je suis détective privé et, avant ça, j'étais flic. Je sais ce que je fais.

— J'ai quand même obtenu une information que tu n'aurais peut-être jamais découverte. Et ne me sers pas tes discours idiots sur le fait que tu es plus fort et plus grand que moi. J'ai vu certains des sportifs les plus costauds du lycée mourir dans une mare de sang !

— Je sais, répondit Luke. Mais poursuivre les assassins de ce monde est mon travail. Ces sportifs, comme tu dis, étaient encore des gosses, et ils ont été tués par surprise.

— Chloé avait son flingue, dit Victoria.

— Vickie ! s'exclama Chloé, furieuse, avant de se tourner de nouveau vers Luke. Ce n'était pas une mauvaise idée — d'aller là-bas, je veux dire. Victoria nous avait bien déguisées. Tu nous as tout de suite reconnues parce que tu nous cherchais. Et nous avons découvert cette piste au sujet de Garcia. C'est bien une piste, n'est-ce pas ?

— Oui, en effet, admit Luke, hochant la tête. Merci. Mais, pour l'amour du ciel, je n'ai pas envie de mourir.

— Pardon ? fit Victoria, perplexe.

— Vous m'avez presque causé une crise cardiaque, toutes les deux.

— N'exagère pas, protesta la jeune femme avec un léger sourire.

— Je *n'exagère pas.*

Un coup frappé à la porte les interrompit. Chloé se leva pour aller ouvrir. C'était Léo — qui fronça les sourcils en remarquant sa robe.

— Tu es sortie d'ici en cachette pour aller au marché aux puces ? demanda-t-il.

— Oh, Vickie et moi étions juste en train de faire les folles, répliqua Chloé.

Ce qui n'était pas un mensonge à proprement parler, songea Luke.

Léo s'installa dans un fauteuil et salua Luke, mais il paraissait préoccupé.

— Content que vous soyez rentré. Est-ce que cela valait le déplacement ?

— Je crois.

— Eh bien tant mieux ! Parce que, ici, la police n'a rien de rien. Pas d'empreintes, pas de traces de chaussures non plus. Aucune serrure n'a été forcée. Ils pensent que le tueur est sorti par-derrière, mais il n'y a aucune empreinte dans le sable, pas de sang non plus. Rien. A croire qu'un fantôme a commis ces meurtres avant de s'évaporer.

— Qu'en est-il de l'enquête sur l'Eglise de la Réalité ? demanda Luke. Je vais voir Stuckey demain, cela dit… alors si vous préférez ne pas en parler, je peux attendre.

— Non, ce n'est pas un problème. L'église se montre coopérative, mais ça reste délicat. On ne peut pas tout mettre sens dessus dessous chez eux pour un crime qui remonte à dix ans.

— Non, en effet, admit Luke.

— Bon, je vous verrai demain, puisqu'on dirait que vous avez tous décidé de rester ici, reprit Léo en se levant. Je voulais juste m'assurer que Luke était bien rentré.

Victoria se leva d'un bond.

— Je vous accompagne. Je vais dormir dans la chambre de Chloé, comme hier. Et, pour l'amour du ciel, Chloé, inutile de te faire du souci à mon sujet. Je vais très bien et je préfère avoir un lit pour moi toute seule !

Elle emboîta le pas de Léo et referma la porte.

Il y eut un silence.

Chloé croisa le regard de Luke.

— Je n'ai rien fait de mal.

— De mal ? répéta Luke. Non.

— Oh, Luke ! J'aime encore mieux quand tu te fâches.

— Tu m'as fait peur, Chloé. Ce n'était pas mal, à

proprement parler, mais ce n'était pas une bonne chose à faire non plus.

— Je ne t'aurais pas menti. Mais je n'ai pas non plus besoin de te demander la permission pour sortir si j'en ai envie.

— C'est vrai, admit-il à contrecœur.

Chloé étouffa un grognement.

— Bon, d'accord, je suis désolée. Vraiment. Tu me crois ?

— Evidemment.

— Mais ?

Luke eut un haussement d'épaules.

— Tu recommenceras à n'en faire qu'à ta tête à la première occasion. Tu es comme ça.

Elle se leva.

— Je ne l'aurais pas fait si je n'avais pas su qu'il y avait des flics partout.

— D'accord.

— Je monte me coucher.

Il hocha la tête.

— Tu restes là ? demanda Chloé.

— Oui.

Elle hésita une fraction de seconde, avant de se diriger vers l'escalier.

Luke demeura immobile, les yeux rivés droit devant lui. Il ne comprenait pas ce qui le paralysait. Ce n'était pas ce qu'il avait appris à La Nouvelle-Orléans ; ce n'était pas non plus la découverte que le gouvernement faisait appel à des voyants pour l'aider dans son travail.

Il ferma les yeux et se rappela Miranda.

Il se rappela le moment où il était rentré chez lui.

Il la revit, aussi.

Il n'avait pas pour habitude de ressasser ce souvenir, mais, parfois, les images surgissaient dans son esprit sans crier gare. Ce soir, au moins, il savait pourquoi.

Finalement, il s'assoupit dans le fauteuil. Et il y passa la nuit. Il ne voulait pas bien dormir. Il ne voulait surtout pas faire de rêves.

Chloé rêva et elle était sûre qu'il s'agissait d'un rêve, car tout y était bizarre. Les objets étaient trop grands, hors de proportion, et ils fondaient, dégoulinaient, comme dans un tableau de Dali.

Colleen Rodriguez était dans sa chambre, de nouveau, les yeux fixés sur elle. Elle était trempée. Sa robe blanche et ses cheveux, aussi.

Et des larmes coulaient sur ses joues.

« Aide-moi, s'il te plaît. Trouve-moi. Attrape-le. »

Chloé se réveilla épuisée, le lendemain matin. Elle ne savait si elle devait parler de son rêve à Luke, surtout compte tenu du fait qu'il ne l'avait pas rejointe de toute la nuit. Elle en était peinée, mais elle continuait de penser qu'elles avaient eu raison de se rendre au dîner de l'Eglise de la Réalité.

Lorsqu'elle descendit, avant 9 heures, Luke était déjà parti. Elle n'était pas seule, cependant. Il y avait quelque chose sur le canapé. Une boule couverte d'une serviette.

Chloé s'en approcha, curieuse, mais prudente, car la chose en question faisait de drôles de bruits.

Elle écarta la serviette et découvrit une petite caisse grillagée pour transporter les animaux domestiques. Un message y était scotché.

« Bonjour,

Mon nom est Théodore Roosevelt. Théo, pour mes amis. Je suis un berger belge. Je vais grandir et devenir très fort et très costaud. Je ne suis pas un chien de garde formidable, pour le moment, mais mon papa va s'installer avec nous pendant quelque temps. Il sait bien garder les maisons et les jardins. Bien sûr, les chiens ne peuvent pas aller partout, mais mon papa est un chouette type et partout où les chiens sont acceptés, il se tiendra très bien. »

Chloé esquissa un sourire. Elle sortit le chiot de la cage et l'animal se mit à lui lécher les mains et le visage.

— Eh ! Calme-toi, lui dit-elle en riant. Eh bien, c'est formidable. J'ai un chiot non dressé. Comment diable a-t-il fait pour te trouver à une heure aussi matinale ?

Elle secoua la tête.

— Je n'ai même pas de quoi te donner à manger ! Et que ferai-je de toi pendant la journée ? Dois-je t'emmener avec moi ?

On frappa à la porte et Chloé alla ouvrir. Léo se tenait sur le seuil, attaché-case en main, prêt à partir travailler.

— Alors ? demanda-t-il.

— Alors quoi ? répondit la jeune femme.

— Je ne savais quoi penser de cette idée de te laisser un chiot, mais il est tellement mignon… Je veux parler du chiot, bien entendu.

— C'est vrai qu'il est adorable.

— Son père est dehors. Tu veux faire sa connaissance ?

— D'accord, fit Chloé en espérant que la version adulte de Théo n'allait pas lui sauter à la gorge.

— Il s'appelle George, dit Léo.

— Laisse-moi deviner. George Washington ?

— Gagné. Il appartient à un dresseur de chiens qui

travaille pour la police. George, pas le chiot. Le chiot est à toi, maintenant. Luke connaît le type : il devait savoir qu'il avait une portée. Et il lui a demandé de te prêter George. Un redoutable chien de garde, paraît-il. Super-gentil, du moment qu'on ne menace pas ceux dont il a la responsabilité. Je suis d'ailleurs censé te présenter immédiatement, pour qu'il sache que tu ne représentes pas un danger.

— Et Victoria ?

— Les présentations ont été faites quand elle est sortie, tout à l'heure.

Chloé se figea, ébahie. Le chien en question était un vrai géant. Il devait peser près de cent kilos, mais il était magnifique.

— Bonjour, George, dit-elle.

Celui-ci trotta vers elle gentiment et frotta son nez contre sa main. Elle lui caressa la tête.

— George restera dans le jardin quand nous ne serons pas là. Et, la nuit, il dormira avec toi — où que tu sois, précisa Léo.

— Je vois.

— Luke a laissé autre chose pour toi. C'est sur le comptoir de la cuisine. Il faut que j'y aille. A ce soir. Si tu ne rentres pas, pour une raison ou pour une autre, surtout, appelle-moi.

— D'accord. Toi aussi, s'il te plaît.

— Entendu.

Une fois seule, Chloé se rendit dans la cuisine et trouva un magnifique collier sur le comptoir.

— Il pense à tout, hein, Théo ? murmura-t-elle en examinant le bijou.

Le cercle en or, avec la bénédiction, se trouvait au

milieu des autres charmes, plus petits. C'était une belle pièce, mais elle avait du mal à imaginer Luke en train de choisir un tel bijou.

Elle le glissa autour de son cou, prit le chiot dans ses bras, et quitta la maison, non sans vérifier que toutes les serrures étaient bien fermées.

Quand elle poussa la porte de son bureau, Jim Evans était déjà à son bureau. Il leva la tête d'un air étonné.

— Un chien thérapeutique ? ironisa-t-il. Il est adorable.

— C'est un cadeau, répondit Chloé.

— Oh. Super. Je suppose que je vais devoir le sortir ?

— On sera deux à le sortir, j'imagine. Je n'en sais rien. Je n'ai encore jamais eu de chien.

— Et ce que tu as autour du cou, c'est quoi ?

— Un autre cadeau.

— De mieux en mieux, la taquina Jim, avant de reprendre son sérieux. Que fais-tu ici ? Je ne t'attendais pas, aujourd'hui. J'ai annulé tous tes rendez-vous.

— Passe quelques coups de fil. Certains patients voudront peut-être me voir quand même.

— Si tu insistes. Mais… tu es sûre ?

— Absolument.

— Bon, je m'en occupe. Mais un tas de gens savent que tu travaillais aussi pour l'agence Bryson. Ils vont penser que tu as besoin d'aide.

— Et je les laisserai m'aider. C'est une excellente thérapie, affirma Chloé en se rendant dans son bureau.

— Attends ! lança Jim en se levant pour lui apporter une enveloppe. C'est de la part de Harry Lee, le patron de Bryson. Il a essayé de te joindre. Il est même passé ici, mais j'ai refusé de lui donner ton numéro perso. Il veut que la séance photos ait lieu comme prévu. En l'honneur de Myra, paraît-il.

— Il a donné une date ? demanda Chloé.

— Les mêmes que prévu. Il faut que tu sois sur l'île vendredi prochain.

— D'accord.

— Tu vas y aller ? demanda Jim.

— Oui, assura-t-elle d'un ton sans réplique, avant de se réfugier dans son bureau.

Elle avait promené le chiot avant d'arriver, mais celui-ci fit pipi par terre à la seconde où elle le posa. Au moins, il avait évité le tapis persan et choisi le carrelage. Chloé nettoya et lui annonça qu'il allait devoir apprendre à se contrôler, s'il voulait l'accompagner au travail. Théo agita sa queue en guise de réponse.

Quelques minutes plus tard, l'Intercom sonna.

— Farley Astin arrive, annonça la voix de Jim. Mindy Sutton viendra juste après le déjeuner.

— Super. Merci.

Farley se présenta à son cabinet vingt minutes plus tard. Il la serra dans ses bras avec compassion, puis recula aussitôt, comme s'il craignait d'avoir outrepassé certaines limites.

— Désolé, dit-il. J'ai appris la nouvelle au sujet des meurtres, et je sais que vous travailliez avec les gens de l'agence Bryson, de temps à autre. Mais je n'aurais pas dû vous étreindre ainsi. Veuillez m'en excuser.

— Au contraire, Farley, c'était très gentil de votre part. Et, maintenant, vous voulez un café, ou un soda ?

Il ne voulait rien. Il voulait juste parler et l'entendre parler. Il joua quelques instants avec le chiot, puis déambula dans la pièce. Il prit un des carnets de croquis de Chloé et leva les yeux vers elle.

— J'aimerais dessiner aussi bien que vous.

— Vous vous débrouillez drôlement bien, vous savez.

Il sourit, heureux du compliment, s'assit au bout du canapé et se mit à dessiner.

— Que faites-vous ? demanda-t-elle après quelques instants.

— Oh, un truc vraiment bizarre. Je rentrais chez moi, hier soir, et j'ai dû faire je ne sais combien de détours. Le boulevard Biscayne était bloqué à plusieurs endroits. J'ai fini par me retrouver coincé dans la circulation en face de cette église avec les bulbes... Vous voyez laquelle ? C'est le siège de cette drôle de secte. Je dessine ce que j'ai vu.

— Ah bon ?

Chloé s'approcha.

Il avait fait une caricature, montrant la police partout, les équipes de télévision retenues derrière les barricades, et l'église, avec les gens en train de pique-niquer tranquillement dans le jardin. Le visage le plus travaillé était celui du frère Mario Sanz. Farley avait dessiné le symbole du dollar à la place de ses yeux.

— Vous pensez qu'ils sont mêlés à ces meurtres qui ont eu lieu l'autre soir ? demanda-t-il.

Il rougit aussitôt.

— Pardon, j'avais oublié que... vous... avez été mêlée au massacre il y a dix ans...

— Ne craignez pas d'en parler, Farley. Vraiment. Quant à l'Eglise de la Réalité, je ne crois pas que nous disposions d'assez d'éléments pour juger de leur responsabilité. Il existe des tas de sectes religieuses qui prélèvent un pourcentage du salaire de leurs membres.

— Mais ces types… ils sont effrayants, vous ne trouvez pas ?

— Nous sommes en démocratie, et cela inclut la liberté de culte.

Après cela, ils parlèrent enfin des problèmes que Farley rencontrait pour reconstruire sa vie après avoir été injustement accusé de viol.

Lorsque la séance fut terminée, il gratta les oreilles de Théo et sortit en souriant. Un instant plus tard, Jim frappait à la porte.

— J'ai commandé des sushis, annonça-t-il. Le livreur sera là d'une minute à l'autre. Comme Mandy arrive bientôt, je me suis dit que tu voudrais manger quelque chose.

— Jim, tu es la huitième merveille du monde.

— Je fais de mon mieux. Après Mandy, et le conseil d'administration de l'école qui aura lieu à 15 heures, tu seras libre jusqu'à ton retour de la séance photos sur l'île de Coco-Belle.

— Merveilleux.

— Je sais : je mérite une augmentation. Tu vas gagner pas mal d'argent avec ces photos, non ? Je crois que je vais m'octroyer une augmentation à la fin du mois… Je noterai ça dans ton agenda pour que tu n'oublies pas d'en parler au comptable.

Chloé éclata de rire.

— C'est mérité, tu as raison.

Un moment plus tard, entre deux sushis, la conversation s'orienta sur Luke Cane — ou Jack Smith, ainsi que Jim le connaissait.

— Ce créateur de maillots de bain… il va participer à la séance photos, lui aussi ?

— Oui.

— Tant mieux. Même si je ne crois pas une seule seconde qu'il soit créateur de maillots de bain — ou de quoi que ce soit d'autre ayant un rapport avec la mode, d'ailleurs.

Chloé écarquilla les yeux, mais ne répondit rien. Elle se leva et jeta le récipient de sushis vide dans la corbeille à papier.

— Je vais appeler Harry Lee pour lui dire qu'il peut compter sur moi.

— D'accord. Je te préviens dès que Mindy arrive.

Elle composa le numéro de Harry. En attendant qu'il décroche, elle examina le dessin de Farley. Le symbole du dollar à la place des yeux, sur le visage de Mario Sanz, l'intriguait particulièrement.

— Allô ? fit la voix de Harry au bout du fil.

— Bonjour, c'est Chloé Marin.

— Eh bien, vous êtes drôlement difficile à joindre, dites-moi ! s'exclama le patron de l'agence Bryson.

Mais il s'adoucit aussitôt.

— Comme allez-vous ? On m'a dit que vous étiez sur place, lorsque les corps ont été découverts.

— Ça va, répondit Chloé.

— Et vous êtes toujours prête à poser pour notre page du mois de juin ?

— Oui.

— C'est ce que Victoria m'a dit, ce matin, mais je suis content que vous appeliez pour le confirmer. Je prends les choses en main moi-même. Myra sera pratiquement impossible à remplacer, alors, pour le moment, je gère.

— Contente de l'entendre, répliqua Chloé.

Vraiment ? Elle s'était exprimée sans réfléchir, de manière automatique.

— Victoria m'a appris que vos amis Brad et Jared seront sur place, aussi, et Jack Smith a confirmé qu'il fera les photos pour son catalogue, comme prévu.

— D'accord, dit Chloé.

Ils allaient raccrocher, lorsqu'elle s'exclama :

— Harry, attendez. Et les funérailles ?

— Elles auront lieu après la séance photos. La police n'a pas encore rendu les corps aux familles, de toute façon.

Chloé le remercia. Quelques minutes plus tard, Jim lui annonça que Mindy était arrivée.

— Fais-la entrer, dit Chloé.

Tout en lui racontant les événements qui avaient émaillé sa semaine, Mindy joua avec le chiot — et Chloé songea que Jim avait vu juste : à défaut d'être un bon chien de garde, Théo était un excellent « chien thérapeutique » !

Après sa séance avec Mindy, Chloé passa un moment avec les membres du conseil d'administration de l'école, puis elle prit Théo dans ses bras et quitta son bureau.

Luke était dans la salle d'attente. Elle se figea, ne sachant si elle devait se réjouir ou s'irriter de cette surprise. Elle ne savait plus quoi penser de leur relation, mais une chose était sûre : il faisait un excellent garde du corps.

— Bonjour, dit-elle.

Il se leva, et lui prit Théo des bras.

— Alors, tu l'aimes bien ? demanda-t-il.

— Il est adorable.

— Il faut toujours commencer par un chien, commenta Jim, derrière son ordinateur. Si on ne peut pas s'occuper d'un chien, on ne sera jamais capable de s'occuper d'enfants.

— Merci pour cette perle de sagesse, commenta Chloé en se retenant de lever les yeux au plafond.

Elle se tourna vers Luke.

— Tu as fait quoi aujourd'hui ?

— J'ai passé des heures à compulser des archives de la ville. Et, maintenant, je meurs de faim. Où pouvons-nous aller, avec un chien ?

— Coconut Grove, répondit la jeune femme. Ou la plage.

— J'opte pour Coconut Grove. C'est plus près de chez toi.

— Tu es garé dans l'immeuble ?

— Non, je suis à pied. On m'a déposé.

— D'accord. Allons-y.

Luke prit le chiot sur ses genoux, tandis qu'elle s'installait au volant.

— Je crois que j'aimerais finir ce que j'ai à faire en ville d'ici à demain, et descendre dans les Keys, lui confia-t-il lorsqu'ils s'engagèrent dans le flot de la circulation.

— Déjà ? Il ne se passera rien sur l'île avant jeudi prochain, tu sais.

— Je veux avoir le temps nécessaire pour parler avec Maria, expliqua Luke. Tout est lié à l'Eglise de la Réalité. J'en suis sûr. Reste à savoir comment… Maria ne nous apprendra rien si nous nous contentons de l'interroger avant de nous rendre sur l'île. Elle a peur — et Ted aussi. Je dois passer du temps avec eux afin de gagner leur confiance. Je veux aussi lui montrer la brochure de la secte, pour voir si elle reconnaît frère Michael. Enfin, j'ai besoin de temps pour explorer l'île et, pour cela, il faut que j'arrive avant tout le monde. J'ai parlé à Jim et il m'a assuré que tu n'as aucun rendez-vous cette semaine.

— Je pensais que tu aurais de quoi t'occuper ici, avec l'enquête sur la… tuerie de l'autre soir. Et puis, tu ne m'as toujours pas dit ce que tu as découvert à La Nouvelle-Orléans.

— Rien de tangible. Pourtant, je pense avoir fait un véritable bond en avant, assura Luke. Pour le moment, j'essaie encore d'agencer les pièces du puzzle… mais j'ai l'impression que le danger rôde. J'ai peur pour toi et pour Victoria. Alors, fais-moi confiance pour le moment, d'accord ? Ne va nulle part sans me prévenir au préalable. Harry Lee a réussi à obtenir que cinq flics des comtés de Miami-Dade et de Monroe prennent des jours de congé — moyennant un généreux subside, évidemment. Ils seront sur place durant toute la durée de la séance photos. Mais nous n'avons pas affaire à un crétin… Il se tient prudemment dans l'ombre, il observe les allées et venues des gens, et il ne frappe que lorsque ses cibles sont vulnérables. Et il agit peut-être par conviction religieuse, mais ce n'est pas certain. Je pense que tu as raison de croire qu'une des personnes mêlées au massacre des lycéens est toujours vivante. Et il n'est pas resté inactif, durant ces dix dernières années. Il s'est déplacé, il est allé chercher d'autres victimes ailleurs, afin de brouiller les pistes. J'ai passé la matinée à retracer les mouvements de chaque membre de l'Eglise de la Réalité pour essayer de découvrir s'il existe un lien possible entre eux et certaines affaires de disparition ou de meurtres non élucidées dans d'autres Etats du pays.

Il se tut un long moment, comme s'il hésitait à prolonger son récit, puis il reprit :

— Je pense que notre homme a tué une femme à La Nouvelle-Orléans. Elle s'appelait Jill Montague. Elle avait disparu, mais on a fini par retrouver son corps, grâce à l'intervention d'une… somnambule.

Chloé lui jeta un regard interloqué.

— Une quoi ?

— C'est ainsi que les Indiens d'Amérique appellent les gens qui voient des fantômes.

La jeune femme fit une embardée — et reprit aussitôt le contrôle du véhicule, heureusement.

— Tu as rencontré une voyante ? Toi ?

— J'ai un ami dans la police, à La Nouvelle-Orléans. C'est lui que je suis allé voir. Il m'a emmené dans une boutique où on vend des amulettes et des articles religieux en tous genres. La propriétaire s'appelle Mama Thornton. Après ça, Joe m'a fait rencontrer les membres d'une agence dirigée par un homme qui s'appelle Adam Harrison. Ils sont voyants.

— Je vois, murmura Chloé.

Luke ne put retenir un sourire.

— Je ne crois pas que tu *vois* quoi que ce soit, pour le moment, mais ça va venir, affirma-t-il. J'ai invité deux d'entre eux à nous rejoindre pour nous aider à comprendre ce qui est arrivé à Colleen. Il s'agit d'un couple : Brent et Nikki Blackhawk. C'est elle qui a permis aux flics de retrouver le corps de Jill Montague. Elle savait où orienter les recherches parce qu'elle avait vu son fantôme.

— Le fantôme de Jill ne lui a pas dit qui l'avait tuée ? demanda Chloé.

Le sourire de Luke s'élargit.

— J'ai posé exactement la même question. Malheureusement, non. Elle n'avait pas vu le visage de son agresseur, parce qu'il portait un masque. Alors elle ne pouvait qu'appeler à l'aide en apparaissant à ceux qui auraient la capacité de la voir… Un peu comme lorsque tu vois tes fantômes, toi.

Chloé fit une nouvelle embardée, et Luke enchaîna :

— O.K. On reprendra cette conversation un peu plus tard, quand tu ne seras plus au volant. Je n'ai pas envie de finir dans le fossé.

— Mais... Tu ne m'as pas crue, quand je t'ai dit que je voyais des fantômes !

— Je ne suis toujours pas sûr de ce que je crois ou ne crois pas, Chloé. Mais ces gens m'ont paru censés, et ils travaillent souvent pour le gouvernement. De toute façon, au point où nous en sommes, ce serait dommage de refuser leur aide, non ?

— Comment vas-tu les accueillir, puisque tu veux partir dans les Keys dès demain ?

— J'ai fait une réservation pour Brent et Nikki au Coco-Lime. Ils nous y rejoindront. Le plus vite sera le mieux. Je me fais du souci pour Maria.

— Je ne comprends pas, insista Chloé. Pourquoi cette inquiétude subite au sujet de Maria ?

— Pourquoi Myra a-t-elle été subitement assassinée ? répondit Luke. Notre homme a-t-il appris que nous étions remontés jusqu'à l'époque où elle était membre de la secte ? Si c'est le cas, ne risque-t-il pas d'établir, de la même façon, un lien entre Maria et l'Eglise de la Réalité ? Et, avec tous les gens qui vont aller et venir pour cette séance photos, il lui sera sans doute plus facile de l'approcher.

— Je n'y avais pas pensé, murmura Chloé.

— Ne t'inquiète pas. Il ne lui arrivera rien. Les flics sont alertés et sa famille est sur le qui-vive. N'empêche, je préfère être sur place.

Ils arrivèrent à Coconut Grove et choisirent un restaurant avec patio, sur Green Street. Théo resta assis sur les genoux de Chloé, visiblement épuisé, tandis qu'ils passaient leur commande. Puis ils parlèrent de choses et d'autres, soucieux de ne pas continuer à discuter de l'affaire en public.

Après le dîner, ils rentrèrent chez Chloé, où George les accueillit avec enthousiasme. Léo arriva sur ces entrefaites et entra avec eux dans la maisonnette de sa nièce.

— Alors, vous avez toujours l'intention de partir demain ? demanda Léo, comme il se servait à boire.

Chloé arqua les sourcils. Ils s'étaient parlé au cours de la journée, manifestement.

— Oui. Et ne vous faites pas de souci. Chloé m'a promis de ne jamais rester seule. Elle sera avec moi et, si je ne peux pas être là, il y aura Victoria, Brad ou Jared. Ou Brent et Nikki.

— Quand arrivent-ils, au fait ?

Luke consulta sa montre.

— D'un moment à l'autre.

— Je n'arrive toujours pas à croire que vous n'aviez jamais entendu parler d'Adam Harrison ! reprit Léo.

Luke haussa les épaules.

— Ce n'est pas un domaine qui m'intéresse.

— Pourquoi ? Tu avais entendu parler de lui, toi ? s'exclama Chloé.

Léo hocha la tête.

— Oui. Il y a un an environ, quelqu'un a essayé de justifier un meurtre en prétendant qu'une des anciennes maisons de Coconut Grove était hantée.

— Et ces voyants ont prouvé que c'était vrai ? reprit Chloé.

— Non, ils ont prouvé qu'elle ne l'était pas. Le meurtrier jouait au fantôme afin de faire croire aux voisins que le type qui vivait là avait été poussé d'une fenêtre du deuxième étage — par ledit fantôme, bien évidemment — ou qu'il avait sauté dans le vide pour lui échapper.

La sonnette du portail d'entrée résonna et George se mit à aboyer furieusement.

— C'est sûrement eux, dit Luke.

Il se leva pour aller ouvrir. Chloé lança un regard intrigué à son oncle, qui fit mine de l'ignorer et emboîta le pas à Luke. Un peu agacée, la jeune femme sortit à son tour. Elle trouva Luke en train de rassurer le chien, tandis que leurs invités patientaient de l'autre côté de la grille.

Ils formaient un très beau couple. L'homme avait visiblement des origines amérindiennes ; sa femme était blonde et très élégante. Le chien s'étant calmé, ils entrèrent enfin.

Luke fit les présentations et Léo les invita dans le salon. Brent et Nikki déclinèrent poliment les offres de nourriture, affirmant qu'ils avaient dîné à l'aéroport de La Nouvelle-Orléans, mais ils acceptèrent de boire quelque chose. Léo se chargea de les servir, tandis que Luke portait leurs sacs dans une chambre d'amis à l'étage.

Lorsqu'il redescendit, il prit une bière dans le réfrigérateur et s'assit à côté de Chloé, sur le canapé.

— Luke nous a dit que vous voyez des fantômes, déclara Léo d'un air intrigué, sans la moindre trace de jugement ou de scepticisme. Comment savez-vous ce que vous voyez et ce qu'ils veulent ?

— A dire vrai, de nous deux, Brent est l'expert, répondit Nikki.

— Tout dépend du contexte, répondit ce dernier. Les fantômes retiennent des éléments de ce qu'ils étaient de leur vivant, et ils sont encore à la merci de leurs émotions. Ils ont leurs préférences, se sentent plus en confiance avec certaines personnes qu'avec d'autres. Je suis un Sioux Lakota. Ma culture est plus en phase avec le monde des esprits que la plupart des cultures occidentales. J'ai longtemps combattu mes… aptitudes. Puis, l'âge et la sagesse venant, j'ai appris à les apprécier. Maintenant, je considère comme un privilège de pouvoir intervenir là où la science se heurte à ses propres limites.

Chloé observa Luke à la dérobée. Il écoutait attentivement, mais rien dans l'expression de son visage ne permettait de deviner ce qu'il pensait vraiment. Les avait-il invités juste pour elle ? C'était probable. Son cœur se gonfla de gratitude à cette pensée.

— Est-ce que… est-ce que vous pouvez faire apparaître un fantôme ? demanda-t-elle. Etes-vous venus les convoquer et leur demander de répondre à nos questions ?

— Les fantômes apparaissent quand ils le choisissent et non parce que nous leur demandons de se montrer, répondit Nikki en offrant un sourire complice à la jeune femme. Et tout le monde ne revient pas après sa mort. La plupart du temps, ceux qui restent ont une bonne raison de le faire — une situation non résolue.

— Un meurtre, par exemple ? suggéra Chloé.

— Oui, acquiesça Nikki.

A les entendre, voir des fantômes était la chose la plus naturelle du monde. Il suffisait d'en avoir la capacité — et de l'admettre.

Ils parlèrent de Jill Montague, la jeune femme qui avait été assassinée à La Nouvelle-Orléans. Le portrait que Nikki brossa d'elle était si vivace que Chloé eut l'impression de l'avoir connue. Elle en fit la remarque. Brent hocha gravement la tête.

— C'est un véritable don, et notre responsabilité est

de le partager, dit-il en regardant Chloé avec intensité. Nous essayons aussi d'aider ceux qui l'ont à l'accepter.

Oncle Léo se tourna brusquement vers sa nièce.

— Alors il paraît que, toi aussi, tu vois des fantômes ? Tu avais l'intention de partager cette information avec moi, ou tu craignais que je t'envoie chez un psy ?

Chloé rougit jusqu'aux oreilles et se tourna vers Luke d'un air accusateur.

— Je suis désolé, dit celui-ci. Ça m'a échappé lorsque j'essayais de lui expliquer la raison de la venue de Brent et Nikki.

Léo secoua la tête d'un air émerveillé.

— Alors c'est vrai ? J'aimerais bien que ça m'arrive, à moi aussi !

Il s'adressa à Nikki.

— Leur arrive-t-il de vous indiquer où trouver des indices ou des preuves ?

— Oui, il arrive qu'ils nous y mènent tout droit.

Elle sourit de nouveau à Chloé.

— J'ai failli m'évanouir la première fois que j'en ai vu un. C'était une de mes meilleures amies — une fille avec laquelle je travaillais. J'ai cru qu'elle était vraiment là, chez moi. Puis j'ai appris qu'elle était morte quelques heures avant qu'elle ne m'apparaisse. Mais j'ai fini par m'y habituer. Maintenant, j'ai Adam et Brent et le reste des membres de Harrison Investigations pour me rassurer sur le fait que je ne suis pas folle. J'ai appris à me laisser guider par les morts, à les laisser m'aider, et j'espère qu'ils nous aideront de nouveau, dans cette affaire. Chloé, que voyez-vous, exactement ?

— Je vois Colleen Rodriguez, dégoulinante d'eau.

— Ce qui nous manque, dans toute cette histoire,

c'est un fil conducteur, commenta Léo. Des individus disparaissent. Des massacres ont lieu. Mais quel est lien ? Quel est le *modus operandi* ?

— Je pense que le Massacre des lycéens a été perpétré par trois hommes, et non deux, répondit Luke. Et je pense que le troisième homme est encore en vie. Ce n'était peut-être pas le cerveau du groupe. Il n'est peut-être qu'une marionnette, et une quatrième personne tire les ficelles. Nous n'en savons rien encore. Et je pense aussi que, lorsqu'il n'assassine pas pour remplir une sorte de « mission » religieuse — qu'il nous reste à déterminer —, son appétit de tuer le pousse à agir seul, sans motivation apparente. Il s'en prend alors à des jeunes célibataires comme Jill, à La Nouvelle-Orléans, ou Colleen, ici. Et Dieu sait combien d'autres ! ajouta-t-il d'un air sombre.

Léo poussa un soupir.

— Et, maintenant, vous partez tous pour les Keys où il lui sera encore plus facile de s'en prendre à vous.

— S'il voyage pour trouver ses victimes, comme tu le penses, il est peut-être au Kansas, à l'heure qu'il est ! remarqua Chloé.

Luke secoua la tête.

— Non. Il est ici. Et je prie pour qu'il ne sache pas à quel point nous avons progressé dans notre enquête. Sinon, il nous filera encore entre les doigts.

Léo était monté se coucher, Nikki et Brent étaient installés dans la chambre d'amis, George montait la garde au-dehors et le petit Théo dormait tranquillement sur le canapé de la maisonnette de Chloé.

Ils étaient enfin seuls.

— Tu les as fait venir pour moi, pas vrai ? demanda la jeune femme, blottie contre Luke.

— Pas seulement. Je suis prêt à faire de nombreux paris pour arriver à résoudre à cette affaire.

— Mais…

Luke pressa un doigt sur les lèvres de la jeune femme.

— Je suis trop fatigué pour réfléchir plus longtemps, ce soir. Plus de questions ou de discussions, d'accord ? S'il te plaît ?

Chloé sourit et enroula les bras autour du cou de son amant. Puis elle l'embrassa comme si c'était la première fois. Au bout d'un moment, Luke se leva et la porta en haut de l'escalier. Ils pouffèrent de rire lorsqu'il se cogna contre le pied du lit et tombèrent ensemble sur le matelas, hors d'haleine.

Ils demeurèrent immobiles, se regardant dans les yeux. Puis ils se perdirent l'un dans l'autre — et le reste du monde s'évanouit.

Luke était si beau ! Elle adorait la manière dont il la touchait, sachant exactement où et comment l'effleurer. Ses lèvres, provocantes, glissaient lentement sur elle, évitant les zones les plus sensibles, comme s'il cherchait à la rendre folle. Il savait comment la taquiner, et quand s'arrêter. Elle se délectait de pouvoir l'exciter à son tour, le prenant dans sa bouche, et l'invitant ensuite en elle.

Pour commencer, ils se contraignirent à aller le plus lentement possible, avant d'accélérer le rythme, et de ralentir de nouveau, jusqu'à ce qu'elle jouisse violemment, une fois, puis une autre, et une autre encore — et chaque fois, il l'accompagnait. Enfin, ils s'abattirent l'un contre l'autre et s'endormirent ainsi, bercés par le bruit de leur respiration.

Quelques heures plus tard, Chloé se réveilla en sursaut. A côté d'elle, Luke se débattait sous les couvertures.

Elle tendit la main pour le toucher. Il s'éveilla instantanément et s'assit contre la tête de lit, les yeux rivés devant lui.

— Luke ? murmura-t-elle.

Il se tourna vers elle dans l'obscurité. L'espace d'un instant, elle crut qu'il ne la voyait pas. Puis il poussa un soupir et l'attira contre lui.

— Je… Je suis inquiet, Chloé. J'ai peur chaque fois que je t'imagine à cette séance photos. Je sais que je ne peux pas t'arrêter, mais…

Il se dégagea et prit le visage de la jeune femme entre ses mains, la regardant droit dans les yeux.

— Jure-moi que tu ne t'éloigneras jamais, que tu resteras près de moi ou des autres, tout le temps. Jure-moi que tu resteras toujours là où je pourrai te voir. Jure-le-moi.

— Je te le jure, dit-elle. Je te le jure.

Il s'allongea de nouveau, l'attirant avec lui.

— Luke, reprit-elle avec hésitation. Est-ce que… tu as vu des fantômes ?

— Non. J'ai fait un cauchemar. Je suis désolé… Je ne voulais pas te réveiller.

Elle se serra contre lui. Glissant les doigts dans sa chevelure, il lui caressa la tête.

Il demeura silencieux, et elle ne lui posa pas d'autres questions. Elle connaissait trop la douleur et la difficulté de lutter contre les fantômes d'un passé trop lourd à surmonter.

14

Chloé fut la dernière à se lever, le lendemain matin. Quand elle descendit, elle trouva son oncle et Brent en train de discuter à la table de la salle à manger. Luke était au téléphone, et Nikki sortait les céréales, le pain et les fruits, dans la cuisine.

— Bonjour, dit-elle, lorsque Chloé la rejoignit. J'ai lancé les préparatifs du petit déjeuner. J'espère que vous ne me trouverez pas sans-gêne…

— Vous plaisantez ? s'exclama Chloé en allumant la machine à café. Je suis ravie que vous me donniez un coup de main, au contraire.

Elle jeta un coup d'œil vers la salle à manger.

— Qui est au téléphone avec Luke ?

— Votre ami Brad. Apparemment, lui, Victoria et Jared et quelques autres — je n'ai pas retenu tous les noms — vont descendre dans les Keys avec les bateaux, d'ici à quelques jours. Il est en train de leur demander si nous pouvons nous joindre à eux afin d'aller sur l'île en même temps que tout le monde.

— Ah bon ? fit Chloé, surprise que Luke ne leur ait pas demandé de rester incognito.

— Vous partirez avec lui, continua Nikki. Brent et moi nous veillerons sur Victoria.

— Brad et Jared nous accompagnerons aussi. Aucun de nous ne s'éloignera des autres… Nous nous connaissons depuis toujours, tous les quatre.

— Je sais. Ditcs-moi, Chloé… Avez-vous revu le fantôme ? demanda Nikki. Je trouve remarquable qu'elle vienne vous trouver chez vous. Vous vous connaissiez bien, toutes les deux ?

— Non. J'ai travaillé avec elle à quelques reprises, mais rien de plus.

Nikki la considéra un instant, puis sourit.

— Elle a dû sentir que vous aviez un sixième sens… Et que vous l'aideriez du mieux possible. Mais je vous préviens : quand un fantôme vient vous voir, il continuera de le faire tant que le problème ne sera pas résolu. Ce n'est pas toujours facile à vivre, croyez-moi ! C'était la première fois ?

Chloé hésita un instant.

— Non. Après le massacre, il y a dix ans, j'en ai vu pendant un moment. Je ne savais pas ce que c'était. J'ai passé pas mal de temps en thérapie, à l'époque, et mon médecin a réussi à me faire croire que c'était une manifestation de mon sentiment de culpabilité.

— Vous aviez peur ?

— A l'époque, oui.

— Et maintenant ?

— Non. Non, ils ne me font plus peur. Je ne connaissais pas bien Colleen, mais je l'appréciais. Elle était vraiment sympa… Si seulement elle pouvait me parler ! Je pense qu'elle sait qui l'a tuée.

— Elle n'est pas encore assez forte pour vous faire des révélations, dit Nikki. Laissez-la venir à vous quand elle sera prête. Elle se sentira de plus en plus à l'aise et elle apprendra à mieux communiquer. Mais ne vous attendez pas à ce qu'elle vous offre la clé du mystère : elle ne sait peut-être pas qui est son assassin. Ou elle le sait, mais elle n'aura jamais le pouvoir de vous le dire.

Le café était prêt. Elles l'apportèrent sur la table au moment où Luke raccrochait.

— Bon, voilà ce que nous allons faire, dit-il. Nikki et Brent, vous descendrez dans les Keys avec les autres, en bateau. Renée a insisté pour partir avec vous, ce dont je me réjouis. C'était la meilleure amie de Colleen et à ce titre, elle court plus de risques que les autres filles de l'agence. J'aime autant qu'elle soit près de vous, de manière à ce que vous puissiez la protéger, comme vous le ferez pour Vickie.

— Tout se passera bien, assura Chloé. Vickie et Brad sont d'excellents navigateurs. C'est de famille : leurs grands-parents ont fait fortune dans la construction de bateaux de plaisance. Quant au reste... je crois que Brad a un permis de port d'arme et un petit Colt. Ils ne se quitteront pas. Je ne me fais pas de souci : il ne nous arrivera rien tant que nous resterons groupés. Franchement, je ne m'en irais pas avant eux si je ne savais pas que Brad et Jared veillent sur Victoria.

— Quand je pense que je dois rester ici ! grommela Léo, l'air exaspéré.

— Je vous promets de tout faire pour m'entretenir avec Maria dès que possible et la convaincre de vous parler, déclara Luke. Mais je ne veux pas que les autorités lui tombent dessus sans qu'elle soit avertie.

— Je vous rejoindrai dès le début de la séance photos, que vous lui ayez parlé ou non, décréta Léo.

*
* *

L'heure approchait. L'heure tant attendue. Ses mains le démangeaient. Ses paumes étaient moites. L'excitation le gagnait.

Les policiers étaient tous des crétins. Ils pensaient qu'ils étaient préparés, qu'ils pourraient l'empêcher de frapper de nouveau, mais ils se trompaient.

Une fois de plus, Dieu le protégerait et il prouverait qu'il était plus fort qu'eux.

Tout se concrétisait.

Le besoin existerait toujours, forcément. Mais Dieu l'avait aidé à satisfaire ses appétits pendant qu'il attendait le moment propice. Et Dieu continuerait de le guider quand qu'il aurait enfin exécuté son plan. Car même alors il ne pourrait demeurer inactif. Il faudrait qu'il exerce ses talents.

Malgré tout, il devait plus que jamais se montrer habile, prudent et exceptionnellement rusé.

Ils ne se doutaient de rien au sujet de Myra. Ils ne se rendaient pas compte qu'il avait failli être pris sur le vif. Et même s'ils l'avaient surpris en flagrant délit… là encore, il aurait survécu. Ceux qui l'avaient manqué de peu seraient morts, eux aussi.

Y compris…

Son élue.

Mais il avait eu le temps de leur échapper. Le temps était de son côté. Pas du leur.

A peine le petit déjeuner avalé, Chloé et Luke partirent pour les Keys. Ils roulèrent un moment, puis la jeune femme posa une main sur le genou de son amant.

— Alors, dis-moi… Qu'as-tu fait, hier matin, en plus d'appeler Nikki et Brent à la rescousse ?

Luke sourit.

— J'ai passé un long moment au téléphone, puis je me suis rendu aux services d'immigration et j'ai parlé à quelqu'un du cas de Maria. J'ai ensuite fait un saut à l'Eglise de la Réalité et, finalement, je me suis enfermé dans le bureau de Stuckey avec un expert en informatique qui ressemble à Hulk dans ses mauvais jours. On l'appelle « l'Ours » à cause de son gabarit, mais son vrai nom est Lyle MacDonald. Il est capable d'accéder à toutes les données inimaginables.

— Et alors ?

— On a remué le présent et le passé des membres de l'Eglise de la Réalité, ceux d'hier, et ceux d'aujourd'hui, en remontant jusqu'aux années qui ont précédé le Massacre des lycéens. Le seul nom qui revient sans arrêt est celui de frère Michael, dont la photo est sur la brochure. Les flics ont pris des photos, le soir du dîner de bienvenue, et je vais les montrer à Maria. Au point où nous en sommes, elle seule peut nous aider à démêler l'écheveau.

— Même si frère Michael est celui qui a « acheté » Maria au Brésil, cela ne signifie pas qu'il est mêlé aux meurtres, remarqua Chloé.

— En effet. Je continue de penser qu'il nous manque une pièce essentielle du puzzle, celle qui nous permettra de tout mettre en place. Je ne crois pas aux coïncidences, et il y a trop de pistes qui nous ramènent sans cesse à cette secte : les deux soi-disant suicidés des Everglades, Myra, Maria qui habite à quelques encablures de l'île sur laquelle Colleen a disparu…

— Je ne pense pas que Myra était au courant pour

Maria. Ni que Maria savait que Myra a fait partie de l'Eglise de la Réalité.

— Peut-être, mais il y a quelqu'un qui sait tout.

— Tu crois ?

Luke hocha la tête.

— Evidemment. L'assassin. Enfin, ton fantôme sait pas mal de choses, elle aussi !

— Tu me crois, alors, quand je te dis que je vois Colleen et qu'elle essaie de me parler ?

Il poussa un long soupir.

— Je ne sais pas ce que je crois, Chloé. Je sais seulement que des démons vivent dans nos esprits.

— Je n'imagine rien, insista-t-elle.

— Je ne dis pas cela. Je sais que Brent et Nikki sont fiables. J'ai trouvé des rapports sur une douzaine d'affaires qu'ils ont aidé à élucider et je suis sûr qu'il y en a beaucoup d'autres dont personne ne parle. C'est un beau couple et je n'aurai aucun mal à les faire passer pour des amis de Jack Smith, le créateur de mode, ce qui leur permettra d'être là et d'observer ce qui se passe.

— C'est tellement frustrant ! Tous ces efforts, tous ces gens impliqués, et si ça trouve, ça ne donnera rien du tout. Après tout, même si Maria confirme que frère Michael est le type qui l'a enlevée, cela ne signifiera pas pour autant qu'il a tué qui que ce soit. N'oublions pas que la police n'a rien trouvé du tout, ni à l'église ni chez ses adeptes.

— Si ce type a amené Maria aux Etats-Unis pour la vendre à un salopard qui voulait une « épouse », c'est une ordure et il mérite d'être puni par tous les moyens prévus par la loi. S'il se rend au Brésil ou dans d'autres pays où la population vit dans la pauvreté et qu'il y achète des enfants, il faut l'enfermer. A vie, asséna Luke.

— Bien sûr, mais encore faut-il que Maria puisse ou accepte de l'identifier. Tu es sûr que son statut de résidente ne sera pas remis en cause ?

— Absolument. Elle a été naturalisée, et notre enquête n'y changera rien. Crois-moi, je ne ferais rien qui puisse compromettre son bonheur.

— Je voudrais tellement y voir plus clair !

— Comme je te le disais, chaque nouvelle information est une pièce du puzzle. Une fois que nous l'aurons complété, l'image qui apparaîtra nous semblera évidente. On se demandera même pourquoi on n'avait pas compris plus tôt ! Mais, pour le moment, nous en sommes encore à chercher les pièces et leur place dans le puzzle.

— Dans ce cas, j'espère que nous allons vite trouver ces pièces manquantes.

Et moi donc ! songea Luke. Il avait l'intention de plonger autour de l'île, durant les jours à venir, à la recherche de Colleen, ou d'un indice qui permettrait d'établir ce qui lui était arrivé… mais le trouverait-il ? Rien n'était moins sûr.

Selon lui, l'assassin avait un dessein particulier. Il tuait au nom de son Dieu personnel, ou du moins voulait-il le faire croire. C'était un psychopathe qui n'éprouvait pas l'ombre d'un remords. Il tuait pour accomplir ce dessein mystérieux, mais aussi pour assouvir un besoin, pour son plaisir. Il était intelligent et se mouvait à travers le pays sans éveiller le moindre soupçon. Une sorte de Ted Bundy.

— L'homme que tout le monde aime, murmura Luke. Un séducteur.

— Pardon ? demanda Chloé.

— Non, rien, je réfléchissais à haute voix.

— Et Stuckey, que dit-il ?

— Pour le moment, la police n'a rien trouvé sur les lieux du dernier crime, pas même une trace de pas. Ils n'avaient rien trouvé non plus sur les lieux du massacre, il y a dix ans. J'ai tendance à penser que le meurtrier s'est enfui de la même façon chaque fois : par la mer. La nuit, qui remarquerait une ombre qui disparaît dans l'eau ?

— C'est donc quelqu'un d'ici, murmura Chloé en jouant avec son collier.

Elle semblait y tenir. Avait-il des vertus protectrices ? Luke en doutait, mais il avait été ému que Mama Thornton le lui offre pour éloigner le mauvais œil de la personne qu'il aimait. Et le bijou était beau sur Chloé.

Il s'éclaircit la gorge.

— Tu disais ?

— Si ta théorie est juste, le meurtrier est quelqu'un d'ici, quelqu'un qui connaît bien la zone. Soit il a un bateau qui l'attend quelque part au large, soit il a un complice.

— C'est ce que je pense aussi, acquiesça Luke.

Il réfléchit un instant, avant de reprendre :

— J'ai parlé à Lucy Garcia, hier.

— La sœur d'Abram Garcia ?

— Oui. Elle est très convaincante. Elle affirme que son frère n'a rien à voir avec le massacre des lycéens. Elle est convaincue qu'il n'était qu'un bouc émissaire. Elle pense que Michael Donlevy, celui dont tu avais dressé le portrait-robot, l'aurait fait venir sous un faux prétexte. Elle dit aussi que Donlevy était fou, mais qu'il y avait sans doute un troisième larron. D'après elle, c'est lui qui les aurait tués pour faire croire que l'affaire était résolue et mettre ainsi un terme à l'enquête de la police.

Il poussa un soupir.

— J'ai fait un peu de « profilage criminel » et le genre de type capable d'organiser une tuerie comme celle du Massacre des lycéens a *besoin* de tuer. L'assassin a donc dû se déplacer pour continuer à assouvir ce besoin, même si ce n'était pas à la même échelle, avant de revenir tuer Myra et les deux autres femmes, l'autre soir. Il faut donc retrouver un homme qui était déjà là à l'époque du Massacre des lycéens, et qu'on retrouverait ici et là, à travers les Etats-Unis, au moment où d'autres meurtres ont eu lieu.

— Et qui aurait été sur Coco-Belle lorsque Colleen a disparu, renchérit Chloé.

— Exactement. Si seulement on arrivait à comprendre pourquoi il s'en est pris à elle ! Chaque fois, il nous manque un mobile. Il existe un lien entre le premier massacre et celui du manoir. Je suis prêt à parier gros là-dessus. Il ne peut s'agir de coïncidences.

Une chose était sûre : tous les assassins du monde finissent par commettre une erreur. S'ils parvenaient à serrer celui-ci d'assez près, ils finiraient par l'appréhender. Il fallait juste qu'ils y arrivent avant qu'il ne s'empare d'une autre vie.

Chloé hocha la tête.

— En attendant, on s'installe au Coco-Lime avant les autres pour parler aux Trenton, surtout à Maria, et voir si on peut découvrir quelque chose qui nous aidera à avancer. On essaiera aussi de la convaincre de parler à oncle Léo pour qu'ils portent plainte contre frère Michael, si toutefois c'est bien lui qui l'a enlevée au Brésil.

— Exactement. Les autres mannequins arriveront en milieu de semaine, mais Jared et Brad viendront avant avec les bateaux — demain ou lundi, au plus tard. Les photographes et les techniciens doivent se rendre sur les lieux un peu en avance, aussi. Et Harry Lee sera là mardi.

Ils venaient de quitter l'autoroute et s'engageaient sur la nationale US1. Chloé se tourna vers Luke et sourit.

— Jouons les touristes, pour une fois. Arrêtons-nous au restoroute. Il est assez réputé dans le coin, et il y a une boutique à côté. Je voudrais apporter quelques cadeaux aux enfants.

Ils s'offrirent un brunch et Chloé passa un moment dans la boutique du restaurant à acheter des babioles pour Maria et les petits Trenton. Puis, ils reprirent la route en direction de Key Largo. Après avoir dépassé l'île, Luke bifurqua sur la gauche. Chloé lui jeta un regard étonné.

— Le matériel de plongée, expliqua-t-il. Je vais louer le nôtre à partir d'une boutique que je connais, par ici.

Il ne se donna pas la peine d'ajouter qu'il prenait cette précaution pour être sûr que personne ne pourrait les trafiquer. Un accident de plongée était vite arrivé.

Il connaissait cette boutique depuis des années. Chloé était une habituée, elle aussi.

— Tout est prêt, annonça le propriétaire en les saluant. A l'exception des régulateurs, bien entendu. Vous avez les vôtres ?

— Oui, répondit Luke.

Il porta les deux sacs dans le coffre et ils reprirent la route. Arrêt suivant : le Colo-Lime.

En descendant de voiture, Chloé fut frappée par la beauté et la tranquillité du complexe balnéaire. En dépit des circonstances, l'impression qu'ils venaient d'arriver dans le jardin d'Eden ne se démentait pas. Le printemps touchait à sa fin. Il faisait bon, et les nuits encore fraîches étaient délicieuses.

La journée était idéale. Une petite brise agitait les palmiers et on entendait le chant de la chute d'eau, près de la piscine.

Maria s'approcha aussitôt de la voiture, Elijah pendu à sa main et Sam dans ses bras.

— Je suis tellement contente que vous soyez venus en avance ! dit-elle.

Luke sortit leurs bagages du coffre et Chloé prit Sam des bras de son amie, avant de les embrasser tous les trois.

— Nous sommes bouleversés par ce qui est arrivé, continua Maria. Je trouve étrange qu'ils n'aient pas annulé la séance de photos. C'est beaucoup trop tôt après le drame… Mais cela signifie que vous serez tous là et je m'en réjouis.

Chloé la serra de nouveau dans ses bras.

— Nous aussi, nous sommes contents d'être là.

— J'ai fait préparer ta chambre préférée, près de la piscine et de la chute d'eau. M. Jack est à côté de toi, comme la dernière fois.

Jack.

Soit Maria jouait bien son rôle, soit son mari avait gardé le silence au sujet de la véritable identité de Luke, comme il l'avait promis.

— Je me fais du souci, reprit-elle en baissant la voix et en jetant un regard anxieux du côté de la voiture. Penses-tu que l'Eglise de la Réalité soit mêlée à ces meurtres ?

— La police n'a aucune piste pour le moment, répondit Chloé. Mais… nous en parlerons dès que nous serons installés, d'accord ?

Maria hocha la tête.

— Je vais faire manger les garçons. Voici vos clés. Appelle-moi quand vous serez prêts.

Chloé la remercia, puis remarqua que son amie leur avait préparé deux clés pour chaque chambre. Chère Maria — c'était la discrétion faite femme.

Elle alla saluer Luke, puis elle repartit avec ses fils. Demeurés seuls, Chloé et son compagnon portèrent leurs sacs dans leurs chambres respectives.

Luke arqua un sourcil lorsque Chloé lui tendit sa clé, puis il haussa les épaules et entra chez lui. Quelques minutes plus tard, il venait la rejoindre. Il s'était changé et ne portait plus qu'un short de bain.

Il regarda autour de lui et émit un sifflement admiratif.

— Je vois qu'il y a du favoritisme, par ici.

Chloé sourit. Elle adorait sa chambre. Elle était immense, avec une kitchenette et, surtout, la porte-fenêtre ouvrait directement sur la piscine.

— Alors, que fait-on, maintenant ? lui demanda-t-elle.

— Quelque chose d'extrêmement important, surtout pour des esprits inquisiteurs comme les nôtres.

— Ah oui ? De quoi s'agit-il ?

— On va se détendre.

— Oh. Et quel genre de détente proposes-tu ?

— Un peu d'activité physique, suivie par un moment de repos allongés autour de la piscine, si possible en compagnie des Trenton. Mais, d'abord, on s'active.

— Et comment comptes-tu t'activer, exactement ?

Luke franchit la distance qui les séparait et attira la jeune femme dans ses bras.

— En me livrant à la meilleure forme d'exercice qui soit, depuis la nuit des temps, répondit-il à voix basse.

Il effleura ses lèvres.

— Un type d'exercice qui semble venir tout naturellement.

Chloé s'abandonna contre lui en riant. Comme il avait raison de dire que cela venait naturellement. La climatisation ronronnait et la chute d'eau, de l'autre côté de la porte, faisant entendre son harmonieuse mélodie. Mais bientôt, ils n'entendirent plus rien et, en dépit de la fraîcheur qui régnait dans la chambre, Chloé se sentit fondre.

La séance d'exercice fut plus qu'excellente.

Luke savait qu'avant de pouvoir convaincre Maria de l'aider, avant même de pouvoir lui montrer les photos qu'il avait apportées avec lui, il lui faudrait gagner la confiance de la jeune femme. Cela prendrait un peu de temps.

Ils commencèrent par rejoindre la petite famille autour de la piscine. Bill était sorti en bateau avec sa femme et ses enfants. Maria avait préparé un plateau de sandwichs et mis des bières et des sodas au frais, dans la glacière.

Luke laissa les deux amies bavarder tranquillement et se mit à jouer avec Ted et les enfants dans la piscine. Tôt ou tard, les petits auraient besoin de faire la sieste. Il essaierait alors d'aiguiller la conversation dans la direction qu'il souhaitait lui voir prendre.

Malheureusement, un appel bouleversa ses plans. Il venait de jucher Elijah sur ses épaules lorsque Chloé lui fit signe. Luke tendit le petit garçon à son père, et s'approcha du bord.

— Que se passe-t-il ?

— C'est Stuckey, murmura-t-elle en lui tendant son portable. J'ai vu son nom s'afficher et j'ai répondu. Il dit que c'est important.

Luke prit le téléphone.

— Allô ?

— Tu n'es pas encore sur l'île, n'est-ce pas ?

— Non. Que se passe-t-il ?

— Deux corps démembrés. Du moins, je crois qu'il s'agit de deux corps.

Luke sentit son cœur chavirer.

— Où ça ?

— Ramène-toi à Florida City. Je suis dans les Everglades. J'ai reçu l'appel il y a une heure. Je t'attends.

— Je vais avoir besoin de directions un peu plus précises, dit Luke.

Stuckey répondit qu'il lui suffirait de suivre les voitures de police qui roulaient vers l'ouest, depuis Florida City.

— A quoi servirai-je, là-bas ? demanda Luke. J'ai besoin d'être ici. Avec Chloé.

— Les Trenton sont de braves gens. Chloé ne risque rien avec eux. Ramène-toi, je te dis. Il faut que tu voies ça !

— Tu aurais peut-être dû partir avec lui, dit Maria en secouant la tête. C'est sûrement rigolo de faire des repérages pour des séances photos.

Elles n'étaient plus au bord de la piscine. Chloé et Luke venaient d'avoir leur première vraie dispute — et en public, par-dessus le marché. Il voulait qu'elle l'accompagne, mais elle avait refusé tout net. Elle était furieuse, car il n'avait visiblement pas confiance en Maria et Ted Trenton. Ceux-ci ne s'en étaient sans doute pas aperçus, parce qu'ils étaient allés s'enfermer dans leur chambre et qu'elle avait pris soin de ne pas hausser le ton.

Luke, de son côté, était furieux qu'elle n'accepte pas de suivre aveuglément ses directives.

— Tu veux que Maria te donne des informations, lui avait-elle répondu. Tu veux son aide, et celle de Ted, aussi, parce que Maria ne fera jamais rien que son mari n'approuve. Mais, maintenant, tu veux me forcer à aller ailleurs, comme si tu craignais qu'ils soient mêlés à ce qui se passe. On dirait que tu n'as confiance en personne, ce que je peux comprendre, mais, en l'occurrence, je trouve que ta méfiance frise la paranoïa. Leurs enfants sont là, pour l'amour du ciel ! Que veux-tu qu'il m'arrive ? Je ne risque rien, ici.

Luke l'avait regardée fixement jusqu'à ce qu'elle explose.

— Je ne suis pas stupide !

— Non, pas stupide — juste un peu trop gentille. Et trop confiante.

— Mais enfin… tu as confiance en eux, toi aussi !

— Oui — et non. On ne peut jamais avoir entièrement confiance en qui que ce soit.

— Dans ce cas, comment pourrais-je avoir entièrement confiance en toi ? avait riposté la jeune femme.

Le regard qu'il lui avait jeté l'avait pratiquement transformée en bloc de glace. Au même moment, le téléphone avait sonné de nouveau. C'était encore Stuckey, mais Luke n'avait pas précisé à Chloé la raison de son appel. Et il était parti.

Elle craignait maintenant d'avoir fermé une porte entre eux, ce qui n'avait jamais été son intention. Le meilleur moyen de la rouvrir était peut-être de parler à Maria, songea-t-elle. Ainsi, quand Luke rentrerait, elle aurait fait progresser l'enquête.

— Non, répondit-elle. J'avais envie de rester ici.

Elle se pencha vers son amie et baissa la voix, bien que les enfants soient couchés.

— Maria, il faut que je te dise quelque chose. Nous allons avoir besoin de ton aide.

— Mon aide ? répondit la jeune femme, en ébauchant un geste instinctif de recul.

— Colleen Rodriguez a disparu et nous sommes presque certains qu'elle a été tuée. Myra et deux autres femmes ont également été tuées. Nous avons des raisons de penser que les gens qui t'ont kidnappée, au Brésil, ou du moins des gens qui leur sont associés, sont responsables de ces meurtres. Jack a apporté des photos de certains membres de la secte, et il voudrait te les montrer. Nous avons besoin de savoir si tu reconnais l'homme qui t'a amenée aux Etats-Unis.

Maria secoua la tête.

— Ces gens sont dangereux, murmura-t-elle. Très dangereux.

Elle recula sa chaise, comme si elle éprouvait le besoin de mettre de la distance entre elle et Chloé.

— Ils ne savent pas où je suis. Je n'ai pas fait d'histoire... Je me suis échappée et ils ne m'ont pas retrouvée, c'est tout. C'est pour cette raison que je suis en sécurité.

— Maria, écoute-moi. Myra a fait partie de l'Eglise de la Réalité autrefois. Et ses responsables connaissent peut-être très bien l'île. Après tout, c'est là que Colleen a disparu ! Or, s'ils connaissent l'île et l'agence, ils connaissent forcément le Coco-Lime.

Maria demeura bouche bée, mais elle ne regardait plus Chloé. Elle avait les yeux fixés sur la porte de l'appartement, qui était en train de s'ouvrir.

Chloé se retourna pour voir ce qui effrayait son amie.

— Bon Dieu ! s'exclama Luke. C'est censé être un autre suicide ?

Deux barils d'essence renversés crachaient leur effroyable contenu : les membres découpés de deux êtres humains.

— Tu parles ! marmonna Stuckey.

Le médecin légiste était déjà sur place. Luke le connaissait. Petites lunettes cerclées d'acier et cheveu rare, le Dr Pete White était un homme fascinant spécialisé dans l'anthropologie médico-légale. Couvert de plastique de la tête aux pieds — il aurait pu sortir d'un film d'horreur sur fond de guerre biologique —, il examinait attentivement ce qui restait dans les barils.

— J'aimerais qu'on embarque tout ça au labo avant qu'on perde d'autres indices, déclara-t-il. Il y a peut-être des choses, dans ces barils, auxquelles nous ne nous attendons pas.

Il leva les yeux vers Stuckey et Luke, et fit la grimace.

— Et pour répondre à votre question, Cane, il s'agit bien évidemment d'un meurtre. Deux personnes ne peuvent pas se démembrer mutuellement et se fourrer ensuite dans des barils d'essence. Pas besoin d'un diplôme de médecine légale pour parvenir à cette déduction.

Deux gardes forestiers avaient trouvé les barils. Une main dépassait de l'un d'eux et, lorsqu'ils avaient essayé de la saisir, celle-ci avait surgi du baril… avec la moitié d'un bras au bout. Le garde avait poussé un hurlement et donné un coup de pied involontaire dans le baril, qui s'était renversé et avait entraîné la chute du second. Maintenant, l'essence pénétrait dans la nappe phréatique, et les assistants de Pete s'efforçaient de sécuriser la scène du crime sans perdre le contenu des barils, qui pouvait renfermer, outre des morceaux de corp, de précieux indices.

C'était tellement macabre que cela paraissait irréel.

Soudain, Pete bondit vers l'avant, glissant presque dans une section marécageuse de la rivière.

— Voilà la pièce qui manquait, s'écria-t-il en se redressant.

Une tête.

Luke poussa une exclamation.

— Quoi ? Tu sais qui c'est ? marmonna Stuckey.

Il n'en était pas sûr. Il ne pouvait pas en être entièrement sûr. Les cheveux étaient collés, les yeux, fermés, et du diesel coulait le long du visage, lui donnant une couleur étrange…

La tête avait été coupée proprement, par quelqu'un qui savait manifestement se servir d'un couteau.

— Alors ? insista Stuckey. C'est qui ?

15

— Surprise ! dit Ted Trenton.

Chloé et Maria le regardaient si fixement qu'il se troubla. Il ne s'attendait visiblement pas à un tel accueil.

— Euh… Tes amis sont là, reprit-il.

— Quels amis ? demanda Chloé en jetant un regard à Maria

Celle-ci avait retrouvé une expression normale. Avait-elle craint que Ted ne surprenne leur conversation ?

— Brad, Victoria, Jared, et… je ne suis pas sûr de connaître tout le monde. J'ai déjà vu certaines de ces jeunes femmes, je crois. Celle qui est si jolie et si célèbre… Lacy Taylor, c'est ça ? Enfin bref, il y a du monde pour toi. Et aussi les deux personnes que Luke avait annoncées.

— Mais ils ne devaient pas arriver aujourd'hui ! s'exclama Chloé.

— Oui, c'est ce qu'il me semblait aussi. On m'avait dit lundi. Mais c'est une surprise, apparemment. Ils ont de la chance qu'aucun autre de nos clients ne soit venu avec un bateau, sans quoi nous aurions eu du mal à trouver de la place pour tout le monde.

Maria eut un sourire indulgent.

— Ted, tu ne prends jamais de réservations pour d'autres clients quand ce petit monde descend chez nous.

— N'empêche. Et puis, il m'arrive de prendre d'autres réservations — du moment que les gens s'en vont avant l'arrivée prévue des autres.

— Je vais les accueillir, déclara Chloé.

Elle quitta l'appartement et se rendit sur le débarcadère. Victoria, les joues roses et les yeux pétillants de bonne humeur, lui fit de grands signes dès qu'elle l'aperçut. Lacy était plus jolie que jamais. Jeanne arborait un air irrité et Maddy, Renée et Lena avaient les cheveux ébouriffés par le vent.

Quant à Jared et Brad, ils paraissaient épuisés — à cause de la traversée ou de leurs passagers ? Brent et Nikki sautèrent sur le quai, un sourire amusé aux lèvres. Intriguée, Chloé interrogea Jared du regard — qui leva les yeux au ciel en faisant un signe vers Jeanne.

— Je viens de passer le pire moment de toute ma vie ! déclara celle-ci. Vous entendez ? Le pire !

Brad secoua la tête.

— La mer était un peu forte, c'est vrai, marmonna Brad.

— Oh, Jeanne, ce n'était pas si terrible ! déclara Lacy en se dirigeant vers Chloé. On a vu des dauphins, ajouta-t-elle, le regard brillant. Un troupeau de dauphins.

— Un groupe de dauphins ? suggéra Chloé gentiment.

— Oui, c'est ça.

Lacy était vraiment belle et sans doute destinée à faire une grande carrière internationale. Surtout, c'était quelqu'un de foncièrement gentil.

— J'ai besoin d'une chambre. Maintenant, déclara Jeanne sur un ton sec.

— Nous ignorions que vous arriviez aujourd'hui, déclara Chloé. Sinon, j'aurais déjà pris vos clés.

— C'était une surprise pour nous aussi, intervint Brent.

— Jared et moi avons décidé qu'il ne servait à rien de perdre notre temps à Miami. On en a parlé aux filles, qui ont bondi sur l'occasion de passer un moment tranquille à la plage, expliqua Brad. J'espère que nous ne sommes pas importuns. Il paraît que tu passes beaucoup de temps avec ton ami styliste…

Chloé lui tira la langue.

— Nous avons décidé de les accompagner, et je dois dire que nous avons apprécié cette petite sortie en mer, commenta Brent.

Jared poussa un grognement.

— Vous n'aviez pas Jeanne dans les pattes, vous !

— Allons, nous sommes tous arrivés à bon port, intervint Nikki sur un ton apaisant. Je suis sûre qu'elle va se calmer, à présent.

Jeanne s'éloigna, la tête haute, sous le regard ironique de Bard.

— On a été un peu secoués, mais c'était une bonne traversée, dit-il. Pas de pluie, pas de vent. Elle fait sa princesse. Enfin…

Il désigna le deuxième bateau.

— Voilà le *JimJam,* pour Jack Smith.

— Moi, j'étais ravie de ce petit tour en bateau, déclara Renée en les rejoignant sur le débarcadère. Et ne vous inquiétez pas pour moi : je serai très prudente pendant toute la durée du séjour. J'ai promis à mes parents que je resterai enfermée dans ma chambre ou scotchée à Vickie. Ils n'arrêtent pas de m'appeler. Je ne vais pas tarder à hurler, d'ailleurs !

— Je suis contente que tu fasses attention à toi, commenta Chloé.

— Et Jack, il est où ? demanda Brad.

— Il a dû se rendre en ville, pour une course. Venez, on va vous installer.

Brad glissa un bras autour des épaules de la jeune femme.

— Après ça, j'aimerais boire un verre. Un truc qui arrache.

Vickie s'approcha de Chloé et les deux amies s'embrassèrent.

— Je suis contente que tu sois là, dit Chloé.

— Et je suis, moi, ravie d'être ici ! répondit la jeune femme, avant de se tourner vers Nikki et Brent. C'était un plaisir de voyager avec vous.

— Merci, répondit ce dernier en souriant.

— Aucun incident ? s'enquit Chloé.

Brent secoua la tête.

— Non, tout s'est bien passé.

— Viens, reprit Vickie en glissant un bras sous celui de son amie. Je vais ranger mes affaires. Est-ce que je peux avoir la chambre voisine de la tienne ?

— Euh… Maria l'a donnée à Luke, répondit Chloé à voix basse.

Victoria éclata de rire.

— Génial. Je vais lui prendre sa chambre.

— Non ! Tout le monde saura…

— Que tu couches avec un styliste supersexy ? Ils s'en doutent un peu, je vais te dire. Donne-moi la clé. Je vais enfiler un maillot et je saute dans la piscine.

— D'accord. Je resterai avec toi.

— Chloé ? l'appela Brent.

— Oui ?

— Où est Jack ?

— Jack ? Il a dû retourner en ville pour faire une course. Il ne devrait pas tarder.

Elle ne pouvait pas lui dire la vérité — pas en présence des autres filles. Brent savait qu'elle mentait, et pourquoi. Il attendrait. En tout cas, elle était rudement contente qu'il soit là.

— Si je ne m'abuse, il s'agit de Lucy Garcia, répondit Luke.

— Lucy Garcia, répéta Stuckey, sourcils froncés. La sœur d'Abram Garcia ?

— Oui.

Stuckey poussa un long soupir.

— Mais alors… tout ça, c'est… C'est vraiment la même affaire.

— J'en ai l'impression.

— Tu es allé lui parler hier, non ?

— Oui. Et elle était parfaitement vivante. Autrement dit, elle a été tuée entre hier après-midi et les premières heures du jour.

— L'assassin ne pensait manifestement pas que les corps seraient découverts aussi vite.

— Non, en effet.

On était encore au printemps. La chaleur et les moustiques n'étaient pas aussi terribles qu'au plus fort de l'été, mais l'atmosphère était tout de même très humide. Stuckey s'essuya le visage avec son mouchoir et fit un geste brusque de la main pour chasser un insecte qui bourdonnait près de son oreille.

— Foutu marais, grommela-t-il.

— Techniquement, c'est une rivière.

— Je me fous de la technique, riposta Stuckey. Cette affaire est de plus en plus étrange. Il y a dix ans, un massacre et deux cadavres dans les Everglades. Cette fois-ci, un autre massacre, encore deux cadavres dans les Everglades, mais pas de lettre d'aveux.

— Sait-on à qui appartient le deuxième corps ? demanda Luke.

Stuckey abattit sa main sur son cou pour y tuer un insecte et poussa un juron.

— Aucune idée pour le moment. On n'a pas encore retrouvé la tête.

— Eh ! cria une voix.

Luke se tourna. Accroupi à quelques mètres de là, un policiers en uniforme désignait la rivière boueuse du bout de son bâton. Il venait d'apercevoir une tête, que Luke reconnut aussitôt.

— Merde, même moi je sais qui c'est ! s'exclama Stuckey.

— Mario Sanz, l'un des chefs de l'Eglise de la Réalité, murmura Luke.

Les clés des chambres avaient été distribuées. Tout le monde s'était installé et plusieurs des jeunes femmes se reposaient. Depuis sa porte-fenêtre, Chloé voyait Jared, Brad et Victoria installés autour de la piscine. Tous trois adoraient la voile. La traversée ne les avait nullement fatigués, au contraire : ravis de leur matinée, ils avaient bien l'intention de profiter du soleil et de l'eau. Après s'être assurée que Renée dormait dans sa chambre, Chloé tenta de joindre Luke. Il ne répondit pas à son téléphone, mais la rappela quelques minutes plus tard.

— N'allume pas la télé, dit-il sans préambule. Je préfère tout te raconter moi-même.

Chloé s'assit sur son lit, le cœur battant.

— Que se passe-t-il ?

— On vient de retrouver les corps de Lucy Garcia et de Mario Sanz.

— Quoi ? Lucy ? Et… *Sanz* ?

— Ouais.

— Comment… ?

— Quelqu'un les a découpés en morceaux et fourré le tout dans deux barils d'essence. Stuckey pense qu'ils étaient mêlés aux meurtres du manoir, l'autre soir, et qu'il s'agit d'une vengeance.

— Et toi ? Tu en penses quoi ? marmonna Chloé.

— Je pense que quelqu'un s'est débarrassé d'eux parce qu'ils devenaient encombrants.

— Ça me semble plus plausible, en effet, répliqua la jeune femme en réprimant un haut-le-cœur.

Lucy semblait apeurée, lorsqu'elle leur avait fait des confidences le soir du dîner de bienvenue, mais Chloé avait eu l'impression qu'elle craignait Mario Sanz. Or il avait été assassiné, lui aussi.

— C'est bizarre…, murmura-t-elle. Hier, un de mes patients a fait une sorte de caricature de Mario Sanz pendant la séance, et il lui a dessiné des dollars à la place des yeux. J'ai trouvé ça plutôt justifié. Moi aussi, je croyais que Sanz voulait de l'argent, beaucoup d'argent pour son église et pour lui… Je ne l'imaginais pas dans le rôle de la victime.

Elle secoua la tête.

— Et cette pauvre Lucy ! Tout ce qu'elle voulait, c'était

faire la lumière sur cette affaire pour laver l'honneur de son frère. Il faut croire qu'elle dérangeait quelqu'un !

— Des dollars à la place des yeux, hein ? commenta Luke. Ton patient est perspicace. L'argent est un mobile puissant et certains télévangélistes sont millionnaires. Il y en a qui peuvent se targuer de remplir des stades mieux que bon nombre de chanteurs. L'un d'eux vient d'être condamné pour kidnapping et viol, dans le Kentucky. Il emmenait des gamines de neuf ans dans l'Etat voisin et il les épousait. Enfin, pour ce qui est de notre affaire, nous n'en savons pas plus pour le moment… Alors reste où tu es, s'il te plaît. Et fais très attention.

— Tout va bien, ici, ne t'inquiète pas. Je ne suis jamais seule, sauf quand je suis dans ma chambre. Brad, Jared et Victoria ont débarqué avec Lacy, Maddy, Jeanne et Lena, ainsi que les Blackhawk.

— Tout ce petit monde m'embêterait plus qu'autre chose, si j'étais là-bas… mais je ne voulais pas que tu sois seule, et tu ne l'es plus. C'est déjà ça… En revanche, nous risquons d'avoir du mal à discuter tranquillement avec Maria, maintenant !

— Je sais. Ils voulaient nous faire une surprise. C'est réussi.

— J'ai loupé un appel de Blackhawk. Il souhaitait peut-être me prévenir.

— Victoria est très contente de son coup, alors ne sois pas désagréable, d'accord ?

— Je ne suis jamais désagréable, répondit Luke.

Il marqua une pause, avant de reprendre :

— Les journalistes vont débarquer d'une minute à l'autre… Il faut que je file. Ne quitte pas.

Elle l'entendit annoncer son départ à Stuckey, et entendit

ce dernier se plaindre des Everglades, de la boue qui maculait ses chaussures, des moustiques et de ces foutus alligators. Chloé sourit.

— Pardon, fit Luke en reprenant leur conversation.

— Il n'a pas l'air très content.

— Il a horreur des Everglades. La nature, ce n'est pas trop son truc. Bon, je serai de retour dans une heure et demie, grand maximum.

Chloé attendit qu'il ajoute quelque chose — un baiser, un mot doux… Mais non. Il grommela « à plus tard » et coupa la communication.

Le cœur lourd, elle s'apprêtait à sortir pour rejoindre ses amis au bord de la piscine, quand Maria fit irruption dans sa chambre, l'air bouleversé.

— Tu as vu ?

— Quoi donc ?

— La télé. Les nouvelles. On parle encore de l'église. L'Eglise de la Réalité. On a retrouvé deux adeptes morts dans les Everglades !

— Oui, j'ai entendu, mentit Chloé, mais j'étais dans la salle de bains. Ont-ils montré des photos des victimes ? As-tu reconnu l'homme qui t'a amenée aux Etats-Unis ?

La jeune femme secoua la tête et se laissa choir sur le lit.

— Est-ce qu'ils peuvent l'interdire, maintenant ? reprit-elle d'une voix rauque. L'église ? Est-ce qu'ils peuvent arrêter tous ces gens ?

— Je n'en sais rien, Maria. Les adeptes qu'ils viennent de trouver n'étaient peut-être pour rien dans les massacres précédents. La police n'a pas encore de preuves suffisantes contre les responsables de la secte pour les obliger à fermer boutique.

Elle prit une profonde inspiration.

— Maria, Jack et moi… nous essayons d'aider la police à retrouver l'homme qui t'a fait venir ici afin qu'il ne refasse jamais une chose pareille. Je…

Elle s'interrompit. Une fois encore, Ted Trenton venait d'arriver sans crier gare — à croire qu'un sixième sens l'avertissait, chaque fois que Chloé abordait le sujet qui ne lui plaisait pas.

Luke approchait de Florida City et de l'embranchement avec la N1 qui menait aux Keys, lorsque son téléphone sonna.

Il répondit sans regarder l'écran, persuadé que c'était Chloé.

— Je suis en route, fit-il.

— En route pour où ? répondit la voix de Léo Marin.

— Léo ?

— Oui, c'est moi. Où êtes-vous ?

— Je ne vais pas tarder à rejoindre la N1. Pourquoi ?

— J'ai suivi vos consignes et j'ai poussé les flics à enquêter sur toutes les personnes qui pourraient être impliquées de près ou de loin dans les activités de la secte.

— Et alors ?

— Chloé est avec vous ?

— Non. Stuckey m'a appelé pour que je vienne voir…

— Quoi ? interrompit-il. Chloé n'est pas avec vous ?

— Léo, je suis en train de la rejoindre et je roule aussi vite que la loi l'autorise. Que se passe-t-il, bon sang ?

Léo poussa un juron.

— Je viens de recevoir le rapport d'enquête. Il faut que vous retourniez au Coco-Lime. Et vite.

*
* *

— Désolé de te déranger, Chloé, fit Ted, mais j'aimerais savoir si je dois préparer quelque chose de spécial pour tes amis ce soir ?

— Oh… Je suis désolée, tu sais. J'ignorais qu'ils allaient débarquer sans prévenir. Un barbecue serait sympa, mais ne te donne pas trop de mal. Ils ne s'attendent pas à grand-chose, vu qu'ils ne t'ont pas averti de leur arrivée.

Ted sourit, visiblement rassuré.

— C'est vrai, ça, admit-il. Mais bon… j'aime que les gens soient heureux quand ils viennent chez moi. C'est le propre d'un bon hôtelier, non ?

Il fronça brusquement les sourcils.

— Maria ? Ça va ?

— Oui, bien sûr, répondit celle-ci — un peu trop vivement, peut-être.

Mais Ted n'eut pas l'air de remarquer quoi que ce soit. Il pensait encore au dîner de ses invités.

— Je vais organiser un barbecue au bord de la piscine, reprit-il. Ça fera plaisir à tout le monde.

Il se tut, puis se tourna de nouveau vers sa femme.

— Maria, j'ai vu ce qui est arrivé, à la télé. Je sais que tu as peur, que tout cela fait remonter de vieux souvenirs à la surface, mais je t'ai toujours protégée et je continuerai de le faire. Tu es tout pour moi, ma chérie !

Chloé fut profondément émue par la manière dont il regardait sa femme. Son amour était vraiment beau à voir. Et le sourire radieux que Maria lui rendit ne l'était pas moins. Mais leur échange était si intime qu'elle fut presque gênée d'y assister.

Elle s'éclaircit la gorge.

— Ted, il faut que tu saches quelque chose… Jack et moi, nous aimerions que Maria nous aide à identifier un des membres de cette secte. Mais je te promets que nous veillerons tous à ce qu'il ne lui arrive rien.

— Je suis prête à faire ce que vous voudrez, déclara Maria, intervenant avant que Ted ait le temps de parler.

Et elle se leva pour serrer Chloé dans ses bras.

— Merci. Tu es formidable, tu sais, lui répondit celle-ci, avant de se diriger vers la porte.

Ses hôtes se trouvaient dans sa chambre, certes… mais ils avaient manifestement besoin d'être un peu seuls !

Elle se rendit au numéro 7, où s'étaient installés les Blackhawk. Brent lui ouvrit la porte. Nikki était assise devant son ordinateur.

— Tout va bien ? demanda-t-elle en se tournant vers Chloé. En dehors des corps dans les barils de pétrole, bien entendu.

— Vous êtes déjà au courant ?

— Les médias ne perdent pas de temps, vous savez.

— Je vais attendre dans l'entrée de l'hôtel, annonça Brent en se penchant pour déposer un baiser sur les cheveux de sa femme.

— Dans l'entrée ? s'étonna Chloé.

— Luke vient de m'appeler. Il m'a demandé d'attendre Stuckey et de ne plus le quitter.

— Qu'est-ce que Stuckey vient faire ici ? s'étonna la jeune femme.

— Je n'en sais rien. J'ai juste ordre de le suivre comme son ombre. Appelle-moi s'il y a du nouveau, ajouta-t-il à l'intention de Nikki.

Celle-ci hocha la tête et reporta son attention sur l'écran de son ordinateur portable.

— Je viens d'appeler Mama Thornton pour lui rappeler notre affaire, dit-elle, avant de remarquer l'air perplexe de Chloé. C'est la propriétaire d'une boutique qui vend des articles religieux, à La Nouvelle-Orléans.

— Ah, oui. Luke m'en a parlé.

— Elle m'a promis de poursuivre ses recherches. Et vous… Avez-vous revu Colleen ? enchaîna Nikki.

Chloé secoua la tête.

— Je suis sûre qu'elle reviendra. Restez disponible et sereine. Elle sentira que vous l'attendez… Mais vous étiez venue me poser une question, peut-être ?

— Non. Certains d'entre nous sont au bord de la piscine et je voulais vous proposer de nous rejoindre.

— J'aimerais en savoir plus sur le symbole de la khamsa, que le tueur avait dessiné sur le mur. Dès que j'aurai fini, je viendrai vous trouver.

Chloé quitta Nikki et se rendit près de la piscine, où elle trouva Jared, Brad et Victoria penchés sur le smartphone du premier. Ils s'étaient connectés à Internet et regardaient les nouvelles.

— Il faut que tu voies ça ! s'écria Victoria, visiblement bouleversée.

— Je suis au courant, répliqua Chloé en se laissant choir sur une chaise longue.

— C'est une sacrée bonne nouvelle ! s'exclama Jared. La police a l'air de penser que les deux personnes qu'on vient de retrouver avaient tué Myra et les autres. Sans doute Colleen, aussi. Ils appartenaient à l'Eglise de la Réalité. Ils ont peut-être succombé à la culpabilité et décidé de se suicider, comme les deux autres. Nous n'aurons plus aucune raison d'avoir peur.

— Je vois mal comment ils auraient pu se tuer, puis

se découper mutuellement en morceaux avant de jeter le tout dans des barils d'essence ! remarqua Chloé. L'assassin est toujours dans les parages, c'est évident.

Les trois autres la regardèrent fixement.

— Ils ont été découpés en morceaux et jetés dans des barils d'essence ? répéta Victoria en blémissant.

Chloé se figea, s'avisant un peu tard que cette information n'avait peut-être pas été communiquée à la presse.

— Je ne sais plus quelle chaîne je regardais, mais il me semble qu'un des journalistes a parlé du fait que les corps étaient démembrés et cachés dans des barils. Enfin, peu importe…

— Dis donc, cela importe beaucoup si c'est toi qui te retrouves dans le baril ! s'exclama Victoria. C'est abominable !

— Mais peut-être mérité, enchaîna Jared. Ils ont commis des actes horribles et ils viennent de connaître une fin tout aussi horrible. Et puis, tu sais, ils devaient déjà être morts quand on les a démembrés. On ne peut pas découper quelqu'un sans qu'il meure très rapidement.

— Arrête ! s'écria Chloé. C'est trop affreux. Comment peux-tu être aussi cynique ?

— Eh, fit Brad, les yeux toujours rivés sur le petit écran de son smartphone. Revoilà frère Michael. Il dit que sa confrérie est pleine de gens bien, qu'ils ont coopéré avec la police et que si leurs adeptes sont maintenant victimes du tueur, c'est bien la preuve qu'ils n'ont jamais été coupables de ce dont on les accusait. Qui sait ? Il dit peut-être vrai. Cette église est peut-être une communauté parfaitement honorable et…

— Une communauté parfaitement honorable qui attire tous les cinglés obéissant à des pulsions homicides ? Tu veux rire ? l'interrompit Victoria. Cette secte devrait être démantelée et interdite par la loi.

— De quel droit ? fit remarquer Jared.

— La police a déjà ordonné la fermeture d'autres sectes, argua la jeune femme.

— Parce qu'ils se livraient à des trafics d'armes, blanchissaient de l'argent ou couchaient avec des enfants… Mais l'Eglise de la Réalité n'est qu'un bâtiment sur Miami Street. Ses membres n'y vivent pas. Ils ne sont pas polygames. Ils n'encouragent pas les gens à se droguer.

— C'est vrai. Ils se contentent de tuer, riposta Victoria d'un ton acerbe.

— Il y a quelque chose qui ne colle pas dans tout ça, intervint Chloé. Lucy Garcia serait mêlée aux massacres ? Je n'y crois pas.

— Pourquoi ? Parce que c'est une femme ? reprit Jared.

— Je ne dis pas que les femmes ne peuvent pas tuer… mais pas Lucy Garcia.

— Comment peux-tu en être sûre ? demanda Brad. Tu la connais ?

Chloé détourna les yeux, se rappelant brusquement que Luke était le seul informé de son escapade avec Victoria, l'autre soir.

— Je… je crois que je l'ai vue à la télé, après… après la mort de Myra. Elle était effrayée, et…

— Oh, dis-leur la vérité ! l'interrompit Victoria. On est entre nous, non ? Chloé et moi, nous sommes allées au dîner de bienvenue que l'église a organisé, l'autre soir, ajouta-t-elle à l'intention des deux hommes.

— Quoi ? explosa Brad.

— Vickie ! s'écria Jared, l'air consterné. Vous avez pris des risques… C'est de la folie !

Il fusilla Chloé du regard.

— Qu'est-ce qui t'a pris ? Après tout ce qui s'est passé quand on était gosses, il a fallu que tu entraînes Vickie dans cette horrible secte ?

— Eh ! protesta Chloé. Ce n'est pas…

— Ce n'est pas elle qui m'a entraînée, interrompit Victoria. C'est moi qui l'ai poussée à y aller, au contraire. Et nous ne courions aucun risque. Nous avons rencontré Lucy Garcia, qui nous a parlé de son frère en affirmant qu'il avait été victime d'un coup monté.

Chloé entendit un bruit de moteur et se tourna vers le débarcadère. Un bateau venait d'arriver et son pilote manœuvrait pour prendre une des deux places qui restaient. Victoria plissa.

— C'est Mark, dit-elle. Mark Johnston.

— Sale type, fit Brad.

— Pardon ? s'exclama Victoria. Pourquoi est-il un sale type ?

— A toi de me dire. Il sortait avec Colleen avant qu'elle disparaisse, non ? C'est un pourri, ce type.

— J'aurais plutôt tendance à diriger mes soupçons du côté de l'Eglise de la Réalité, répliqua Victoria.

— Allons, Vickie, qu'est-ce que les gens de l'Eglise de la Réalité fabriqueraient sur une île privée pendant une séance photos ? objecta Jared. Soyons réalistes. Brad a raison : ce type a dû s'en prendre à Colleen.

— Ça m'étonnerait, protesta Chloé.

— Il prétend qu'il tenait à elle, mais, quand elle a disparu, il n'a plus pensé qu'à se disculper.

— Il fallait bien qu'il se défende, avança Victoria. Tout le monde lui posait des questions !

Jared prit la main de Victoria dans la sienne.

— Si tu disparaissais, je te chercherai jusqu'à mon dernier souffle.

Victoria lui sourit. « L'histoire d'amour suit son cours, apparemment », songea Chloé en retenant un sourire.

Elle se tourna vers le débarcadère. Le bateau de Mark y était amarré, à présent, mais le jeune homme n'était nulle part en vue.

A sa place, elle vit quelqu'un d'autre.

Colleen Rodriguez, dans sa robe blanche, les cheveux mouillés et les bras tendus, comme si elle suppliait Chloé de la rejoindre.

La vision se dissipa presque aussitôt, et elle aperçut Mark. Il était à demi dissimulé par les branches épaisses d'un palétuvier et lui faisait de grands signes, comme pour attirer son attention.

Elle fronça les sourcils. Etait-il sage d'aller le rejoindre, alors qu'il était si près de l'eau ? Luke l'avait priée de ne faire confiance à personne. Mais le fantôme de Colleen venait de surgir, à l'endroit précis où il se trouvait, pour la supplier d'approcher. Or Colleen ne lui voulait pas de mal… Mark n'était donc pas un ennemi.

Son petit revolver était resté dans sa chambre, au fond de son sac. Son téléphone portable aussi, ce qu'elle se reprochait amèrement, à présent.

Mais pourquoi ?

Elle était entourée d'amis, ici, et tant qu'elle resterait près d'eux, elle ne courrait aucun danger, n'est-ce pas ? A moins que… Oh, elle ne savait plus que penser ! Cette pauvre Lucy Garcia, si triste, si frêle, n'avait tué personne. Sanz et elle n'avaient pas été assassinés pour leurs crimes, mais plutôt pour ce qu'ils savaient. Quelqu'un avait charcuté ces deux innocents. Et Mark Johnston qui continuait de lui faire des signes…

Il fallait qu'elle aille chercher son revolver et son portable. Une fois armée, elle irait trouver Mark pour découvrir ce qu'il voulait.

— J'ai besoin de mon téléphone, murmura-t-elle en se dirigeant vers sa chambre.

Hélas, elle trouva sa porte verrouillée. Elle eut beau frapper, personne ne répondit. Ted et Maria étaient partis en fermant derrière eux.

Exaspérée, Chloé se tourna vers la piscine. Victoria et Brad n'y étaient plus ; Jared, les yeux fixés sur son smartphone, continuait de regarder les informations télévisées.

— Où est Victoria ? s'exclama Chloé, saisie d'anxiété.

Jared leva la tête et regarda autour de lui.

— Par ici.

— Et Brad ?

— Sûrement avec Victoria.

Il la regarda, sourcils froncés.

— Calme-toi, ma belle. Tu es trop tendue. On est ensemble, non ? On est entre nous, non ? Que peut-il nous arriver ?

Elle hocha la tête.

— Oui, murmura-t-elle.

Elle se tourna vers le débarcadère. Victoria était-elle allée trouver Mark ? Ce dernier avait disparu, mais Colleen était toujours là, plus près de la mangrove, l'air plus bouleversé que jamais. Elle fit des signes désespérés à la jeune femme, qui s'élança vers elle.

Lorsqu'elle parvint à la hauteur du fantôme de Colleen, celle-ci tomba à genoux, le visage noyé de larmes.

— Ne t'inquiète pas, murmura Chloé. Je suis là.

Elle essaya de la toucher, mais ne sentit que de l'air glacé.

Le bateau de Mark était vide. Huit bouteilles d'oxygène étaient rangées dans leur emplacement, à l'arrière, la glacière était fermée et il y avait une pile de serviettes de bain bien rangées sur un banc.

Soudain, Chloé sentit une main sur son épaule, légère, mais pressante.

Elle se retourna d'un bond. Personne. Avant même d'avoir peur, elle entendit un gémissement et fit de nouveau volte-face. Le bruit venait de la mangrove.

— Mark ? appela-t-elle d'une voix hésitante.

Quelle folie était-elle en train de commettre ? Elle n'aurait jamais dû s'éloigner des autres, seule, et sans arme. Mais Mark était peut-être en danger… Colleen l'aimait, et c'était elle qui venait d'attirer Chloé jusqu'ici.

— Au secours !

Le cri était faible, mais bien réel.

Chloé s'élança dans la mangrove, guidée par le fantôme de Colleen qui venait de resurgir, non loin du bateau. Des racines jaillissaient de l'eau ; d'autres surgissaient des zones de terre sèche. Elle les contourna et parcourut encore quelques mètres. Soudain, son cœur bondit dans sa poitrine.

— Mark !

Elle se précipita vers lui. Il gisait entre les racines enchevêtrées, à demi englouti dans une petite étendue d'eau de mer. Chloé s'accroupit et le regarda, craignant de le toucher, mais incapable de le laisser là sans rien faire. Elle prit son bras et chercha son pouls, puis glissa une main sous sa tête.

Du sang. Il était couvert de sang.

Il ouvrit les yeux.

— Chloé, va-t'en. J'ai essayé de te prévenir, de te dire… J'ai trouvé…

— Mark, ne te fatigue pas. Je vais chercher des secours, O.K. ?

Il resserra ses doigts autour de son poignet.

— Non, il faut que je te dise… Tu ne le croiras jamais… J'ai trouvé… dans le bureau de Myra… J'ai trouvé…

Il était à bout de forces. Chaque mot semblait lui coûter les dernières ressources d'énergie dont il disposait.

— Mark, laisse-moi appeler du secours. Je vais chercher Ted et Bill. Il faut qu'on t'emmène à l'hôpital ! Tu es gravement blessé.

Soudain, une voix résonna dans l'esprit de la jeune femme.

« Chloé, cours ! Va-t'en vite ! »

C'était la voix de Colleen.

Au même moment, Mark écarquilla les yeux. Avait-il vu le fantôme de Colleen, lui aussi ? L'avait-il entendu, comme elle.

Chloé voulut se retourner, mais elle n'en eut pas le temps. Une planche de bois s'abattit sur sa tempe. Elle s'effondra sur le corps de Mark et perdit connaissance.

16

Pour la cinquième fois, Luke essaya d'appeler le numéro de Chloé. Et, pour la cinquième fois, il fut dirigé vers le répondeur. Il poussa un juron. Pour couronner le tout, il était coincé derrière un automobiliste remorquant un bateau. Le type roulait à quinze kilomètres en dessous de la limite de vitesse. Et le marquage au sol lui interdisait de le doubler.

Il ne savait toujours pas ce que valaient les informations dénichées par Léo, mais ce dernier se faisait suffisamment de souci pour avoir pris la route des Keys. Son arrivée ferait voler en éclats la couverture de Luke... mais quelle importance, à présent ? Le dénouement était proche, il en avait la certitude. Tous les cartes seraient bientôt sur la table.

En attendant, nul ne pouvait plus ignorer certains faits.

Trois personnes, mêlées de près ou de loin à l'Eglise de la Réalité et à l'agence Bryson se trouvaient à La Nouvelle-Orléans ou dans ses environs au moment où Jill Montague avait été assassinée et jetée dans le Mississippi, une main de Fatima taillée dans la peau.

Trois.

Et ils étaient tous dans les Keys, à l'heure qu'il était.

Luke appela Brent Blackhawk.

— Du nouveau ?

— J'attends toujours. Mais je le verrai forcément arriver, ne vous en faites pas ! Tout de même, Luke, est-ce que vous n'allez pas un peu loin ? Stuckey est un de vos vieux amis… Un flic décoré, en plus ! enchaîna Brent, un peu interloqué.

— Tout ce que je sais, c'est qu'il fait partie des trois personnes qui se trouvaient à La Nouvelle-Orléans lorsque Jill Montague a disparu.

— Vous êtes sûr qu'il viendra au Coco-Lime ?

— Non. Je suis parti avant lui et il m'a dit qu'il retournait à son bureau. Si ça se trouve, et je l'espère de tout mon cœur, c'est précisément ce qu'il a fait. Léo a demandé à ses contacts de traquer les allées et venues des gens mêlés de près ou de loin à notre affaire, depuis dix ans, et, quand il m'a dit que Stuckey était l'un d'eux, j'ai pris peur. Mais, justement, j'appelle pour ça. Oubliez Stuckey pour le moment. Je n'arrive pas à joindre Chloé. Elle ne répond pas à son téléphone. Trouvez-la, et Victoria, aussi, et ne les quittez plus.

— D'accord. Elles sont à la piscine. Chloé a peut-être laissé son téléphone dans sa chambre… Au fait, Nikki a appelé Mama Thornton.

— Parfait. Je vais essayer d'appeler La Nouvelle-Orléans, aussi. Allez chercher Chloé, maintenant. Assurez-vous qu'elle va bien.

Luke raccrocha et serra les dents, maudissant le type qui remorquait son bateau. Inutile de klaxonner. Même une voiture de flics équipée d'un gyrophare ne pourrait pas le dépasser, à cet endroit.

Il envisagea un instant d'appeler Stuckey, puis renonça. Le policier se trouvait à La Nouvelle-Orléans, lors de la disparition de Jill Montague. Il était à Miami, dix ans plus tôt, lorsque le Massacre des lycéens avait eu lieu. Il était aussi à Miami lors du meurtre de Myra et de ses collaboratrices, au manoir de l'agence Bryson. Il avait souvent eu affaire aux membres de l'Eglise de la Réalité et il pouvait falsifier les rapports de police et les archives.

Luke secoua la tête. Non, c'était inconcevable. Stuckey était un bon flic. Un type foncièrement honnête. Un ami.

Il appela le commissariat du comté de Monroe et demanda à ce qu'on envoie une voiture de patrouille au Coco-Lime. Il ignorait ce qui se tramait là-bas, mais son instinct lui soufflait qu'ils pourraient avoir besoin de renforts.

Puis, s'avisant brusquement qu'il pouvait peut-être joindre Chloé en appelant directement l'hôtel, il composa le numéro des renseignements. Quelques minutes plus tard, son appel était transféré vers le standard du Coco-Lime. Ce fut Maria qui répondit.

— Maria ? Dieu merci ! C'est Jack, à l'appareil.

— Que se passe-t-il ? demanda la jeune femme, aussitôt sur le qui-vive.

— Tout le monde va bien ? enchaîna Luke sans répondre à sa question.

Au même instant, il aperçut un panneau de signalisation l'autorisant à doubler. Il actionna son clignotant et enfonça la pédale d'accélération.

— Oui, répondit Maria.

— Chloé ne répond pas à son téléphone.

— Elle est à la piscine, avec Victoria, Brad et Jared.

— Et Ted, où est-il ?

— Il est parti faire des courses pour le barbecue de

ce soir. Nous n'avions pas prévu que nous aurions autant de monde à dîner !

Ted Trenton figurait aussi sur la liste.

— Maria, faites-moi une faveur. Allez à la piscine et inventez une excuse pour attirer Victoria et Chloé dans votre chambre. Je veux que vous vous enfermiez toutes les trois et que vous ne bougiez pas jusqu'à mon arrivée.

— Je vais appeler Ted. Il fera demi-tour pour rentrer plus vite.

— Non, non, n'appelez pas Ted. Allez juste chercher Chloé et Victoria. En fait, j'ai demandé à Brent Blackhawk d'aller à la piscine, lui aussi. Emmenez-le avec vous et attendez mon retour. Et demandez à Chloé de m'appeler dès que possible. D'accord ? Est-ce que Bill est là ?

— Il est sorti en bateau avec sa femme et ses enfants, mais je peux l'appeler, si vous voulez.

— Non, c'est inutile. Ecoutez, Maria, je me fais du souci. Je crois que certaines personnes sont encore en danger. Le shérif envoie une voiture de patrouille chez vous. Mais, en attendant, faites exactement ce que je vous dis, d'accord ? C'est très important.

— Vous me faites peur, murmura la jeune femme.

— Inutile d'avoir peur. Faites juste ce que je vous dis.

Il raccrocha et continua de rouler aussi vite qu'il le pouvait.

Les minutes passèrent. Bientôt, il se retrouva de nouveau coincé — derrière un camion de livraison, cette fois. Il fixa son téléphone comme s'il espérait le faire sonner par la seule force de sa volonté. Chaque seconde semblait durer une éternité. Il voulait appeler Stuckey, mais il n'osait pas.

En désespoir de cause, et parce qu'il avait besoin d'agir, il composa le numéro de Joe, à La Nouvelle-Orléans.

— Comment vas-tu ? demanda son ami. Nikki nous harcèle, tu sais. Quand je pense que c'est moi qui vous ai présentés !

— Joe, les choses s'accélèrent ici.

— Je sais, j'ai appris la nouvelle. Je suis chez Mama Thornton pour l'aider à éplucher ses archives. On fait ce qu'on peut, je t'assure !

— Merci.

— De rien. Un peu de patience.

Patience ? Impossible !

Luke rappela le Coco-Lime. Cette fois, le téléphone sonna. Et sonna encore.

Dans le vide.

Chloé sentait une main lui caresser tendrement les cheveux. Quelqu'un essayait de la réveiller. Mais, lorsqu'elle ouvrit les yeux, elle ne vit personne.

Elle prit lentement conscience du fracas de l'eau contre la coque du bateau, puis d'un abominable mal de tête. Au moins, elle ne s'était pas trompée au sujet de Mark. Il était innocent. Il avait essayé de l'alerter — mais elle n'avait pas compris le sens de ses dernières paroles, hélas.

Il était là, gisant à quelques centimètres d'elle. On les avait jetés dans la cale du bateau de Mark, comme s'ils étaient de vulgaires poissons qu'on venait de remonter au bout d'une ligne. Et on les emmenait au large… mais où ? Et pour quoi faire ?

Colleen était là, elle aussi. Elle semblait terriblement agitée. C'était elle qui lui avait caressé les cheveux pour la réveiller. Chloé la voyait nettement, à présent. Sa silhouette était un peu vaporeuse. Et son regard exprimait l'agonie.

« Je suis tellement désolée ! Je voulais que tu aides Mark. Je ne savais pas. Je n'ai pas vu… »

Soudain, Chloé sentit son cœur chavirer. Elle venait d'apercevoir Victoria, à côté de Mark. La jeune femme avait le front en sang. Respirait-elle encore ?

Chloé voulut se tourner pour voir qui pilotait le bateau, mais ses poignets et ses chevilles étaient ligotés avec une corde en Nylon — celle qu'on utilise pour arrimer les bouteilles de plongée, comprit-elle en baissant les yeux. Mark et Victoria étaient ligotés, eux aussi.

En tendant le cou, elle parvint tout de même à apercevoir l'avant du bateau, là où se tenait le pilote. Elle distingua deux pieds et deux jambes d'homme, mais fut incapable de deviner à qui ils appartenaient.

Un instant plus tard, des palétuviers envahirent son champ de vision. Une mangrove. Ils arrivaient aux alentours de Coco-Belle ! Le petit paradis où elle avait passé tant d'après-midi à nager et rire avec ses amis…

Elle eut brusquement la certitude absolue que c'était à cet endroit précis que Colleen Rodriguez était morte. C'était si pratique… L'hôtel et les pelouses menaient directement à la mangrove… où on pouvait habilement dissimuler un corps.

Le moteur se tut. On n'entendit plus que le claquement de l'eau contre la coque.

Puis l'assassin se retourna.

Colleen se planta devant lui, comme si elle cherchait à l'arrêter, à l'empêcher de toucher Chloé. Il fronça les sourcils comme s'il percevait sa présence. Mais Colleen n'était que brume et vapeur… Qu'aurait-elle pu faire contre lui ?

Il s'agenouilla près de Chloé et lissa ses cheveux, ainsi qu'il l'avait fait si souvent par le passé.

Brad.

Brad Angsley. L'ami vers lequel elle s'était tournée tant de fois, au fil des années.

— Oh, Chloé ! Si seulement je disposais d'un peu plus de temps, déclara-t-il. Je voudrais vraiment tout t'expliquer. Tu comprendrais.

Elle fit un effort surhumain pour ouvrir la bouche. Elle devait absolument gagner du temps.

Mais combien de temps faudrait-il à Luke, Brent ou Nikki pour arriver ? Nul ne savait où ils étaient et nul n'était assez près pour venir immédiatement à leur secours. Mais elle devait tout de même essayer. Tant qu'il y a de la vie, il y a de l'espoir…

— Oui… J'aimerais comprendre, parvint-elle à croasser.

Comme ils avaient été bêtes de se faire tant de souci pour Renée Gonzalez ! L'amitié qui l'unisait à Colleen ne la mettait pas plus en danger que n'importe quelle autre fille ! Comme tant d'autres, Colleen était morte parce qu'elle se trouvait au mauvais endroit au mauvais moment, rien de plus. Elle s'était trouvée sur le chemin de Brad, et elle l'avait payé de sa vie.

— J'agis à la gloire de Dieu, déclara ce dernier d'une voix vibrante de passion. Je suis l'instrument de Dieu ! Je dois… entretenir le talent qu'Il m'a donné, et j'en profite pour libérer ceux que le péché a déjà souillés. C'est cela, vois-tu : la mort est une libération. Je suis la machine de Dieu et je dois me maintenir en forme, alors… je pratique mon art. Mais je suis prudent : je ne choisis que ceux qui doivent mourir parce qu'ils sont déjà dévorés par le péché. Tu comprends, Chloé ? Il faut que tu comprennes !

Il se redressa et la jeune femme fut saisie d'horreur. Ils étaient tous trois saucissonnés comme des cochons sur le point d'être égorgés. Il allait les tuer, puis il jetterait leurs cadavres à la mer, où ils se décomposeraient bientôt, et, avec eux, les preuves de ses crimes et de sa démence.

— Attends ! souffla-t-elle. Je commence juste à saisir…

— Bravo, Chloé, fit Brad avec un léger sourire. Tu es finaude, je l'ai toujours su. Il n'en reste pas moins que, de nous deux, c'est moi le plus fort. Car tu n'as jamais rien soupçonné jusqu'à maintenant, n'est-ce pas ? Tu sais pourquoi ?

Il poussa un soupir exaspéré en la voyant secouer la tête.

— Je viens de te le dire : je suis l'instrument de Dieu ! Il me protège. Souvent, j'ai voulu me débarrasser de toi, mais je devais attendre le bon moment — le *signal*. C'est toi qui as tout gâché, la première fois. Dans cette grande baraque, il y a dix ans… Tu as vraiment de la chance, tu sais, Chloé ! Si je ne t'avais pas vue réveiller Victoria et l'entraîner vers la porte, j'aurais pu mettre le plan à exécution jusqu'au bout. Mais je t'ai vue, je me suis cogné la tête en voulant te poursuivre, et… ça m'a ralenti. Je me suis débarrassé de mon couteau et de ma combinaison de plongée et je les ai refilés à cet idiot de Garcia, qui n'aurait jamais dû se trouver là, de toute façon. Ce type n'était qu'un lâche sans la moindre envergure. Heureusement, frère Michael a décidé qu'ils devaient mourir, lui et Donlevy. C'était le seul moyen de nous protéger, nous. Malgré tout, l'affaire a porté un coup terrible à l'église. On faisait tout cela pour l'église et, en définitive, c'est elle qui a le plus souffert. Enfin, tant que nous étions là, libres de nos mouvements, nous pouvions la reconstruire !

Il marqua une pause et parut réfléchir un instant.

— Quand j'y pense, en dehors du fait que tu nous as retardés, ce fut un sacré moment ! J'ai tué ces fornicateurs décadents, et je l'ai fait comme un vrai guerrier de Dieu, vite et sans bavure. Puis je me suis débarrassé de mes affaires et je t'ai suivie dehors. Les équipes d'urgence sont arrivées, et tout le monde était là, penché sur moi pour me venir en aide… C'était assez fantastique, il faut bien le dire.

Il secoua la tête et la regarda fixement. Puis ses yeux s'emplirent de colère.

— Et tu imagines que je te laisserai encore nuire à l'église ? La police a des tas de théories, mais ils ne sauront jamais qui a charcuté frère Sanz et cette larve de Lucy. Quand je pense qu'elle voulait aller trouver la presse pour laver l'honneur de son frangin ! Garcia n'était pas innocent, il était juste stupide. Et, maintenant, ils vont tous penser que Mark vous a tuées, toi et Vickie. Le scénario sera très clair : il a tué Colleen et s'en est pris à vous ensuite. On retrouvera son corps — un autre suicide, provoqué par le sentiment de culpabilité qu'il aura éprouvé, après vous avoir toutes trucidées. Je serai en larmes, évidemment. Je ferai tout pour essayer de vous retrouver, toutes les deux. Et je serai riche, aussi. Plus de cousine avec qui partager mon héritage. J'aurai assez d'argent pour que l'église devienne tout ce que j'ai toujours rêvé qu'elle devienne. Chloé, je suis vraiment désolé, mais l'heure est venue. On se retrouvera peut-être au paradis, un de ces jours. Je t'en dirai un peu plus, alors.

Il marqua une pause et fut pris d'un rire — un rire enfantin, plus effrayant encore que ce qu'il venait d'énoncer.

Chloé serra les dents.

— Tu dis des conneries, Brad. Tu voulais cacher les corps de Lucy et de Sanz, dans les Everglades, mais la police les a quand même trouvés. Tu penses que tu es plus malin que les autres, mais c'est faux. Tout s'effondre autour de toi.

— Ne te fais pas de souci pour moi, ma grande. Frère Michael sait ce qu'il doit faire.

— Colleen se chargera de révéler la vérité !

— Colleen ? Tu n'as pas entendu ce que je t'ai dit ? Elle est morte, ta Colleen !

— Pas du tout. Elle est ici, avec nous. Tu ne la vois peut-être pas, mais tu l'as sentie, il y a quelques minutes. Quand tu es venu vers moi, elle a essayé de t'arrêter. Je sais que tu l'as sentie.

Brad la fixa, manifestement stupéfait.

— C'est toi qui racontes des conneries, Chloé.

— Crois ce que tu veux, mais je te dis, moi, qu'elle est revenue. Elle va te faire arrêter, et tu seras jugé et condamné à mort.

Avait-elle raison de le provoquer ainsi ? Ce n'était pas forcément la meilleure stratégie, mais elle ne savait plus que faire pour gagner du temps.

— Tu vas la fermer, Chloé. Tu sais pourquoi ? Parce que je vais me charger de te la faire boucler. Et pas plus tard que maintenant. Je n'ai plus de temps à perdre. Tu m'en as fait perdre assez comme ça !

Il se pencha, souleva le corps de Mark Johnston et le fit basculer par-dessus bord. Puis il se tourna vers Chloé et la jeta à l'eau de la même façon.

*
* *

Le téléphone de Luke sonna. Il le saisit vivement, espérant que c'était un appel du Coco-Lime.

— Où êtes-vous ? demanda la voix de Léo.

— J'arrive à Key Largo.

— Personne ne répond au téléphone, au Coco-Lime.

— Et vous, vous êtes où ?

— Derrière une foutue bagnole en train de remorquer un bateau.

Luke aurait éclaté de rire, si seulement la situation n'avait pas été aussi grave.

— J'ai demandé à ce qu'on envoie une voiture de patrouille à l'hôtel. Mais, vous savez, ils sont sûrement tous en train de faire les lézards autour de la piscine.

— Et Stuckey ?

— Je ne sais pas où il est, admit Luke.

— Et Ted Trenton… il est là-bas, quelque part.

— N'oubliez pas Brad.

— Brad a survécu au Massacre des lycéens. Il ne peut pas… Non, ils sont tous amis, continua Léo, d'une voix qui se brisait. Pourquoi diable Brad ferait-il du mal à qui que ce soit ?

Luke imagina brusquement le croquis dont Chloé lui avait parlé, celui où son patient avait caricaturé le frère Mario Sanz en remplaçant ses yeux par des dollars. Sanz était mort, à présent, et frère Michael se retrouvait seul à la tête de la secte. Etait-il une sorte de Raspoutine, un maniaque qui manipulait ses fidèles en restant dans l'ombre ? Convoitait-il le pouvoir qui serait le sien, si l'église venait à hériter d'une immense fortune ?

— L'argent ! s'écria brusquement Luke.

— L'argent ? Brad en a des tonnes et il va en hériter

plus encore. Si Victoria n'était pas là, il vaudrait au moins cinquante millions de dollars.

Si Victoria n'était pas là…

Le téléphone de Luke sonna de nouveau, quelques secondes à peine après qu'il eut mis fin à sa conversation avec Léo.

Il décrocha. C'était Nikki.

— Brent n'arrive pas à trouver Chloé. Victoria et Brad ne sont pas là non plus, annonça-t-elle d'une voix pressante. Seul Jared est ici, et il affirme qu'il ne sait pas où sont les autres. Luke, j'étais au téléphone avec Mama Thornton quand ils ont fini par trouver ce qu'on cherchait. Je sais qui a acheté une khamsa.

Chloé prit une profonde inspiration au moment d'entrer dans l'eau. Elle était tiède. La mer était calme. Si elle n'avait pas eu les poings et les chevilles entravés, il ne lui aurait pas fallu plus de quelques minutes pour atteindre la terre ferme. Alors que, là, elle coulait rapidement.

Soudain, sa descente fut stoppée net. Son collier — le ravissant collier que Luke lui avait rapporté de La Nouvelle-Orléans — venait de s'accrocher à l'hélice du bateau.

La chaîne en or se brisa, et elle reprit sa descente, mais l'incident venait de lui souffler une idée. Elle donna de puissants coups de jambe qui la renvoyèrent vers le bateau et se mit à frotter ses poignets contre l'une des lames de l'hélice, priant pour que Brad ne démarre pas le moteur. Hélas, la ficelle de Nylon était solide.

Si elle n'avait pas été en train de mourir, Chloé aurait souri, car Colleen était là, près d'elle, comme si elle cherchait à la soutenir et à l'encourager.

Un bruit d'éclaboussure retentit à la surface de l'eau.

Victoria. Il venait de la jeter à la mer.

« Tu peux le faire. Tu vas y arriver. Il faut que tu y arrives ! »

Vickie et Mark étaient tous deux inconscients. L'hélice du bateau était son seul espoir de les sauver tous trois, et elle devait faire vite. Non seulement elle n'allait pas tarder à manquer d'oxygène, mais Brad allait sûrement plonger pour s'assurer que les corps étaient bien coincés quelque part au fond. Il y avait une pente sous l'eau, à cet endroit, un peu au-delà du littoral et de la mangrove.

Enfin !

Elle avait les poignets en sang, mais elle avait réussi à briser le lien qui les entravait.

Elle remonta aussi vite qu'elle put à la surface et avala un grand bol d'air. Du coin de l'œil, elle vit Brad enfiler son matériel de plongée. Elle disposait de quelques secondes à peine.

Chloé replongea. Elle devait ramener ses amis à la surface et trouver un moyen d'arrêter Brad.

Luke jaillit de sa voiture avant même qu'elle soit complètement arrêtée. Laissant la portière ouverte derrière lui, il se rua vers la piscine.

Il n'y avait personne.

Au même instant, deux voitures s'engagèrent dans l'allée de graviers. Il se tourna et vit deux officiers de police, suivis de Ted Trenton qui descendait de son pick-up, les bras chargés de provisions.

Jeanne LaRue, arborant une ravissante robe de plage

en dentelles, les pieds chaussés de sandales à talons hauts, sortit de l'hôtel en bâillant à se décrocher la mâchoire.

— Quel bonheur ! fit-elle. Quelque chose à manger, vite !

Les deux officiers de police s'approchèrent de Luke, qui leur expliqua rapidement la situation.

— J'ai besoin que vous surveilliez la propriété. Nous recherchons un homme qui répond au nom de Brad Angsley. Pour meurtre.

Nikki accourut au même instant.

— Brent et moi avons cherché partout. Ils ne sont pas là. Jared dit que Mark Johnston est arrivé en bateau, mais le bateau n'est plus là, et lui non plus. Brent vient d'appeler les gardes-côtes.

Luke saisit la jeune femme par les épaules.

— Dites à Brent de me retrouver sur le quai. Nous n'avons pas le temps d'attendre les gardes-côtes. Il est peut-être déjà trop tard… Nous n'avons pas une seconde à perdre !

Il s'élança vers le ponton.

Brad les avait emmenées dans un des bateaux, sans doute celui de Mark. En toute logique, elles étaient sûrement déjà mortes. Mais il ne pouvait pas se fier à la logique.

Bill Trenton venait de rentrer. Il amarrait son bateau, tandis que sa femme et sa fille rassemblaient leurs affaires sur le quai. Luke bondit à bord.

— Eh ! Attendez-moi, vous aurez peut-être besoin d'aide ! cria Bill en se penchant vers lui.

— Venez.

— Que voulez-vous que je fasse ?

— Mettez les gaz. Au maximum.

— On va où ?

— La mangrove de Coco-Belle, répondit Luke, sans réfléchir.

C'était l'endroit qui lui paraissait le plus évident.

La tête hors de l'eau, Chloé libéra ses chevilles, dénouant la ficelle de Nylon qui les entravait, puis elle replongea. Elle fit quelques brasses et vit Mark en train de lutter pour remonter à la surface. Elle reprit une longue goulée d'air, puis fonça vers lui. Arrivée à sa hauteur, elle l'attrapa par les épaules, colla ses lèvres contre les siennes et souffla de l'air dans ses poumons. Puis, tout en battant des jambes pour les ramener vers la surface, elle s'efforça de libérer ses poignets. Ils jaillirent hors de l'eau, et Chloé tourna la tête vers le large. Le bateau avait bougé et Brad n'était plus à bord.

— Enlève ça, dit-elle en désignant la corde en Nylon. Et mets-toi à l'abri. Je vais chercher Victoria.

L'eau salée lui gifla le visage au moment où elle prenait une nouvelle inspiration avant de replonger. Elle avait l'impression d'avoir bu au moins trois litres d'eau de mer, mais elle n'avait pas le choix. Chaque seconde comptait.

Elle retourna au fond. Victoria était là, complètement inerte. Impossible de savoir si elle était encore vivante ou non. Chloé la prit à bras-le-corps et remonta vers la surface.

Mark l'attendait. Il lui tendit la main pour l'aider.

— Rejoignons la terre ferme, dit Chloé en toussant pour vider ses poumons.

Elle battit des jambes pour avancer — et sentit une main de fer se refermer sur sa cheville.

Un coup sec la ramena sous l'eau.

*
* *

— Comment pouvez-vous savoir qu'ils sont dans la mangrove ? demanda Bill.

— Je ne suis pas sûr. Mais c'est près de l'endroit où Colleen a disparu, alors…

Luke s'interrompit et mit sa main en visière sur son front. Il y avait quelque chose au-dessus de l'eau. Une silhouette blanche qui ondulait.

— Par là ! cria-t-il à Bill. Vous voyez ?

— Quoi ?

La forme qui brillait au-dessus de l'eau. La femme qui leur faisait signe… Luke la distinguait très clairement, à présent. Mais il comprit que Bill ne la voyait pas. Il ne *pouvait* pas la voir.

Peu importait. Le bateau bondissait sur les flots dans la direction qu'avait indiquée Luke. Une minute plus tard, ils aperçurent le bateau de Mark.

Il n'y avait personne à bord.

Luke enfilait hâtivement une combinaison de plongée. Il s'équipa d'une bouteille, abattit un masque sur ses yeux et se laissa basculer dans l'eau.

D'abord, il ne vit rien. Puis, ses yeux s'habituèrent à la pénombre, et il remarqua des morceaux de bois brisé, des amas d'algues, et de lourdes tiges en fer rouillé.

Et aussi… Quelque chose d'autre… Une masse blanche, devant lui.

Il venait de trouver Colleen Rodriguez. Pas son fantôme, cette fois. Sa dépouille mortelle.

Il ne pouvait plus rien pour elle. Son visage était méconnaissable. Ses jambes étaient liées par une corde, qui avait été attachée à l'une des lourdes pièces de métal rouillé qui gisaient au fond de l'eau. Bientôt, son corps se serait désarticulé. Des morceaux seraient remontés à la surface… On les aurait retrouvés sans doute — mais trop tard.

Luke sentit son cœur cogner dans sa poitrine. Brad n'avait pas amené les autres dans cette tombe marine. Pas encore, du moins… Mais étaient-ils encore vivants ?

Luke sentit quelque chose derrière lui et il se retourna brusquement. Colleen. Elle était là de nouveau, telle une vapeur blanche dans l'eau. Et pourtant si humaine, si triste…

Désespérée, aussi. Elle lui fit signe de le suivre.

C'est alors qu'il les vit. A trente mètres à peine de l'endroit où il se trouvait.

Il était grand, fort et armé d'un couteau.

Et il avait appris à tuer comme un professionnel.

Brad projeta Chloé vers le fond de l'eau et leva le bras, prêt à frapper. Il avait des palmes énormes, merveilleuses pour avancer vite sous l'eau, mais parfois encombrantes quand on voulait faire certains mouvements.

Chloé était libre des siens, en revanche. Elle ramena ses jambes vers son corps et les détendit brusquement, le frappant de toutes ses forces.

La manœuvre lui permit de gagner quelques secondes — trop brèves hélas pour pouvoir s'enfuir. Jamais elle ne parviendrait à nager plus vite que lui ! Le désespoir la gagna. Elle n'avait aucune chance de remporter cette bataille. C'était perdu d'avance.

Malgré tout, elle ne pouvait renoncer. Pas encore. Elle était toujours vivante, non ? Elle redoubla d'efforts pour remonter à la surface et avala un grand bol d'air, sûre qu'il n'était pas loin.

En effet, il lui attrapa de nouveau la cheville et l'attira violemment pour la faire redescendre sous l'eau, prêt à l'abattre. Pourtant, à la grande stupéfaction de Chloé, il marqua une pause. Quelque chose flottait entre eux — quelque chose de blanc et de scintillant. Colleen ! C'était Colleen qui prenait forme.

Une expression de rage se peignit sur le visage de Brad — de rage et de déni. Il plia le bras qui tenait le couteau. Mais celui-ci ne revint pas frapper la jeune femme, comme elle s'y attendait.

C'est alors que Chloé vit l'autre plongeur. Il était armé d'un couteau, lui aussi. Les deux hommes s'engagèrent dans un corps-à-corps sans merci, leurs muscles tendus, se tordant et se contorsionnant dans l'eau comme des requins s'acharnent sur une proie.

Chloé remonta à la surface, inspira profondément et retourna sous l'eau.

Elle voulait intervenir, mais elle était incapable de déterminer où elle devrait frapper. Enfin, un des couteaux s'échappa de la main qui le brandissait et fila vers le fond.

Chloé s'élança derrière le reflet d'argent et le rattrapa. Quand elle se retourna, Brad était derrière elle, prêt à lui arracher l'arme.

Elle vit ses yeux. Des yeux qu'elle connaissait depuis pratiquement toujours.

Des yeux qu'elle n'avait jamais vraiment connus.

Il y avait tant de haine dans ce regard encadré par le masque de plongée ! Tant de rage, tant d'orgueil bafoué ! Tant de folie, aussi.

Brad avait refermé sa main sur le poignet de la jeune

femme. Il serrait si fort qu'elle serra les dents, persuadée qu'il allait lui briser les os. Mais, tout à coup, il se figea, les yeux écarquillés.

Chloé jeta un coup d'œil par-dessus son épaule. Colleen. Son fantôme était là, de nouveau.

Brad la voyait clairement, à présent, et cette vision emplissait son âme d'assassin d'une terreur indicible.

Il ne desserrait pas l'étau de ses doigts pour autant, hélas. Chloé comprit avec désespoir qu'elle allait devoir lutter encore. Et qu'il finirait par l'emporter. Même armée, elle était moins forte que lui.

Soudain, il bascula vers l'avant. Quelque chose, ou plutôt quelqu'un, venait de le frapper dans le dos. Il poussa un cri, perdit son détendeur et lâcha Chloé.

Luke ! Le deuxième plongeur était Luke et il s'efforçait de l'entraîner loin de Chloé.

Brusquement libérée, la jeune femme ne réfléchit plus. Elle s'élança vers les deux hommes, et plongea son couteau dans le ventre de Brad.

Du sang.

Rouge dans l'eau turquoise.

Rouge comme la couleur du soleil qui se couchait.

Chloé regarda fixement ce sang qui serpentait dans l'eau, puis elle leva les yeux vers l'homme qu'elle avait considéré comme son meilleur ami pendant tant d'années. Il la dévisageait avec un mélange de reproche, de chagrin et de douleur.

Quelqu'un l'attrapa doucement par le bras. Elle se retourna. C'était Brent Blackhawk, qui lui mit aussitôt son détendeur en bouche. Chloé respira avidement une grande goulée d'oxygène, puis une autre.

Le corps de Brad s'éloignait en flottant. Ou plutôt,

non. Luke le tirait derrière lui pour le remonter à la surface. Elle les suivit des yeux, tandis qu'une nuée de questions l'assaillaient. Comment l'avait-il retrouvée ? Comment s'était-il débrouillé pour arriver à temps ? Et comment avait-il deviné que Brad les avait emmenés à cet endroit précis ?

Elle parvint à la surface en même temps que Brent.

— Venez, dit-il gentiment. Le bateau de Bill est tout près.

C'était fini. Tout était fini. Pour de bon, cette fois. Dix ans après le premier massacre. Elle se sentait endolorie, l'esprit et le corps gourds. Et elle avait froid.

Ils arrivèrent près du bateau. Penché au-dessus du bastingage, Bill tirait le corps de Brad, tandis que Luke le poussait par en dessous. Lorsqu'ils l'eurent monté à bord, Luke se tourna enfin vers elle, ôta son masque et l'attira dans ses bras.

La mer les berçait doucement. Les gardes-côtes arrivèrent peu après, mais elle ne leur prêta aucune attention.

Ils étaient sains et saufs. Ils ne risquaient plus rien. Et Luke était là.

Un lent sourire se peignit sur le visage de la jeune femme. Elle était vivante, et elle voulait que Luke prenne la place qui était désormais la sienne dans sa vie. Il ne savait peut-être plus prononcer certains mots, du moins pour le moment. Mais les actes sont parfois plus éloquents que bien des paroles. Elle l'avait vu, sous l'eau, un moment plus tôt. Il était fou de rage contre Brad. Fou d'inquiétude pour elle. Elle savait ce que cela signifiait.

Il l'aimait.

Luke glissa ses doigts dans les cheveux mouillés de Chloé et l'embrassa avec fougue, sans se soucier du spectacle qu'ils offraient à Bill et à Brent, qui les observaient depuis le bateau.

Lorsqu'ils se hissèrent à bord, un moment plus tard, Brad était allongé de tout son long sur la plate-forme de plongée. Chloé n'eut pas besoin de demander s'il était vivant ou mort. Le sang coulait abondamment de sa blessure, se mêlant à l'eau de mer.

Pourtant, bien plus que le sang, les yeux de Brad, grands ouverts sur le ciel couchant, lui indiquèrent qu'il n'était plus là : ils ne voyaient plus rien, à présent.

— Chloé !

Elle se tourna.

Victoria, bien vivante, se tenait près de Mark, sur le pont du bateau des gardes-côtes. Tous deux lui faisaient de grands signes.

Chloé agita le bras en retour.

Puis elle vit le fantôme de Colleen Rodriguez, qui avait si bien contribué à lui sauver la vie. Elle était là, beauté blanche et chatoyante flottant au-dessus des eaux. Le soleil parut briller un peu plus fort et, l'instant d'après, elle avait disparu.

17

Argent.

C'était la couleur du soleil levant, ce matin. Debout près des rideaux de la fenêtre, Chloé admirait les premières lueurs du jour. Le soleil montait vite, habillant le monde de cristal et d'argent. Le bateau de Luke se balançait doucement, amarré à son petit coin oublié de Floride. Dehors, on entendait les bruits assourdis qui provenaient de la boutique d'articles de pêche où les pêcheurs venaient se ravitailler pour la journée.

Argent. Une magnifique lumière argentée.

Elle ne dura pas. Le soleil d'été recouvrit bientôt le paysage d'une fine couche d'or.

Chloé porta la main au collier qui ornait son cou. Elle était encore émerveillée à la pensée qu'il lui avait sauvé la vie. La chaîne s'était brisée, bien sûr, et ils avaient passé toute une journée à plonger pour en retrouver les charmes et les petits talismans qui le composaient. Mais le bijou valait bien cet effort ! Grâce à lui, la jeune femme avait eu l'idée de ciseler la corde qui entravait ses poignets en la frottant contre l'hélice du bateau. Lorsque Luke lui avait expliqué qu'il avait porté ses soupçons sur Brad grâce aux recherches que Mama Thornton avait menées dans ses archives, elle n'avait eu de cesse de retrouver le collier et de le réparer.

La mort de Brad ne les avait pas empêchés de reconstituer toute l'histoire. La prouver s'était révélé beaucoup plus ardu, en revanche. Frère Michael avait d'abord cru qu'il pourrait s'échapper sans être inquiété. Par chance, Maria l'avait formellement identifié comme l'homme qui l'avait « achetée » au Brésil. Elle avait porté plainte contre lui pour enlèvement, séquestration et viol. Comme il n'avait jamais pu mettre la main sur la fortune dont il espérait voir Brad hériter, frère Michael n'avait pu payer la caution que le juge avait fixée, ni les services d'un avocat susceptible de tenir tête au procureur le plus tenace de l'Etat — autrement dit Léo Marin. Fort de son expérience, celui-ci savait comment obtenir des aveux complets — et il les avait obtenus.

Victoria avait toujours été la cible de Brad, ou plus exactement, celle de frère Michael. C'était d'ailleurs la vraie raison qui les avait poussés à organiser le Massacre des lycéens, dix ans plus tôt. Brad était tombé sur l'Eglise de la Réalité par hasard quelques mois plus tôt. Lorsque frère Michael avait découvert qui il était, et la fortune dont il était l'héritier, il l'avait pris sous son aile, lui apprenant tout ce qu'il savait. Lui transmettant ce qu'il avait retenu de l'époque où il avait été « missionnaire », puis mercenaire dans les jungles asiatiques. Il avait tout fomenté, jusqu'au moindre détail : Brad et les autres devaient quitter la maison, une fois leur sanglante mission accomplie, et se rendre sur la plage, où des bouteilles de plongée les attendaient, qui leur permettraient de rejoindre le bateau ancré au large. Mais Chloé avait contrecarré ses plans en sauvant Victoria. Brad avait été forcé d'improviser, de jouer les victimes et de laisser ses complices disparaître avec son équipement.

Brad n'avait pas été tourmenté par le massacre, au contraire : il s'était découvert, à la faveur de cette terrible « mission », un goût et un talent exceptionnels pour le crime. Conscient d'avoir affaire à un psychopathe, Michael ne lui avait pas permis de joindre officiellement la confrérie. Ce faisant, il s'assurait qu'aucun lien ne pourrait être établi entre les meurtriers et leurs crimes, surtout lorsqu'ils se furent débarrassés des deux autres complices en mettant en scène le faux suicide des Everglades. Après cela, il ne restait plus qu'à attendre.

A la question de savoir pourquoi ils n'avaient pas retenté de tuer Victoria, frère Michael avait répondu qu'il n'y avait plus de raison de la supprimer tant que l'église ne renaissait pas de ses cendres — cette renaissance étant, selon lui, le signe que l'heure serait venue d'agir de nouveau. En outre, si Victoria était morte peu de temps après le Massacre des lycéens, on aurait pu deviner qu'elle était la véritable cible des tueurs, et les soupçons auraient pu se porter sur Brad.

Mais Brad s'impatientait. Il souhaitait « s'exercer » et craignait de perdre ses talents. Frère Michael l'avait alors incité à trouver de nouvelles victimes dans d'autres Etats. Il avait été furieux, lorsque Brad avait assassiné Colleen Rodriguez. C'était beaucoup trop près de Miami ! Mais Brad était ce qu'il était. Un psychopathe et un meurtrier. Un garçon charmant qui avait horriblement mal tourné.

Ensemble, frère Michael et Brad avaient assassiné Lucy Garcia et frère Sanz. Tout à son désir de venger et de laver l'honneur de son frère, Lucy était sur le point de faire des confidences à la presse ou la police. Quant à Mario Sanz, il avait commencé à croire qu'il dirigeait l'église, ce que Michael jugeait intolérable. Myra, elle, avait fait les frais d'un nouvel échec : Brad savait que Victoria devait se rendre au manoir pour y faire des essayages, mais elle était arrivée en retard, et Myra et ses collaboratrices s'étaient trouvées sur son chemin.

Le jour de l'arrivée du petit groupe à Coco-Lime, Mark Johnston s'était rendu dans le bureau de Myra, à Coco-Belle, pour y chercher des documents que Harry Lee avait demandés. Là, il était tombé sur une enveloppe pleine de vieilles photos, prises à l'époque où Myra appartenait à l'Eglise de la Réalité. Il avait reconnu Brad sur plusieurs d'entre elles, assis au dernier rang — et il en avait aussitôt tiré les conclusions qui s'imposaient. Lorsqu'il avait vu Brad avec eux, au bord de la piscine, il avait cherché à attirer l'attention de Chloé, afin de la prévenir.

Colleen aussi avait essayé. Mais, entre-temps, Brad avait vu Mark, et il avait été forcé d'agir.

Le plus terrifiant pour Chloé était de penser aux années qu'ils avaient passées à se fréquenter, à s'amuser, à sortir ensemble. Toutes ces années durant lesquelles Brad voulait la mort de Victoria, et attendait le moment de mettre son projet à exécution.

Rouge.

C'était la couleur de la rose qui apparut soudain devant elle. Chloé se retourna. Luke s'était levé tôt pour aller chercher du café et des croissants — et la rose qu'il lui offrait maintenant.

Elle sourit et se blottit dans ses bras.

— Elle est superbe. Merci.

— Tu vas en voir beaucoup d'autres, bientôt, annonça Luke. L'Angleterre est connue pour la beauté de ses roses.

Il se perdit avec délice dans le regard émeraude de sa compagne.

— Je te dois tant, reprit-il après quelques instants.

— Tu m'as sauvé la vie. Il me semble que c'est moi qui ai une dette envers toi, répondit Chloé.

— Tu te débrouillais très bien toute seule, il me semble !

— Je suis une dure, c'est vrai, admit-elle, une lueur mutine au fond des yeux.

Reprenant son sérieux, elle ajouta :

— Je sais que tu as du mal à y croire, mais Colleen était bel et bien là, tu sais ! Elle a fait peur à Brad. Assez pour qu'il s'immobilise, une fraction de seconde. Ce qui t'a permis d'arriver, toi. Et de me sauver la vie, conclut-elle avec un sourire.

— C'était un geste purement égoïste de ma part, tu t'en doutes bien. Je ne sais pas ce que je ferais sans toi. Et de toute façon…

Il se tut, comme s'il cherchait ses mots.

— Oui ? demanda Chloé, après quelques instants.

Il se dégagea légèrement.

— Colleen m'a aidé, moi aussi. Elle… m'a aidé à te retrouver.

— Colleen ?

— J'avais une vague idée de l'endroit où Brad vous avait emmenés, mais j'ignorais quelle direction exacte je devais prendre. Bill était justement en train de me poser la question… C'est à ce moment-là que je l'ai vue. Elle scintillait au-dessus de l'eau, comme si elle m'indiquait le chemin. Je l'ai suivie, j'ai plongé, et non seulement j'ai trouvé son corps, mais elle m'a conduite vers toi.

Chloé était stupéfaite.

— Tu ne m'en avais jamais parlé !

— Je n'étais pas sûr que ce soit très bon pour mon image de marque, répondit Luke d'un ton badin.

Chloé pouffa de rire.

— Ton image de marque survivra, va !

— Nous irons voir Nikki et Brent à notre retour, d'accord ? Et Adam Harrison, aussi. J'aimerais en savoir davantage. J'ai besoin de comprendre.

— D'accord.

Elle l'embrassa de nouveau.

— Mais, au bout du compte, c'est toi et personne d'autre qui m'as sauvé la vie.

— Que veux-tu ? J'ai besoin de toi. Oh, tu peux être exaspérante, parfois ! Tu es affreusement têtue et tu n'écoutes personne…

Un sourire ému étira ses lèvres comme il enchaînait :

— … mais tu affrontes tes peurs sans flancher, alors que moi… j'ai pris la fuite. Le moment est venu de retourner sur mes pas. Ensuite, je pourrai enfin tourner la page.

— Quand partons-nous, déjà ?

— Notre avion décolle à 14 heures.

— Nous avons donc un peu de temps devant nous. Que pourrions-nous bien en faire ?

Luke l'attira de nouveau contre lui et glissa ses mains sous le peignoir de soie que la jeune femme avait enfilé en se levant. Bientôt, ils ne firent plus qu'un, mêlant leurs souffles pour s'offrir un bonheur infini et toujours partagé.

Ecarlate.

Ce fut la couleur de leur univers, lorsqu'ils atteignirent ensemble le plaisir qu'ils cherchaient — avant de s'offrir de nouveau l'un à l'autre.

Chloé était émerveillée. Jamais la vie ne lui avait paru

plus précieuse. Elle se le disait encore lorsque leur Boeing décolla, quelques heures plus tard.

Luke murmura quelque mots à peine audibles, le visage tourné vers le hublot.

— Pardon ? fit la jeune femme.

— Rien.

Il tenait sa main dans la sienne. Amusée, elle la serra pour attirer son attention.

— Je ne crois pas que ce soit rien, moi. Il me semble bien avoir entendu « je t'aime ».

Luke haussa les épaules, l'air gêné.

— Peut-être. Ecoute, c'est évident, non ? C'est juste que je ne suis pas très doué pour le dire.

— Alors, j'ai bien entendu ?

— Oui. Tu crois que tu pourras t'en accommoder ?

Chloé sourit et croisa son regard.

— Oh, je suis sûre que je m'en accommoderai très bien.

Puis elle s'installa confortablement dans son fauteuil. Le vol serait long.

Et, avec un peu de chance, leur vie commune serait longue, elle aussi. Et infiniment heureuse.

BestSellers

A paraître le 1er janvier

est-Sellers n° 494 • roman

Jn nouveau jour - Joan Johnston

ristin Lassiter est bouleversée : Bella Benedict, la mère de Max, son grand amour e jeunesse, lui demande de venir lui rendre visite en Angleterre, dans son château e famille. Bella, que Kristin n'a jamais revue depuis le jour où Max lui a brisé le œur, dix ans auparavant. Pourquoi son ex-belle-mère cherche-t-elle soudain à la ontacter ? Et quelle est cette fameuse mission qu'elle dit vouloir lui confier ? Une nission qui, apparemment, est susceptible de lui rapporter beaucoup d'argent. ristin hésite. Elle élève seule sa petite Félicity et elle a vraiment du mal à s'en ortir financièrement. La proposition de Bella pourrait certes être un moyen le remédier à ce problème, mais elle craint de rouvrir d'anciennes blessures en roisant Max... Et ce qu'elle redoute encore plus, c'est que son secret - celui que le hagrin l'a conduite à préserver toutes ces années - n'éclate au grand jour.

est-Sellers n° 495 • suspense

'inconnu de Shadow Falls - Maggie Shayne

Depuis des années, Olivia Dupree, professeur de littérature, voue une admiration ans bornes à Aaron Westhaven, un célèbre romancier qui vit caché. Aussi est-elle rès surprise lorsque ce dernier accepte de venir parler au cours de la conférence u'elle organise pour ses étudiants. Mais le jour prévu, quelle n'est pas la stupeur 'Olivia lorsqu'elle est convoquée par la police à l'hôpital, au chevet d'un inconnu ictime d'une tentative de meurtre... Une stupeur qui ne fait que s'accroître quand lle apprend que sa carte de visite se trouvait dans la poche de cet homme qui a erdu la mémoire... Qui peut bien être cet étranger séduisant et mystérieux ? Est-il écrivain qu'elle avait fini par considérer comme son âme sœur ? Et si ce n'est pas e cas, que faisait-il à Shadow Falls avec sa carte de visite dans la poche ? Soudain, rise de panique, Olivia craint de voir ressurgir le secret d'un passé qu'elle fuit lepuis seize ans.

est-Sellers n° 496 • suspense

Noir Secret - Brenda Novak

Brillante substitut du procureur, Grace Montgomery ne s'attendait pas à voir un jour essurgir les terribles démons de son passé. A l'âge de neuf ans, Grace a en effet été ictime des désirs pervers de son beau-père, le révérend Barker, un homme pourtant especté de tous dans la petite ville de Stillwater. Et même après la mystérieuse lisparition du révérend, ce n'est que dans la fuite et le silence qu'elle a trouvé refuge. Jn refuge, hélas, bien fragile. Car aujourd'hui, alors que les souvenirs viennent forcer es portes de sa conscience, d'importantes zones d'ombres persistent, assorties l'un obscur malaise qui l'invite à penser qu'elle a joué un rôle dans la disparition le son bourreau. Sinon pourquoi, après toutes ces années, se sentirait-elle toujours oupable ? Résolue à clore ce chapitre douloureux de son existence, Grace n'a plus e choix : elle doit retourner à Stillwater pour exhumer le passé…

Best-Sellers n°497 • thriller

Frayeur - Michelle Gagnon

Appelée sur une nouvelle scène de crime à Phoenix, Kelly Jones, agent spéc du FBI, découvre une mise en scène macabre : le corps de la victime a é minutieusement découpé, et ses différents membres, artistement répartis au extrémités d'un socle en forme d'étoile. Pire encore, Kelly comprend bient que ce qu'elle a vu n'est que l'un des rouages d'un projet macabre plus vas encore, et que le meurtrier séquestre Madison, une jeune adolescente de sei ans. Un kidnapping sur lequel enquête son fiancé, Jake Riley, un ancien flic brillant charismatique reconverti dans la libération d'otages. Perturbée par la tournure d événements mais épaulée par Jake, Kelly est prête à tout pour déjouer le compl derrière lequel, elle en est persuadée, se cache un adversaire plus redoutable qu jamais. Un adversaire qui exige une rançon aussi inédite qu'effroyable.

Best-Sellers n°498 • roman

L'héritière australienne - Lynne Wilding

A la mort de son père, Carla Stenmark hérite d'un domaine viticole dans la Baros Valley, en Australie. Une propriété dont son père ne lui a jamais parlé. Pas plus qu de son passé secret, qu'elle découvre à la lecture de son journal intime : accus à tort d'avoir séduit la fiancée de son frère, Rolfe a été renié et banni par sc propre père. En s'installant à Sundown Crossing avec son fils, c'est donc un doub défi que Carla s'apprête à relever : remettre en état un vignoble en friche depu des années, et renouer avec le clan Stenmark, bien qu'héritière d'un fils maudit…

Best-Sellers n°499 • historique

La malédiction des Carlyle - Shannon Drake

Angleterre, 1892.

A l'idée d'affronter le comte de Carlyle, dont la réputation suffit à la faire frissonne Camille est terrifiée. Hélas, elle n'a pas le choix : son tuteur, l'homme qui l'a recueill alors qu'elle n'était encore qu'une enfant, et qu'elle aime par-dessus tout, a ét injustement emprisonné au manoir des Carlyle. Alors peu importent les rumeu qui prétendent que le comte est l'héritier d'une redoutable malédiction qui touch quiconque essaie de l'approcher, Camille est déterminée à rencontrer cet homm et à obtenir la libération de son protecteur. Mais sa détermination vacille dès sc arrivée au manoir. Car derrière le masque terrifiant que le comte porte en publi elle découvre un regard profondément troublant, celui d'un homme blessé q détient la clé d'un terrible secret…

BestSellers

est-Sellers n°500 • thriller

abous - Nora Roberts

 près de soixante-dix ans, Eve Benedict est de ces stars qui ont bâti leur carrière ar un travail acharné, mais aussi par le talent et la beauté. Un oscar et deux ony Awards ont consacré ce parcours sans défaut. Quatre maris, des amants et e multiples liaisons lui ont construit une image sulfureuse. En faisant appel à la ournaliste Julia Summers pour rédiger ses mémoires, Eve a décidé de se mettre à u, sans tabou, quitte à dévoiler ses zones d'ombre, déclencher des scandales ou étruire des réputations. Mais à peine Julia a-t-elle emménagé avec son fils dans propriété de Beverly Hills qu'un climat de menace s'installe : lettres anonymes, ambriolages… Pour l'une comme pour l'autre, écrire ce livre va désormais evenir une question de vie ou de mort. Car de ce face-à-face entre Eve et Julia, ussi subtil que cruel, un secret inavouable va émerger. Un secret mortel pour qui e risquerait à le divulguer.

est-Sellers n°501 • historique

ur ordre du roi - Margaret Moore

ays de Galles, 1205

romise par le roi au ténébreux Madoc de LLanpowell, lady Roslynn de Werre edoute de rencontrer son fiancé, que tous surnomment « l'ours de Brecon ». lélas, après la trahison dont s'est rendu coupable son époux disparu, elle est ésormais à la merci du roi et doit se plier à ses ordres. Et puis, même si cette liance ne lui apportera jamais l'amour auquel elle aspire, elle représente sa seule nance de s'éloigner de la cour, où elle subit les pires humiliations depuis la mort e son mari. Aussi accepte-t-elle de se rendre au manoir de LLanpowell pour offrir au sombre Madoc en dépit de ses réticences. Mais alors qu'elle pensait que guerrier accepterait sa main - et sa fortune – sans hésiter, Roslynn a la surprise e découvrir que ce mariage lui déplaît au moins autant qu'à elle. Pis encore ! ladoc refuse catégoriquement de prendre pour épouse une femme choisie par n autre… Désespérée à l'idée de retourner auprès du roi, Roslynn décide alors e tout faire pour séduire l'ombrageux guerrier…

Composé et édité par les

éditions HARLEQUIN

Achevé d'imprimer en octobre 2011

BRODARD & TAUPIN

La Flèche

Dépôt légal : novembre 2011

N° d'imprimeur : 65365

Imprimé en France